Osborne

*wie Freunde*

BELLA OSBORNE

# SO WAS WIE FREUNDE

ROMAN

Aus dem Englischen von
Birgit Schmitz

WUNDERLICH

Die englische Originalausgabe erschien 2022 unter dem Titel
«The Library» bei Head of Zeus, UK.

Deutsche Erstausgabe
Veröffentlicht im Rowohlt Verlag, Hamburg, Februar 2024

Redaktion Tobias Schumacher-Hernández

Satz aus der MVB Verdigris bei CPI books GmbH, Leck
Druck und Bindung GGP Media GmbH, Pößneck
ISBN 978-3-8052-0112-4

Die Rowohlt Verlage haben sich zu einer nachhaltigen Buchproduktion verpflichtet. Gemeinsam mit unseren Partnern und Lieferanten setzen wir uns für eine klimaneutrale Buchproduktion ein, die den Erwerb von Klimazertifikaten zur Kompensation des $CO_2$-Ausstoßes einschließt. Weitere Informationen finden Sie unter www.klimaneutralerverlag.de

FSC www.fsc.org MIX Papier | Fördert gute Waldnutzung FSC® C014496

*Für die Schuppen-Gang:*
*Anne, Carol, Charlotte, Emma, Heather, Jane und Riannah*
*Ich liebe euch!*

# 1

## TOM

Mein Name ist Tom Harris, und ich bin unsichtbar.
Nicht wirklich unsichtbar – das würde mich ja interessant machen, und das bin ich nicht. Ich bin einer, den man leicht übersieht. Der in der Menge verschwindet. Ehrlich gesagt, finde ich es ganz angenehm, unsichtbar zu sein. Ich hasse es, wenn ich plötzlich im Rampenlicht stehe. Lieber bleibe ich im Hintergrund. In den unpassendsten Momenten kriege ich rote Flecken am Hals – zum Beispiel wenn ein Lehrer mich was fragt. «Thomas Harris, was meint der Autor, wenn er schreibt: ‹Wir sind füreinander verantwortlich?›» Woher soll ich das denn wissen? In der Schule werde ich immer Thomas Harris oder Tom H. genannt, nie einfach nur Tom oder Thomas. Der Name ist nämlich echt häufig. Allein in meinem Jahrgang gibt's fünf von mir. Einen superselbstbewussten Thomas, einen sportlichen, einen, der laut und lustig ist, einen aufmüpfigen, auf den die Mädchen stehen, und dann noch mich, den anderen.

Wenn ein Mädchen mich ansieht, wird mir immer ganz heiß. Vielleicht will mich irgendwas in meiner DNA daran hindern, eine neue Generation von unsichtbaren Menschen hervorzubringen. Bislang mit Erfolg. Es ist einfacher, wenn ich Mädchen aus dem Weg gehe. Allerdings gibt es ein Mädchen in meiner Stufe, das ich gern anschauen würde, ohne rot anzulaufen wie eine Tomate. Sie heißt Farah Shah. Farah ist perfekt, von ihrem schwarzen Haar, das so glatt ist wie mit dem Lineal gezogen, bis zu ihrem fröhlichen Lachen. Und klug ist sie auch. Sie stellt die

Art von Fragen, über die die Lehrer erst mal nachdenken müssen. Mir ist schon klar, dass sie in einer komplett anderen Liga spielt, aber das ist okay, das tun die meisten.

«Tom!», sagte Dad laut, und sein rötliches Gesicht tauchte an meiner Zimmertür auf. Er schwang eine Tüte von der Imbissbude in der Hand. Statt einer Antwort zeigte ich auf meine Ohrhörer.

Er war nicht sauer, aber wahrscheinlich hatte er mich schon mehrmals gerufen. Mein Dad ist in Ordnung. Er ist auch der unsichtbare Typ, so wie ich. Ich folgte ihm nach unten. Wir reden nicht viel. Er arbeitet nachts, und ich bin den ganzen Tag in der Schule. Er verteilte das Essen, ich schnappte mir den Ketchup, und wir setzten uns mit den Tellern auf dem Schoß vor den Fernseher. So essen wir immer. Bei uns gibt es nur Dad, mich und den Fernseher. Mum ist gestorben, als ich in der zweiten Klasse war.

Ich wickelte mein Essen aus. «Brühwurst?» Ich zeigte auf das erschreckend rote Ding, das unter meinen Pommes hervorlugte.

«Ja, tut mir leid. Würstchen im Teigmantel waren aus.» Er aß weiter.

«Aber ich hasse Brühwurst.» Ich stupste sie mit der Gabel an.

«Echt?» Er wirkte überrascht. «Dann hab ich mich vertan. Deine Mum mochte die so gern. Als ich sie das erste Mal ausgeführt hab, wollte sie Brühwurst mit Pommes.»

Das überraschte mich etwas. Nicht, dass Mum Brühwurst mochte, sondern dass Dad sie erwähnt hatte. Er redet ohnehin nicht viel, aber über Mum schon gar nicht. Ich hatte mich schon dran gewöhnt, es gar nicht erst zu versuchen, weil es eh zwecklos war. Er hatte immer sofort das Thema gewechselt oder war einfach weggegangen. Aber jetzt sah ich meine Chance gekommen. Die Gelegenheit war günstig, denn es war ein Werktag, und er hatte den Whisky nicht angerührt. Nur: Was wollte ich eigentlich wissen?

Ich ignorierte die Ekelwurst und tunkte eine riesige Fritte in den Ketchup. Dabei kam mir eine Idee: «Wie habt du und Mum euch eigentlich kennengelernt?», fragte ich und drehte mich auf dem alten braunen Sofa in Dads Richtung, damit ich seine Reaktion sehen konnte. Ein paar Stoppeln an seinem Kinn zeigten, dass er sich nicht gründlich rasiert hatte.

Er legte sein Besteck weg und blies die Luft aus. «Puh, da muss ich nachdenken.» Er schien die Gedanken schweifen zu lassen. Sein Blick lag auf Mums Foto, das auf dem Kaminsims stand. Es ist während unseres letzten gemeinsamen Urlaubs entstanden, damals hatten wir einen Wohnwagen in Hunstanton gemietet. Ich liebe das Bild. Sie lacht darauf. Mum hat immer viel gelacht. Wir alle. Wenn ich mich doll konzentriere, kann ich sie noch lachen hören, aber ich hab Angst, eines Tages nicht mehr zu wissen, wie sie geklungen hat. Mir kommt's so vor, als würde sie nach und nach ausradiert. Dad blinzelte und schaute mich traurig an. So sah er immer aus, wenn ich über Mum reden wollte. Ich erwartete, dass er das Thema wechseln würde. «Bei den Simpsons! Da haben wir uns zum ersten Mal getroffen», sagte er schließlich.

«Vor dem Fernseher?» Ich lachte bei der Vorstellung.

«Nein, du Dussel. Die Inhaber von dem kleinen Buchladen an der High Street hießen Simpson. Ich war da, um den neuesten Stephen King abzuholen. Hab so getan, als hätte ich ihn für mich bestellt, dabei war er für meinen Dad.» Er lächelte bei der Erinnerung. «Mum stand mit ihren Freundinnen kichernd vor dem Regal mit den Liebesromanen. Wir kamen ins Plaudern, und ich hab sie gefragt, ob sie nicht Lust auf ein Coke Float hat. Cola mit Vanilleeis, da stand ich damals total drauf. Warum gibt's das eigentlich nicht mehr?»

Ich verdrehte die Augen, weil er immer alles von früher verklärt. Ich wusste, dass die beiden so alt waren wie ich jetzt, als sie zusammenkamen. Seine Seelenverwandte hat Dad sie in seiner kleinen Ansprache bei der Beerdigung genannt. Ich weiß nicht genau, was er damit meinte, aber ich weiß ganz sicher, dass sie glücklich waren. Ihre Ehe war nicht perfekt, es gab schon auch manchmal Streit, aber nichts, was ich als schlimm in Erinnerung hab. Dad hat mal gesagt, sie hätten nicht viel Geld gehabt, und das wäre das Einzige gewesen, worüber sie gestritten hätten.

«Deine Mum liebte Bücher.» Er schaute wieder zu dem Foto.

«Ich weiß noch, dass sie mir abends im Bett vorgelesen hat.»

Er sah mich mit Tränen in den Augen an. «Ich kann mit Büchern ja nichts anfangen. Liest du viel?»

Ich zuckte mit den Schultern, aber er wartete auf eine richtige Antwort. «Nur, was wir für die Schule lesen müssen.»

Er blickte sich in unserem kleinen Wohnzimmer um. Seit Mums Tod hatte es sich kaum verändert. Außer dass es etwas chaotischer aussah als früher.

Ich kam ins Grübeln. Mädchen lasen also gern Liebesromane. Ob das heute auch noch so war?

«Okay.» Dad schaute auf die Uhr. Er musste zur Arbeit. «Gehst du noch weg?»

Das fragte er mich immer, und jedes Mal schüttelte ich den Kopf. Ich gehe abends nie weg. Ich hab zwar ein paar Kumpel, aber wir spielen *FIFA* auf der Xbox. Das können wir bequem vom Bett aus, warum sollten wir also rausgehen? Wenn ich spiele, fühle ich mich weniger wie ein Loser, weil ich alleine hier rumhänge.

«Gut, also dann bis morgen früh. Vergiss nicht abzuschließen.» Er drückte im Vorbeigehen meine Schulter und nahm meinen Teller mit raus. Ich mache immer den Abwasch, bevor ich ins Bett gehe. So teilen wir uns die Arbeit. Dad besorgt was zu essen, ich spüle. Ich stelle die Wäsche an, Dad bügelt.

Meine Freunde stöhnen andauernd über ihre Eltern. Darüber, wie sehr sie ihr Leben kontrollieren wollen und ihnen auf die Nerven gehen. Ich stimme immer mit ein und behaupte, Dad wäre genauso, aber das stimmt gar nicht. Er nervt, wenn er sich über Rechnungen, Politik und den Zustand der Straßen auslässt, aber ich mache schätzungsweise auch hin und wieder irgendwas, was ihn stört. Ich könnte heute Abend ausgehen, ohne dass er weiß, wo ich bin oder was ich mache, und er fände das in Ordnung. Allerdings hab ich keinen Grund, vor die Tür zu gehen. Ich bin eh unsichtbar.

*

Ich wurde wach, als die Toilettenspülung ging. Dad war von der Arbeit zurück. Mein müder Blick wanderte zum Wecker: 6 Uhr 37. Ich zog die Decke über den Kopf. Es war Samstag, also konnte ich weiterschlafen. Dad würde gleich ins Bett gehen. Es muss seltsam sein, nachts zu arbeiten und tagsüber zu schlafen. So als würde man gezwungen, nachtaktiv zu sein. Aber wegen einem Typen aus Amerika, der mich in *Call of Duty* herausfordert und nachts bis drei Uhr wach hält, bekomme ich gerade einen kleinen Vorgeschmack darauf. Ich kuschelte mich wieder ein und versuchte, in meinen Traum über Ariana Grande zurückzufinden.

Ich drehte mich um und sah wieder auf die Uhr. 11 Uhr 58. Schon besser. In zwei Minuten würde Dads Wecker klingeln. Samstags gönnt er sich immer nur ein paar Stunden Schlaf, damit er in der Nacht auf Sonntag ein Auge zukriegt. Ich hörte seinen Wecker. Das war mein Zeichen, unter die Dusche zu hüpfen, bevor er es tat.

Als ich in die Küche kam, machte Dad gerade Kaffee. «Guten Tag, Sohn.» Er wollte mir durch die Haare fahren, aber ich wich ihm aus. Ich trank den Apfelsaft leer und warf die Plastikflasche in den Müll.

«Ich geh mal ins Dorf. Brauchen wir irgendwas?», fragte ich.

«Zauberbohnen», sagte Dad. Er starrte gerade auf einen Kontoauszug und blickte nicht auf.

«Sind das die zuckerreduzierten?» Diese Baked Beans kann

ich nicht ausstehen, die schmecken echt scheiße. «Ach so!» Ich schnallte zu spät, dass er auf das Märchen anspielte.

«Mach dir nichts draus», sagte er, dann öffnete er den Schrank und schüttelte den Kopf. «Chips und Kekse, aber nur die billigen. Okay?» Er gab mir fünf Pfund.

Ich schnappte mir Rucksack, Ohrhörer und meine Jacke. Ich bin froh, dass er mich nicht gefragt hat, warum ich ins Dorf gehe. Ich bin nicht sicher, ob meine Idee was taugt, aber ich werd's ja sehen. Farah Shah wohnt zwischen dem Dorf und der nächstgelegenen Kleinstadt. Keine Ahnung, woher ich das weiß. Ich bin kein Stalker; hab's nur irgendwann mal mitgekriegt und mir gemerkt. Farah und ich haben ein paar Kurse zusammen, aber wir reden nie miteinander. Sie ist beliebt. Alle Jungs wollen mit ihr gehen, und alle Mädchen wollen so sein wie sie. Ich würde gern einfach mal Hallo zu ihr sagen können, ohne gleich knallrot anzulaufen.

*

Ich hielt für alle Fälle nach ihr Ausschau, während ich an der Ladenzeile vorbeilief. Wir haben im Ort einen Herrenfriseur, einen Friseursalon – die Sorte für ältere Damen –, das Postamt, eine Kunstgalerie (oh Wunder!) und einen Tante-Emma-Laden. Auf der anderen Straßenseite ist ein Pub – das *Limping Fox*, wo Dad früher gern hingegangen ist –, ein ganz nettes indisches Restaurant, ein Blumenladen und ein Copyshop, der fast nie geöffnet hat. Es waren ein paar Leute unterwegs, aber ich guckte nicht hoch. Wir hatten Februar, und es war kalt, da hielt sich niemand lange im Freien auf.

Mein Weg führte an der Dorfwiese und dem altertümlichen, bei Touristen beliebten Pranger vorbei, außerdem an der riesigen Zeder, um die sich immer alle Sorgen machen, wenn es mal stürmt. Versteckt hinter einer Reihe von Cottages liegt die Dorfbücherei. Die hatte ich schon Jahre nicht mehr von innen gesehen. Bei meinem letzten Besuch war ich bestimmt noch auf der Grundschule gewesen, aber sie sah noch ganz genauso aus, wie ich sie in Erinnerung hatte, was mich irgendwie beruhigte.

Der Inschrift auf der Tafel am Eingang kann man entnehmen, dass das Gebäude von 1837 ist und früher als Schule gedient hat. Den automatischen Türöffner hatte es bei meinem letzten Besuch noch nicht gegeben. Die Wärme, die mir beim Eintreten entgegenschlug, haute mich fast um. Über der Tür war ein Heizlüfter angebracht, und ich ging schnell weiter. Wenn man aus der Kälte kommt, ist warme Luft ja erst mal angenehm, aber wenn mir zu warm wird, schwitze ich, und das kann ich nicht ausstehen. Im Innern sah es kaum anders aus als früher. Die hohe Holzbalkendecke, die Bogenfenster, die vielen Regalreihen voller Bücher und dieser spezielle Bücherei-Geruch – es war alles noch da.

Vielleicht lag es an diesem Geruch, aber irgendwie bekam ich feuchte Augen. Ich weiß nicht, wie ich es erklären soll – es war, als würde eine riesige Welle verworrener Gefühle über mir zusammenschlagen. Ich war immer glücklich gewesen, wenn ich in die Bücherei kam, denn dann hatte ich Mum ganz für mich allein. Es gehörte zu den Sachen, die wir immer zusammen gemacht haben. Wir gingen regelmäßig in die Bücherei, ganz egal, wie viel Arbeit sie hatte, und ich hab's geliebt. Ich hab sie geliebt. All diese Gefühle stürmten jetzt wieder auf mich ein. Zuerst wollte ich wieder rausrennen, aber irgendwas hielt mich zurück. Ich wollte die Zeit zurückdrehen und wieder dieser kleine Junge sein. Behütet und glücklich.

Ich musste an das letzte Mal zurückdenken, dass ich mit Mum hier gewesen war. Ich sah sie quasi vor mir, wie sie die Regale auf der Suche nach ihren Lieblingsautorinnen abscannte. Ich hatte mir unter anderem ein Buch über Dinosaurier ausgesucht und wollte mich hinsetzen und sie alle sofort lesen. Damals hab ich Bücher geradezu verschlungen. Ich blinzelte die Tränen weg und schaute mich in dem Raum um.

Einige ältere Frauen hatten sich um einen Tisch versammelt und unterbrachen ihr Gespräch, um zu sehen, wer hereingekommen war. Ich setzte den Rucksack ab, steuerte einen Platz in der entgegengesetzten Ecke an und öffnete unterwegs meine Jacke. Als ich saß, ließ ich meinen Blick durch die Bücherei schweifen. Sie war groß. Ich erinnerte mich, dass die Raumaufteilung damals anders gewesen war. Früher hatten Regale in der Mitte gestanden, die die Bücherei in verschiedene Bereiche unterteilten; jetzt gab es nur noch einen großen Raum. Es war still. In einem Bereich für Kinder saßen eine Mutter und ein kleines Mädchen. Sie hatten zwei Bücherstapel vor sich stehen. Das Mädchen zog einen Schmollmund. Ich konnte mir schon denken, was los war. Ich war genauso gewesen, wenn Mum mit mir hier war. Ich wollte immer alle Bücher mit nach Hause nehmen.

Mir wurde bewusst, dass ich lächelte, und ich machte schnell wieder ein ernstes Gesicht. Dann schaute ich mich unauffällig weiter um. Die um den Tisch sitzenden Frauen hatten alle das gleiche Buch vor sich liegen und unterhielten sich offenbar darüber.

Früher hatte man seine Bücher an einem speziellen Tresen ausgeliehen und zurückgegeben. Aber damals war ich ja noch kleiner, vielleicht war er in Wirklichkeit auch gar nicht so hoch. Jedenfalls war dieser Tresen durch eine Art Stehpult ersetzt worden, auf dem ein Bildschirm thronte. Davor stand eine Frau mit einem blauen Umhängeband um den Hals und tippte auf einer Tastatur herum. Das musste dann wohl die Bibliothekarin sein.

Auch wenn ich mich insgesamt langsam etwas wohler fühlte, war mir noch immer unangenehm warm. Ich wollte auf keinen Fall schwitzen für den Fall, dass Farah hereinschneite. Also fächelte ich mir mit dem Saum meines T-Shirts ein bisschen Luft unter die Achseln. Damit niemand auf die Idee kam, mich anzusprechen, ließ ich die Ohrhörer drin.

Von meinem Platz aus ließ ich den Blick über die Regale in

meiner Nähe schweifen. *K bis O*. Auf einem Schild darüber stand: *Belletristik*. Ich verrenkte mir den Hals. Wie jetzt? Nur Belletristik, Sachbücher und Kinderbücher? Keine Abteilung für Krimis, Biografien und, vor allem, Liebesromane? Ich hätte die Bibliothekarin fragen können, nur, dass ich es einfach nicht konnte. Jedenfalls nicht, ohne radieschenrot anzulaufen und Schweißausbrüche von olympischen Ausmaßen zu riskieren. Ich vermutete, dass die Liebesromane unter die anderen Romane gemischt waren, was eine Abänderung meines clever durchdachten Plans erforderte. Doch als ich mich in der Bücherei umschaute, bemerkte ich noch ein weiteres Problem: das offensichtliche Fehlen anderer Menschen meines Alters.

Es war schon merkwürdig, wieder hier zu sein. Abgesehen von dem übereifrigen Heizlüfter war es ganz nett in der Bücherei. Ich weiß, nett ist ein blödes Wort – jedenfalls sagt meine Englischlehrerin mir das dauernd. Aber so fühlte sich dieser Ort nun mal an. Nett. Er hatte etwas Vertrautes, obwohl ich Jahre nicht hier gewesen war. Und in der Luft hing der Geruch von Büchern. Den hatte ich völlig vergessen. Schon als kleiner Junge hatte ich ihn in mich aufgesogen. Die Bücherei war für mich etwas ganz Besonderes gewesen, und ich schätze, sie war es noch immer – nur ich hatte mich verändert.

Plötzlich hatte ich das Gefühl, beobachtet zu werden. Ich drehte instinktiv den Kopf und sah, dass eine der Frauen an dem Tisch mich interessiert betrachtete. Sie hatte eine wilde graue Mähne und trug ein buntes Top mit Wirbelmuster. Wir beäugten uns gegenseitig, und der introvertierte Junge in mir schrie vor Entsetzen. Ich schaute weg. Sofort fühlte mein Hals sich wieder heiß an. Wahrscheinlich sah ich vage verdächtig aus. Ich bin mir der Tatsache bewusst, dass männliche Jugendliche viele Leute nervös machen. Sie glauben nämlich, dass wir alle entweder Drogen nehmen oder irgendwas mitgehen lassen wollen. Ich schaute hinter mich und erblickte ein Buch mit einem rosafarbenen Rücken im Regal. Das war bestimmt ein Liebesroman. Ich zog es heraus und schaute es mir an. *Dich schickt der Himmel* von Sophie Kinsella. Yep, das sah aus wie die Sorte Bücher, die meine Mum gelesen hatte. Ich überflog den Text auf der Rückseite.

Dann hob ich den Blick. Die Frau an dem Tisch starrte noch immer in meine Richtung, nur sah sie jetzt fasziniert aus. Das war nicht gut. Ich schaute wieder auf das Buch. Dass ich einen Liebesroman in der Hand hielt, machte mich bestimmt verdächtig. Ich schluckte schwer, drehte mich um und stellte das Buch vorsichtig ins Regal zurück. Als ich mich zurückdrehte, stand sie vor meinem Tisch.

«Kann ich helfen?», fragte die Bibliothekarin. *Oh, shit!*

Ich war nicht länger unsichtbar, und das gefiel mir nicht. «Äh, öh. Ähm.» *Reiß dich zusammen, Tom.*

Ich holte Luft. «Ich, ähm, ich …» Ich atmete noch mal tief ein. «Ich suche Bücher.» Wow, was für ein genialer Satz. Ich versuchte, ansatzweise zu lächeln. «Gab es hier nicht früher unterschiedliche Abteilungen? Wie Krimis und Liebesromane?» Ich konnte den Blickkontakt nicht länger halten. Wie anstrengend.

«Ja, stimmt, aber so funktioniert es auch ganz gut. Wir haben die Neuerscheinungen nach Genre unterteilt. Sie sind da drüben.» Sie zeigte auf die Regale neben der Tür. «Daneben stehen auch Bücher in einfacher Sprache, Großdruckbücher und Hörbücher.» Die hatte ich komplett übersehen.

«Gut, danke.» Ich schaute kurz hoch und hoffte, sie würde mich als hoffnungslosen Fall einstufen und in Ruhe lassen.

«Ich hab gesehen, dass du dir Sophie Kinsella angeschaut hast.»

«Bitte?» Mir fiel das rosafarbene Buch wieder ein. Bitte, lieber Gott, lass mich sterben. Jetzt sofort. Wenn es so was wie spontane Selbstentzündung gibt, dann erlöse mich. Mein Kopf war definitiv heiß genug, um kurz vorm Schmelzpunkt zu stehen.

«Wenn du Liebesromane suchst …», ich schüttelte bereits meinen überhitzten Kopf, «für dich oder für jemand anders …» Warum war ich da nicht selbst drauf gekommen? «Wir haben da drüben eine eigene Ecke.» Sie zeigte auf einen Drehständer. «Alle anderen Schmöker, wie zum Beispiel historische Romane, stehen bei der allgemeinen Belletristik, aber ich könnte dir ein paar Autorinnen empfehlen.» Sie übte ihren Beruf mit Begeisterung aus – das war mehr als schlecht.

Was sollte ich jetzt bloß machen? Ich öffnete den Mund und lieferte eine hervorragende Goldfisch-Imitation. Die Bibliothekarin beugte sich mit einem verschwörerischen Blinzeln zu mir herab. «Schickt deine Mum dich? Sollst du ihr ein Buch mitbringen?»

Ich nickte wie ein Wackeldackel im Auto nach einem Schlagloch. «Ja, Mum ist …» Denk dir was Glaubwürdiges aus. Tot ist kein guter Grund, um ein Buch aus der Bücherei zu benötigen. «Bei der Arbeit.» Meine Augen leuchteten vor Erleichterung auf, als ich begriff, dass ich eine gute Antwort gegeben hatte. Sicherheitshalber wiederholte ich die Lüge noch einmal. «Sie ist bei der Arbeit.» Wenigstens ließ das Schwitzen jetzt nach.

Die Bibliothekarin war sichtlich stolz auf sich. Sie verdrehte die Augen. «Mütter von heute, was?» Ich verbrüderte mich mit ihr und zuckte die Achseln. Das war super. «Wie heißt sie denn? Ich suche ihre Karte raus, dann können wir nachsehen, was sie sonst so ausleiht.»

Verflucht! Das konnte doch nicht wahr sein. Der Schweiß kehrte zurück wie ein Tsunami. *Denk dir was aus.* Sie guckte schon komisch. Für eine Antwort, die ein Sechzehnjähriger aus dem Ärmel schütteln können sollte, ließ ich mir ganz schön viel Zeit. DENK NACH. Mein Blick irrte auf der Suche nach Inspiration umher. Ein Schild an der Wand wies auf die Möglichkeit hin, E-Books auszuleihen. «Kindle!», rief ich geradezu, und die Frau zuckte zurück. Ich schluckte und versuchte, mir was zurechtzulegen. «Sie liest sonst nur E-Books, aber ihr Kindle hat den Geist aufgegeben.»

Die Bibliothekarin lächelte wieder. Ich nicht. Ich hätte mein T-Shirt auswringen können. «Ach so, ich verstehe. Hast du denn einen Büchereiausweis?»

«Nein, als Kind hatte ich einen, aber ich weiß nicht mehr, wo er ist.»

«Kein Problem. Bist du über sechzehn?» Ich nickte. «Dann brauchst du jetzt ohnehin einen Ausweis für Erwachsene. Ich kann entweder deine Daten in unsere EDV eingeben, oder du benutzt den Computer da drüben und meldest dich selbst an.»

«Ich mach's selbst, danke.»

«Sehr schön. Soll ich in der Zwischenzeit schon mal ein paar Bücher für deine Mum raussuchen?»

«Ja, danke.» *Nein! Ich brauche keine Liebesromane.* Glücklicherweise hatte ich meinen Rucksack dabei, sonst hätte ich mit einer Ladung Chick-Lit im Arm da rausspazieren müssen. Wie war ich bloß in diesen Schlamassel reingeraten? Ach ja, dies war der Versuch eines Losers, Mädchen kennenzulernen. Hatte ja super funktioniert. Mein Plan war offenbar nicht so genial wie erhofft.

Ich schlich zu dem Computer und folgte den Anweisungen, die unter der Folie auf dem Tisch klebten. Als ich das letzte Mal auf Eingabe klickte, erschien neben mir ein Stapel mit acht Büchern. Acht! «Danke. Äh, da wird Mum sich aber freuen.» Die Bibliothekarin wirkte entzückt, und ich hätte mich am liebsten in eine Pfütze aufgelöst. Ich wischte mir die Handflächen an meiner Jeans trocken, dann nahm ich die Bücher, schob sie schnell in meine Tasche und zog den Reißverschluss zu. Die Bibliothekarin ließ mich keine Sekunde aus den Augen. Warum starrte sie mich immer noch so an?

«Kann ich sonst noch was für dich tun? Wir haben auch eine Abteilung mit Büchern für junge Erwachsene.» Ich sagte nichts – in meine Tasche hätte ich ohnehin nichts mehr reingekriegt.

«Oder du kannst auf unseren Computern im Internet surfen, wenn du dir ein Zeitfenster reservierst.»

Es war klar, dass ich nicht einfach nur hier sitzen und darauf warten konnte, dass Mädchen auftauchten, und überzeugende Lügen fielen mir auch keine mehr ein. Was schade war, denn eigentlich hatte es mir gefallen, wieder mal in der Bücherei zu sein. «Nein, ich hab alles, was ich brauche, vielen Dank.» Ich klopfte auf meine Tasche und stand auf.

«Sie kann sie drei Wochen behalten, und wenn sie sie länger braucht, kannst du die Leihfrist online verlängern. Gut?»

Nein, gar nichts war gut. «Ja, super.» Ich nahm meine Jacke und entfleuchte mit gesenktem Kopf in die irrsinnig angenehme kalte Luft draußen. Als Erstes schaute ich nach, ob jemand in der Nähe war, den ich kannte. Niemand zu sehen. Also setzte ich meinen Rucksack auf und eilte mit meiner peinlichen Beute nach Hause.

# 2

## MAGGIE

Die Buchklub-Lektüre war diese Woche nicht nach Maggies Geschmack gewesen. Sie hatte die Nase voll von Psychothrillern, die stets so taten, als gäbe es am Schluss eine vollkommen unerwartete Wendung, während ihr die Auflösung immer schon lange vorher so offensichtlich erschien wie eine pink gestreifte Kuh auf einer Weide voller Schafe. Zudem bemerkte sie, dass einige dieser Geschichten ihr Angst machten, was für eine alleinstehende Zweiundsiebzigjährige nicht gut war. Nicht, dass das Alleinsein ihr Probleme bereitete; das tat es keineswegs. Sie lebte jetzt schon seit fast zehn Jahren allein. Maggie war gern für sich und liebte ihre Freiräume, aber sie zwang sich jeden Samstag, die Fahrt ins Dorf anzutreten. Sonst sah oder sprach sie womöglich gar niemanden, es sei denn, der Briefträger brachte mal etwas, wofür er ihre Unterschrift benötigte. Doch die Interaktion mit ihm beschränkte sich in der Regel auch nur darauf, dass er wortreich über die Schlaglöcher in ihrer Einfahrt klagte und über die bleibenden Schäden, die sie seinem Steißbein zugefügt hätten.

Die Diskussion war beendet, und die Mitglieder des Buchklubs brachen langsam auf. Maggie steckte ihre Ausgabe von *Die Pickwickier* ein, das sie als Nächstes lasen. Hin und wieder nahmen sie sich einen Klassiker vor, was gut war, denn anders als die meisten anderen in der Gruppe war Maggie nicht allzu belesen. Häufig genug hatte sie das Gefühl, sie hätte es schaffen müssen, sich mehr Zeit für Bücher zu nehmen, aber früher hatte sie ein sehr erfülltes, geradezu übervolles Leben gehabt. Erst vor Kurzem war ihr bewusst geworden, dass Dinge nicht mehr von selbst auf sie zukamen, sondern sie sich aktiv bemühen musste.

«Hast du den Jungen gesehen?», fragte Betty mit besorgter Miene, als sie in ihren Mantel schlüpfte.

Maggie hatte ihn bemerkt. «Er kam mir ein bisschen nervös vor.» Männer und noch dazu solche unter sechzig waren ein seltener Anblick in der Bücherei und eigentlich auch im ganzen Dorf.

«Glaubst du, er wollte das Objekt auskundschaften?»

Maggie lachte laut auf. «Das Objekt? Das ist eine Bücherei, Betty. Hier gibt's kaum was, was zu stehlen sich lohnen würde. Und weil niemand seine Leihfrist überzieht, ist nicht mal ordentlich Bargeld in der Kasse.»

«Trotzdem», beharrte Betty und richtete sich kerzengerade auf, bevor sie wieder ihre übliche gekrümmte Haltung annahm. «Man liest ja ständig von so was. Drogen, Raubüberfälle, Mord!» Mit dem letzten Punkt schien sie sich selbst überrascht zu haben und knöpfte hastig ihren Mantel zu.

«Wenn du mich fragst, hatte er eher Angst vor uns. Geradezu panische Angst sogar. Ich glaube nicht, dass er noch mal wiederkommt.»

Das schien Betty zu beruhigen. «Dann ist gut. Bis nächste Woche!», fügte sie fröhlich hinzu und ging. Draußen würde ihr Ehemann pflichtbewusst in seinem frisch gewaschenen Škoda auf sie warten.

Maggie war der Junge gleich bei seiner Ankunft aufgefallen. Er hatte diesen ängstlichen Blick gehabt, wie die meisten Menschen in einer ungewohnten Umgebung. Allerdings hatte er sich offenbar nicht nur wie ein Fisch auf dem Trockenen gefühlt, sondern gleich wie ein Außerirdischer auf dem falschen Planeten. Als sie früher ihre Schafe transportiert hatte, hatte sie ähnliche Mienen gesehen. Aber diesem Schäfchen fehlte die Sicherheit der Herde. Der Junge war allein gekommen, und das hatte ihre Neugier erregt.

Sie beschloss, wo sie schon mal da war, in den Zeitungen nachzulesen, was in der Welt so passierte. Es war kalt im Februar, und je länger sie blieb, desto später musste sie zu Hause den Kamin anwerfen.

Maggie hatte sich schon immer gern in der Bücherei aufgehalten. Bücher boten stets eine geheime Tür, durch die man in andere Welten flüchten konnte – wofür sie in ihrem Leben häufig dankbar gewesen war. Auch für die Bücherei war sie dankbar. Sie hatte oft einen sicheren, ruhigen Ort gebraucht, an den sie fliehen konnte, und die Bücherei hatte sie nie enttäuscht. Heutzutage kam sie aus etwas anderen Gründen. Hier war es warm, und die meisten aus dem Buchklub waren freundlich. Maggie war gern unter Leuten. Und auch wenn die Leserunde nicht die aufregendste Truppe war, hatten doch immer alle etwas zu erzählen. Maggie hatte in letzter Zeit immer häufiger festgestellt, dass sie sonst niemanden hatte, mit dem sie reden konnte. Sie plauderte noch mit den anderen Nachzüglern aus der Gruppe, bis auch sie nach Hause gingen, und setzte sich dann in die Abteilung für Zeitungen und Zeitschriften. Zuerst las sie die Schlagzeilen. Die Klatschgeschichten hob sie sich für später auf, wenn die Nachrichten sie deprimiert hatten. Für gewöhnlich schafften sie es, sie dann wieder aufzumuntern.

Kurze Zeit später war sie dermaßen in die neuesten Skandale vertieft, dass sie fast vergessen hatte, wo sie war. Ein Artikel über einen Schauspieler, der sich aus seinem Hotelzimmer ausgesperrt hatte und seine Männlichkeit nur mit einer Socke bedecken konnte, amüsierte sie derart, dass sie laut lachen musste.

«Alles in Ordnung, Maggie?», fragte Christine, die Bibliothekarin, und rückte einen Stapel bereits perfekt aufeinanderliegender Bücher zurecht.

«Ja, alles gut.» Maggie schlug schnell die Illustrierte zu.

«Schön, dass junge Leute in die Bücherei kommen. Der von vorhin hat jetzt sogar einen Ausweis. Ich werde der Gemeindeverwaltung berichten können, dass meine Plakataktion erfolgreich war.» Christine zeigte auf die Anschlagtafel, wo ein trauriges Bild von einem Teddy Kinder darüber informierte, dass Lesen Spaß machte.

«Ich meinte, gehört zu haben, dass die Bücher für seine Mutter waren?»

Christine reagierte gereizt. «Ja, streng genommen schon. Aber wenn sie erst mal hier gewesen sind, haben sie die erste Hürde genommen.»

Maggie ließ das einfach mal so stehen. Was hatte es für einen Sinn, darüber zu streiten? «Dann hoffen wir mal, dass wir ihn nicht verschreckt haben.» Sie bemerkte, wie spät es geworden war, und packte ihre Sachen zusammen. Es dauerte zwar noch eine Weile, bis ihr Bus kam, aber Christine mochte es nicht, wenn das Ende der Öffnungszeit nahte und noch Leute da waren. Maggie verabschiedete sich und ging zur Tür.

Es war dunkel draußen, und es regnete. Maggie zog den Reißverschluss ihres geblümten Regenmantels zu, hängte sich die Tasche über die Schulter und trat ins Freie. Das Dorf lag nun still da. Bei ihrer Ankunft hatte noch ein ziemliches Gewusel geherrscht. Na ja, *Gewusel* war vielleicht übertrieben, aber es waren einige Leute unterwegs gewesen, was für Compton Mallow schon viel war. Sie zog den Kopf zwischen die Schultern und nahm die Abkürzung durch eine Gasse zwischen zwei Cottages. Gedanklich war sie mit der Frage beschäftigt, was sie sich zum Abendessen kochen würde. Sie hatte noch einen Rest Cottage Pie, aber darauf hatte sie keine Lust. Vielleicht würde sie sich einen Toast mit Käse überbacken. Sie liebte überbackenen Toast. Der einzige Nachteil war, dass das schnell ging, und Maggie brauchte Dinge, mit denen sie ihre Zeit ausfüllen konnte.

Auf einmal hörte sie Schritte und sah auf. Eine Gestalt kam mit hochgezogenen Schultern auf sie zu. Maggie erkannte den jungen Mann, der in der Bücherei gewesen war. Sie lächelte, und beide gingen ein bisschen zur Seite, um einander passieren zu können. Der Junge warf ihr einen flüchtigen Blick zu, bevor er sich wieder ganz auf den Boden konzentrierte. Maggie fragte sich, warum er wohl zurückgekommen war.

Kurz hinter ihm folgte noch jemand. Er hatte ungefähr die gleiche Größe und den gleichen Körperbau wie der Junge, trug eine schwarze Kapuze und hielt den Kopf gesenkt. Anders als sein Vorgänger wich er aber nicht aus, sondern rempelte Maggie an, sodass ihr die Tasche von der Schulter rutschte. Und bevor sie sie wieder hochziehen konnte, spürte sie, wie er an dem Henkel zog. Instinktiv hielt sie sie fest und machte sich schwer, indem sie sich auf den Boden setzte. So konnte ihr Angreifer sie wenigstens nicht umreißen. Dass nun so ein großes Gewicht an der Tasche hing, überraschte ihn.

«Hey!», schrie sie, den Henkel ihrer Tasche weiter mit aller Kraft umklammernd, musste jedoch feststellen, dass der Kapuzentyp sie nun einfach daran den Weg entlangzerrte. In ihr stieg Wut auf. Sie liebte diese Tasche und wollte sie auf keinen Fall verlieren.

«Lass los!», zischte der Kapuzentyp, während er sich weiter ein heftiges Tauziehen mit ihr lieferte.

«Hau ab!», rief Maggie. Allmählich verlor sie den Halt. Sie hatte nicht mehr so viel Kraft in den Fingern wie früher. Und sie war in einer schlechten Position. Von unten konnte sie wenig ausrichten. Sie hörte, wie jemand angerannt kam. Womöglich ein Komplize? Als ihr Angreifer das nächste Mal kräftig an der Tasche zog, bewegte sie sich mit der Tasche nach oben und ließ sich von ihm wieder auf die Füße ziehen. Das Überraschungsmoment gab ihr genug Zeit, um auszuholen.

«Aua! Verdammt!», schrie der Zweite, der Maggies Schlag abgekriegt hatte. Und weil Maggie die Tasche jetzt nur noch mit einer Hand festhielt, riss der Dieb sie los und floh. Seine Schritte hallten durch die Gasse.

Die Fäuste im Anschlag wandte Maggie sich dem Zweiten zu. Diesmal war sie bereit zum Kampf.

Doch der andere hielt abwehrend die Hände hoch. «Ich wollte doch nur helfen!», sagte er mit schmerzverzerrter Stimme.

Maggie schaute genauer hin. Es war der Junge aus der Bücherei. Und ihm lief Blut aus der Nase. «Ich dachte, du machst gemeinsame Sache mit ihm.» Sie zeigte in die Gasse, doch der Taschendieb war längst über alle Berge.

«Nein, ich hab Sie schreien hören, darum bin ich zurückgekommen.»

«Hier bitte», sagte sie und zog Papiertaschentücher aus der Manteltasche. «Du blutest.»

«Ja, ich hab den Schlag voll abbekommen.»

Maggie zog eine Grimasse. «Tut mir leid. Leg den Kopf in den Nacken.»

Er tat es, und sie hielt ihm die Nase zu. «Au, das tut weh.»

«Stell dich nicht an. So hört es auf zu bluten. Komm, lass uns das mal bei Licht anschauen.» Sie führte ihn zurück zur Bücherei.

Christine ordnete gerade einen Stapel Zeitungen und legte die, deren Schlagzeile die Schließung von Büchereien verkündete, ganz nach unten. «Hast du einen Erste-Hilfe-Kasten, Christine?», rief Maggie und schob den Jungen beherzt in ihr Sichtfeld.

«O mein Gott. Was ist passiert?»

«Sie hat mir eine –»

«Mir wurde die Handtasche geraubt, und er ist mir zu Hilfe gekommen, hat dabei aber einen Schlag abbekommen», sagte Maggie und zwinkerte dem Jungen zu, was ihn zu erschrecken schien.

«Oh, Maggie, geht's dir gut?»

«Ja, mir geht's prima. Das meiste hat er abbekommen.»

«Was für ein Held du bist!», sagte Christine und führte den Jungen herein. «Setz dich. Ich hole den Verbandskasten. Aber versuch bitte, den Teppich nicht vollzubluten.» Christine verschwand in einem kleinen Nebenraum.

Maggie und der Junge wechselten Blicke.

«Ich bin Maggie», sagte sie. «Und es tut mir wahnsinnig leid, dass ich dich getroffen habe.» Sie hielt ihm eine Hand hin. Er zögerte, bevor er sie nahm.

«Tom. Ich hab nicht vor, Sie wegen Körperverletzung anzuzeigen, falls Sie sich deswegen Sorgen machen.»

Darüber hatte sie keine Sekunde nachgedacht. In was für einer klagefreudigen Gesellschaft sie doch lebten. «Ich dachte eher, dass es dir bestimmt peinlich ist, von einer Rentnerin verprügelt worden zu sein.»

Tom schien zu überlegen. «Guter Punkt.»

«Ich werd's nicht weitersagen, versprochen.»

«Danke», sagte er und brachte seinen Kopf wieder in eine normale Position.

Christine kehrte mit Mullkompressen und Verbandszeug zurück. «Hat es aufgehört zu bluten?», fragte sie und betrachtete prüfend den Teppich.

«Ja. Ihm geht's wieder gut. Oder?», fragte Maggie.

Tom nahm die blutgetränkten Taschentücher von seiner Nase und erschrak bei dem Anblick. «Glaub schon.»

«Wir sollten die Polizei rufen», sagte Christine und griff bereits nach dem Telefon.

«Nein, nicht nötig. Es war nichts Wertvolles in der Tasche. Nur meine Seniorenkarte für den Bus und meine Brille, oh, und das olle Buch für nächste Woche. 'tschuldigung.»

«Schon gut», sagte Christine, doch ihre Miene sagte etwas anderes. «Sonst noch was?»

Maggie dachte nach. «Ein neues Päckchen Kaugummi und ein Geldbeutel mit ungefähr vierzig Pence drin.»

«Was ist mit Kreditkarten?», fragte Christine, den Hörer schon in der Hand.

«Hab keine.» Maggie nahm ein Desinfektionstuch aus dem Verbandskasten und wollte Tom das Blut um die Nase abwischen wie eine Mutter einem Kleinkind. Doch er riss ihr das Tuch aus der Hand und betupfte vorsichtig sein Gesicht.

Christine stand mit enttäuschter Miene über dem Telefon. «Aber er ist verletzt!»

«Ihm ist nichts passiert», sagte Maggie.

«Ihm ist *wahrscheinlich* nichts passiert», sagte Tom, die blutigen Taschentücher bestaunend.

«Und was ist mit dir, Maggie?», fragte Christine mit einem hoffnungsvollen Unterton.

Maggie hielt kurz inne, blickte an sich herab und zog Bilanz: «Ich krieg blaue Flecken am Hintern, und mein Mantel ist nass und schmutzig, ansonsten bin ich heil geblieben.»

«Oh.» Christine war noch enttäuschter. Sie schaute auf die Uhr. «Wenn wir die Polizei nicht einschalten, sollte ich jetzt mal nach Hause gehen. Alf wird sich wundern, wo ich bleibe.»

«Ja, ich muss auch los», sagte Maggie, denn ihr wurde gerade bewusst, dass sie nun ohne Busticket zu Fuß nach Hause gehen musste.

«Okay», sagte Christine und räumte fröhlich alles wieder in den Verbandskasten.

«Kann ich ein neues Exemplar unserer Lektüre für nächste Woche bekommen?», fragte Maggie.

Christines Lächeln wirkte ein wenig verkrampft, als sie es ihr überreichte und die beiden dann eilig aus der Tür komplimentierte. «Dann bis nächste Woche, Maggie. Und ich hoffe, dich sehe ich auch bald wieder.» Sie winkte Tom zu, und er zuckte erschrocken zurück.

Tom und Maggie blieben draußen vor der Bücherei stehen und schauten Christine dabei zu, wie sie in ihren Mini stieg und davonfuhr.

«Alf ist ihr Kater», sagte Maggie. Tom grinste breit. Es war das erste Mal, dass er lächelte, und es veränderte sein Gesicht völlig. Es brachte eine andere Version von ihm zum Vorschein, die sich in seinem Innern versteckte und auf einen sicheren Moment wartete, um sich hervorzuwagen. Auch Maggie lächelte. «Entschuldige noch mal. Auf Wiedersehen.» Sie wandte sich um und wollte sich auf den Heimweg machen.

«Sind Sie vorhin nicht in die Richtung gegangen?», fragte Tom mit hochgezogenen Augenbrauen.

«Ja, schon, aber dieser Arsch hat mein Seniorenticket geklaut, darum gehe ich zu Fuß nach Hause.» Sie zog ihre Kapuze auf, weil der Regen gerade stärker wurde.

«Wo wohnen Sie denn?», fragte er.

«Draußen bei Furrow's Cross.»

Seine Augen weiteten sich. «Das dauert ja ewig.» Tom griff in seine Hosentasche und zog einen Fünf-Pfund-Schein heraus. «Hier.» Er drückte ihn Maggie in die Hand. «Und ich bringe Sie zur Bushaltestelle.»

«Nein, das kann ich nicht annehmen.»

Tom machte einen Schritt zurück, damit sie ihm das Geld nicht zurückgeben konnte. «Aber Sie müssen auf sich aufpassen. Hier laufen Brutalos rum ...», er machte eine Pause, und sie nickte, «die schlagen sofort zu, wenn ihnen einer zu Hilfe kommt.»

«Wie gesagt: Es tut mir sehr leid.» Dieser Junge hatte etwas an sich, das ihr gefiel.

Sie grinsten sich an und liefen die Gasse entlang, Tom voran. Ihre Schritte bildeten einen gleichmäßigen Takt.

Als sie an der Bushaltestelle ankamen, flüchteten sie vor dem Regen unter das Dach.

«Danke dafür», sagte Maggie und hielt den Geldschein hoch. «Ich geb es dir wieder.»

«Hat keine Eile.»

Der Regen, der auf das Dach trommelte, klang wie leiser Applaus. Zwischen den beiden entstand eine unbehagliche Stille; sie schauten sich an und wussten nicht, was sie noch sagen sollten. Aber der herannahende Bus rettete sie.

«Dann auf Wiedersehen!», sagte Tom und wandte sich zum Gehen.

«Sehen wir uns nächste Woche in der Bücherei?»

«Ich weiß nicht. Vielleicht.»

«Wenn du kommst, kann ich dir das Geld zurückgeben.»

Er schien darüber nachzudenken. «Ach, das ist egal.»

Sie stieg ein und zahlte beim Fahrer. Sie setzte sich ans Fenster und schaute Tom nach. Als der Bus an ihm vorbeifuhr, blickte er hoch. Sie hob die Hand, und er nickte ihr kurz zu. Was für ein Samstag! Jemand hatte sie ausgeraubt. Das war das Aufregendste, was ihr seit Jahren passiert war.

# 3

## TOM

Haben wir irgendwas zu essen da?», rief ich mit der Nase noch halb im Küchenschrank. Ich hatte einen Bärenhunger, aber wann hab ich den nicht. Den Kühlschrank hatte ich schon inspiziert, aber da waren nur Milch, Mayonnaise, Bier und irgendein nicht mehr ganz koscher aussehender Käse drin. Als Mum noch lebte, war das anders. Damals gab es immer was zu essen im Haus. Ich wünschte, wir hätten Kuchen da oder wenigstens irgendwas Anständiges.

Dad erschien in der Tür. «Du warst doch vorhin draußen. Wo sind denn die Sachen, die du eingekauft hast?»

Ich schätzte, dass Dad sauer werden würde, wenn ich ihm erzählte, ich hätte das Geld verschenkt, auch wenn ich es einer alten Dame gegeben hatte. Also dachte ich mir schnell was aus. «Hab ich schon verputzt.»

«Verdammt, Tom. Du frisst mir ja die Haare vom Kopf. Das ist nicht normal.»

«Ist es wohl!» Das weiß ich ganz sicher. Die wenigen Freunde, die ich habe, erzählen nämlich auch immer, ihre Eltern würden über die Mengen klagen, die sie verdrücken. Sobald sie die Einkäufe auspacken, fallen sie darüber her wie die Heuschrecken. «Was kann ich jetzt noch essen?» Mein Blick flog über die Dosentomaten im Schrank. Wir aßen nie Dosentomaten. Wofür waren die eigentlich? Wahrscheinlich längst abgelaufen.

«Toast.» Dad bewarf mich förmlich mit der Packung. Das würde reichen müssen. Ich steckte zwei Scheiben in den Toaster.

«Du musst dir mal klarmachen, was das alles kostet.» Dad schüttelte den Kopf. Das macht er oft. «Ich bin froh, wenn du eines Tages arbeiten gehst», sagte er.

Ich schnaubte. «Das dauert aber noch ein paar Jährchen.»

Dad guckte pikiert. «In deinem Alter hab ich schon voll gearbeitet.» Er redet gern über die gute alte Zeit, die, um ehrlich zu sein, ätzend klingt. Kein Internet, keine Handys und nur vier Fernsehprogramme – das ist nicht das, was ich mir unter gut vorstelle.

«Ich trage Zeitungen aus.»

Jetzt schnaubte Dad. «Ein paar Tage die Woche. Das ist keine Arbeit. Aber wenn du mit der Schule fertig bist, musst du was in Aussicht haben.»

Ich starrte ihn an, denn ich glaubte nicht, dass er zu Scherzen aufgelegt war. Der Toast sprang hoch und beendete das Standbild. «Aber ich mach Abi und will danach studieren.» Mir war klar, dass ich mich dafür noch echt ins Zeug legen musste, aber trotzdem, heutzutage studieren doch alle. Oder?

Dad schüttelte weiter den Kopf. «Das kann ich mir nicht leisten.»

«Dann nehm ich einen Studienkredit auf.»

«Tom, hast du irgendeine Vorstellung davon, wie viel es kostet, für dieses Haus aufzukommen?»

Aus gegebenem Anlass schaute ich mich noch mal genauer in unserer düsteren kleinen Küche um. «Keine Ahnung. Aber wenn ich nicht mehr hier bin und alles aufesse, sparst du doch jede Menge Geld.»

«Jetzt spiel hier nicht den Schlaumeier. Ich arbeite mir den Arsch ab, um dir ein Dach über dem Kopf zu finanzieren.»

«Und was für eins», grummelte ich. Aber sobald es über meine Lippen war, wusste ich, dass ich damit die Lunte eines Feuerwerks entzündet hatte.

Dad ließ sich einen Moment Zeit, bis er so richtig auf hundertachtzig war, bevor er eine Schimpftirade auf mich losließ. Ich blendete mich aus. Das ist ein bisschen so, wie imaginäre Kopfhörer aufzusetzen. Ich hab das alles schon tausendmal gehört – es ist echt langweilig. Und ich streite nicht gern mit Dad.

Ich butterte meinen Toast und aß ihn in der Hoffnung, dass er bald aufhören würde, mich anzubrüllen.

«Hörst du mir überhaupt zu?» Sein Kopf hatte einen ungesunden Rotton angenommen.

«Ja. Ich bin undankbar. Du machst alles. Ich mache nichts. Wir haben kein Geld.» Eine angemessene Zusammenfassung, wie ich fand.

Alle Mann zurücktreten; Rakete Nummer zwei ist bereit zum Abschuss. «Jetzt werd bloß nicht frech, Freundchen!» Er schwang den Zeigefinger in meine Richtung. «Du wirst dich umsehen, Tom. Ich weiß nicht, wie lange ich diese ganzen Rechnungen noch bezahlen kann. Du musst echt aufwachen.» Er nahm eine Flasche Whisky aus dem Schrank, starrte sie finster an, weil nur noch ein kleiner Rest darin war, und kippte ihn in ein Glas. Ich hab ihn irgendwann mal probiert, als er bei der Arbeit war. Schmeckt ekelhaft.

Er blickte mich wütend an, während er seinen Whisky trank. «Hast du dich mit jemandem angelegt?»

«Nein», sagte ich reflexartig und merkte erst dann, worauf er anspielte.

«Du hast ein Veilchen am Auge.» Er zog die Augenbrauen hoch.

«Bin hingefallen.» Ich weiß nicht, warum ich log. Ich hatte allmählich das Gefühl, dass ich ohnehin nichts richtig machen konnte. Er schnalzte mit der Zunge und schüttelte wieder den Kopf.

Dann trank er sein Glas leer und ging hinaus. Ich machte mir noch zwei Scheiben Toast und nahm sie mit auf mein Zimmer. Danach vergingen schätzungsweise ein paar Stunden, in denen ich auf der Xbox spielte. Jedenfalls zuckte ich zusammen, als

Dad plötzlich die Tür aufriss. Er fiel fast in mein Zimmer. Er war rot im Gesicht und verschwitzt, und er brüllte rum, aber ich konnte nicht ganz verstehen, was er sagte. Er war außer sich. Ich zog meine Stecker aus den Ohren.

«Ist alles in Ordnung?», fragte ich.

«Nein, nichts ist in Ordnung, verdammt noch mal.» Er lallte. Ich hasse es, wenn er trinkt. Er stach mit dem Finger auf den Fernsehbildschirm ein, mein Spiel hatte ich angehalten. «Das! Das ist das Problem.» Er stolperte, und ich musste lachen. Ich konnte nicht anders. «Du könntest arbeiten, aber nein, dazu bist du zu faul. Du sitzt auf deinem Hintern und vergeudest deine Zeit ... mit ... mit dem hier.» Er kam nicht auf das Wort, das er suchte, und ich musste mir auf die Zunge beißen, um nicht wieder zu lachen. Diesmal war es nicht lustig, aber ich glaube, es ist Nervosität, wenn ich manchmal in unangemessenen Situationen kichern muss. Er starrte mich an und forderte mich quasi heraus, in Lachen auszubrechen. «Das findest du lustig, ja?»

«Nein.»

«Nein ... weil es nicht lustig ist.» Ich glaube, er hoffte, dass ich «doch» sagen würde. «Und ich zeig dir jetzt, was noch alles nicht lustig ist.» Er taumelte zur Spielekonsole, riss die Kabel heraus und hob die Box hoch.

«Hey! Was soll das?» Ich hatte meinen Fortschritt nicht gespeichert.

«Es wird Zeit, dass du erwachsen wirst! Dass du aufhörst zu spielen und rausfindest, wie das echte Leben aussieht.»

«Was, soll ich mir jetzt einen Job suchen?» Ich schaute auf den Wecker. «An einem Samstag, kurz vor Mitternacht?»

«Das liegt bei dir. Auf jeden Fall bleibt das hier bei mir, bis du es machst», sagte er mit einem fiesen spöttischen Grinsen, wie ein klassischer Disney-Bösewicht.

Meine Xbox war mein Leben. «Ist das dein Ernst?», brachte ich hervor. «Jetzt sei kein Arsch.»

Seine Miene veränderte sich und zeigte plötzlich einen Ausdruck, den ich noch nie an ihm gesehen hatte. Irgendwie beängstigend. «Wie hast du mich gerade genannt?», brüllte er.

«Ich hab dich gar nichts genannt.» Zum zweiten Mal an diesem Tag hielt ich die Hände hoch, um zu signalisieren, dass ich nicht auf Streit aus war.

«Ich – hab – gefragt – wie – du – mich – genannt – hast.» Er kam näher, die Konsole hielt er so fest umklammert, dass seine Fingerknöchel weiß anliefen. Ein starker Kontrast zu seinem dunkelroten Gesicht.

«Das war mehr ein Rat. Ich sagte: ‹Sei *kein* Arsch.›»

Er drehte sich um und ging, und ich atmete auf. Doch meine Erleichterung war nur von kurzer Dauer, denn dann hörte ich, wie etwas die Treppe hinuntergeworfen wurde. Ich sprang vom Bett auf und war mit zwei Schritten am Treppenabsatz. Dad stützte sich am Geländer ab und sah hinunter. Meine Xbox hielt er nicht mehr in der Hand.

Ich glaube nicht, dass ich in meinem Leben schon mal so sauer war wie in diesem Moment. Ich hätte ihn am liebsten hinterhergeworfen. Ich hatte mein ganzes Geld vom Zeitungsaustragen, vom Geburtstag und von Weihnachten gespart, um mir die Konsole zu kaufen. Ich bebte vor Zorn, aber ich wollte ihm nicht zeigen, wie sehr mir das unter die Haut ging. Also zuckte ich nur die Achseln, ging zurück in mein Zimmer und schloss die Tür. Ich wartete eine Zeit lang, weil ich damit rechnete, dass er zurückkommen und mich anschreien würde, um eine Reaktion zu provozieren, doch er tat es nicht.

Ich reagierte meinen Frust ab, indem ich in meine Kissen boxte. Meine Xbox. MEINE VERDAMMTE XBOX! Was fiel ihm ein? Und noch wichtiger: Was zum Teufel sollte ich jetzt mit meinem Leben anfangen?

*

Am Sonntag war ich früh auf, weil ich die Zeitung austragen musste. Von Dad war keine Spur zu sehen. Nur eine leere Flasche im Wohnzimmer und die Plastiktrümmer meines Lebens unten an der Treppe. Ich ignorierte beides und verließ das Haus. Die kalte Morgenluft trug ebenso wenig dazu bei, meine Laune zu heben, wie die Extrabeilagen in den Zeitungen, mit denen ich schwer beladen war.

Als ich zurückkam, herrschte Stille im Haus. Einen Augenblick lang fürchtete ich, er könnte tot sein. Man hört ja manchmal von so was. Von Leuten, die sich derart betrinken, dass sie an ihrer eigenen Kotze ersticken. Ich eilte nach oben und öffnete seine Schlafzimmertür – meine Hand zitterte. Der Geruch war widerlich. Ich erinnerte mich an die Zeit, als das noch das Schlafzimmer meiner Eltern gewesen war. Damals war ich da reingerannt und aufs Bett gesprungen und hatte mich zwischen die beiden gekuschelt. Damals hatte es dort noch geduftet. Ein bisschen wie ein blumiger Weichspüler, so ähnlich wie Mum. Nach zu Hause hatte es gerochen. Aber davon war nichts mehr übrig. Alles war still. Mein Vater bildete einen reglosen Hügel im Bett. Ich wartete an der Tür, unsicher, was ich tun sollte. Schließlich hörte ich, wie er die Luft ausblies. Er lebte also. Ich schloss die Tür wieder und zog mich in mein Zimmer zurück.

Dort starrte ich erst mal lange auf den schwarzen Fernsehbildschirm, bis ich das Gerät einschaltete und feststellte, dass es nichts gab, was ich sehen wollte. Sky oder Netflix oder sonst irgendwas Interessantes konnten wir uns nicht leisten. Und ohne meine Konsole konnte ich nicht mal Clips von *Game of Thrones* auf YouTube sehen. Ich schaltete den Fernseher aus und ließ die Fernbedienung aufs Bett fallen. Mein Blick wanderte durchs Zimmer. Bett, Schrank, Regal und Fernseher. Nicht viel. Mein Rucksack stand auf dem Boden, und ich hob ihn aufs Bett. Er war echt schwer. Ich kippte die Bücher aus der Bücherei aus. All die blöden Liebesschmöker. Wo sollte ich damit hin, bis ich sie zurückbringen konnte? Wenn Dad sie sah, würde er sich nicht mehr einkriegen.

Ich stapelte sie hinter der Tür, das mit dem besten Cover zuoberst. *Verstand und Gefühl.* Ich nahm es in die Hand, drehte es um und las den Text auf dem Buchrücken. Klang halbwegs interessant. Ich schlug es auf und überflog die erste Seite – weil ich buchstäblich nichts Besseres zu tun hatte.

Ein paar Stunden später hörte ich, wie Dad die Dusche anstellte. Wenn ich heute was zu essen haben wollte, würde ich mich selbst darum kümmern müssen. Und wenn ich Dad aus dem Weg gehen wollte, musste ich jetzt sofort essen. Widerstrebend legte ich das Buch unter mein Kissen und ging in die Küche.

Ich fand eine Dose mit Nudeln in Tomatensoße, erhitzte den Inhalt in der Mikrowelle und aß ihn auf Toast.

Dad sah unwirsch aus, als er in die Küche kam. Er stellte den Wasserkocher an und ging schnell wieder, damit er den Lärm nicht ertragen musste. Ein Zeichen für einen ausgewachsenen Kater. Als das Wasser gekocht hatte, kam er wieder reingeschlichen und machte sich einen Kaffee. Ich stellte mein schmutziges Geschirr in die Spüle.

«Willst du das nicht abwaschen?»

Ich machte immer den Abwasch, aber heute hatte ich keine Lust. «Später.» Ich versuchte, mich an ihm vorbeizuschieben, doch er hielt mich am Arm fest. Ich schaute ihn nicht an.

«Tom, ich hab das zu deinem Besten gemacht.»

Das brachte mich richtig auf die Palme. «Wie kann es zu meinem Besten sein, wenn du das einzig Gute in meinem Leben schrottest?» Er hatte immer eine Ausrede. Immer eine Rechtfertigung für alles, was er tat. Wenn ich mich so verhalten hätte, hätte er gesagt, dass ich keine Verantwortung für mein Handeln übernahm. Aber wenn er so was machte, geschah es zu meinem Besten. Das war echt supernervig. Mein Ton überraschte ihn. Normalerweise regte ich mich nicht auf.

«Das ist nur Spielerei.» Er zuckte die Achseln und ließ mich los.

Meine Xbox war nicht nur eine Spielekonsole für mich – sie war mein Sozialleben und meine Fluchtmöglichkeit. Aber es hatte keinen Sinn, ihm das zu erklären. Es kümmerte ihn nicht, nicht mehr. Seit Mum tot war, kümmerte ihn nichts mehr so richtig.

# 4

## MAGGIE

Maggie bürstete ihr Haar aus und staunte, wie buschig es geworden war. Es war schon immer dick und lockig gewesen, aber jetzt, wo es grau wurde, hatte die Formulierung «schwer zu bändigen» eine neue Dimension bekommen. Sie band ihre Mähne zu einem unordentlichen Knoten zusammen und steckte sie mit einem Clip fest. Der Knoten würde nicht lange halten, aber das war egal; heute würde sie ohnehin niemand sehen.

Dieser Mittwoch hatte das Potenzial, ein guter Tag zu werden. Sie hatte einiges zu erledigen. Da waren die täglichen Pflichten wie das Versorgen der Hühner und Schafe, aber sie musste heute auch den Zaun ausbessern, und wenn sie noch einen Rest von der letztjährigen Ernte in der Kühltruhe fand, würde sie einen Rhabarber-Crumble backen.

Aus den Eiern, die ihr «die Mädels», wie sie ihre Hühner gern nannte, freundlicherweise gelegt hatten, machte Maggie sich Rührei zum Frühstück. Dann räumte sie auf, zog sich eine Jacke und Gummistiefel an und trat nach einem kurzen Streit mit der Hintertür hinaus. Wie ein großer Teil des alten Farmhauses war die Tür nicht mehr gut in Schuss und hätte ein bisschen liebevolle Zuwendung gebrauchen können. Draußen ging ein starker Wind und schüttelte die Apfelbäume kräftig durch. Nachdem Maggie am Wasserhahn einen Eimer gefüllt hatte, marschierte sie damit nach unten zur großen Wiese, wo ihr der Wind um die Ohren pfiff. Sie war froh um den Lärm, denn die meiste Zeit herrschte Stille in ihrem Leben.

Der Mittwoch war immer am schlimmsten. Dann hatte sie schon seit Tagen niemanden mehr gesehen, und bis zum Samstag war es noch lang hin. Diese Woche hatte sie den Vorteil gehabt, dass sie über die aufregenden Ereignisse des vergangenen Samstags nachdenken konnte. Was für ein Abenteuer das gewesen war. Die Erinnerung an das, was in dieser Gasse passiert war, hatte ihren Kopf beschäftigt, und dafür war sie dankbar. Sie wusste, dass sie Glück gehabt hatte. Ihr tat zwar noch alles weh, aber nicht mehr so schlimm wie am Sonntagmorgen, als sie sich aus dem Bett rollen musste, weil jeder einzelne Muskel schmerzte. Der Bluterguss an ihrem Hintern schillerte inzwischen in allen Farben, aber es hätte auch schlimmer ausgehen können. Sie hatte noch nie zu den Menschen gehört, die die Folgen ihres Handelns bis ins Letzte durchdachten. Sie gehörte eher zu denen, die einfach lossprangen und erst dann überlegten, wo sie landen konnten. Leichtsinnig hatte ihre Mutter sie genannt. Und ihr Ehemann stur wie ein Esel. Maggie war sauer, dass sie ihre Tasche eingebüßt hatte, und die ganze Aktion zeigte ihr, dass sie nicht mehr gut in Form war. Sie war beweglich – dafür sorgte ihr tägliches Yoga –, doch sie hatte nicht genug Kraft, und ihre Reflexe waren auch nicht mehr das, was sie mal waren. Letzteres erstaunte sie deshalb, weil sie doch täglich mit Colin zu kämpfen hatte.

Maggie wappnete sich und klopfte an das Gatter. Colin war ein junger Jakobschafbock. Sein Kopf schoss hoch, und er beäugte sie geringschätzig. Maggie machte ihn immer als Erstes auf sich aufmerksam, weil er noch aggressiver war, wenn er überrascht wurde. Er wackelte mit dem Kopf, als wollte er sich warm machen für einen Kampf. Dann senkte er sein Haupt und präsentierte herausfordernd seine kräftigen Hörner.

Sie löste das ausgefranste Seil von dem Torpfosten, öffnete das Gatter und huschte mit dem Eimer hinein. Dann goss sie das Wasser in seinen Trog und drehte sich zu ihm um. Colin kam über die Weide auf sie zugestürmt, und sie hielt schützend den Eimer vor sich. Colin prallte daran ab und zog sich zurück, um eine zweite Attacke vorzubereiten.

Ein Farmer aus ihrem Bekanntenkreis hatte ihn von Hand aufgezogen, und sie hatte ihn ausgeliehen, damit er ihre Mutterschafe bespringen konnte. Das war im August gewesen, und acht Monate später kapierte sie langsam, warum sein Besitzer es nicht eilig hatte, ihn zurückzubekommen. Colin war immer wütend und leicht verstört. Maggie eilte von der Weide und schloss das Tor gerade in dem Moment hinter sich, als Colin krachend dagegenstieß. Jeden Morgen dasselbe Spiel.

Zu dieser Jahreszeit musste Maggie die Mutterschafe sorgfältig untersuchen. Sie kreuzte Jakobschafe mit Poll Dorsets, um British Lavenders zu züchten, die ein wunderschönes Fell hatten. Sie hoffte, dass einige aus ihrer Herde trächtig waren und bald ablammen würden. Vorausgesetzt, Colin hatte es geschafft, seine Feindseligkeit lange genug abzulegen, aber sie war nicht sicher, ob er auf den Dreh gekommen war. Wie viele Lämmer es wurden, war ihr egal – jedes einzelne war ein Bonus, solange es gesund auf die Welt kam. Es herrschten milde Temperaturen, was ein Segen für die Lammzeit war. Sie hatte schon zu viele Nächte in der Kälte verbringen müssen, und vor ein paar Jahren hatten zwei Mutterschafe ihre Lämmer im Schnee zur Welt gebracht. Die Schafe ernährten sich von dem Gras und den Wildkräutern, die auf den Weiden wuchsen.

Maggie pfiff, und die Schafe blickten alle hoch und brauchten einen Moment, um zu begreifen, wer da war, dann kamen ihre drei Lieblinge angesprungen. Sie hießen Barbara, Nancy und Dolly. Schafe waren ziemlich dumm oder zumindest nicht in der Lage, auf individuelle Namen zu reagieren. Das hatte Maggie jedoch nicht davon abgehalten, viel Zeit auf die Auswahl zu verwenden.

Seit Samstag dachte sie viel über ihren Sohn nach. Sie vermisste ihn zwar permanent, doch nun beherrschte er wieder ihre Gedanken. Maggie versuchte sich vorzustellen, wie er jetzt aussah, schaffte es aber beim besten Willen nicht. Sie fragte sich, was für ein Mensch wohl aus ihm geworden war. Wäre er auch einer Fremden zu Hilfe geeilt, wie dieser Junge? Sie wusste es nicht. Sie fand, dass Tom mutig gehandelt hatte und gar nicht so, wie man es von einem Jugendlichen erwarten würde. Die Zeitungen in der Bücherei verkündeten an allen Fronten den drohenden Untergang – sowohl was die Umwelt anging als auch die Wirtschaft. Sie zeichneten das Bild einer Gesellschaft, die mit ihrem Los unzufrieden war, aber nicht bereit, sich um Veränderung zu bemühen. Angeblich bestand die Jugend aus überempfindlichen Jammerern oder Messer schwingenden Schlägertypen, und je nachdem, welche Zeitung man las, war die Regierung an allem schuld.

Ihre Erinnerungen an ihren Sohn waren wie verblichene Zeitungsausschnitte. Manchmal lösten die ungewöhnlichsten Dinge einen Gedankengang aus, der ihn für sie wieder ganz ins Zentrum rückte. Aber manchmal dachte sie auch eine Zeit lang gar nicht an ihn. Diese Tage erfüllten sie im Nachhinein mit Schuldgefühlen, waren aber trotzdem die besseren. Das war egoistisch, aber es war die Wahrheit. Ihre Erinnerungen an ihn fügten ihrem Seelenfrieden immer tiefe Wunden zu.

Maggie gab den Mutterschafen ein bisschen Trockenfutter zu fressen und untersuchte sie dabei. Nancy blökte dauernd, weil sie mehr wollte, was Maggie die Gelegenheit bot, sie genauer zu mustern. Sie war sich ziemlich sicher, dass sie trächtig war, aber es gab keinerlei Anzeichen dafür, dass sie in nächster Zeit ablammen würde. Die Schafe hatten einen kleinen Schuppen, in dem sie Schutz suchen konnten, aber in der Regel bummelten sie lieber auf der Weide herum. Den größten Teil des Tages verbrachten sie mit Grasen. Nicht gerade das anstrengendste Leben. Als Nächstes wandte sie sich Barbara zu. Maggie hatte sie vor zwei Jahren mit der Hand aufgezogen, aber im Gegensatz zu Colin war sie sehr sanftmütig und ließ sich gern am Ohr kraulen. Sie würde später noch mal nach ihnen sehen. Ihrer kleinen Herde von British Lavenders auf der angrenzenden Wiese ging es gut. Bald würde sie ihnen das hübsche Fell scheren müssen, aber einstweilen lieferte es ihnen den perfekten Schutz gegen das Wetter.

Maggie ließ die Hühner raus, fütterte sie und sammelte die Eier ein. Die Mädels bildeten eine bunte Mischung. Einige kamen aus der Vogelauffangstation, andere hatte sie als Küken erworben und großgezogen, und fünf hatte sie bekommen, nachdem sie einen Aushang am Schwarzen Brett in der Bücherei gesehen hatte. Dort hatte sie jemand angeboten, der sie im Garten seines Mietshauses gehalten hatte und aus allen Wolken gefallen war, als der Vermieter gar nicht angetan war. Sie bildeten also einen zusammengewürfelten Haufen, und Joan war ihre Anführerin. Zwar war sie nicht die größte Henne, aber die schnellste und hatte sich ihren Weg nach ganz oben in der Hackordnung erkämpft.

Es war kein schöner Anblick, wenn die Hühner aufeinander losgingen, aber das war der natürliche Lauf der Dinge. Auf diese Weise regelten sie, wer zuerst was bekam, wenn die Fütterung anstand, und wer welchen Schlafplatz einnahm. Momentan ging es zwischen ihnen recht gesittet zu. Wenn man ihnen dabei zusah, wie sie sich für die Nacht niederließen, konnte man den Eindruck gewinnen, dass sie beste Freundinnen waren, da sie sich eng aneinanderkuschelten. Maggie hatte sich viel Arbeit gemacht, um ihnen zum Schutz vor gierigen Füchsen ein Hühnerhaus zu bauen, und bislang funktionierte alles gut.

Dies sei früher einmal eine gut gehende Farm gewesen, hatte man ihr erzählt. Sie und ihr Ehemann hatten sie kurz vor dessen Tod gekauft. Nach seinem Ableben hatte Maggie den Großteil der Nutzfläche an Farmen in der Umgebung verkauft, aber geblieben waren ihr ungefähr zwanzig Morgen Mischwald und hügeliges Weideland. Ihr nächster Nachbar wohnte etwa eine Meile entfernt – oder etwas weniger, wenn sie den Mut hatte, die Weide zu überqueren, auf der ein großer Bulle von der nächstgelegenen Farm stand. Ihr Kleinbauernhof war ihre Insel der Ablenkung in einem Meer von Langeweile.

Als sie sich vergewissert hatte, dass überall alles in Ordnung war, ging sie zurück zum Farmhaus. Maggie stellte ihre Stiefel neben die ihres Mannes und ging in die Küche. Sie wusste auch nicht so genau, warum sie seine Gummistiefel behalten hatte. Die meisten Sachen von ihm hatte sie gespendet, aber von seinen alten Stiefeln konnte sie sich nicht trennen. Das war sicherlich albern, aber es gab ihr das Gefühl, weniger allein zu sein, wenn sie die Stiefel aus vergangenen Jahren in einer Reihe aufgestellt sah. Sie wühlte in ihrer Kühltruhe herum und fand den restlichen Rhabarber. Sie mochte Crumble, aber leider war er schnell und einfach zu backen. Als Nächstes machte sie sich daran, eine Lasagne zuzubereiten. Damit konnte sie deutlich mehr Zeit totschlagen.

Die Einsamkeit hatte sie beschlichen wie Feuchtigkeit, die in die Seele einsickert. Sie dachte oft an all die Phasen in ihrem Leben, in denen sie sich gewünscht hatte, mehr Zeit zu haben. Und jetzt dehnte sich die Zeit unendlich aus, als wäre sie aufgespart worden und würde nun, da Maggie es am wenigsten gebrauchen konnte, mit Zinsen ausbezahlt.

*

Nach dem Abendessen machte Maggie es sich, angetan mit einem Kaftan, kombiniert mit ihren dehnbarsten Leggings, auf dem Boden im Wohnzimmer gemütlich. Sie kniete sich hin und nahm mit Leichtigkeit die Balasana oder Kind-Yogahaltung ein. Dazu streckte sie die Arme vor sich aus und legte die Stirn auf dem Teppich ab. Dann ließ sie ihren Gedanken freien Lauf und konzentrierte sich auf ihre Atmung, bevor sie in den Shirshasana-Kopfstand wechselte.

Yoga machte sie schon seit ihren Teenagertagen, als sie kurze Zeit in einer Kommune gelebt und sich die Hippie-Lebensweise voll und ganz zu eigen gemacht hatte. Es half ihr, den Kopf frei zu bekommen und sich auf ihren Körper zu konzentrieren. Ihr Körper hatte sie stets mit Stolz erfüllt. Sie hatte über die Jahre nicht immer auf sich geachtet, aber er schien es ihr nicht zu verübeln. Maharishi-Yoga hatte sie bereits bevorzugt, bevor die Beatles es für sich entdeckt und seinen Yogi berühmt gemacht hatten. Die Phase, in der sie sich vegetarisch ernährt und mit Yoga angefangen hatte, hatte ihrer Mutter den Rest gegeben. Damals war das noch wie eine radikal andere Lebensweise erschienen, aber jetzt war es völlig alltäglich. Für viele gehörte es zu ihrer Suche nach spiritueller Erleuchtung, für Maggie war es eine Möglichkeit gewesen, aus der Enge auszubrechen, als die sie das sichere kleine Leben bei ihren Eltern empfunden hatte.

Über die Jahre war sie immer besser geworden, weil sie sich einiges abverlangt und die Grenzen ihres Körpers ausgetestet hatte. Jetzt verfügte sie über ein paar solide Yogaübungen, die sie regelmäßig machte und die ihren Körper und ihre Seele gesund hielten. Nach ihrer Erfahrung vom Samstag hatte sie beschlossen, sich auf ihren Kraftaufbau zu konzentrieren. Maggie nahm eine bequeme Sitzhaltung ein, um mit ihrer Mantra-Meditation zu beginnen, doch ihre Gedanken schweiften ständig ab.

Maggie liebte ihr Zuhause. Es gehörte ganz ihr. Sie schuldete niemandem auch nur einen Penny, und solange sie die Rechnungen bezahlte, hatte sie lebenslang ein Dach über dem Kopf. Das hatte sie nicht immer von sich behaupten können, und sie war fest entschlossen, diesen Zustand beizubehalten. Dieses Haus war alles andere als perfekt. Am deutlichsten wurde das in den Wintermonaten, wenn sie ständig irgendetwas ausbessern musste, und es zu heizen, war eine ganz schöne Herausforderung. Sie konzentrierte ihre dahin gehenden Bemühungen auf die Küche, das kleine Wohnzimmer und ihr Schlafzimmer. Das waren die Räume, die sie nutzte, und darum die einzigen, die wohnlich und behaglich sein mussten.

Das Gebäude war alt, aber auch robust. Was es an modernem Komfort vermissen ließ, machte es durch Charakter wieder wett. Die alten Steinböden ließen einen bis auf die Knochen auskühlen, wenn man so dumm war, im Winter barfuß darüberzulaufen. Aber im Sommer war es herrlich, darauf zu liegen. Auch als Maggie in die Menopause gekommen war, waren sie die reinste Wohltat gewesen, denn bei Hitzewallungen hatte sie sich einfach nackt auf die Natursteine gelegt. Die piekfeinen Leute, die im Herrenhaus wohnten, waren nur einmal vorbeigekommen und dann nie wieder – dummerweise hatten sie einen jener heißen Tage erwischt.

Heute kam sie niemand mehr besuchen, darum bestand auch keine Notwendigkeit, sich irgendwelche Umstände zu machen. Nicht, dass sie vorher viel Wert darauf gelegt hätte. Aber sie vermisste die Partys. Ach, die Partys, die sie gefeiert hatte, als sie noch jünger und verheiratet gewesen war. Sie war glücklich gewesen und hatte die Liebe eines guten Mannes genossen. Sie hatte ein Leben gehabt. Aber das war alles lange her. Übrig waren nur noch Erinnerungen, die kurze Anflüge von Glück und Zufriedenheit auslösten, ehe sie sich wieder verzogen wie Rauch in der Brise.

Maggie gab es auf mit der Meditation, setzte sich in ihren Sessel und nahm ihre aktuelle Lektüre zur Hand. Das Lesen war ihre andere Fluchtmöglichkeit. Eine andere Welt, in die sie eintreten konnte und in der sie von Figuren umgeben war, die auf den Buchseiten zum Leben erwachten. So konnte sie zahllosen Menschen begegnen und tausend aufregende Leben führen. Das war seit ihrer Kindheit ihr Trost gewesen. Das Lesen hatte ihr in schwierigen Zeiten geholfen – von denen sie einige durchgemacht hatte. Und jetzt half es ihr, den Mangel an sozialen Kontakten leichter zu ertragen.

Am meisten vermisste Maggie die Umarmungen. Es war eine seltsame Eigenart der auf Zurückhaltung bedachten modernen Gesellschaft, dass sie einem Menschen ohne Partner oder Kinder in seinem Leben den wichtigsten Trost verwehrte, den es für Menschen gab – Körperkontakt. Es gab so viele unterschiedliche Arten von Umarmungen, aber das grundlegende Gefühl, freiwillig emotionale und körperliche Zuwendung zu bekommen, machte sich am stärksten bemerkbar, wenn es ausblieb. Wäre sie sich deren Wichtigkeit damals schon bewusst gewesen, hätte sie der letzten Umarmung, die sie bekommen hatte, mehr Beachtung geschenkt. Sie sich eingeprägt, um das Gefühl in all jenen Momenten abrufen zu können, in denen ihr jemand fehlte, der sie festhielt.

# 5

## TOM

Ich hatte meine kleine Ansprache im Kopf tausendmal geprobt, und jedes Mal war sie ein bisschen anders verlaufen, was nicht gut war. Es war Samstag, und ich musste die acht Liebesromane zurück in die Bücherei bringen. Ich hatte sie alle gelesen – aus purer Langeweile. Mein Ziel war es, möglichst keine Aufmerksamkeit auf mich zu ziehen. Mein Unsichtbarkeits-Schild war aktiviert.

Ich hielt direkt auf Christine, die Bibliothekarin, zu und nickte Maggie im Vorübergehen zu. Doch dann setzte ich meinen Rucksack etwas zu schwungvoll ab, sodass er gegen das Stehpult mit dem Computerbildschirm schwang, an dem Christine stand. Sie japste erschrocken. Ich versuchte noch, den Bildschirm festzuhalten, aber er rutschte vom Pult und blieb eine Sekunde lang an dem Kabel in der Luft hängen, bevor sich der Stecker löste und er krachend zu Boden fiel. Christine schnappte nach Luft. Ich spürte, dass mich alle anstarrten. Alle Frauen, die um den großen Tisch saßen. Ihre Blicke bohrten Löcher in meinen Schädel, es kribbelte richtig.

Christine ruderte wild mit den Armen und rang wortlos nach Luft.

«Tut mir wirklich leid.» Meine Stimme klang selbst für meine eigenen Ohren fremd. Ich wollte ihr helfen, den Bildschirm wieder aufzuheben, doch in dem Moment fiel mein wackelig dastehender Rucksack um und der Inhalt ergoss sich über den Boden: ein paar von den Büchern, Spielkarten und einige Kaugummipapierchen. Um ein Haar stießen wir auch noch mit den Köpfen zusammen, weil wir uns gleichzeitig bückten. «'tschuldigung», sagte ich, machte ihr taumelnd Platz und spürte, dass die vertraute Hitze wieder meinen Hals hochkroch wie vergossene Tomatensuppe.

Christine hob den Bildschirm vom Boden auf und nahm ihn von allen Seiten genau in Augenschein. «Ich glaube, er ist kaputt.»

«Ich finde, er sieht okay aus», sagte ich. Der Bildschirm war nicht gesprungen, was mich schon mal riesig erleichterte. Dad würde ausflippen, wenn er einen neuen bezahlen müsste.

«Diesen Sturz kann er nicht überlebt haben», sagte Christine und drehte ihn wieder in meine Richtung.

«Wir sollten den Stecker einstecken, dann sehen wir, ob er noch funktioniert», sagte Maggie, nahm ihn ihr ab und stellte ihn zurück auf das Pult, während ich meine Sachen wieder in den Rucksack schob. «Ich bin sicher, er geht noch, Christine. Er ist auf dem Teppich gelandet. Da kann ja nicht viel passiert sein.» Maggie steckte das Kabel erneut in die Buchse, und die Bibliothekarin schaute konzentriert auf den Bildschirm. Ich gesellte mich zu ihnen. Mein Puls raste, und mir stockte der Atem, während ich darauf wartete, dass der Monitor ein Lebenszeichen von sich gab.

Er erwachte flackernd zum Leben, und ich atmete tief ein. «Siehst du», sagte Maggie, «nichts passiert.»

«Danke», sagte ich und ließ meinen Rucksack auf dem Boden stehen. Die Bücher holte ich jetzt lieber einzeln heraus. Ich stand weiter unter allgemeiner Beobachtung. So weit zu meinem Versuch, keine Aufmerksamkeit auf mich zu ziehen. Unsichtbare Menschen wie ich kommen für gewöhnlich nur aus der Deckung, wenn es um Leben und Tod geht.

«Hier», sagte Maggie und reichte mir einen Fünf-Pfund-Schein. «Nochmals vielen Dank für die Leihgabe. Und für dein

Einschreiten.» Mein Blick flog zu dem Tisch; alle Frauen beobachteten uns. Sie hatte ihnen offenbar erzählt, was letzte Woche passiert war.

«Schon okay, kein Ding.»

«Wie geht's deiner Nase?»

«Gut. Bei Ihnen auch alles okay?» Ich hatte das Gefühl, sie das fragen zu müssen, und irgendwie wollte ich auch wissen, ob sie die Attacke gut verkraftet hatte.

«Ja, alles gut. Ich bin nur sauer, dass ich die Tasche nicht mehr habe, und ein neues Seniorenticket für den Bus zu beantragen ist auch nervig.»

Sie schaute mich immer noch so an, als erwartete sie etwas von mir. Da ich nicht wusste, was ich sagen sollte, nickte ich.

«Welche Bücher haben deiner Mum denn am besten gefallen?», fragte Christine.

Auf diese Frage war ich nicht vorbereitet. Ich hatte nur Antworten vorbereitet für: «Haben sie ihr gefallen?» und «Möchte sie mehr haben?» Bei der unerwarteten Frage starrte ich wortlos den Bücherstapel auf dem Pult an. Ich überflog die Buchrücken und versuchte, einen Titel auszuwählen. *Sag irgendeinen Titel!*, brüllte mein Hirn.

«*Heiratsmarkt ...*»

«Oh, Georgette Heyer», sagte Christine. «Das ist einer ihrer Klassiker. Wenn deine Mum historische Romane mag, dann lass mich mal schauen.» Bevor ich noch irgendetwas sagen konnte, flitzte sie schon hinter dem Stehpult hervor.

«Ich fand das hier ganz toll», sagte Maggie. Sie tippte auf das Buch, das ganz oben auf dem Stapel lag, *Das zauberhafte Hochzeitshotel* von Jill Mansell, und lenkte meine Aufmerksamkeit von Christine ab, die Bücher aus den Regalen zog und auf die Büchereiversion eines Servierwagens lud.

Ich nickte bereits. «Das ...» Puh! Das war knapp. Beinahe hätte ich gesagt, dass es mir auch gefallen hatte. Ich bewegte mich auf gefährlichem Terrain und hatte Angst, mir weiteren Ärger einzubrocken. «Ich glaube, das gefiel Mum auch.»

«Hat sie *Ein ganzes halbes Jahr* gelesen?», fragte Maggie. Wahrscheinlich stand mir meine Angst jetzt deutlich ins Gesicht geschrieben. «Ist schon okay. Ich suche es raus, dann kannst du es mitnehmen und sie fragen.»

«Wenn sie's noch nicht kennt, wird es ihr ganz sicher gefallen», sagte eine zierliche Dame aus der Leserunde. Ich nickte und versuchte zu schlucken. Das war nicht leicht, da meine Speichelproduktion offenbar versiegt war.

«Ach, das hat sie garantiert schon gelesen», sagte eine andere Frau barsch.

«Oder höchstwahrscheinlich den Film gesehen», fügte eine weitere hinzu.

«Der Film war aber nicht so gut wie das Buch», sagte die zierliche Dame halb zu mir und halb zu der Gruppe.

«Das ist doch immer so», sagte Christine und legte noch ein paar Bücher auf einen sehr hohen Stapel, der in ihren Armen schon gefährlich schwankte.

«Mir gefiel der Film besser», sagte nun eine am Tisch, und sofort entwickelte sich eine hitzige Diskussion. Ich beneidete alle Igel dieser Welt um ihre Fähigkeit, sich einrollen zu können. Meine Tarnkappe schien in der Bücherei nicht zu funktionieren.

«Hier», sagte Maggie und reichte mir das Buch, über das sie redeten. «Das ist eins meiner Lieblingsbücher. Geschichten, die lustig und berührend zugleich sind, kann man sich schlecht entziehen.»

Das Cover verriet nicht viel, aber die dreizehn Millionen verkauften Exemplare beeindruckten mich – das sind eine Menge Liebesromane. «Danke», sagte ich automatisch.

«Ich hoffe, es gefällt ihr.» Maggie kehrte an den Tisch zurück.

«So», sagte Christine keuchend. «Ich fühle mich wie Amazon.» Sie lachte schnaubend. «Kunden, denen dieses gefallen hat, gefällt vielleicht auch jenes.» Sie hob die Bücher breit grinsend der Reihe nach hoch. Dann hielt sie sie alle vor den Scanner, auch das, was Maggie mir empfohlen hatte. Danach schob Christine den ordentlichen Stapel zu mir hin. Ich schaute hastig zur Tür. Glücklicherweise war niemand sonst da. Ich ließ die Bücher in meinen Rucksack fallen und zog den Kordelzug fest zu.

Das hier lief ganz und gar nicht wie geplant. Eigentlich sollte diese Sache mit der Rückgabe der ersten Liebesromane beendet sein. Ich hatte meine Hausaufgaben mitgebracht, weil ich Dad noch immer aus dem Weg ging und gedacht hatte, dass ich mich in der Bücherei vielleicht gut konzentrieren könnte. Außerdem gefiel es mir dort aus irgendeinem Grund, und zu Hause gab es keinen Ort, an dem ich gut lernen konnte. In Küche und Wohnzimmer herrschte Chaos, und wenn ich auf dem Bett lag, funktionierte es einfach nicht. «Haben Sie auch Bücher über die Geschichte der Medizin?», fragte ich. Christine erstarrte, als hätte jemand auf eine Pausentaste gedrückt.

«Aber du wolltest doch Liebesromane?»

«Nein. Nicht ich. Meine Mutter will sie. Ich muss Hausaufgaben machen und dachte, ich könnte das vielleicht hier erledigen.»

«Ach so, verstehe.» Sie schien sich etwas zu entspannen. «Lass mich mal nachsehen, ob wir irgendwas Medizinhistorisches haben.» Sie tippte etwas auf der Computertastatur und bedeutete mir dann, ihr in den hinteren Teil der Bücherei zu folgen, wo sie passende Bücher für mich heraussuchte.

Mein Nachmittag in der Bücherei war nicht schlecht. Dort herrscht ein Geruch – ein guter Geruch. Einer, den man nur in Büchereien findet. Und es ist ruhig. Zu Hause läuft immer der Fernseher. Seit Mum tot ist, ist Stille nichts mehr für Dad. Ich hab normalerweise meine Musik an, aber diese friedliche Atmosphäre war besser. Ich hab sogar richtig was geschafft. Es kamen und gingen immer mal wieder Leute, aber alle ließen mich in Ruhe. Das gefiel mir.

Normalerweise bin ich nicht besonders gut im Hausaufgabenmachen. Hingerotzt nennt meine Mathelehrerin sie gern. Ich tue mich schwer damit, darum mache ich immer nur so viel, wie unbedingt sein muss, damit ich keine bösen Briefe nach Hause bekomme. Aber diese Woche haben wir die Ergebnisse unserer Tests für die Abschlussprüfung bekommen, und ich bin zwar in Englisch einigermaßen auf der sicheren Seite, aber alles andere ist ziemlich grenzwertig. Vor meinen Freunden hab ich behauptet, dass mir das egal ist, aber eigentlich stimmt das nicht. Es klingt vielleicht blöd, aber mir ist kürzlich erst klar geworden, dass gute Noten mein Ticket hier raus sind. Gute Noten bei der Mittleren Reife bedeuten, dass ich weitermachen kann bis zum Abi und dann vielleicht auch einen Studienplatz bekomme. Ich wünschte, da wäre ich früher drauf gekommen. Alle meine Freunde außer einem, der mal Autos verkaufen will wie sein Dad, sind davon ausgegangen, dass sie studieren gehen. Aber jetzt, wo wir die Ergebnisse bekommen haben, ist das gar nicht mehr so klar. Das macht mir Angst, weil es hier nur Scheißjobs gibt.

Als ich meine Sachen zusammenpackte, waren nur noch Christine und Maggie in der Bücherei. Ich war auf meinen Aufsatz konzentriert gewesen und hatte gar nicht mitbekommen, dass alle anderen nach und nach gegangen waren. Ich schlüpfte zur gleichen Zeit wie Maggie in meine Jacke, und wir gingen zusammen raus. Sie hielt mir die Tür auf.

«Neue Tasche?», fragte ich, als mir der bunt gemusterte Shopper auffiel, den sie über der Schulter trug.

«Nein, die hab ich im Schrank gefunden. Wenn mir die geklaut wird, ist es mir egal.»

Offenbar erwartete sie, dass es nicht bei dem einen Überfall bleiben würde. Obwohl sie letzte Woche gar nicht den Eindruck gemacht hatte, musste Maggie dieser Vorfall ganz schön mitgenommen haben. Wahrscheinlich hatte sie Angst, durch die Gasse zu gehen. Sie war nicht besonders groß gewachsen und schon ziemlich alt. «Ich begleite Sie zur Haltestelle. Wenn Sie wollen.»

Maggie drehte sich um und schaute mich sehr nachdenklich an. «Das ist nett von dir, aber ich komme allein klar.»

«Ich weiß.» Ich zeigte auf meine Nase. Aber wir wussten beide, dass es ein Zufallstreffer gewesen war und dass sie leicht im Krankenhaus hätte landen können. «Ich gehe sowieso da lang und möchte nur nicht, dass Sie glauben, ich würde Ihnen folgen.»

Ihr Stirnrunzeln verschwand. «Solange du nicht denkst, ich wäre eine kleine alte Dame, auf die man aufpassen muss.»

«Quatsch. Davon kann ja wohl keine Rede sein.» Genau *das* hatte ich gedacht, denn sie war eine kleine alte Dame. Und ich glaube auch nicht, dass mein Gedanke so abwegig war.

«Ich hab dich lernen sehen. Bist du gut vorangekommen?», fragte sie.

«Ja.»

«Was ist dein Thema?»

«Geschichte.»

«Weil dich Geschichte interessiert, oder weil du besser werden musst?»

«Ich hatte eine schlechte Note in meiner Prüfung.» Warum erzählte ich ihr das? Ich hab es nicht mal Dad erzählt. Ich warte darauf, dass die Schule das übernimmt. Alle anderen haben einen Computer, deren Eltern wissen es schon. Zum ersten Mal bin ich froh, dass wir keinen haben.

«Das war dann wohl so eine Art Weckruf, was?», fragte sie.

«Ja. Wenn ich nicht bestehe, wartet die Hundefutterfabrik auf mich.»

Maggie wirbelte herum, und ich musste plötzlich abbremsen, um sie nicht über den Haufen zu rennen. «Was?» Sie sah mich genauso besorgt an wie letzte Woche, als mir Blut aus der Nase lief. Aber diesmal wirkte sie noch erschrockener. «Wirst du von irgendjemand bedroht?»

«Ja.» Sie blickte mich noch besorgter an. «Mein Dad möchte, dass ich in der Fabrik arbeite.»

Maggie brach in schallendes Gelächter aus. «Du meine Güte! Ich hab mir schon Sorgen gemacht. Ich dachte, irgendwer hätte gedroht, Hundefutter aus *dir* zu machen!»

«Nein, die Mafia hat da nicht ihre Finger im Spiel. Ich werde nicht an die Fische verfüttert.» Sie lachte noch immer. Dabei war das gar nicht komisch. «Obwohl das immer noch besser wäre, als in dieser Fabrik zu arbeiten. Da stinkt's!»

Sie musste wieder lachen, und jetzt musste ich mitlachen. Wir hörten erst auf, als wir an der Haltestelle ankamen. Es war dunkel, und sonst wartete dort niemand.

«Wann kommt Ihr Bus denn?», fragte ich.

«In zwanzig Minuten. Geh ruhig schon. Das ist kein Problem für mich.» Sie scheuchte mich mit den Händen weiter.

«Ach was, schon okay.» Die Vorstellung, sie hier sitzen zu lassen, behagte mir nicht. Es erschien mir nicht richtig, einfach wegzugehen und sie allein zurückzulassen, nicht nach dem, was passiert war.

Es herrschte Stille, während wir beide abwechselnd auf unsere Füße schauten und uns anlächelten. Offenbar war sie auch keine Meisterin des Small Talks. Sie nahm ein Buch aus ihrer Tasche, und ich musste an die vielen Romane denken, die meinen Rucksack schwer nach unten zogen, und stellte ihn ab. «Was lesen Sie gerade?», fragte ich.

«Die Lektüre für den Buchklub. Unsere Leserunde ist der Grund, warum ich jede Woche herkomme. Und wegen der Zeitungen.» Sie hielt das Buch so, dass ich den Titel lesen konnte. *Dein Ende wird dunkel sein* von Michelle Paver. «Das ist eine Schauergeschichte. Nicht wirklich mein Ding, aber darum ist man ja im Buchklub. Liest du viel?»

«Nein, gar nicht.» Ich schüttelte entschieden den Kopf und dachte dann, dass das vielleicht ein bisschen extrem war. «Na ja, hin und wieder. Wir müssen ja für die Schule lesen.» Ich versuchte, gelangweilt zu gucken.

Maggie schaute traurig drein. «Ich hab total gern gelesen, als ich jung war. Ich konnte Stunden damit zubringen, mich in Bücher zu flüchten. Ich hab lieber gelesen als gelernt – das war immer mein Problem. Bis ich die Jungs entdeckt habe, dann … nun … da kommt mein Bus.»

«Gut, dann bis bald.»

«Nächste Woche?» Sie hielt meinen Blick. Normalerweise wird mir bei so was unbehaglich zumute, so richtig, meine ich. So unbehaglich, dass ich meine Haut am liebsten mit einem Reißverschluss öffnen und sie ausziehen würde wie einen Overall, aber diesmal machte es mir aus irgendeinem Grund nichts aus.

«Ja. Bis nächste Woche!»

Sie stieg ein, und ich schaute dem Bus hinterher.

# 6

## MAGGIE

Sie wusste nicht, ob es an ihr lag, aber die Woche zog sich endlos hin. Sie sehnte den Samstag mehr herbei, als sie es sonst tat. Dass sie Tom kennengelernt hatte, verlieh ihrer Fahrt ins Dorf einen ganz neuen Reiz. Sie konnte sich zwar durchaus auch mit den anderen aus dem Buchklub unterhalten, doch aus irgendeinem Grund schienen die Leute ab einem gewissen Alter nicht nur von ihrer kränkelnden Gesundheit fasziniert, sondern auch noch der irrigen Annahme zu sein, dass andere sich dafür ebenso sehr interessierten wie sie.

Sie wollte nicht an ihr fortschreitendes Alter erinnert werden; sie wollte es zurückdrehen. Aber eigentlich stimmte das so nicht. Ihre Jugend war nicht glücklich gewesen, die wollte sie definitiv nicht noch mal durchleben. Aber sie unterhielt sich einfach gern mit Tom. Es war zwar etwas übertrieben, das als Unterhaltungen zu bezeichnen – er war ja nicht besonders mitteilsam –, aber keines ihrer Gespräche, so kurz sie auch sein mochten, drehte sich um seine Verdauung oder die Medikamente, die er einnahm, was schon eine Erleichterung war.

Das Highlight der Woche war gewesen, dass eines ihrer Mädels von Legenot betroffen war. Maggie hatte die Henne ins Haus gebracht, ihr eine Extradosis Vitamine gegeben und ihr dann ein warmes Bad angedeihen lassen. Nachdem Maggie sie sanft gehätschelt und ihr den Leib massiert hatte, hatte sie nach einer Stunde vor dem warmen Ofen fröhlich das querhängende Ei gelegt. Eigentlich war das Problem auf diese Weise recht einfach zu beheben, aber wenn sie nichts unternommen hätte, wäre das Tier wahrscheinlich verendet. Maggie kümmerte sich gern um solche Dinge; das gab ihrem Leben einen Sinn.

Endlich kam der Samstag, und Maggie fühlte sich wie ein Kind vor einem Schulausflug. Würde Tom wieder da sein? Was würde passieren, wenn der Kindle seiner Mutter repariert war? All diese Fragen gingen ihr im Bus durch den Kopf.

Sie hatte den Roman für den Buchklub gelesen, sich aber gleich anschließend gewünscht, es nicht getan zu haben. Danach war ihr ganz mulmig zumute gewesen. Sie hatte nicht direkt Albträume von dem Buch bekommen, aber es machte sie doch ein bisschen nervös. Es handelte nämlich von Leuten, die an einem abgelegenen Ort in ihren Träumen von Geistern heimgesucht wurden. Für Maggies Geschmack kam das ihrem eigenen Leben zu nah. Auch wenn ihre kleine Farm nicht in der Arktis lag, fühlte es sich dort manchmal allzu kalt an. In der Bücherei war es wenigstens warm. Maggie genoss jedes Mal die heiße Luft, die einem beim Eintreten entgegenschlug – fast wie eine warme Umarmung.

Maggie war zu früh und von Tom noch keine Spur zu sehen. Christine fuhr gerade die Computer hoch. «Guten Morgen, Maggie, wie geht's dir?»

«Gut, danke.»

«Hast du dich von dem Überfall neulich erholt?» Sie schaute sie neugierig an.

«Ja, danke. Das war nicht so dramatisch, Christine.» Maggie nahm ihren Platz an dem Tisch ein.

«Du bist nicht die einzige Betroffene. Es gab eine ganze Serie von Raubüberfallen in der Gegend.» Christine kam mit einer Lokalzeitung herangeeilt und hielt sie Maggie unter die Nase. «Hier, guck!» Sie tippte auf die Seite.

Maggie las den Artikel. Was er beschrieb, ähnelte dem, was ihr passiert war, ziemlich stark, nur war diese arme Frau nicht so glimpflich davongekommen. Sie war gestürzt und mit einer gebrochenen Hüfte ins Krankenhaus eingeliefert worden. Maggie erschauderte. «Von weiteren Vorfällen steht da aber nichts», sagte sie und faltete die Zeitung zusammen. «Eine Serie ist was anderes.»

«Vergiss deine eigene Geschichte nicht. Das macht es zu einer Welle von Verbrechen. Das nimmt überhand!» Christines Stimme ging am Ende hoch.

«Na ja, dass solche Fälle allgegenwärtig sind, kann man nun aber auch nicht sagen.» Christine neigte dazu, die Dinge zu dramatisieren.

Maggie genoss es zwar, ihre Ruhe zu haben, aber für die Bücherei war es natürlich nicht gut, dass so wenig los war. Christine drängte ständig darauf, dass sie mehr Werbung machen sollten. *Auch eine Bücherei braucht Publikum* war ihr Lieblingsspruch. Doch Maggie genoss die friedliche Atmosphäre. Was seltsam war, weil sie zu Hause ja eigentlich nicht so gern allein war. Vielleicht lag es an den glücklichen Erinnerungen, die sie mit der Bücherei verband. Aus den Zeiten, in denen sie buchstäblich nirgendwo anders hinkonnte. In ihren Zwanzigern hatte sie in einem Hostel gewohnt, und das war ein echter Tiefpunkt gewesen. Trotz der vielen Leute und des Lärms dort hatte sie sich niemals so allein gefühlt.

In der Bücherei hatte sie damals Frieden gefunden. Wenn sie in ein Buch eintauchte, konnte sie der harten Wirklichkeit stundenlang entfliehen. Das hatte sie gerettet. Vor sich selbst und höchstwahrscheinlich auch vor einem deutlich kürzeren Leben.

Die Tür öffnete sich, und die anderen kamen hinein, bereits mitten in einer Unterhaltung über Bettys Verstopfung. Maggie verdrehte die Augen. Sie wurde flüchtig begrüßt, bevor alle ablegten und sich am Tisch niederließen. Das Gespräch ging auf Audreys geschwollene Knöchel und den Cholesterinspiegel ihres Mannes über. Maggie seufzte.

Dann öffnete sich die Tür erneut, und Tom kam hereingeschlichen. Maggies Tag war gerettet. Zum ersten Mal hoffte sie, dass sich die Buchklub-Diskussion nicht zu lange hinziehen würde.

# 7

## TOM

Als ich das nächste Mal in die Bücherei ging, war ich besser vorbereitet. Ich wusste, dass ich mich von dem Computer und allem, was ich kaputt machen konnte, fernhalten musste, und hatte – hoffentlich muttergerechte – Antworten auf die Frage parat, welche Bücher mir gefallen hatten und von welchen ich mehr wollte. Das von Jojo Moyes musste ich verlängern, weil ich wegen des vielen Lernstoffs in Chemie nicht dazu gekommen war, es zu Ende zu lesen. Außerdem gefiel es mir. Was einerseits gut war und andererseits schlecht. Es war toll, in eine Geschichte einzutauchen, aber die Angst, dass mich jemand bei der Lektüre von Liebesromanen ertappen könnte, machte mir doch ziemlich zu schaffen. Allein bei dem Gedanken wurde mir übel, aber die Wahrheit war, dass ich sie toll fand. Wahrscheinlich war ich schon ein bisschen süchtig danach. Vor allem, weil sie im Grunde Selbsthilfebücher für unbeholfene Männer waren. Und damit genau das, was ich brauchte. Einfache Lektionen darin, wie man sich in weiblicher Gesellschaft verhielt. Ich lernte viel aus ihnen, viel mehr als aus meinen Schulbüchern. Vielleicht gab es einen Markt für in Geschichten umgewandelte Lehrbücher.

Christine wirkte erfreut, als sie mich sah, was für mich absolut ungewohnt war. Normalerweise reagiert niemand positiv auf mich. «Hallo, da bist du ja wieder! Tom, richtig?» Sie grinste, und ich sah, dass sie Lippenstift auf den Zähnen hatte.

«Ja. Ich bringe die hier für meine *Mum* zurück.» Ich betonte Mum, als würde ich mit meinem Kind reden – ich weiß auch nicht, warum. «Und ich ... äh ... *sie* möchte die Jojo ... ähm ... das hier verlängert haben.» Puh, gerade noch mal gut gegangen. Ich war so ein schlechter Schauspieler, selbst wenn ich meinen Text geprobt hatte.

«Kein Problem», sagte Christine und zog die Bücher über den Scanner. «Soll ich ihr noch ein paar raussuchen?»

«Ja, bitte.» Die Antwort kam viel zu schnell. «Ja, äh, wenn Sie mögen.» Ich zuckte die Achseln. «Ich muss noch Hausaufgaben machen, ich bin dann also ...» Ich zeigte in den hinteren Teil der Bücherei.

«In Ordnung. Ich bringe sie dir dann später.»

«Cool.» Ich nahm meinen Rucksack und verzog mich in meine übliche Ecke. Als ich an dem Buchklub-Tisch vorbeikam, schaute Maggie zu mir hoch und nickte. Ich machte es ihr nach. Das war so viel einfacher. Warum konnte man nicht dauernd so kommunizieren? Ein Nicken bekam ich immer hin.

Ich kriegte viel geschafft. Was für ein Idiot ich gewesen bin. Dad ist ziemlich egal, was ich in der Schule mache, solange ich mir keinen Ärger einhandele und er nicht da aufkreuzen muss, um die Lehrer zu beschwichtigen. Also hab ich eine ganze Weile auf der faulen Haut gelegen. Ich weiß, dass ich das besser nicht getan hätte, aber wenn es sonst niemanden interessiert, warum sollte es dann mich kümmern?

Zu meiner Verteidigung muss ich sagen, dass ich einen Kurs besuchen wollte, in dem nachmittags der Stoff noch mal wiederholt wird. Es klang so, als könnte mir das helfen, Versäumtes nachzuholen. Dass ich das nötig hatte, war keine Frage. Und weil mich niemand zwang hinzugehen, fand ich es auch in Ordnung. Bis ich den Kursraum betrat. Als ich reinkam, verabschiedete sich ein Junge gerade wieder. Er redete sich mit einem vergessenen Fußballtraining raus. Und als ich mich in dem Raum umsah, kapierte ich auch sofort, warum er Reißaus nahm. Da saßen nur Mädchen. Ich übertreibe nicht. Es müssen ungefähr vierzig gewesen sein, weil ihnen die Tische ausgegangen waren, und es war weit und breit kein einziger anderer Junge in Sicht.

Es kam absolut nicht infrage, dass ich allein dablieb, obwohl Farah Shah auch da war. Ich hängte mich an die Notlüge meines Vorgängers dran, gab vor, dasselbe Training vergessen zu haben, machte mich schleunigst vom Acker. Danach bin ich nie wieder zu so einem Kurs gegangen; das war definitiv nichts für mich.

Mum hat sich früher viel Zeit für mich und meine Schulaufgaben genommen. Ich war damals zwar erst in der Grundschule, aber sie hat sich mit mir hingesetzt und mit mir Schreiben und Lesen geübt. Ich hab so getan, als würde ich das hassen, aber eigentlich fand ich es schön, Zeit mit Mum zu verbringen. Manchmal habe ich sogar vorgegeben, etwas nicht zu verstehen, damit ich sie noch ein paar Minuten länger für mich hatte.

«Bitte schön!», sagte Christine und pflanzte fröhlich einen ganzen Turm Liebesromane vor mir auf.

Ich verstaute sie schnell im Rucksack. «Danke. Oh, und Mum lässt auch ihren Dank ausrichten.»

Das schien sie zu freuen. Sie schnickte ihre Haare über die Schulter und zeigte mir wieder ihre bemalten Zähne. «Richte ihr bitte aus, dass es mir ein Vergnügen ist, einer Leserin behilflich zu sein.»

«Mach ich.» Ich schaute wieder auf meine Schulaufgaben und hoffte, dass sie gehen würde. Nach einem Augenblick tat sie mir den Gefallen, und ich konnte mich entspannen.

Als ich mit Chemie durch war, schaute ich auf die Uhr. Zu Hause gab es nichts für mich zu tun. Dad und ich ignorierten uns weiterhin. Er war entweder bei der Arbeit oder betrunken, was mir in den Kram passte. Ich konnte ihn nicht mal richtig anschauen. Also beschloss ich, noch in der Bücherei zu bleiben. Für mich war es okay, da zu sein. Die alten Damen hatten aufgehört, ständig zu mir hinzustarren. Ich wurde auch hier langsam unsichtbar, und das half. Ich konnte es nicht erwarten, das Buch von Jojo Moyes auszulesen, aber das ging ja nicht. Als ich mich umschaute, wurde mir klar, dass ich ein unverfänglicheres Buch für die Lektüre in der Öffentlichkeit brauchte.

Ich stand auf und durchstöberte die Regale. Ich weiß nicht, wie lange ich das tat, aber es gefiel mir, alle Cover anzuschauen und die Klappentexte zu lesen. Und als ich auf die Buchausgabe von *Game of Thrones* stieß, war meine Entscheidung gefallen. Ich hatte nicht mal gewusst, dass es ursprünglich eine Buchreihe war, in der Schule hatte das niemand erwähnt. Wie geil. Ich nahm den ersten Band und wollte zurück an meinen Platz gehen. Aber als ich mich umdrehte, sah ich, dass Maggie jetzt neben mir saß.

«Ist es in Ordnung, wenn ich hier sitze?», fragte sie.

«Das ist ein freies Land.» Ich hasste mich selbst ein bisschen für diese Antwort.

«Das stimmt, aber wenn du lieber für dich bleibst, schwirre ich wieder ab.»

«Nein, ist schon in Ordnung.» Ich setzte mich wieder hin und schlug das Buch auf. Maggie las die Zeitung und nahm sich danach eine Zeitschrift vor.

So blieben wir eine Ewigkeit dort sitzen und lasen. Hin und wieder kicherte sie über irgendwas. Ich fragte aber nicht nach.

«Möchtest du Wasser?», fragte sie mich und stand auf. In der Ecke stand ein Wasserspender.

«Äh, ja, gern.»

Sie holte uns zwei Becher Wasser. «Taugt das was?», fragte sie mit einem Blick auf meine neue Entdeckung.

«Es ist super.» Ich hatte schon mehr als vierzig Seiten gelesen.

«Kennst du Terry Pratchett?», fragte sie.

«Nee, ist das gut?»

«Er ist der Beste. Fang mit *Ein gutes Omen* an, das ist lustig.» Ich nickte und nahm mir vor, mir das mal anzusehen. «Bist du fertig mit deinen Hausaufgaben?»

«Ja.»

«Stehst du vor der Mittleren Reife oder dem Abitur?», fragte sie mit Blick auf mein Lehrbuch.

«Erst mal Mittlere Reife. Und wenn meine Noten gut genug sind, was sie wahrscheinlich nicht sein werden, mache ich weiter.»

«Ah.» Sie nickte verständig. «Sagst du das, weil du realistisch bist oder bescheiden?»

«Realistisch.»

«Nicht jeder taugt zum Akademiker», sagte sie. «Ich zum Beispiel nicht. Das heißt aber nicht, dass du keinen anständigen Job bekommen kannst. Lehrstellen scheinen wieder beliebter zu sein. Zu meiner Zeit standen sie hoch im Kurs. Da kann man gute Erfahrungen sammeln.»

«Ja, aber wenn ich hier rauskommen will, muss ich studieren, und das bedeutet, dass ich gute Noten brauche.» Warum erzählte ich ihr das alles?

«Warum glaubst du, dass du hier rausmusst?»

Ich zuckte die Achseln. Ich hatte keine Lust, ihr meine ganze Lebensgeschichte zu erzählen. Aber sie brachte mich zum Nachdenken. Warum wollte ich so dringend studieren? Die Antwort war simpel: Weil das Schlimmste, was mir passieren konnte, für mich war, so zu enden wie Dad.

# 8

## MAGGIE

Der Samstag war schon lange Maggies Lieblingswochentag gewesen, aber jetzt war er sogar noch besser geworden. Tom faszinierte sie. Er war ganz durchschnittlich und doch auch irgendwie nicht. Sie sah nicht oft Teenager in der Bücherei, und wenn mal einer kam, dann nur, um einen der Computer zum Surfen im Internet zu nutzen. Aber sobald sie merkten, dass alle zwielichtigen Websites blockiert waren, kamen sie normalerweise nicht wieder. Bei Tom war irgendwas im Busch, da war sie sich sicher. Sie war gut darin, Dinge vor anderen verbergen, und erkannte sofort, wenn jemand anders es auch tat.

Maggie konnte es kaum erwarten, in die Bücherei zu kommen. Doch zuerst musste sie nach den Tieren sehen. Sie lief zu Colin hinunter, wo sich das immer gleiche Schauspiel vollzog, und wechselte dann zu den Schafen. Schon von Weitem bemerkte sie, dass irgendetwas nicht stimmte, und beschleunigte ihren Schritt.

Barbara war auf den Rücken gekippt. Die anderen Mutterschafe standen in einer Ecke beisammen und fraßen. Irgendwann in der Nacht musste Barbara es geschafft haben, auf dem Rücken zu landen, wahrscheinlich weil der Boden uneben war und sie sich kratzen wollte. Früher hatte Maggie die Vorstellung sich auf dem Boden wälzender Schafe lustig gefunden, aber nachdem sie einmal mitbekommen hatte, welche verheerenden Folgen das haben konnte, wusste sie, dass es ganz und gar nicht komisch war. Ein umgekipptes trächtiges Schaf war zum

Tode verurteilt, weil es nicht von allein wieder auf die Beine kam. Maggie untersuchte Barbara. Glücklicherweise ging es ihr gut, und die Krähen hatten sie noch nicht entdeckt. Wenn sie sie zuerst gefunden hätten, hätten sie auf sie eingehackt, als wäre sie ein lebendes Büfett.

Maggie ging in die Knie und drehte Barbara mit einem kräftigen Schubser wieder auf die Beine. Barbara taumelte, und Maggie hielt sie fest. Das Mutterschaf pinkelte eine rekordverdächtige Menge ins Gras, trottete dann davon und blökte noch nicht mal zum Dank.

Um sicherzugehen, dass Barbara wohlauf war, blieb Maggie noch eine Weile auf der Weide. Das bedeutete jedoch, dass sie den frühen Bus verpasste, den sie normalerweise nahm, und deshalb keine Zeit mehr für ihren üblichen Besuch im Dorfladen und im Postamt haben würde. Aber vielleicht hätte sie diesen Programmpunkt auch gestrichen, denn es zog sie in die Bücherei; sie wollte sehen, ob Tom auch wieder da war.

Maggie traf als Letzte aus ihrer Leserunde ein. Sie nahm am Tisch Platz, holte das Buch aus der Tasche und blickte sich um. Wie aufs Stichwort kam Tom in diesem Moment hereingeschlendert. Diesmal setzte er seinen Rucksack vorsichtig ab und blickte, wie üblich, schüchtern um sich. Nachdem er Christine die entliehenen Bücher zurückgegeben hatte, stellte er sich vor die Regale.

Maggie versuchte, sich auf die Diskussion zu konzentrieren, aber das war gar nicht so einfach, da Toms Anwesenheit sie doch stark ablenkte; und der Roman hatte es ihr ohnehin nicht sonderlich angetan. Auch wenn sie immer mal wieder etwas ins Gespräch einwarf, galt ihr Hauptaugenmerk Tom. Sie war erleichtert, als schließlich alle festgelegten Fragen abgehandelt waren und sie eher allgemein über das Buch plauderten.

Maggie schob ihren Stuhl zurück und ging zu Christine.

«Will seine Mum keine neuen Bücher mehr?», fragte sie, mit

dem Kinn auf Tom weisend, der ganz in die Auswahl seiner Bücher vertieft war.

«Er sagt, dass er sie lieber selbst aussuchen will.» Christine zuckte die Achseln, aber sie wirkte doch leicht verstimmt. Sie nahm für sich in Anspruch, alles zu wissen, was es über Bücher zu wissen gab. Und sie war zwar die Bibliothekarin, doch neigte sie dazu, immer dieselben altbewährten Titel zu empfehlen.

Maggie behielt Tom genau im Blick, bis sie es irgendwann nicht mehr aushielt. Sie ging hinüber und tat so, als suchte sie selbst etwas im Regal. «Hallo», sagte sie.

«Na, wie geht's?», fragte er, obwohl er wohl nicht wirklich an einer ausführlichen Antwort interessiert war.

«Gut, danke. Wie fand deine Mum denn *Ein ganzes halbes Jahr*? Hat sie was dazu gesagt? Als ich es gelesen hatte, musste ich mit allen darüber reden.» Maggie versuchte, ihn nicht zu prüfend anzuschauen, während sie auf seine Antwort wartete.

«Ähm, ja. Sie mochte es.» Er nickte.

«Toll, das freut mich. Es ist immer hart, wenn man ein Buch empfiehlt und der andere es dann überhaupt nicht mag. Die Hauptfigur ist mein Liebling. Ich mag schräge, schrullige Leute.» Maggie breitete ihre lange bunte Strickjacke aus.

«Ja, verstehe», sagte Tom.

«Hey. Man sollte Bücher nicht nach ihrem Umschlag beurteilen und eine Dame nicht nach ihrer Strickjacke.»

«Ist mal was anderes als Beige.» Tom nickte in Richtung der Frauen am Tisch; sie trugen alle Schattierungen von Beige, mit ein paar Pastelltönen dazwischen.

«Das passt zu ihren Hörgeräten», sagte Maggie.

Tom schmunzelte, schaute aber weiter starr aufs Regal.

Vielleicht geriet sie ihm zu sehr in Plauderstimmung. Maggie kehrte zu ihrem Einstiegsthema zurück. «Sie ist eine dieser Figuren, die einem unter die Haut gehen und einen nicht mehr loslassen, verstehst du?»

«Ja.»

«Ich mochte es, wie die Geschichte einen zum Nachdenken bringt. Dazu, sich in ihre Situation zu versetzen.»

«Hm, hm», machte Tom, auf das Buch in seiner Hand konzentriert.

«Wills Mutter mochte ich nicht so. Aber Mütter sind nun mal von Natur aus übergriffig.»

«Vielleicht versucht sie ja nur zu helfen», sagte Tom. «Könnte doch sein. Ich weiß es nicht.»

«Außerdem hab ich eine Schwäche für Liebesgeschichten. Will hat Louise wirklich geliebt, und alles war so echt.»

«Louisa», sagte Tom. Er legte das Buch, das er in der Hand hatte, auf seinen Stapel und machte einen Schritt zur Seite.

«Ja, richtig, Louisa hieß sie», sagte Maggie. Tom lief knallrot an. Maggie entfernte sich. Sie wusste jetzt, was sie wissen musste.

*

Am Abend kam Tom zu Maggie. «Zum Bus?»

«Ist das eine Frage?» Sie schob ihren Stuhl zurück.

«Was?» Er schaute sie verständnislos an. Ihr gewaltiger Altersunterschied machte sich bemerkbar.

«Nichts. Ja, ich gehe zum Bus.»

«Na, dann los», sagte Tom und ging mit gesenktem Kopf voraus.

Maggie schlüpfte in ihre Jacke wie ein aufgeregter Teenager und folgte ihm nach draußen. «Wie lief denn deine Chemie-Prüfung?»

«Hm?»

«Du hast doch letzte Woche für Chemie gelernt. Hast du eine gute Note bekommen?»

«Ja, war ganz okay.»

«Gut.» Er war diese Woche nicht sehr gesprächig, und das enttäuschte sie. «Und wofür hast du heute gelernt?» Sie löcherte ihn nicht gern, aber was sein musste, musste sein.

«Englische Literatur. Wir lesen gerade *Farm der Tiere*.»

«Und? Gefällt dir das Buch?»

«Ja. Ich mag die Geschichte, aber ich bin nicht sicher, ob ich kapiere, was wir bei dieser Textanalyse machen sollen.»

«Verdirbt dir das den Spaß an der Geschichte?»

«Ja, total.» Er hielt den Kopf gesenkt.

Vielleicht konnte sie wieder mit ihm plaudern, wenn sie an der Haltestelle waren. Sie freute sich, als sie sah, dass sonst niemand auf den Bus wartete, denn sie fürchtete, dass er sonst sofort gehen würde. Sie saßen nebeneinander auf den kalten Metallsitzen und warteten. «Ich glaube, das Buch, das wir diese Woche für den Buchklub lesen, ist eher mein Geschmack.»

Er ließ seinen Blick durch die Gegend schweifen. Er schien das Interesse an ihr verloren zu haben. Sie holte das Buch trotzdem heraus und zeigte es ihm.

«*Das Schicksal ist ein mieser Verräter*.» Er nickte. «Ich könnte mir vorstellen, dass es dir gefällt.» Er nickte wieder und merkte dann, dass er einen Fehler gemacht hatte.

«Nee, glaub nicht.» Tom schaute weg.

«Es ist okay, Tom. Die anderen wissen es nicht, und ich werde es ihnen auch nicht sagen.»

«Wissen was nicht?» Er zog die Schultern zurück und starrte sie an.

«Dass du die Bücher liest und nicht deine Mum.»

Seine Schultern sanken bei jedem ihrer Worte ein bisschen mehr nach unten, bis er wieder seine alte schlechte Haltung angenommen hatte. «Woran haben Sie es gemerkt?»

«Daran, wie du die Klappentexte gelesen hast, bevor du dich für ein Buch entschieden hast. An unserem Gespräch über *Ein ganzes halbes Jahr*.» Sie zuckte die Achseln. «Ich merke es sofort, wenn irgendwas nicht ganz stimmig ist.»

Er wandte sich ab und schaute die Straße entlang, als wollte er erzwingen, dass der Bus ankam, aber das würde noch dauern. «Na dann, gute Arbeit, Miss Marple.»

«Hey, ich hab besseres Schuhwerk als sie.» Sie wackelte mit ihren roten Doc Martens. «Lesen ist nichts, wofür man sich schämen muss.»

«Oh doch. Vor allem, wenn's Liebesromane sind.» Er drehte sich zu ihr hin. «Wenn das jemand erfährt, werde ich fertiggemacht.»

«Von wem? In der Schule?»

«In der Schule, zu Hause, überall!» Er warf die Arme hoch.

«Zu Hause? Aber deine Mum würde dich doch sicher nicht ...» Toms Miene veränderte sich. Vor allem seine Augen. Es war, als würde ein Licht ausgehen. Sein Gesichtsausdruck brach Maggie das Herz, nur ein kleines bisschen. Sie senkte die Stimme. «Du hast gar keine Mum, oder Tom?»

«Miss Marple schlägt wieder zu.» Er schluckte schwer und schüttelte den Kopf. «Sie ist gestorben, als ich acht war.»

«Das tut mir sehr leid», sagte sie und drückte seine Schulter. Er lächelte schwach bei dieser Geste. «Schöne Scheiße, was?»

Tom lachte und schaute sie unter seinem Pony hindurch an. «Ja, Megascheiße. Sie sind lustig ...»

«Für eine alte Frau?»

«Nein, Sie sind einfach lustig.»

«Also komm jetzt. Wie fandest du das Ende von *Ein ganzes halbes Jahr* wirklich?», fragte sie, beugte sich vor und stützte die Unterarme auf ihre Oberschenkel.

«Oh wow, das war ein Schock, oder? Ich muss dauernd daran denken. In all den anderen Büchern, die ich gelesen habe, raufen sie sich am Ende irgendwie wieder zusammen, aber das ... Wahnsinn.»

Maggie liebte es, die Empörung und die Aufregung in seiner Stimme zu hören. In all den Wochen, die er nun schon in die Bücherei kam, hatte sie ihn nie so viel reden hören. Sie hatte eine verwandte Seele gefunden, als sie am wenigsten damit gerechnet hatte, und sie würde sich an ihr festklammern, als hinge ihr Leben davon ab.

# 9

## TOM

An dem Abend hab ich viel über Maggie nachgedacht. Wie sie die Wahrheit aus mir hervorgelockt hatte, gefiel mir nicht. Ich hatte mich für schlauer gehalten. Jetzt war mein großes Geheimnis gelüftet, aber seltsamerweise fühlte ich mich extrem erleichtert. Und mehr noch: Es war schön, sich mit jemandem über die Bücher austauschen zu können. Das war so, als würde man sie noch einmal durchleben. Seit Dad meine Xbox gekillt hatte, hatte ich jede Nacht gelesen.

Die Bücher öffneten mir eine Tür, durch die ich in eine andere Welt entfliehen konnte. Eine, in der ich der Held war. Und ich konnte mir sogar einreden, dass das der Recherche diente. Der Recherche über ein Leben, das ich führen wollte, über Leute, mit denen ich viel gemeinsam haben wollte. Ich hatte mir Notizen gemacht. Es gab tolle Zitate von diesen Helden. Am Anfang der Geschichten waren sie meistens unnahbar oder verblödet, aber im Laufe der Handlung lernten sie dazu und wurden am Ende richtig gut. Sie waren eher arrogant als schüchtern wie ich, aber auf ihre Art genauso unbeholfen, sodass sie Frauen von sich wegstießen. Ich lernte jedoch, dass man sich ändern konnte. Es gab Hoffnung.

Ich beendete die letzte Seite von *Wie ein einziger Tag* von Nicholas Sparks und legte das Buch zur Seite. Es gehörte zu denen, von denen ich mir wünschte, sie hätten kein Ende. Das Paar hatte bis zum «und sie lebten glücklich bis ans Ende ihrer Tage» viel durchgemacht. Ich glaube, ich habe auch schon einiges hinter mir, aber nichts deutet darauf hin, dass ich ein Happy End erleben werde.

Ich hörte Geräusche von unten und schaute auf die Uhr. Dad und ich gingen uns seit dem Abend des Xbox-Mordes aus dem Weg, daran hatte sich nichts geändert. Meine Wut war verflogen, aber ich war immer noch sehr sauer auf ihn, und ohne Bemühungen von seiner Seite würde sich daran auch nichts ändern. Abgesehen von dem lauten Knurren meines Magens war es nun wieder still im Haus. Ich ging nach unten, um mir was zu essen zu holen. Das Marmite-Glas hatte ich vorhin schon geleert, also würde ich mit nacktem, dünn mit Margarine bestrichenem Toastbrot vorliebnehmen müssen.

Der Fünf-Pfund-Schein, den Maggie mir vor ein paar Wochen zurückgegeben hatte, steckte noch in meiner Tasche. Ich überlegte, ob ich Dad das Geld zurückgeben sollte, aber er würde es nur für Bier oder Whisky ausgeben.

Irgendwas brachte mich dazu, den Kopf zur Wohnzimmertür hineinzustecken. Dad lag auf dem Fußboden. Ich lege mich auch manchmal lieber auf den Boden, weil ich für das Sofa inzwischen zu lang bin. Aber die Art, wie Dad da lag, wirkte nicht so, als hätte er diese Haltung freiwillig gewählt. Sein Glas lag auf dem Boden und Bier war auf den Teppich verschüttet – das musste das Geräusch gewesen sein, das ich vorhin gehört hatte.

«Dad?» Er rührte sich nicht. Ich ging ins Zimmer und stupste ihn mit dem Zeh an. Sein Bein bewegte sich, aber er rührte sich nicht weiter. Ich ging um das Sofa herum, um einen besseren Blick zu haben. Er sah nicht gut aus. «Dad!» Ich erhob meine Stimme und rüttelte an ihm. Keine Reaktion. *Shit.* War er bewusstlos? Ich kniete mich neben ihn. Angst legte sich wie eine eisige Hand um meinen Magen. Ich durfte Dad nicht verlieren. Er war alles, was ich hatte. Ich packte ihn bei den Schultern und schüttelte ihn – diesmal fester. Sein Kopf stieß gegen das Tischbein.

«Verdammt, Tom!» Plötzlich war Dad wieder bei sich. Er blickte mich finster an und rieb sich den roten Kopf.

Ich ließ seine Schultern los und lehnte mich zurück. «Ich dachte, du wärst ...» Ich atmete tief ein, um meine zitternden Glieder zu beruhigen. Irgendwas an seinem Gesichtsausdruck ließ mir das, was gerade passiert war, verdächtig erscheinen. «Hast du nur so getan, als ob?»

«Verstehst du keinen Spaß mehr?» Er richtete sich mühsam auf.

Wie krank musste man sein, um das witzig zu finden? Meine Angst verwandelte sich in Wut. «Bist du nicht ganz dicht? Ich hab gedacht, dir wär was passiert.»

«Mir ist ja auch was passiert.» Er lallte. «Der verdammte Tisch will mich umbringen. Ich bin mit dem Fuß umgeknickt.»

Er zog sein Hosenbein hoch, doch es war mir egal. Ich stand auf. «Blödmann.»

Er schaute mit einer übertriebenen Kopfbewegung zu mir hoch. «Entspann dich, Tom. Das war ein Scherz.»

«Das ist nicht komisch.»

«So ist das Leben», sagte Dad. «Das wirst du schon rausfinden, wenn du einen Job hast.»

«Aber ich will später studieren.» Dazu war ich inzwischen fest entschlossen. Eine Lehre entsprach vielleicht eher meinen Fähigkeiten, aber die würde ich hier im Ort machen, und ich musste weg.

«Fang nicht wieder davon an.» Er wurde lauter. «Du benimmst dich völlig kindisch.» Er griff nach seinem Glas, und ich trat es weg.

«Und du benimmst dich wie ein Besoffener.» Ich ging hoch auf mein Zimmer. Dann wünschte ich mir, ich hätte einen Umweg über die Küche gemacht, denn mein Magen erinnerte mich mit einem lauten Knurren daran, dass ich immer noch Hunger hatte.

Ich betrat mein Zimmer, aber das war der falsche Ort. Wie ein

Hund im Zwinger lief ich hin und her. Mit drei Schritten hatte ich den Raum durchquert. Ich war zu groß geworden für dieses Zimmer. Und allmählich fühlte es sich an, als wäre ich für eine Menge Dinge zu groß geworden.

*

Als ich am Montag in meinen Geschichtskurs kam, waren die Tische umgestellt worden. Ich hasse so was. Ich blieb in der Tür stehen, ließ meinen Blick über die Gesichter schweifen und versuchte herauszufinden, wo ich mich hinsetzen musste, um im Unterricht möglichst wenig aufzufallen.

«Ah, Tom Harris», sagte Mr. Thackery. «Ich führe eine neue Sitzordnung ein.» Ich kratzte mich am Kopf. Er schaute auf eine Liste. «Würdest du dich bitte neben Farah setzen?»

Sofort lief mein System heiß. «Ähm, äh …» Ich schaute mich hektisch um. Farah drehte mir gerade den Rücken zu und plauderte mit einer Freundin.

«Mach schon, da drüben hin!», trieb der Lehrer mich an, weil hinter mir noch mehr Leute in der Tür aufgetaucht waren.

Hatte ich zu Hause dran gedacht, mein Deo zu benutzen? Hatte ich. Aber würde es diese extreme Bewährungsprobe bestehen? Auf dem Weg durch den Raum versuchte ich, die Nase in Richtung meiner Achselhöhlen zu bewegen. Ich roch nicht toll, aber auch nicht so schlimm, dass Farah die Augen tränen würden. Wenigstens hatte ich an dem Morgen noch keinen Sport gehabt. Farah wandte sich um und zog alarmiert die Augenbrauen hoch, als sie mich an meinen Achseln schnüffeln sah. Schlechter Start.

«Hallo», murmelte ich, ohne sie richtig anzusehen, ließ meine Tasche auf den Boden fallen und sank auf den Stuhl. Dabei achtete ich sorgsam darauf, mich nicht zu sehr in die Mitte zu setzen, aus Sorge, ich könnte ihr zu nahe kommen.

«Du bist Thomas Harris.» Sie betonte es wie eine Frage, aber sie wusste offenbar, wer ich war. Farah Shah kannte meinen Namen! Plötzlich saß ich kerzengerade, als wäre mir eine Metallstange in die Wirbelsäule geschoben worden.

Ich schaute kurz zu ihr hin. «Ja. Aber Tom reicht.»

«Ich bin Farah.» Sie lächelte. Ein süßes zartes Lächeln. Ihre Stimme klang selbstbewusst, aber freundlich. Mein Leben war an einem Wendepunkt angekommen. Ich wurde mit Farah Shah zusammengespannt. Ab jetzt würden wir eine Zweier-Lerngruppe bilden. Ich hätte am liebsten jubelnd die Arme hochgerissen, blieb aber ganz still sitzen, während meine Gedanken abschweiften – zu dem, was das im Einzelnen bedeutete. Nämlich, dass ich ab jetzt einen legitimen Grund hatte, Zeit mit ihr zu verbringen. Und Diskussionen über Geschichtsthemen zu führen. Und zur Vorbereitung auf die Abschlussprüfungen bis zum Ende des Schuljahrs gemeinsam mit ihr den Lehrstoff noch mal durchzugehen. In meinem Kopf erschienen Bilder von mir, wie ich mit ihr zusammen in ihrem Zimmer Hausaufgaben machte, und lösten einen massiven Schweißausbruch aus. Es war, als würde mich ein einzelner Sonnenstrahl wärmen, bis mir plötzlich jemand auf den Rücken schlug.

«Verzieh dich, Harris.» Joshua Kemp stand über mir. Kemp, der sich für eine ganz große Nummer hielt, weil sein Vater Schuldirektor war und er der Kapitän der Rugbymannschaft. Na ja, jedenfalls war er eine größere Nummer als ich.

«Ah, Joshua», sagte Mr. Thackery. «Wir haben eine neue Sitzordnung. Jetzt, wo sich alle dazu herabgelassen haben zu erscheinen, werde ich sie erläutern. Du wirst ab jetzt neben Amy sitzen. Sie wird deine Lernpartnerin sein.»

«Tut mir leid, Sir, aber von dahinten sehe ich dann nicht mehr, was an der Tafel steht», wandte Kemp listig ein. «Ich tausche einfach mit Harris. Das macht dir doch nichts, oder?» Das war nicht als Frage gemeint. Meine Zeit mit Farah war schön, aber kurz gewesen.

«Äh», sagte ich, aber Kemp beugte sich schon über mich. «Okay.» Ich lächelte Farah matt an. Oh, was alles hätte werden können! Ich wollte meine Tasche vom Boden aufheben, aber Farahs Stuhlbein stand auf dem Riemen. «Entschuldigung …» Ich zeigte auf das Stuhlbein.

«Verpiss dich, Harris», zischte Kemp mir ins Ohr. Seine Drohung wirkte nicht mehr ganz so gefährlich, als ich Hubba Bubba in seinem Atem roch.

«Tasche hängt fest.» Plötzlich fiel es mir schwer, vollständige Sätze zu bilden.

«Hier.» Kemp riss mit Gewalt an der Tasche, woraufhin Farahs Stuhl beinahe umstürzte und der Träger meines Rucksacks halb abriss. Farah schaute uns beide missbilligend an. Mein Herz zog sich zusammen. Wenige Sekunden vorher hatte sie noch einladend gelächelt. Joshua knallte mir die Tasche vor den Latz und schubste mich aus dem Weg. Ich zog mit einem schweren Herzen und einem kaputten Rucksack von dannen.

Amy schüttelte den Kopf, als ich mich setzte. Was ich ein bisschen unnötig fand. Schließlich war sie gerade noch mal an Kemp vorbeigekommen. Er war ein Rüpel und hielt sich für unantastbar. Er gefiel sich darin, jüngeren Schülern ein Bein zu stellen, und es war allgemein bekannt, dass er Nicholas Burns dafür bezahlte, seine Mathehausaufgaben zu machen. Seltsamerweise schienen einige von den Mädchen trotzdem auf ihn zu stehen. Das Leben war ungerecht.

Mr. Thackery gab uns die benoteten Geschichts-Essays zurück. «Zwei. Prima, Farah. Joshua, Vier, du solltest dich auf deine Hammelbeine setzen. Eins, Amy, hervorragend, aber das ist ja nichts Neues.» Amy warf sich stolz in die Brust, als sie ihren Essay von Mr. Thackery entgegennahm. «Und Tom hat auch eine Zwei, sehr gut, und überraschend.» Er klang misstrauisch. Ich nahm meinen Essay entgegen und schaute zu Farah hin. Ich wollte so gern wieder neben ihr sitzen. Wir hatten dieselbe Note.

Wir passten toll zusammen. Wir hätten über unsere Aufsätze diskutieren und uns darüber austauschen können, was wir tun mussten, um mit Amy gleichzuziehen. Ich seufzte über meine verpasste Chance.

«Hast du gemogelt?», fragte Amy mit einem finsteren Blick auf meinen Text.

«Nee, du?»

Sie schnaubte empört und war so beleidigt, dass sie ein paar Zentimeter von mir abrückte.

Am Ende des Unterrichts suchte ich langsam meine Sachen zusammen. Ich hatte es nicht eilig, nach Hause zu kommen. Die Hälfte der Stunde hatte ich damit verbracht, ein Gespräch mit Farah zu proben, nur für den Fall, dass sie mitbekommen hatte, dass wir dieselbe Note hatten, und ihr ebenfalls die enorme Ähnlichkeit zwischen uns aufgefallen war. Aber als ich zu ihrem Platz schaute, war sie schon weg. Da ich den Rucksack nicht mehr über der Schulter tragen konnte, hob ich ihn in meine Arme. Was für ein Desaster. Dad würde ausflippen, und so kurz vor Ende des Schuljahres würde er mir keinen neuen kaufen. Bei den Schuluniformen war es genau das Gleiche, weshalb ich immer aussah, als wären meine Sachen beim Waschen eingelaufen.

Joshua und sein Kumpel Kyle Fletcher lungerten im Flur herum. Ich ignorierte sie und ging einfach vorbei.

«He, Harris!»

Mist. Ich blieb stehen, drehte mich aber nicht um. Den Schubser, der mich zu Boden warf und den Inhalt meines Rucksacks über den staubigen Linoleumboden verteilte, sah ich deshalb nicht kommen.

«Wage es ja nicht, Farah auch nur anzuschauen, hast du verstanden?», knurrte Kemp, während Fletcher nickte wie ein Wackeldackel. Der Vergleich gefiel mir so gut, dass ich kurz abgelenkt war. «Ob du verstanden hast?», wiederholte Kemp. Er verpasste mir einen kräftigen Tritt, und mein Oberschenkel wurde taub.

«Ja, hab's verstanden», sagte ich, mein Bein reibend. «Ich wusste nicht, dass ihr …»

«Sind sie auch nicht», sagte Fletcher.

«Halt die Klappe, Fletcher.» Jetzt richteten sich Joshuas Aggressionen gegen ihn. «Wir sind quasi zusammen.»

Ich musste unwillkürlich lachen. Ich bezweifelte, dass ich auf Farahs Radar war, aber der Gedanke, dass sie diesen Schlägertypen attraktiv finden könnte, war einfach lächerlich.

«Hast du was zu melden, Harris?»

«Nein. Ich glaub, ich hab mich erkältet», sagte ich und rieb mir übertrieben den Hals, bevor ich meine verstreuten Sachen wieder einsammelte.

Kemp tauchte drohend über mir auf, und ich legte die Hände über meine Weichteile.

«Kemp, Fletcher, Harris! Habt ihr kein Zuhause, oder warum lungert ihr hier noch rum?», rief Mr. Thackery vom anderen Ende des Flurs. Meine Weichteile blieben erst einmal verschont.

# 10

## MAGGIE

Maggie war jetzt im Besitz eines neuen Seniorentickets für den Bus und hatte das am Dienstag mit einem Ausflug nach Leamington Spa gefeiert, wo sie sich einen Cappuccino und ein Schokotörtchen gönnte. Es hatte gutgetan, mal wieder unter Leuten zu sein, doch der kurze Austausch darüber, in welcher Größe sie ihren Kaffee wollte und ob sie ihn drinnen oder draußen genießen wollte, konnte nicht als vollwertige zwischenmenschliche Kommunikation gewertet werden. Wenn man von Menschen umgeben und trotzdem vollkommen allein war, fühlte man sich seltsamerweise noch isolierter.

Und es war furchtbar umständlich, überhaupt erst nach Leamington hinzugelangen, denn sie musste erst nach Compton Mallow reinfahren, was in der entgegengesetzten Richtung lag, um dann in den Bus nach Leamington umzusteigen. Insgesamt war sie fast zwei Stunden unterwegs gewesen. Sie hatte sich gefreut, als sie im Bus mit einer Frau ins Gespräch gekommen war. Sie hatten sich darüber unterhalten, wie wunderbar beweglich Kinderwagen heutzutage waren, aber bedauerlicherweise war die Frau eine Haltestelle später schon ausgestiegen.

Bei den Tieren war alles ruhig. Die Lämmer ließen noch immer auf sich warten, aber ein alarmierender Rückgang der Eierproduktion wies darauf hin, dass Reineke Fuchs wohl wieder seine Runden drehte. Sie hatte Zeit totzuschlagen und sie musste ein paar Gehege für die trächtigen Schafe bauen, in denen sie die Lämmer zur Welt brachten. Wenn denn überhaupt welche trächtig waren. Weil Maggies Grundstück groß und zum größten Teil hügelig war, stellte der Transport von Material eine Herausforderung dar. Die Providence Farm war einst eine florierende Schaffarm gewesen. Nach dem Tod des Farmers wollte seine Familie den Hof jedoch verkaufen und mit ihm auch den größten Teil der Maschinen loswerden, hauptsächlich weil sie den Aufwand scheute, den es bedeutet hätte, sie auf andere Weise zu veräußern. Das meiste von dem, was davon noch übrig war, hatte seine beste Zeit schon hinter sich gehabt, aber weil Maggie und ihr Mann sich alle Optionen offenhalten wollten, hatten sie damals den alten grauen Ferguson-Traktor mit Anhänger zusammen mit einer Reihe von anderen Gerätschaften übernommen.

Maggie besaß kein Auto. Sie war keine strikte Autogegnerin, hatte sich aber, schon lange bevor es zu einer beliebten Freizeitbeschäftigung wurde, vehement für die Rettung des Planeten engagiert und war sich der Umweltschäden bewusst, die der Autoverkehr anrichtete.

Es brauchte ein paar Anläufe, um den Trecker ans Laufen zu kriegen, aber schließlich erwachte der Motor tuckernd zum Leben. Maggie setzte zurück, koppelte den Anhänger an und fuhr ihn aus der Scheune heraus und um das Haus herum. Um einem Schlagloch auszuweichen, zog sie scharf nach links, traf so allerdings ein noch größeres Loch, wodurch sich der Hänger dramatisch zur Seite neigte. Sie stellte den Motor aus und stieg ab.

Der Reifen des Anhängers war platt und hatte sich fast von der Felge gelöst. «Verdammt!», entfuhr es ihr. Die Hände in die Hüfte gestemmt, begutachtete sie die Lage. Der uralte Hänger hatte schwere Schlagseite und steckte mit dem kaputten Reifen fest. Sie musste ihn anheben, um den Reifen wechseln zu können, was angesichts der verrosteten Muttern kein leichtes Unterfangen werden würde. Doch Maggie konnte außerordentlich stur sein. Erst einige Stunden später akzeptierte sie widerstrebend, dass sie das ohne fremde Hilfe nicht hinbekam.

*

Maggie war in Gedanken woanders, während der Buchklub tiefgründige Fragen zur Lektüre der Woche, *Das Schicksal ist ein mieser Verräter*, debattierte. Diese Geschichte hatte ihr wahnsinnig gut gefallen, und sie war sicher, dass Tom sie auch mögen würde. Die meisten aus der Gruppe hatten sie gern gelesen, was bedeutete, dass keine kontroverse Diskussion in Gang kam.

Tom lernte in seiner üblichen Ecke für die Schule. Christine war damit beschäftigt, neue Plakate aufzuhängen. Maggie dachte über ihr Reifenproblem nach. Sie sah wenige andere Möglichkeiten, als einen benachbarten Farmer um Hilfe zu bitten, aber da sie den Gefallen nicht erwidern konnte – wie der Mann bei anderer Gelegenheit bereits betont hatte –, würde er für seine Mühen Geld sehen wollen.

Betty wedelte mit ihrer knochigen Hand vor Maggies Gesicht herum. «Ich hab gefragt, ob du mit zum Kuchenbasar kommst.»

Maggie war meilenweit weg gewesen. «Entschuldigung. Wo ist der noch mal?»

«Im Gemeindesaal. Eine Wohltätigkeitsveranstaltung. Für Kinder oder Krebs oder so was. Auf jeden Fall für einen guten Zweck», sagte Betty.

«Ähhh ...» Maggie war hin und hergerissen. Sie hatte festgestellt, dass sie sich auf die allwöchentlichen Plaudereien mit Tom freute. Obwohl sie von Frauen ihres Alters umgeben war, fühlte sie sich in seiner Gesellschaft am wohlsten. Wenn sie jetzt ging, konnte sie schlecht nur deshalb zurückkommen, damit Tom sie zur Bushaltestelle brachte; das würde lächerlich aussehen. Sie sah zu Tom hin. Er saß mit gesenktem Kopf da und büffelte. Sie wollte ihn nicht stören, doch er schien ihren Blick zu spüren, schaute hoch und lächelte sie freundlich an.

«Was ist jetzt?» Betty wurde ungeduldig.

«Ich komme nach», sagte Maggie.

Sie ging nach hinten zu Tom. «Hallo, du siehst sehr fleißig aus.»

«Ich versuche zu kapieren, wie man Summenhäufigkeitspolygone erstellt.»

Sie hatte keine Ahnung, was das war. «Ich gehe zum Kuchenbasar.» Ihr kam eine Idee. «Und ich hab mich gefragt, ob ich dir welchen mitbringen soll. Nervennahrung ist wichtig, wenn man lernt.»

Tom schürzte die Lippen. «Zu Kuchen sage ich nie Nein.»

«Hervorragend.» Es war albern, wie sehr sie sich freute. «Was ist denn dein Lieblingskuchen? Auch wenn ich natürlich nichts versprechen kann.»

Tom schien nachzudenken. «Ich weiß nicht. Wir haben selten richtigen Kuchen. Dad hat mal diese Kuchenriegel mitgebracht.» Sie verzogen beide gleichzeitig das Gesicht. «Welchen Kuchen essen *Sie* denn?»

Jetzt musste sie nachdenken. «Ich bin ein großer Fan von Lemon Drizzle …»

«Ohhh.» Tom sah aus, als würde ihm gleich der Sabber aus dem Mund laufen. «Meine Mum …» Er schaute sich um, bevor er fortfuhr. «… hat den früher gebacken. Der war super.»

«Der ist schwer zu toppen, obwohl Biskuitkuchen ja auch was Feines ist. Ich hab allerdings eher eine Schwäche für Scones mit Marmelade und Clotted Cream.»

Er schüttelte den Kopf. «Ich glaub nicht, dass ich schon mal Scones gegessen hab.»

«Was? Ich glaube, ich hör nicht richtig. Du armes Lämmchen. Ein Leben ohne Scones ist kein richtiges Leben.» Tom fing an, seine Bücher in eine kaputte Tasche zu packen. «Was machst du?»

«Ich komme mit. Jetzt kann ich mich eh nicht mehr konzentrieren, weil ich die ganze Zeit an Kuchen denken muss.»

*

Der Gemeindesaal war riesig. Am einen Ende gab es eine große Durchreiche zur Küche, vor der drei Tische standen. An einem von ihnen saßen bereits einige Mitglieder des Buchklubs, und Betty winkte sie heran.

Maggie begrüßte sie kurz. Wenn man gerade zwei Stunden miteinander verbracht hatte, gab es nicht mehr allzu viel zu reden. Tom folgte ihr zum Kuchenbüfett, hinter dem drei erwartungsvoll guckende Frauen warteten, die alle die gleichen Schürzen trugen.

«Was kann ich Ihnen anbieten?», trällerte eine von ihnen. «Tee oder Kaffee und ein Stück Kuchen für zwei Pfund. Der Erlös geht an die Krebshilfe.»

«Nachdem wir die Auslagen für Tee, Kaffee und Milch abgezogen haben», murmelte die Dame neben ihr. Sie erinnerte Maggie an die Sprecherstimme, die nach der Medikamenten-Werbung im Radio immer diesen «Zu Risiken und Nebenwirkungen fragen Sie …»-Spruch aufsagte.

«Welche Kuchen haben Sie denn?», fragte Maggie. Sie spürte, dass Tom ihr über die Schulter schaute.

«Schoko-, Mokka-, Walnuss- und Möhrenkuchen, den ich gestern Abend noch ganz frisch gebacken habe. Oder Blaubeermuffins.» In Maggies Augen war das ein mageres Angebot.

«Einen Tee und ein Stück Möhrenkuchen bitte», sagte sie und holte ihre Geldbörse heraus. «Tom?»

Er nahm die Kuchen genau in Augenschein. «Schokoladenkuchen, bitte.»

«Und was möchtest du trinken? Wir haben Fruchtsäfte», sagte die Frau hinter dem Tresen, und Maggie war um seinetwillen etwas empört.

«Nein, danke. Nur den Kuchen, bitte.»

«Ich weiß nicht, wie viel wir für Kuchen ohne ein Getränk nehmen.» Die drei Frauen berieten sich leise.

«Kein Problem», sagte Maggie und reichte vier Pfund über den Tresen. «Ist ja für einen guten Zweck.»

«Das ist nett, vielen Dank», erwiderte die Frau und sah extrem erleichtert aus, als sie das Tablett herüberschob. Tom stellte seine Tasche auf einem Stuhl ab und kam zurück, um das Tablett zu holen. Eine nette Geste. Maggie hätte das auch allein hinbekommen, aber sie würde ihm keinen feministischen Vortrag halten, denn er verhielt sich sehr aufmerksam. Sie setzten sich an den dritten Tisch, weg von Betty und den anderen.

Schweigend aßen sie ihren Kuchen. Der Möhrenkuchen war gut, aber er wäre niemals Maggies erste Wahl gewesen. «Wie schmeckt dein Kuchen?», fragte Maggie und bemerkte erst zu spät, dass sie die Vergangenheitsform hätte benutzen sollen, denn nichts wies mehr darauf hin, dass je Kuchen auf Toms Teller gelegen hatte. «Hast du ihn inhaliert?»

«'tschuldigung.» Er schaute verlegen drein, und sie bereute, dass sie etwas gesagt hatte.

«Nein, es freut mich zu sehen, dass es dir schmeckt. Mein Mann war kein großer Esser. Er wäre auch mit einer Pille anstelle einer Mahlzeit zufrieden gewesen.» Sie wusste auch nicht, warum sie ihm das erzählte, doch er nickte höflich.

«Dad sagt, ich fresse ihm die Haare vom Kopf.»

«Lieber das als ein mäkeliger Esser.» Sie nahm einen Schluck Tee. Er hatte zu lange gezogen.

«Der Kuchen war super. Danke, Maggie.»

«Gern. Ich habe ein schlechtes Gewissen, weil ich dich vom Lernen abhalte.» Sie wollte es ihm leicht machen, sich zu verabschieden.

«Ach was, schon okay. Ehrlich gesagt, sind mir Summenhäufigkeitspolygone eh zu hoch.»

«Mathe, oder?», tippte sie.

«Ja. Nicht gerade meine Stärke.»

«Meine auch nicht. Allerdings war ich so ziemlich in allem schlecht in der Schule. Einmal hab ich einen Apfel gemalt, und meine Lehrerin hat mich gefragt, was das ist.»

Tom lachte. «In Kunst bin ich gar nicht so schlecht. Aber damit kriegt man keinen Job.»

«Doch, sicher», sagte Maggie empört. «Als Schildermaler, Architekt, Kunstlehrer ...» Ihr gingen die Beispiele aus; vielleicht hatte er ja recht. Auf der Suche nach Inspiration schaute sie sich um. «Kuchendekorateur.»

«Das ist, glaub ich, nichts für mich. Ich würde gern Graphic Novels zeichnen oder Anime-Filme.»

Maggie nickte. Sie wusste zwar nicht genau, wovon er sprach, aber sie wollte ihn ermutigen. «Ich habe als Ganzheitstherapeutin gearbeitet. Gott sei Dank braucht man dafür keinen höheren Schulabschluss.»

Jetzt zeigte Toms Gesicht einen Ausdruck, der wahrscheinlich ihren eigenen vor dreißig Sekunden spiegelte. «Und was machen Sie jetzt?», fragte er.

Oh, was für eine Frage. Würde er schockiert reagieren, wenn sie ihm eine ehrliche Antwort gab? *Meistens versuche ich mehr oder weniger verzweifelt, die Zeit totzuschlagen. Eigentlich warte ich nur auf den Tag, an dem ich nicht mehr aufwache.*

Sie ermahnte sich selbst. «Nun ja, heute Morgen habe ich versucht, einen Reifen von einem Anhänger loszukriegen», sagte sie.

Tom grinste. «Wie? Wollten Sie den klauen?»

«Nein. Ich wollte neulich Bretter mit meinem Traktor transportieren und hatte eine Reifenpanne.»

Tom lachte. Maggie wusste nicht, was daran lustig sein sollte. «Sie machen Witze, oder?»

«Nein. Im Ernst. Ich besitze ein Stück Land, und das ist die einzige Möglichkeit, dort größere Dinge zu transportieren. Am Dienstag habe ich den Reifen vom Hänger platt gefahren und kriege die Muttern nicht gelöst. Das ist total blöd, weil ich es ohne Hilfe wohl nicht schaffen werde.»

«Ich kann ja helfen», sagte Tom und sammelte nicht existierende Kuchenkrümel mit dem Finger von seinem Teller.

«Das ist nett von dir, aber ich wohne ein ganzes Stück weiter draußen.»

Tom zuckte die Achseln. «Sonntage sind eh superlangweilig. Furrow's Cross war das, oder?» Sie nickte. «Ich kann ja den Bus nehmen.» Er blickte hoch, und sie konnte sehen, dass das Angebot ehrlich gemeint war.

«In Ordnung, aber unter einer Bedingung.»

«Und die wäre?»

«Du bleibst zum Sonntagsbraten.»

Er strahlte wie ein Kleinkind bei der Weihnachtsbescherung. «Abgemacht!»

# 11

## TOM

Ich vergewisserte mich, dass Maggie sicher zum Bus kam, und machte mich dann auf den Heimweg. Als ich um die Ecke bog, um den Hügel hochzugehen, sah ich Joshua Kemp in meine Richtung kommen. Was machte der denn im Dorf? Ich musste mich im Bruchteil einer Sekunde entscheiden, ob ich umdrehen wollte oder nicht, aber ich war zu langsam. Er erspähte mich und setzte sofort ein höhnisches Grinsen auf.

Ich senkte den Kopf, legte die Arme um meinen kaputten Rucksack und ging weiter.

«Harris! Was machst du denn hier? Wohnst du nicht in der Siedlung, wie die anderen Loser?» Er lachte über seinen eigenen Witz.

«Josh», sagte ich, als würde ich einen Freund grüßen, ging aber weiter.

«Hey, ich hab dich was gefragt.» Er streckte den Arm aus wie ein Verkehrspolizist, um mich aufzuhalten. Ich hatte keine andere Wahl.

«Ich gehe nach Hause.»

«Weißt du, wo Farah wohnt?», fragte er.

«Äh …» Wieder viel zu langsam.

«Du weißt es also. Bist du 'ne Art Stalker?»

«Nein. Ich weiß nicht *genau*, wo sie wohnt. Ich glaube, irgendwo auf dem Weg in die Stadt.»

Er schubste mich. «Komm, das kannst du besser.»

«Hinter der London Road, glaub ich. Aber ich weiß es nicht.»

Wenn ich es gewusst hätte, wäre ich regelmäßig da vorbeispaziert wie ein trauriger Tropf. Es war also aus mehreren Gründen gut, dass ich ihre Adresse nicht kannte.

«Wenn ich rausfinde, dass du lügst ...» Er warf sich in die Brust wie eine Taube.

«Tu ich nicht.»

Ich wollte weitergehen, aber Kemp musste mir ein Bein gestellt haben, denn ich stolperte über irgendwas und fiel wie ein Sandsack auf den Gehweg. Meinen Rucksack hielt ich umklammert aus Angst, dass etwas herausfallen könnte. Meine Sucht nach Liebesromanen war noch immer stark. Gott sei Dank blieb alles drin, aber ich landete hart auf meinem Handgelenk, und das tat ganz schön weh. Kemp lachte wie ein drittklassiger Disney-Bösewicht und ging weiter.

*

Trotz des schmerzenden Handgelenks erledigte ich die Sonntagszeitungs-Runde in doppelter Geschwindigkeit und war geduscht und angezogen, bevor Dad aus seinem Zimmer aufgetaucht war. Ich hinterließ ihm eine Nachricht, dass ich den ganzen Tag bei einem Freund sein würde. So weit war das von der Wahrheit ja auch gar nicht entfernt.

Unweit der Kreuzung, die Furrow's Cross ihren Namen gab, stieg ich aus dem Bus. Maggies Wegbeschreibung lautete, dass ich von dort aus ein kleines Stück zurückgehen und in den Feldweg einbiegen sollte, der in meiner Fahrtrichtung von der Straße abging.

Der schmale Weg hatte einen Grasstreifen in der Mitte und jede Menge Schlaglöcher. Zu beiden Seiten gab es außer Feldern nicht viel zu sehen. Ich lief immer weiter, und als ich gerade dachte, ich wäre falsch gegangen, erblickte ich in der Ferne ein Dach. Das Haus lag zwischen hohen Bäumen versteckt in einer Senke, und der Weg führte geradewegs darauf zu. Das alte Holztor war offenbar schon eine ganze Weile nicht mehr benutzt worden, und auf einem verwitterten Schild las ich *Providence Farm*. Das Haus erinnerte ein bisschen an Kinderzeichnungen von einem Farmhaus: komplett symmetrisch mit einer Tür in der Mitte, großen Sprossenfenstern zu beiden Seiten und drei identischen Fenstern im oberen Stockwerk.

Es gab ein gewölbtes Säulenvordach und eine weiß lackierte Haustür. Ich klopfte an, während ich versuchte, möglichst viel von der Umgebung in mich aufzunehmen. Mit so etwas hatte ich nicht gerechnet.

«Du hast es gefunden!», rief Maggie, als sie die Tür öffnete. Sie war rot im Gesicht und hatte die Ärmel ihres überdimensionierten Batikshirts hochgekrempelt. «Komm rein.» Sie verschwand im Inneren und überließ es mir, die Tür wieder zu schließen. Die Diele war ungefähr so groß wie mein Zimmer. Ich zog meine Jacke aus. Es war zwar kühl, aber ich konnte die Jacke schlecht anlassen, ohne unhöflich zu erscheinen. An der Wand hing eine ganze Reihe von Garderobenhaken, zumindest vermutete ich das, denn sie waren unter Unmengen von Mänteln und Strickjacken verborgen. Ich warf meine Jacke über eine andere und hoffte, dass sie oben blieb.

«Komm durch», hörte ich Maggie sagen. Ich folgte dem glänzenden, an Gehwegplatten erinnernden Steinboden zu einer Küche, in der es deutlich wärmer war. Maggie stand an der Spüle, wo sie gerade etwas abgoss. «Ich hab Cola da.» Sie wies mit dem Kopf zu einer großen Flasche auf dem Tisch. «Ist das okay?»

«Ja, danke.» Es war richtige Markencola. Wir haben zu Hause immer nur die Billigmarke. Dad sagt, es würde sich nicht lohnen, die teure zu kaufen, ich würde den Unterschied eh nicht schmecken, wenn ich sie in einem Zug austrank.

«Gläser stehen im Schrank.» Sie wies mit dem Kinn in die Richtung. Ich nahm ein großes Glas heraus und schenkte mir was ein, dann setzte ich mich und schaute ihr zu, während sie herumwuselte. Es roch gut, aber ich kam nicht drauf, was genau es war.

Irgendwann klatschte sie in die Hände und wirbelte zu mir herum. «So, wir haben noch eine Stunde bis zum Essen. Trink aus, dann zeige ich dir das Problem.»

Ich hatte erst ein paarmal an der Cola genippt, aber ich exte den Rest und folgte ihr leise rülpsend aus der Küche in einen winzigen Raum voller Eimer, Besen und Schuhwerk.

«Welche Größe hast du?», fragte sie, eine Sammlung von Gummistiefeln untersuchend.

«41, glaube ich. Vielleicht auch 42.» Meine Schuhe für die Schule waren schon ziemlich eng geworden.

«Probier die mal.» Sie reichte mir ein dunkelgrünes Paar. Die Stiefel waren etwas eng, passten aber, und ich folgte ihr durch die Hintertür, die sich erst mit einem kräftigen Ruck schließen ließ. An der Seite des Hauses gab es eine betonierte Hoffläche, und dort hatte sich ein kleiner Traktor mit einem alten Holzanhänger festgefahren. Ich war ein bisschen enttäuscht, denn ich hatte mir den Traktor sehr viel größer vorgestellt.

Maggie erklärte, was passiert war, und zeigte mir den platten Reifen und die verrosteten Muttern. «Es wäre toll, wenn du ihn aufbocken könntest.» Sie zeigte auf eine ebenfalls verrostet aussehende Winde. «Und die Muttern musst du wahrscheinlich auch losdrehen.» Sie rieb sich die Hände wie ein Geizhals in einem alten Film. «Ich hab nicht mehr so viel Kraft in den Armen wie früher.»

Ich hatte keine Ahnung, was ich da tat, aber mit Maggies Instruktionen und Hilfe gelang es uns gemeinsam, den Reifen zu wechseln. Obwohl der, den sie dann neu aufzog, in einem ähnlich schlechten Zustand war wie der alte, meinte sie, er würde halten, bis der andere repariert war.

Anschließend schlug sie mir mit mehr Kraft auf den Rücken, als ich ihr zugetraut hatte. «Jetzt hast du dir dein Mittagessen redlich verdient», sagte sie und marschierte zurück zum Farmhaus.

*

Ich trank noch mehr Cola und schaute Maggie dabei zu, wie sie ein komplettes Festessen auftischte. Den letzten Sonntagsbraten hatte ich bekommen, als meine Großeltern zu Besuch gewesen waren und uns in den Pub eingeladen hatten. Und das war vier Jahre her.

«Das ist ja wie Weihnachten», sagte ich, als Maggie sich zu mir an den Tisch setzte.

Sie lachte leise auf. «Es gibt weder Cranberrys noch Würstchen im Schlafrock. Und ohne die ist es kein Weihnachtsessen.»

«Wir essen an Weihnachten normalerweise Steak mit Fritten.»

«Oh, na dann, klingt auch gut.» Maggie lächelte etwas angestrengt. Ich hatte das Gefühl, dass etwas anderes als Truthahn mit allem Drum und Dran für sie nicht zählte.

Und sie hatte recht. Steak war zwar immer gut, aber es war kein richtiges Weihnachtsessen wie das hier. Weihnachten im März.

Es lagen bunte Sachen auf meinem Teller. Kleine gelbe, pinke und violette Stücke von etwas, was mir bekannt vorkam. «Ähm, was ist das?», fragte ich.

«Möhren. Die gibt es auch in anderen Farben als Orange.» Das wusste ich nicht. Alles auf meinem Teller schmeckte gut. Das Hühnchen war superlecker, nicht wie von KFC, aber trotzdem gut. Die Bratkartoffeln waren knusprig, so wie Mum sie früher gemacht hat, und die Möhren schmeckten toll, auch wenn sie all diese bunten Farben hatten. Als ich alles aufgegessen hatte, war ich traurig. Ich nippte an meiner Cola und wartete, bis Maggie fertig war. Sie lächelte die ganze Zeit beim Essen.

Dann legte sie Messer und Gabel nebeneinander auf den Teller und lehnte sich zurück.

«Danke, das war super», sagte ich.

«Crumble?»

«Ja, bitte.»

Nach dem Crumble war ich satt. Ich war nicht sicher, wie lange es anhalten würde, aber es war ein gutes Gefühl.

«Hast du heute Nachmittag was vor?», fragte sie.

«Nein.»

«Du kannst gern hierbleiben. Ich muss nach den Schafen sehen, aber sonst habe ich auch nichts zu tun.»

«Schafe? Cool.» Ich hatte gar nicht mitgekriegt, dass sie Tiere hatte. Das wurde ja immer besser. Und zu Hause brannte nichts an.

Als Maggie aufstand, folgte ich ihr mit meinem Teller zur Spüle. Ich hoffte, dass sie eine Spülmaschine hatte, aber da ich keine sah, schnappte ich mir ein Geschirrtuch, um meinen guten Willen zu zeigen.

«Ich mache den Abwasch, aber du brauchst nichts zu tun. Das Geschirr trocknet von selbst. Das Leben ist zu kurz zum Abtrocknen.»

Kurze Zeit später zogen wir die Gummistiefel wieder an und gingen raus. Es war nicht warm, aber es regnete auch nicht, obwohl ich nicht glaube, dass Maggie das gekümmert hätte. «Warte hier!», sagte sie mit Nachdruck und ging weg. Sie bewegte sich schneller als die meisten Menschen in ihrem Alter. Wenige Minuten später kam sie auf einem Quad angefahren. Meine Überraschung war mir bestimmt anzusehen. Das ist ja nicht gerade ein Anblick, den man erwartet – eine alte Dame auf einem Quad. Der Lärm ging mir durch und durch.

«Steig auf», sagte sie und wies mit dem Daumen hinter sich.

«Äh, ja, okay.»

Das ließ ich mir nicht zweimal sagen.

«Hinter dir ist ein Gestänge. Halt dich daran fest.»

Mir blieben nur wenige Sekunden, um zuzugreifen, dann

flitzte das Quad auch schon vom Hof. Maggie hatte einen Eimer über einen der Lenkradgriffe gehängt, der wild hin und her schwang. Eine scharfe Linkskurve, und wir entfernten uns von der Farm. Der Feldweg endete, und bald raste das Quad über einen Hügelkamm mit links leicht ansteigenden und rechts abfallenden Weiden.

Maggie schaute kurz nach hinten. «Hör auf zu grinsen, sonst hast du gleich Fliegen zwischen den Zähnen, oder, schlimmer noch, eine Wespe.» Ich hatte bis dahin gar nicht gemerkt, dass ich grinste, aber wie hätte ich auch nicht grinsen können? Es war einfach super – der Wind schlug mir ins Gesicht, der Geruch von Gras stieg mir in die Nase, und ich hüpfte munter auf einem Quad durch die Gegend.

Maggie hielt an und zeigte nach links. «Der Wald da ist die Grenze. Er versorgt mich mit Brennholz für meinen Holzofen, und ich pflanze jedes Jahr neue Bäume. Die blöden Muntjaks knabbern sie an, aber die Mehrzahl überlebt.»

«Sie haben auch Wild?»

«Das gehört mir nicht. Die Tiere kommen einfach her, um zu fressen. Das Gelände da oben ist für sie das reinste Büfett. Und jede Menge Kaninchen gibt's da auch. Magst du Kaninchen?»

«Ja, die sind ganz süß, finde ich.»

Maggie lachte. «Nicht als Kuscheltier. Zum Essen.»

«Keine Ahnung, hab ich noch nie probiert.» Ich war nicht zimperlich, aber ob ich Kaninchen essen wollte, wusste ich nicht. Dazu waren sie zu sehr wie Haustiere. Aber ich wollte auch nicht, dass Maggie mich für ein Weichei hielt.

«Verstehe. Halt dich fest.»

Glücklicherweise hatte ich gar nicht erst losgelassen, denn sie brauste sofort wieder los. Diesmal machte sie eine scharfe Rechtskurve, und wir jagten in einem steilen Winkel die Weide hinunter, was ebenso beängstigend wie großartig war. «Juhuu!», rief ich, als wir über eine kleine Erhebung im Boden sausten, und die Räder den Kontakt zum Boden verloren. Ich konnte einfach nicht anders. Am unteren Ende der Weide stand ein wackelig aussehender Zaun, und Maggie rief mir zu, dass er das Ende ihres Grundstücks markiere. Dahinter erstreckten sich weitere Grünflächen. Wir hoppelten weiter, und ich konnte in der Ferne die Schafe sehen, einige weiße und eine andere Rasse mit eher grauem Fell. Sie hielten mit den Mäulern voller Gras im Kauen inne und beobachteten uns.

«Bald kommen sie auf die untere Koppel, dann können sie die abweiden.» Maggie marschierte davon, und ich musste größere Schritte machen, um sie einzuholen. «Hier sind die Mutterschafe, die hoffentlich bald Lämmer bekommen», sagte sie und zeigte darauf. Sie nahm den Eimer vom Lenker des Quads und betrat die Weide. Die fetten Schafe kamen angerannt und verputzten den Inhalt, den sie in einen Trog kippte.

In der Nähe befand sich eine Fläche, die Maggie als ihr Gemüsebeet beschrieb, aber da es die Größe eines Fußballfelds hatte, war es eher ein Kleingarten. Sie rasselte die Gemüsesorten herunter, die dort wuchsen, aber nach Möhren und Kartoffeln klinkte ich mich aus.

Das Nächste waren die Hühner. Ich wusste nicht recht, wie ich mich verhalten sollte. Maggie forderte mich auf, ihr in das Gehege zu folgen, was ich auch tat, aber sie versammelten sich alle um meine Knöchel, und ein paar von ihnen pickten auf meine Stiefel ein. Ich konnte ihre spitzen Schnäbel durch das Gummi hindurch spüren und war froh, dass ich nicht meine Turnschuhe trug.

«Isst du Eier?»

«Klar.» Zu Hause essen wir Eier, wenn wir Reste in die Pfanne hauen oder uns ein üppiges englisches Frühstück gönnen.

«Bedien dich. Ich hab heute noch keine eingesammelt.» Sie reichte mir einen altmodischen Weidenkorb und schob eine

Klappe an der Seite des hölzernen Hühnerhauses hoch. Auf dem Stroh im Inneren lagen drei Eier, als wären sie für mich dort abgelegt worden. Ich legte sie vorsichtig in den Korb, tänzelte um einige Hühner herum und folgte dann Maggie. Obwohl ich im zweiten Hühnerhaus nur zwei Eier fand, war ich ganz zufrieden mit meiner Ausbeute. Als wir uns von den Hennen entfernten, hörte ich einen lauten Knall. Es klang, als hätte jemand ein Gatter zugeschlagen. Maggie sah, dass ich mich umdrehte.

«Wenn du kein Rührei möchtest, solltest du die Eier jetzt hier abstellen. Es ist an der Zeit, dir Colin vorzustellen.»

War das die Stelle, an der sich alles zu einer Art Horrorfilm entwickelte? Hatte sie hier irgendwo einen Ehemann eingesperrt? Oder die letzte Person, die ihr ihre Hilfe angeboten hatte? Vielleicht las ich auch einfach zu viel.

Wir hielten auf die nächste Weide zu, und sie schwenkte die Arme durch die Luft, um mir zu signalisieren, dass ich vorausgehen sollte. Als ich mich dem Gatter näherte, das nur mit einer Schnur zusammengehalten wurde, rannte ein Schaf mit fetten Hörnern am Kopf volle Kanne darauf zu und knallte so fest dagegen, dass ich dachte, das Holz würde in tausend Stücke zersplittern. «Whoa!» Ich sprang aus dem Weg, stolperte und landete auf meinem Hintern.

Maggie lachte. Ich meine, so richtig. Sie hielt sich buchstäblich den Bauch vor Lachen. Ich schätze, das Ganze muss ziemlich komisch ausgesehen haben. Irgendwann riss sie sich zusammen. «Tom, darf ich vorstellen: Colin. Er ist ein Schafbock, den ich mir geliehen hab, aber aus irgendeinem Grund hat seine Farm es nicht eilig, ihn zurückzuholen.»

«Der ist nicht ganz dicht», sagte ich, als ich sah, dass das Tier auf seine Ausgangsposition zurückkehrte und den Kopf, bereit zur nächsten Attacke, wieder dem Gatter zuwandte.

«Yep. Das hat man dann von der Handaufzucht.»

«Was bedeutet das?», fragte ich und rappelte mich hoch.

«Handaufzucht bedeutet, dass Colin von Menschenhand aufgezogen und mit der Flasche ernährt wurde.»

«Sollte man nicht eher vermuten, dass er dann wie ein Kuscheltier ist?» Colin raste auf das Gatter zu und ließ es heftig erbeben.

«Ja, sollte man meinen, oder? Aber bei Colin war es anders. Es bedeutet, dass er absolut keine Angst vor Menschen hat. Er hat allenfalls Verachtung für sie übrig, aber kein Fünkchen Angst. Doch wie dem auch sei. Das ist das Ende der großen Tour. Ich brauche jetzt einen Tee.» Sie ging zurück zum Quad.

Wir fuhren zurück zum Haus, das näher lag, als ich dachte, da wir auf dem Hinweg eine längere Strecke genommen hatten. Ich war froh, dass sie mitten in der Walachei wohnte, denn ich hätte nicht gewollt, dass mich jemand mit einem Weidenkorb unterm Arm hinten auf einem von einer kleinen alten Frau gesteuerten Quad sitzen sah.

Sie hielt vor der Hintertür im Hof. «Ich bringe das hier noch schnell weg.» Sie klopfte auf das Quad. «Du könntest uns was zu trinken machen. Für mich bitte einen Tee. Die Teedose steht neben dem Wasserkocher. Und im Schrank oben drüber sind Tassen.»

Mir gefiel die Art, wie sie Anweisungen erteilte. Es fühlte sich gar nicht so an, als würde sie mir sagen, was ich tun sollte, obwohl sie es ja tat. Es hatte etwas Beruhigendes zu sehen, wie gut sie alles im Griff hatte. Ich begriff, dass mehr in ihr steckte, als ich je gedacht hätte, und ihr Quad war einfach Hammer.

# 12

## MAGGIE

Die Woche war ausnahmsweise wie im Flug vergangen. Toms Besuch am Sonntag gab ihr das Gefühl, als wären ihre Batterien frisch aufgeladen worden. Endlich hatte sie mal wieder eine Aufgabe gehabt. Es war lange her, dass sie sich die Mühe gemacht hatte, ein richtiges Sonntagsessen zuzubereiten. Für eine Person erschien ihr das den Aufwand nicht wert. Wenn sie sich sonntags mal etwas Richtiges kochte, endete es zudem meistens so, dass sie die übrigen Bratkartoffeln an die Hühner verfütterte. Nicht, dass es denen etwas ausgemacht hätte. Aber mit jemandem zusammen spachteln zu können, war sehr viel befriedigender. Und wie Tom gespachtelt hatte! Es war ein Vergnügen gewesen, ihn essen zu sehen, und eine Herausforderung, ihn satt zu bekommen.

Über die Fahrt auf dem Quad war Tom richtig ins Schwärmen geraten. Für sie selbst war das Quad einfach eine Notwendigkeit und bereits zur Selbstverständlichkeit geworden. Es durch Toms Augen zu sehen, hatte ihren morgendlichen Runden eine ganz neue Perspektive verliehen. Das Alleinsein hatte ihre Lebensfreude gedämpft, und sie musste die Lust an ihrem Dasein auf dem Land neu entdecken. Sie hatte sich dabei ertappt, wie sie laut jauchzend den steilen Abhang zur unteren Weide hinabgefahren war – es hatte riesigen Spaß gemacht.

Doch es gab auch eine Schattenseite. Das Zusammensein mit Tom hatte dazu geführt, dass sie wieder verstärkt an ihren Sohn dachte. Sie war ohnehin häufig in Gedanken bei ihm, aber nun hatte sie begonnen, Vergleiche zwischen ihm und Tom anzustellen. Und das war nicht gesund. Jeder Gedanke fügte ihrem ohnehin verletzten Herzen eine weitere Schramme zu.

Maggie wühlte auf der linken Seite ihres Schranks herum. Normalerweise wählte sie nur Kleider, die rechts hingen. Sie trug stets dieselben Sachen, die denselben immer gleichen Kreislauf durchliefen – tragen, waschen, trocknen. Sie bügelte nicht gern, das sah sie einfach nicht ein. Auch wenn sie eine Menge Zeit totschlagen musste, konnte sie sich zu so sinnlosen Dingen wie Bügeln, Geschirrabtrocknen und Schuhepolieren nicht überwinden. Darauf besann sie sich nur, wenn wirklich gar nichts anderes mehr half.

Sie zog einen lange vergessenen Kaftan aus dem Schrank. Die Teile waren so herrlich bequem. Ihrer war noch dazu äußerst farbenfroh, und schon allein sein Anblick zauberte ihr ein Lächeln ins Gesicht. Sie schnüffelte daran. Sie war fest entschlossen, nicht diesen Alte-Leute-Geruch anzunehmen, den sie von einigen Frauen aus dem Buchklub kannte. Sie verströmten eine unangenehm muffige Ausdünstung, und Maggie befürchtete, ab dem Tag, an dem sie sie nicht mehr wahrnahm, genauso zu riechen. Deshalb gab sie stets zusätzlich etwas Essig und Natron in ihre Waschmaschine, trocknete ihre Kleider, wann immer möglich, auf der Leine und verwendete kleine Säckchen mit Thymian, Rosmarin und Gewürznelke anstelle von Mottenkugeln. Zwar hatte sie Sorge, nun stattdessen nach Schmortopf zu riechen, aber das war immer noch besser als nach muffiger alter Frau.

Sie konnte sich nicht erinnern, wann sie sich zuletzt etwas Neues zum Anziehen gekauft hatte. Sie brauchte nichts, aber als sie ihre Kleider nun genau betrachtete, waren viele davon doch schon ziemlich abgetragen und die meisten schockierend altmodisch. Maggie hatte sich den gängigen Trends immer widersetzt, doch es wurde Zeit, dass sie ihre Garderobe ein bisschen auf Vordermann brachte. Sie setzte das Klamottenaussortieren auf ihre wachsende Aufgabenliste für die nächste Woche. Am besten versuchte sie, die alten Sachen bei einem Besuch im Charity-Shop loszuwerden und durch nicht ganz so alte zu ersetzen.

Als Maggie Samstagfrüh die Bücherei betrat, bemerkte sie befriedigt, dass einige den Kopf schief legten, als sie ihr Outfit wahrnahmen. Dieses Gefühl hatte sie vermisst. Sie musste dringend mal ihren alten Afghanenmantel mit den langen Fransen entmotten, der früher ein echter Hingucker gewesen war. Heute nannte man das Vintage. Wahrscheinlich würde man dasselbe dann über sie sagen.

Das Buchklub-Treffen lief gut. Maggie liebte es, wenn unterschiedliche Standpunkte aufeinanderprallten. Eine Gruppe aus Nickern und Jasagern war nicht halb so anregend. Die Tür ging auf, und Tom kam herein. Das Lächeln, das er ihr zuwarf, war kurz, doch es wärmte ihr Herz.

Sie hatte sich vorgenommen, Abstand zu halten. Sie wollte ihn nicht von sich stoßen, indem sie den Eindruck machte, bedürftig zu sein. Und sie hatte ihm bereits angeboten, sie jederzeit wieder zu besuchen. Jetzt lag der Ball bei ihm. Auch wenn sie schon genau geplant hatte, was sie ihm beim nächsten Mal kochen würde.

*

In der Bücherei herrschte heute geradezu reger Betrieb. Maggie beobachtete Tom aus dem Augenwinkel, während er sich neue Bücher aussuchte. Er hatte bereits einen Stapel auf seinem Tisch liegen und blätterte gerade in *Polo* von Jilly Cooper. Maggie erinnerte sich, dass sie ganz genauso gewesen war. Sie hatte Jilly Cooper immer geliebt, doch sie fürchtete, dass sie für Tom vielleicht ein bisschen zu anzüglich war.

Eine schlanke junge Frau mit glatten schwarzen Haaren stand an dem Ständer mit den Liebesromanen, und als sie Tom erblickte, ging sie geradewegs zu ihm hin. Maggie saß gerade noch so in Hörweite.

«Hallo, Tom!»

Tom klappte den Roman von Jilly Cooper zu und warf ihn beinahe zurück ins Regal. Er prallte gegen ein anderes Buch, fiel herunter und landete mit einem leisen Knall auf dem Boden. Tom guckte plötzlich wie jemand, der aus einer anderen Galaxie auf die Erde geraten war. Das Mädchen bückte sich und hob den Roman auf. Schamesröte kroch Toms Hals hinauf, und sein Mund öffnete und schloss sich, bevor er es schaffte, etwas zu erwidern.

«Farah. Hallo.»

«Ich glaub nicht, dass das hier auf unserer Leseliste für die Prüfungen steht.» Sie reichte ihm das Buch.

Er nahm es ihr ab, schob es in die Lücke im Regal und stellte sich mit dem Rücken davor. «Nein, ha, ha.» Sein falsches Lachen war bemitleidenswert, und Maggie beobachtete fasziniert, welche Wirkung dieses Mädchen auf ihn hatte. Er hatte sich im Nullkommanichts in einen Idioten verwandelt.

«Ich hab dich noch nie hier gesehen», sagte sie. «Ich mach hier dienstags manchmal meine Hausaufgaben. Meine Eltern kommen da spät von der Arbeit, und mein Bruder hat Klavierstunde.»

«Aha», sagte Tom.

«Was machst du denn hier?» Sie schaute zu dem Stapel mit Liebesromanen, der ordentlich neben seinem Rucksack stand.

Tom folgte ihrem Blick. «Ich arbeite hier», sagte Tom. Farah schaute ihn fragend an. «Ich helfe hier manchmal aus. Wenn viel los ist.» Sie schauten sich beide um. Gerade hielten sich deutlich mehr Leute in der Bücherei auf, als Maggie hier in der letzten Zeit gesehen hatte.

«Super. Mum sagt, dass ich aufhören muss, Bücher auf meinen Kindle runterzuladen. Das ist so eine Angewohnheit von mir geworden. Also, hier bin ich.» Sie machte beinahe einen

Knicks, und Maggie fürchtete schon, Tom würde ohnmächtig werden.

«Gut, äh. Das ist gut. Hier gibt's … äh, eine Menge Bücher», sagte er. Maggie schüttelte den Kopf über seine Unbeholfenheit.

«Was empfiehlst du mir denn?», fragte das Mädchen.

«Für dich?» Tom zeigte auf sie, und sie lachte.

«Ja, für mich.»

«Ähm, ach so, ja klar. Haha. Was liest du denn sonst so?»

«Vor allem Jugendbücher, aber ich bin auf der Suche nach neuen Sachen.»

«In Ordnung … Du interessierst dich für Geschichte, oder?»

«Ja.»

«Liest du gern Liebesgeschichten?»

«Ich mochte *Das Schicksal ist ein mieser Verräter* ziemlich gern, von –»

«John Green. Großartig. Warte hier.» Er ging schnell weg, kehrte mit einem Buch zurück und zeigte es ihr. «*Frederica* von Georgette Heyer.»

Sie las den Klappentext und verzog nachdenklich das Gesicht. «Gut, ich schau mal rein.»

«Super.» Tom fuhr sich mit den Fingern durchs Haar. Die beiden beäugten sich verlegen, und Toms Wangen liefen noch ein bisschen mehr an. «Um es auszuleihen, musst du zu der Frau da drüben gehen.»

«Ja, gut. Aber vielleicht setze ich mich kurz hin und lese schon mal rein. Du weißt schon, um zu sehen, ob es was für mich ist oder nicht.»

«Sicher, klar.» Tom stellte seinen Rucksack auf den Boden und machte sich daran, die sorgfältig ausgesuchten Bücher zurück in die Regale zu stellen.

Die Postbotin kam herein. Sie brachte einen Stapel Briefe und etwas, wofür Christine eine Unterschrift leisten musste. Christine schnappte nach Luft wie jemand, der im Lotto gewonnen hat, aber ihre Miene sprach eine andere Sprache. Maggie ging zu ihr hin, um zu hören, was los war, doch Betty war schneller.

«Was Schlimmes?», fragte Betty mit erwartungsfroher Miene.

«Sie wollen die Bücherei schließen», sagte Christine, gefolgt von einem dramatischen Schluchzer, und hielt sich an dem Stehpult fest.

Betty reichte ihr unverzüglich ein Taschentuch, was Maggie die Gelegenheit gab, sich dem Brief mit der Hiobsbotschaft zuzuwenden und ihn schnell durchzulesen. Sie war wenig überrascht zu sehen, dass Christine aus einer Mücke einen Elefanten gemacht hatte. «Das ist die Einladung zu einer Sitzung, bei der über die Zukunft der Bücherei gesprochen wird, Christine.» Ein direkter Räumungsbefehl war das nicht. Von denen hatte Maggie in ihrem Leben schon genug gesehen.

Christine schaute sie beleidigt an. «Aber letztlich bedeutet es doch dasselbe.» Sie stach mit ihrem manikürten Fingernagel auf den Brief. «Der kam per Einschreiben. Sie laden dich zu einer Sitzung ein, und dann sagen sie dir, dass sie deine Einrichtung schließen wollen …» Sie fügte noch etwas an, das aber in ihrem Schniefen unterging.

Wenn Christine richtiglag, war das das Ende des Buchklubs und höchstwahrscheinlich auch von Maggies Bekanntschaft mit Tom.

# 13

## TOM

In der Schule war es ganz okay heute. In meinem Kopf lief das Gespräch mit Farah quasi in Endlosschleife. Als hätte ich einen eigenen Farah-YouTube-Kanal. Während ich die Tür aufschloss, hatte ich ein Lächeln auf dem Gesicht. Das Haus lag im Dunkeln. Normalerweise war Dad um die Zeit wach und hatte die Vorhänge aufgezogen, nicht so jedoch heute. Es war seltsam, aus dem Tageslicht in den düsteren Flur zu treten. Und still war es auch. Imaginäre Fingerspitzen krochen meinen Rücken hinauf, und ich erschauderte. Ich musste mich zusammenreißen. Ich war ja nicht allein, weil Dad bestimmt da war – irgendwo. Zwischen uns herrschte ein etwas angespannter Waffenstillstand. Er fragte mich dauernd, ob ich wieder mit ihm redete. Aber ich redete nicht mit ihm – aus dem einfachen Grund, weil ich ihm nichts zu sagen hatte.

Ich schaute im Wohnzimmer nach und ließ meinen Rucksack aufs Sofa fallen. Ich brauchte echt dringend einen neuen, aber Dad meinte, das müsste bis zu meinem Geburtstag warten. Die Sportskanone namens Tom aus meiner Stufe hatte ein Moped zum Geburtstag bekommen. Seit dem Sonntag neulich bei Maggie möchte ich ein Quad haben, aber daraus wird nichts.

Unser Wohnzimmer ist eine Müllhalde. Ich bin kein Ordnungsfanatiker, aber langsam geht mir das auf die Nerven. Die ganze Wohnung ist ein einziges Chaos. Ich hab diese Woche keine Wäsche gewaschen, weil das Waschpulver aus ist. Heute Morgen musste ich mir ein Hemd aus der Schmutzwäsche holen.

Es war schwer zu entscheiden, welches am besten roch. Am besten ist auch der falsche Ausdruck dafür. Sie stanken alle ziemlich, aber das Hemd, das ich dann angezogen hab, brachte meine Augen wenigstens nicht zum Tränen. Ich hab es mit dem Rest meines Deos eingesprüht, und es hat auch niemand vor mir Reißaus genommen, allerdings meinte eine von den Frauen in der Schulkantine, sie würde Duftspender riechen.

Ich schaute mich im Zimmer um. Wenn Mum es in diesem Zustand gesehen hätte, hätte sie einen monstermäßigen Anfall gekriegt. So hat sie meine Wutausbrüche früher genannt. Allerdings weiß ich gar nicht, welchen Grund ich damals gehabt haben sollte, derart sauer zu werden. Ich sammelte die leeren Bierdosen ein und trug sie in die Küche, aber der Mülleimer quoll schon über.

Die Küche war in einem noch schlimmeren Zustand als das Wohnzimmer. Ich hatte keine Lust aufzuräumen, aber wenn ich es nicht tat, würde ich wieder Streit mit Dad kriegen. Was auch nicht attraktiver war. Also entleerte ich den Mülleimer in die bereits vollen Mülltonnen draußen. Wir hatten diese Woche die Müllabfuhr verpasst. Ich richtete eine Erinnerung auf meinem Handy ein, damit ich es nächstes Mal nicht vergaß, auch wenn das nicht meine Aufgabe war. Ohne die leeren Dosen sah die Küche schon etwas besser aus. Das war nicht viel, aber immerhin ein Anfang.

Ich beschloss, mir einen kleinen Snack zu gönnen und dann ein bisschen sauber zu machen. Im Kühlschrank herrschte mal wieder gähnende Leere. Dad kam in die Küche. Er sah aus wie ein Untoter. «Wann gehst du einkaufen?», fragte ich.

«Fang nicht wieder damit an», sagte er und stellte den Wasserkocher an. Er roch wie mein Hemd, bevor ich es in Deo gebadet hatte.

«Ich fang gar nichts an, ich sag nur, dass wir nichts dahaben. Soll ich gehen?» Ich hoffte, er würde Nein sagen, weil es ein weiter Weg ist und einem diese Einkaufstüten in die Finger schneiden.

Er kratzte sich am Kopf. «Wir müssen warten, bis ich am Freitag Geld kriege.»

«Das soll wohl ein Witz sein. Wir haben praktisch nichts mehr zu essen.»

Er blinzelte ein paarmal. «Was ist denn im Gefrierfach?»

Ich öffnete es, doch es gab auch nicht wesentlich mehr her als der Kühlschrank: zwei Würstchen, die komplett eisverkrustet waren, so als lägen sie schon länger dort; eine große Packung Fischstäbchen, in der nur noch eins drin war; und eine halb volle Tüte mit gemischtem Gemüse.

Er beugte sich gähnend über meine Schulter. «Na also. Und im Schrank sind noch Frühstücksflocken.»

«Aber wir haben keine Milch.»

«Dann hol halt welche», giftete er mich an.

Ich hielt die Hand auf, und Dad zeigte auf die paar Münzen auf der Arbeitsfläche. «Mehr hab ich nicht. Du musst doch noch was vom Zeitungsaustragen haben.»

«Ich spare auf eine neue Xbox, schon vergessen?» Ich biss die Zähne zusammen, um nicht laut zu fluchen.

Er schaute weg. «Ich zahl's dir zurück.»

So sollte es eigentlich nicht sein. Er würde mir das Geld auch nicht zurückzahlen. Wovon denn?

«Kannst du auch Fischstäbchen mitbringen?», fragte er. «Dann sollten wir bis Freitag hinkommen.»

«Okay.» Es fiel mir schwer zu sprechen, weil ich die Kiefer so fest zusammenpresste.

Als ich den Raum verlassen wollte, hielt er mich am Arm fest. «Hör zu, ich weiß, dass das nicht toll ist. Aber es sind ein paar Rechnungen auf einmal reingekommen. Das ist alles. Gott sei Dank bekommst du ja wenigstens in der Schule ein kostenloses Essen.»

«Können wir die denn bezahlen?» Ich wies mit dem Kopf auf die Rechnungen, die auf der Arbeitsplatte lagen. Auch wenn ich nicht gut in Mathe war, erkannte ich unschwer, dass sie Dads Wochenlohn überstiegen.

«Nach Freitag sind wir aus dem Schneider, Tom, versprochen.» Er versuchte zu lächeln, aber es sah eher wie ein nervöses Zucken aus.

«Mach mir keine Versprechungen, Dad.» Ich riss meinen Arm los. Mit der Unordnung, dem fehlenden Geld und dem schlechten Haushalten kam ich klar, aber mit gebrochenen Versprechen nicht.

*

Ich ging zu dem Laden an der Ecke. Da es mein eigenes Geld war, beschloss ich, mir den langen Weg zum Supermarkt zu sparen und die höheren Preise in dem kleinen Dorfladen in Kauf zu nehmen. Aber ich steckte einen Beutel ein. Ich würde nicht auch noch zehn Pence für eine von diesen dünnen Tüten hinlegen, die es dort gab. So eine Abzocke. Ein paar jüngere Kinder aus meiner Schule standen vor dem Laden, tranken Cola und teilten sich eine Tüte mit Mini-Schokoriegeln.

Als ich die Cola sah, musste ich an Maggie denken. Sofort standen mir wieder Bilder von ihrer Küche vor Augen. Ob diese Kinder jeden Sonntag einen Braten bekamen? Wahrscheinlich. Sie hatten keine Ahnung, wie gut sie es hatten. Ich hätte sie leicht beklauen können, aber so was würde ich nie tun. Was nicht hieß, dass ich keine Lust dazu gehabt hätte.

In dem Laden suchte ich die wenigen Dinge zusammen, die ich brauchte, und vermied es, Mr. Gill anzusehen, damit er kein Gespräch mit mir anfing. An der Kasse standen zwei Frauen und unterhielten sich.

«Ich kann nicht fassen, dass sie die Bücherei schließen wollen», sagte die eine, die ein Kopftuch trug.

«Das wagen sie nicht», erwiderte die andere.

«Meine Nachbarin wohnt in der Nähe von Christine, die die Bücherei leitet. Sie sagt, dass sie abgerissen wird, weil an der Stelle neue Wohnungen gebaut werden sollen.»

Ich schnaubte über diesen Humbug. Unser Dorf war Weltmeister im Dramatisieren. Als am Guy Fawkes Day mal jemand zu früh das Freudenfeuer angezündet hat, lief das halbe Dorf zusammen, weil es das Gerücht gab, der Pub würde abbrennen und bis zum Morgen würde alles in Schutt und Asche liegen.

«Das ist echt unfassbar!», schimpfte die andere. «Dann muss ich in die Stadt fahren, wenn ich neue Bücher haben will.»

«Eben. Ich meine, ich nutze die Bücherei selbst gar nicht, aber ich will auch nicht, dass sie schließt.»

Ich schüttelte den Kopf. Die Leute interessieren sich nur für sich selbst. Daran, was die drohende Schließung für andere bedeutet, verschwenden sie keinen Gedanken. Es gab viele, die unsere Bücherei nutzten. Aber was war mit mir? Nur wegen unserer Dorfbücherei hatte Farah mit mir geredet. Ich hatte mich zwar einmalig blöd angestellt, aber wenigstens hatten wir ein paar Worte miteinander gewechselt. Das nannte ich einen ernsthaften Fortschritt. Außerdem war ich über die Bücherei mit Maggie verbunden. Und ich musste weiter hingehen, weil ich hoffte, dass sie mich wieder zum Sonntagsbraten einladen würde. Ich war gern in der Bücherei – sie war ein sicherer und vertrauter Ort. Vielleicht fühlte ich mich dort sogar auch Mum näher – keine Ahnung.

Mr. Gill stapelte leere Kisten aufeinander. So eine Kiste wäre ein tolles Versteck für meine Liebesromane zu Hause. «Könnte ich eine davon haben?», fragte ich.

«Statt einer Einkaufstasche?», fragte er.

«Ja, wenn das okay ist?»

«Fünf Pence», sagte er. Dieser Typ würde nie unter Geldproblemen zu leiden haben.

Ich legte noch eine kleine Flasche Cola und einen großen Mars-Riegel zu den anderen Einkäufen. Warum auch nicht? Dann blitzte ein Bild von meiner Xbox vor meinem inneren Auge auf. Meine Spiele und anderes Zubehör hatte ich bereits verkauft, weil ich ohne Konsole nichts damit anfangen konnte. Außerdem würde es vermutlich Ewigkeiten dauern, bis ich das Geld für eine neue Box zusammenhatte, und bis dahin gab es bestimmt schon eine neue Version. Selbst wenn ich mit einer gebrauchten vorliebnahm, würde es dauern, bis ich genug gespart hatte. Wahrscheinlich Jahre. Vielleicht würde ich es auch nie schaffen. Ich wusste, was ich zu tun hatte.

*

Ich hinterließ Dad eine Nachricht auf dem Küchentisch und legte die achtundsechzig Pfund dazu, die ich für mein restliches Xbox-Zubehör bekommen hatte, minus dem Betrag für die heutigen Einkäufe und dem, was ich für einen neuen Rucksack brauchen würde. Als ich Dad in der Küche weinen hörte, wusste ich, dass er das Geld gefunden hatte, aber ich ging nicht nach unten. Das wäre uns beiden unangenehm gewesen.

*

Am Samstagmorgen wartete Maggie in der Bücherei auf mich. «Gut, dass du kommst, Tom. Wir halten nach dem Buchklub noch eine Versammlung ab – und je mehr wir sind, desto besser. Kannst du noch ein paar Freunde zusammentrommeln, wie zum Beispiel dieses nette Mädchen, das letzte Woche hier war?»

«Was? Nein. Ich hab ihre Nummer nicht.» Maggies optimistischer Glaube daran, dass ich Farahs Telefonnummer haben könnte, gefiel mir. Wie gern hätte ich sie gehabt.

Sie wedelte mit der Hand vor meinen Augen herum. «Wir brauchen so viele Leute wie möglich.»

«Wozu denn? Worum geht es bei der Versammlung?»

Sie schaute mich an, als hätte ich mich in ein Fischstäbchen verwandelt, was mich angesichts der Tatsache, wie viele von den Dingern ich in letzter Zeit gegessen hatte, auch nicht weiter überrascht hätte. «Weil die Gemeindeverwaltung die Bücherei schließen will, natürlich.»

Christine kam angelaufen. «Wir stehen auf einer Liste für die nächsten geplanten Schließungen. Es bleiben nur noch zwölf Wochen, bis sie die Bücherei dichtmachen. Also haben wir nicht viel Zeit, um für Unterstützung zu werben. Jetzt kommt es auf uns an. Wir müssen uns etwas einfallen lassen, sonst war es das.» Sie fuhr sich mit dem Finger quer über die Gurgel. Ich unterdrückte ein Lächeln. Ich war mir ziemlich sicher, dass Bibliothekarinnen nicht gekillt wurden, wenn Einrichtungen geschlossen wurden.

«Wir müssen handeln, und zwar schnell!», sagte Maggie und ließ sich zu einer Alte-Leute-Version einer Siegerfaust hinreißen.

«Ja, aber heute Nachmittag? Das ist ein bisschen kurzfristig», sagte ich.

Maggie und Christine sahen sich an. Ich hatte das Gefühl, etwas Nützliches gesagt zu haben. «Vielleicht wäre nächste Woche wirklich besser», sagte Christine.

Maggie schien darüber nachzudenken. «Dann könnten wir mehr Leute zusammentrommeln.»

«Und ich noch ein paar Plakate machen», sagte Christine, die sichtlich auflebte.

«Das ist gut», sagte Maggie. «Wir könnten das Women's Institute und die Kirche auf unsere Seite ziehen.» Sie sah aufgeregt aus.

«Ich bin Mitglied bei Slimming World. Die könnte ich auch fragen, ob sie mitziehen», fügte Christine hinzu.

«Hervorragend. Und du könntest ein Plakat in der Schule aufhängen, Tom», sagte Maggie.

«Ja, vielleicht.» Das würde ich definitiv nicht tun. Denn dann wäre ich als Nerd abgestempelt, bevor ich die letzte Reißzwecke befestigt hätte.

«Dir ist doch klar, wie wichtig die Bücherei ist, oder?», fragte Maggie und bedachte mich mit einem Blick, der Medusa Konkurrenz machte.

«Natürlich. Ich weiß nur nicht, ob die Gemeindeverwaltung mit sich reden lassen wird.» Ich kratzte mich am Kopf. Beide Frauen sahen mich entgeistert an.

Die Tür ging auf, und Farah kam herein. Ich war nicht sicher, ob das die Sache besser oder schlechter machte. Ich zupfte mein T-Shirt zurecht und wünschte, ich hätte das bessere angezogen.

«Du wirst die Bücherei doch auch vermissen, wenn sie schließt, oder?», wandte Christine sich an Farah, und ich versuchte, mich unter meinem Pony zu verstecken.

«Sie schließt doch nicht etwa, oder?», fragte Farah und drehte sich bei dem letzten Wort zu mir hin.

«Doch, sieht so aus. Aber wir werden uns beschweren ...», sagte ich. Farah nickte. Das war gut. «Wir werden dagegen protestieren, meinte ich.» Ihr ermutigendes Nicken gab mir Auftrieb. «Wir werden kämpfen.» Ich ballte die Fäuste. «Wir werden bis zum Schluss Widerstand leisten!» Jetzt sah Farah ein wenig erschrocken aus. Ich öffnete die Fäuste wieder. «Nun ja, so weit, wie es halt geht.» Ich starrte auf meine Turnschuhe und konzentrierte mich auf die Wärme, die zu meinen Ohren hochgekrochen war.

«Genau!», sagte Maggie. «Und wir brauchen jede Hilfe, die wir kriegen können. Bist du dabei?», fragte sie Farah.

«Auf jeden Fall!», antwortete Farah, und ein Glücksgefühl durchströmte mich.

Maggie und Christine erstellten eine Liste, und ich versuchte, überall hinzusehen, nur nicht zu Farah. Ich wollte sie nicht abschrecken. Sie wedelte mit einem Buch vor meiner Nase herum, um meine Aufmerksamkeit zu bekommen.

«Entschuldige, ich habe über Ideen nachgedacht, wie wir die Bücherei retten können.» Genau genommen hatte ich mir gerade vorgestellt, wie ich zusammen mit Farah ein Protestbanner malen würde, aber das konnte ich nicht sagen, denn es hätte verstörend geklungen.

«Ich wollte mich nur bedanken, dass du mir das Buch empfohlen hast.» Sie hielt die Georgette Heyer hoch.

«Hat's dir gefallen?»

«Es war mega. Ich leihe mir sofort noch mehr von ihr aus. Was empfiehlst du sonst noch so?»

Mein Leben hatte seinen Höhepunkt erreicht.

# 14

## MAGGIE

Nachdem Farah wieder gegangen war, gesellte sich Tom zu Maggie und Christine, die am Tisch saßen und sich die letzte halbe Stunde angeregt unterhalten hatten.

«Haben wir einen Plan?», fragte er. Er wirkte ziemlich aufgedreht und trommelte mit den Fingern auf die Tischplatte.

«Ja», antwortete Maggie, setzte sich kerzengerade hin und tippte auf die vor ihr liegende Liste.

Christine kaute auf ihrer Unterlippe. «Ich bin mir nicht ganz sicher, ob das auch alles legal ist.»

«Wir müssen uns zur Wehr setzen, Christine. Ihnen zeigen, dass wir es ernst meinen. Dass wir uns nicht vom Establishment niederwalzen lassen», sagte Maggie. Sie schlug mit der Faust auf den Tisch, und Christine zuckte zusammen.

«Super», sagte Tom. «Und was steht auf der Liste?»

Maggie räusperte sich. «Wir verbarrikadieren uns in der Bücherei ...»

«Ich dachte eher an ein Read-in.» Christine betupfte ihre Lippe mit einem Taschentuch, da sie blutete – höchstwahrscheinlich weil sie so ängstlich darauf herumgekaut hatte.

«Das ist eine friedliche Protestform, würde das Interesse der Presse aber eher erregen als ein Lesemarathon», sagte Maggie.

«Was ist mit Transparenten?», fragte Tom.

«Ja, die brauchen wir», sagte Maggie erfreut über seinen Vorschlag. «Ich glaube, ein Protestmarsch von hier zum Rathaus würde Aufsehen erregen.»

«Ein paar Plakate wären auch gut», sagte Christine.

«Wir müssen so viele Leute wie möglich dazu bringen, eine Petition zu unterschreiben, und Einfluss auf unseren Abgeordneten nehmen», sagte Maggie entschieden.

«Ich kann eine Online-Petition aufsetzen. Wenn wir die in den sozialen Medien teilen, unterschreiben auch jede Menge Fremde», sagte Tom.

«Fremde?», fragte Christine.

«Ja, Leute von auswärts», erklärte Tom.

«Hervorragend», sagte Maggie. «Aber wir benötigen hauptsächlich Unterstützung aus dem Dorf und der Umgebung. Ich würde sagen, wir laden hierher ein, um die Leute für unsere Sache zu begeistern.»

«Ich bin dabei», sagte Tom.

Maggie und Tom schauten Christine an. «Nun ja, selbstverständlich könnt ihr mit mir rechnen, aber ich möchte nicht verhaftet werden.»

«Und wieso nicht? Das würde eine gute Schlagzeile abgeben», sagte Maggie. Christine schaute sie entsetzt an.

«Ich werde hier sein und alle Maßnahmen, die dazu dienen, mehr Leute in die Bücherei zu bekommen, unterstützen, aber an Protestveranstaltungen kann ich unmöglich teilnehmen, sonst werde ich gefeuert. Und zwar fristlos. Das haben sie bei der Sitzung gesagt.» Christine erschauderte sichtlich bei dieser Aussicht.

Maggie und Tom sammelten weiter Ideen, während Christine aufräumte. Als sie mit den Schlüsseln klimperte, wussten sie, dass es Zeit war zu gehen.

«Hast du nicht Lust, morgen bei mir weiterzureden?», fragte Maggie. «Ich koche uns was.»

«Ja, sehr gern», sagte Tom und hielt ihr die Tür auf.

*

Maggie hatte Tom um die Mittagszeit erwartet, doch er kam mit dem ersten Bus.

«Das nenne ich Engagement», sagte sie, als sie ihn einließ.

«Bin ich zu früh?» Er hatte schon angefangen, die Jacke auszuziehen, hielt aber mitten in der Bewegung inne.

Sie bedauerte ihren Kommentar – sie wollte nicht, dass er sich unwillkommen fühlte. «Nein. Du hättest auch gern schon zum Frühstück kommen können.» Seine Miene hellte sich auf. «Ich möchte dir nur nicht deine Zeit stehlen, das ist alles», erklärte sie.

«Ehrlich gesagt, hab ich nach dem Zeitungenaustragen den ganzen Sonntag nichts mehr zu tun.»

«Solltest du nicht für die Prüfungen lernen?» Sie führte ihn in die Küche.

«Doch. Tu ich auch.» Ganz sicher schien er sich seiner Sache jedoch nicht zu sein. «Aber die Bücherei ist gerade wichtiger.»

Sie drehte sich um und schaute ihn direkt an. «Nein, ist sie nicht, Tom. Deine Zukunft sollte für dich oberste Priorität haben. Denn darum kannst du dich nur selbst kümmern.»

Er schien ihre Worte eine Weile auf sich wirken zu lassen, dann sagte er: «Ja, das stimmt wohl.»

Maggie reichte ihm eine Flasche Cola und ein Glas. «Vor dem Essen könnte ich noch mal deine Hilfe brauchen, wenn es dir nichts ausmacht.»

«Klar.» Er sah begeistert aus, aber das konnte auch an der Cola liegen. Sie hatte noch nie viel für kohlensäurehaltige Getränke übriggehabt.

«Das Essen steht auf dem Herd, und ich hab einen Kuchen im Backofen, der in zehn Minuten fertig ist.»

«Was für einen?» Tom beugte sich vor und versuchte hineinzuspähen.

«Lemon Drizzle», sagte sie, und Tom leckte sich die Lippen.

*

Draußen ging der Frühling langsam in den Sommer über. Die Bäume und Hecken zeigten alle Schattierungen von Grün. In der Scheune zog Maggie ein großes Brett von einem Stapel. Sie reichte es Tom, nahm dann einen ramponiert aussehenden Werkzeugkasten und ging an dem Quad vorbei wieder hinaus. Sie bemerkte Toms Enttäuschung, als sie das Quad links liegen ließ.

Sie liefen zu der Stelle hinunter, an der die Hühner eifrig herumpickten. Die Sonne lugte zwischen den Wolken hindurch und verschwand dann wieder, als wollte sie sie veralbern. Kaum, dass Maggie und Tom das Gehege betraten, versammelten die Hennen sich um sie, verloren aber schnell wieder das Interesse, als sie keine Leckereien bekamen. Eine pickte zaghaft an Toms Schnürsenkeln und rannte dann weg.

«Der Boden des Hühnerhauses hat ein Loch», sagte Maggie. «Wenn da Mäuse reinlaufen, ist mir das egal. Die erledigen die Hühner meist selbst.» Tom verzog das Gesicht. «Wenn's darum geht, Mäuse zu töten, sind sie fast so gut wie Katzen. Aber Ratten stellen ein Problem dar. Sie fressen die Eier, und manchmal gehen sie auch auf die Vögel los, darum müssen wir das Loch mit dem Brett vernageln.» Sie betrat das Hühnerhaus und stellte den Werkzeugkasten auf dem Boden ab.

Sie arbeiteten zusammen. Maggie markierte die Größe, die das Brett haben musste, und Tom sägte das Holz unter ihrer Anleitung zurecht. Dann hielt Maggie das Brett in Position, und Tom nahm den Hammer, um es anzunageln. Er hielt den Nagel mit angestrengter Miene fest, schlug zu und traf seinen Daumen.

«Aua! Sch … eibenkleister!», rief er, und Maggie verkniff sich ein Grinsen.

«Es klappt besser, wenn du den Hammer näher an den Nagelkopf hältst, dann kannst du gezielter zuschlagen», riet sie ihm.

Tom änderte seinen Griff, kniff konzentriert die Augen zusammen und hämmerte wieder auf den Nagel ein.

«Du kannst schon ein bisschen fester zuschlagen. Stell dir vor, dass du nicht auf den Kopf zielst, sondern auf das Holz.»

«Okay», sagte er, sah aber nicht überzeugt aus. Dann befolgte er ihren Rat und hatte den Nagel mit drei Schlägen ins Holz getrieben. Noch ein paar Nägel und das Hühnerhaus war repariert.

«Das hast du gut gemacht», sagte Maggie, und Tom zog die Schultern zurück. Er strahlte förmlich vor Stolz. «Du hast dir ein paar Eier verdient. Die Körbe stehen dahinten.»

Als er aufstand, blieb sein Ärmel an der Klappe hängen, und sie hörten, wie der Stoff zerriss.

«Lass mal sehen», sagte Maggie.

«Ach, nicht nötig. Das Shirt ist eh völlig ausgeleiert.» Tom inspizierte den Riss.

«Ich krieg das wieder hin.» Sie betrachtete den abgetragenen Stoff. «Dafür müsstest du es allerdings ausziehen. Ich kann dir ein einfaches Shirt von mir geben, während ich deins wieder zusammennähe.»

«Nein, nein. Das lohnt doch nicht. Aber danke.» Er lächelte matt.

«In Ordnung. Warst du als Kind gut darin, Sachen mit Legosteinen zu bauen?»

«Ja, einigermaßen.»

«Sehr gut.» Maggie rieb sich die Hände. «Dann hab ich noch eine andere Aufgabe für dich.»

*

Maggie zeigte Tom, wie er Gatter zusammenfügen konnte, um Gehege für die Lammzeit zu bauen. Tom lernte schnell und wurde spielend mit den unhandlichen Metallgattern fertig. Als sie wieder im Haus waren, servierte Maggie ein Schmorgericht mit Klößen und Bergen von Gemüse. Toms enttäuschte Miene blieb ihr nicht verborgen. «Tut mir leid, das ist kein Brathähnchen, aber ich kann im Moment keine weiteren Hühner entbehren.»

«Okay», sagte Tom und zog die Augenbrauen hoch. «War das Huhn neulich … war das eins von Ihren eigenen?»

«Ja, natürlich. Man geht ja nicht in den Laden und kauft ein gefrorenes, wenn man zu Hause frische hat.»

«Nein, wohl nicht.» Er sah geschockt aus.

«Aber du wusstest doch, wo es herkam, oder?» Maggie wirkte amüsiert.

«Ja, schon. Es kommt mir nur so … brutal vor.»

«So ist das Leben.» Sie nahm ihr Besteck und fing an zu essen. Tom ebenfalls. Sie versuchte, ihn nicht zu beobachten. Es war immer noch ungewohnt für sie, Gesellschaft zu haben, und es wärmte ihr Herz zu sehen, dass ihm schmeckte, was sie gekocht hatte. Sie hatte einen ganzen Abend lang darüber nachgedacht, was sie auftischen könnte. Als sie fertig waren, lehnte er sich zurück.

«Hat's geschmeckt?», fragte sie.

«Ja, danke, das war toll.» Er sprach ganz schnell, wie ein Kind, das ermahnt wurde, weil es seine guten Manieren vermissen ließ.

«Weißt du denn, was es war?» Maggies Lippen umspielte ein Lächeln.

Tom zuckte mit den Schultern. «Keine Ahnung. Vielleicht Schwein?»

«Kaninchen», sagte sie und wartete auf seine Reaktion.

Er blinzelte ein paarmal und zuckte dann die Achseln. «Mir hat's geschmeckt.»

«Hast du noch Platz für Kuchen?»

«Auf jeden Fall.» Er stellte seinen Teller auf Maggies und trug beide zur Spüle. Dann setzte er sich schnell wieder hin.

Maggie schnitt ein dickes Stück Kuchen für ihn und ein dünneres für sich selbst ab. Tom nahm es schnell in die Hand und biss hinein, dann schienen seine Bewegungen in Zeitlupe überzugehen.

«Gut?», fragte Maggie, die ihn neugierig beobachtete.

«Himmlisch.» Er kaute langsam und genoss jeden Happen, ganz anders als beim Hauptgang. Danach sammelte er mit dem Finger jeden noch so kleinen Krümel von seinem Teller. «Der schmeckte genauso wie der Kuchen, den Mum immer gemacht hat», sagte er und klang wehmütig dabei.

«Dann war sie eine gute Köchin», erwiderte Maggie augenzwinkernd.

So als wäre es bereits Routine zwischen ihnen, wusch Maggie ab, während Tom ihr einen Tee kochte und sich selbst noch ein Glas Cola einschenkte. Diesmal nahmen sie ihre Getränke mit in das kleine Wohnzimmer. Dort gab es einen stattlichen Kamin, und Maggie entzündete das Nest aus Anmachhölzern und das Brennholz, das sie vor seiner Ankunft aufgeschichtet hatte.

Tom stellte die Getränke auf geblümte Untersetzer und betrachtete die Fotos auf dem niedrigen Couchtisch.

«Ist das Ihr Mann?»

«Ja, genau.» Sie bremste ihren Impuls, von ihm zu schwärmen. Von dem Mann, der sie gerettet hatte, als ihr Leben auf der Kippe stand. Dem Menschen, mit dem sie gern ihren Lebensabend verbracht hätte.

«Und das sind Sie?», fragte er, als er das zweite Foto betrachtete; es zeigte eine junge Frau in einer Patchwork-Schlaghose, die ein Baby wiegte.

Maggie schaute über ihre Schulter. «Ja.»

«Und wer ist das Baby?»

Maggie zögerte. «Mein Sohn.»

«Waren Sie ein Hippie?»

Sie spürte das Lächeln in seiner Stimme, ohne ihn anzusehen. «Ich hab immer den Begriff Blumenkind bevorzugt.»

Tom lachte schnaubend und setzte sich aufs Sofa. «Sind Hippies nicht alle Vegetarier?», fragte er.

«Sind Teenager nicht alle faule Nichtsnutze?», fragte Maggie mit einem wissenden Blick zurück.

Tom lachte. «Gut gekontert. Tut mir leid.»

«Das sind die üblichen falschen Unterstellungen. Wir haben auch nicht alle Drogen genommen.» Maggie stand auf und spürte die schmerzende Arthritis in ihrem Knie. Ein bisschen Gras hätte jetzt Linderung verschafft.

«Ich wette, Sie sind auf Demos gegangen und so was.» Er beugte sich vor.

Maggie bemühte sich, gleichgültig zu klingen. «Kann schon sein, dass ich den einen oder anderen friedlichen Protest initiiert habe.»

«Cool», sagte Tom und nickte zu einem nicht hörbaren Rhythmus.

«Ich hab beim Friedenscamp auf dem Greenham Common meine Brüste entblößt.» Tom schaute weg.

Maggie saß in ihrem üblichen Sessel. Auf der einen Armlehne lag ihr Buch und auf der anderen eine Decke, die sie benutzte, wenn sie mal keine Lust hatte, Feuer zu machen. Es war nicht besonders kalt, aber sie heizte lieber einzelne Räume, die sie auch nutzte, als mit der Zentralheizung das ganze Haus. Außerdem verlieh Kaminfeuer dem Zimmer mehr Gemütlichkeit. Vielleicht lag es an dem weichen Licht, das von ihm ausging, oder an dem leisen Knistern des Holzes; wenn ein Feuer brannte, hatte sie das Gefühl, nicht allein zu sein.

Maggie bückte sich, hob einen Notizblock und einen Stift vom Boden auf und legte ihn zwischen sich und Tom auf den Tisch. «Das ist die bisherige Liste der Aktivitäten, um die Bücherei zu retten, aber wir müssen sie noch weiter vervollständigen.»

Diese Liste hatte Maggie noch einmal bewusst gemacht, wie viel die Bücherei ihr bedeutete. Sie erinnerte sich, wie sie als

Kind, dick eingemummelt in Wintersachen, dorthin gegangen war. Sie hatte auf ihre Finger pusten müssen, um sie zu wärmen, bevor sie die Seiten umblättern konnte. Sie war regelmäßig einmal in der Woche da gewesen – der Büchereibesuch war ihr ebenso heilig gewesen wie die Sonntagsmesse. Sie hatte viele Stunden hier verbracht, um ihre Hausaufgaben zu machen, und als Jugendliche hatte sie in der Abteilung mit den Landkarten hin und wieder heimlich mit irgendwem geknutscht.

Sie dachte daran zurück, wie sehr sie die vertraute Atmosphäre der Bücherei von Compton Mallow vermisst hatte, als sie von zu Hause weggegangen war, und daran, dass sie in anderen Büchereien Trost gefunden hatte, wo sie ihrer Leidenschaft fürs Lesen nachgegangen war, denn diese hatte nie nachgelassen. Als sie zurück in diese Gegend gezogen war und die alte Bücherei betreten hatte, hatte sie sich gefühlt, als würde sie nach Hause kommen. Die Leute waren andere, aber das Gebäude war ihr auf beruhigende Weise noch vertraut gewesen. In den letzten Jahren schließlich war die Bücherei ihre Rettung vor der totalen Vereinsamung gewesen. Ihre allwöchentliche Gelegenheit, mit anderen zusammenzukommen. Ihr rettender Anker. Beinahe undenkbar, dass sie geschlossen werden sollte.

Tom nahm den Stift und schrieb etwas auf das oberste Blatt des Notizblocks. «Das ist meine Handynummer. Ich lade es zwar nicht regelmäßig auf, aber wenn Sie noch mal feststecken – wie mit dem Anhänger neulich –, rufen Sie mich an, und ich komme mit dem Bus.»

Maggie musste schlucken. Diese freundliche Geste überrumpelte sie. Sie war nicht darauf vorbereitet, dass sich jemand wirklich für sie interessierte. Natürlich gab es einen örtlichen Farmer, Fraser Savage, und der wohnte nur drei Felder entfernt, wenn sie mal dringend Hilfe brauchte, doch der Gedanke, dass es noch jemanden gab, erwärmte ihr Herz.

«Danke», sagte Maggie. Tom reagierte mit dem üblichen lässigen Achselzucken. Sie würde ihn nicht in Verlegenheit bringen. Sie rieb sich die Hände. «Na dann, lass uns einen Angriffsplan aushecken.»

# 15

## TOM

Ich fing an, Sonntage zu mögen. Normalerweise waren sie sterbenslangweilig. Wir machten nie irgendwas. Sonntage waren Nichts-Tage. Einer von meinen Freunden ging sonntags immer mit seiner Familie essen, meistens in ein Restaurant mit All-you-can-eat, der Glückspilz. Und dann besuchten sie noch seine Oma zum Tee. Ich fand, das klang super, aber er beklagte sich immer, weil ich fast den ganzen Tag Xbox spielen konnte, was er viel besser fand. Jetzt spielen meine Freunde ohne mich. Ich hab ihnen erzählt, meine Xbox wäre kaputt. Ich konnte ihnen ja schlecht sagen, dass mein alter Herr sie im Suff die Treppe runtergeschmissen hat. Ich nenne sie zwar *Freunde*, aber das Spielen war unsere einzige Gemeinsamkeit, und jetzt, wo meine Technik sich verabschiedet hat, haben sie es auch getan.

Mum hat früher sonntags gestaubsaugt und geputzt und zwischendurch was Leckeres gekocht. Aber Dad und ich tun weder das eine noch das andere. Früher hat Dad schon auch mal sauber gemacht, aber ich kann mich gar nicht mehr erinnern, wann ich zuletzt den Staubsauger gehört hab. Mum hat mich dann immer zum Fußballspielen rausgeschickt. Manchmal sind Dad und ich auch in den Park gegangen, damit wir aus dem Weg waren. Ich fand die Ausflüge mit Dad immer schön. Damals war er noch glücklich.

Es war schön bei Maggie. Ein bisschen, wie bei Großeltern zu Besuch zu sein. Stellte ich mir zumindest so vor. Ich kann mich an meine Großeltern gar nicht mehr erinnern. Dads Mum ist irgendwo in einem Heim. Als Mum noch lebte, haben wir sie manchmal besucht, aber jetzt nicht mehr. Von Nan und Granddad, Mums Eltern, bekomme ich zu jedem Geburtstag eine Karte und zwanzig Pfund, aber ansonsten haben wir keinen Kontakt. Dad redet nicht gern über sie. Ich tippe mal, sie sind zerstritten.

Ich hoffte, dass ich Maggie nützlich gewesen war, damit sie mich wieder einlud. Es tat gut, eine Aufgabe zu haben, und sie kochte einfach super. Die Vorstellung, zu irgendwas zu gebrauchen zu sein, gefiel mir – das war mal was Neues. Die meiste Zeit fühle ich mich komplett überflüssig – einfach wie ein weiterer Faktor, der Dad das Geld aus der Tasche zieht. Maggie hatte mir sogar den Großteil des Zitronenkuchens, vier frische Eier und einen Beutel Gurken mitgegeben. Den Rosenkohl hab ich abgelehnt, weil ich keine Ahnung hatte, was ich damit machen sollte, und wusste, dass es Dad nicht anders ging.

Die Heimfahrt mit dem Bus war Folter, weil mir die ganze Zeit der leckere Kuchenduft in die Nase stieg. Sie hatte ihn in Fettpapier eingewickelt und verschnürt, wie in alten Zeiten, aber der Geruch drang durch das Papier und quälte mich. Ich hatte mir selbst noch ein Stück erlaubt, sobald ich zu Hause war. Wenigstens konnten Dad und ich jetzt Rührei auf Toast essen und Kuchen zum Tee. Ich fragte mich kurz, was es bei ihm wohl zu Mittag gegeben hatte. Mit einem Mal stand mir das Festmahl wieder vor Augen, das Maggie für uns zubereitet hatte. Kaninchen. Ich hatte Kaninchen gegessen, und es hatte mir geschmeckt. Wer hätte das gedacht?

Kurz bevor der Bus an meiner Haltestelle hielt, sah ich, dass Joshua Kemp mit einigen von seinen Minions in der Nähe der Tankstelle herumlungerte. Das katapultierte mich schlagartig in die Gegenwart zurück. Warum war er schon wieder in Compton Mallow? Hier gab's nicht viel, schon gar nicht an einem Sonntagnachmittag. Ich hoffte, er war nicht hinter Farahs Verbindung zur Bücherei gekommen. Das Letzte, was ich brauchte, war, dass Kemp dort auftauchte. Ich stieg aus und ging eilig nach Hause.

Die Vorhänge waren nicht aufgezogen worden – das war nie ein gutes Zeichen. Als ich die Wohnung betrat, fiel mir zum ersten Mal der Mief auf. Er war nicht wahnsinnig eklig, sondern lag irgendwo zwischen dem Geruch meines Sportbeutels und dem des übervollen Mülleimers in der Küche, aber ich verzog automatisch das Gesicht. Nicht schön. Bei Maggie roch es komplett anders. Und das nicht nur wegen dem Essensduft, der aus der Küche drang. Die Diele hatte irgendwie was Erdiges, so als würde die Natur selbst dort wohnen. Aber das konnte auch an der zugigen Haustür liegen. Vielleicht würde es bei uns etwas weniger stinken, wenn ich mal alle Fenster aufmachte?

Ich warf einen Blick ins Wohnzimmer. Dad schlief vor dem laufenden Fernseher auf dem Sofa. Dort roch es noch schlimmer. Ich schaltete den Fernseher aus, zog die Vorhänge zurück und stieß das Fenster weit auf, nachdem ich eine Weile mit dem Griff gekämpft hatte. Auf dem Boden lag eine leere Whiskyflasche, aber von einem Teller war nichts zu sehen. Das war dann wohl sein Mittagessen gewesen.

Als ich die Flasche aufhob, bewegte er sich. Er schirmte die Augen vor dem einfallenden Licht ab. «Verdammt, Tom», krächzte er. «Mach das Licht aus!»

Ich lachte. «Das ist die Sonne, Dad. Die hat keinen Schalter.»

«Wo warst du?»

«Bei einem Freund.» Ich kratzte mich am Kopf und fragte mich, wie ich den Beutel mit dem Essen erklären sollte, den ich mitgebracht hatte. Ich hatte keine Lust, ihm von meiner Freundschaft mit Maggie zu erzählen. Er würde das nicht verstehen.

«Ich hab dich angerufen.» Er machte drei Versuche, sich aufzusetzen, und hielt noch immer den Arm vor die zugekniffenen Augen.

Ich schaute auf mein Handy. «Nö, kein verpasster Anruf von heute. Du hast mich gestern angerufen, als ich gerade aus der Bücherei kam.»

«Ach ja, stimmt. Alles okay bei dir? Ja, oder?»

«Ja.» Die Frage machte mich etwas misstrauisch. Dad war nicht gerade der überschwängliche Typ. Ich wusste, dass er mich gern hatte, aber er war nicht besonders gut darin, es zu zeigen. «Mir geht's gut.»

«Gut.» Er stützte den Kopf in die Hände.

«Und dir? Geht's *dir* gut?» Er sah nicht gut aus. Seine Haut hatte eine seltsame Farbe, und er war unrasiert.

«Äh, ja.» Er hob den Kopf, um mich anzusehen, und blinzelte ein paarmal.

«Gut. Willst du was essen? Mag… Die Mutter von meinem Freund hat mir ein paar Eier und Gurken mitgegeben.»

Dad lachte schnaubend. «Was willst du denn daraus machen?»

«Wir haben Brot, also könnten wir Rührei auf Toast machen oder Gurken-Sandwiches.»

«Du bist ja ein richtiger kleiner Gordon Ramsay.» Er rieb sich den Bauch und rülpste. «Ich glaube, ich verzichte.» Er schaute hoch. «Aber danke für das Angebot.»

Ich öffnete den Beutel, um mich daran zu erinnern, was sonst noch darin war, und roch den Zitronenkuchen. «Außerdem hat sie diesen tollen Kuchen gebacken. Den musst du probieren. Der schmeckt wie –»

«Vielleicht später.» Er legte sich wieder hin und schloss die Augen.

*

Ich las *Das Rosie-Projekt* zu Ende und legte das Buch in die Kiste, die ich unten in meinem Schrank aufbewahrte. Es war anders als alles, was ich davor gelesen hatte. Die Geschichte war lustig, und ich nahm daraus mit, dass es für jeden jemanden gab, selbst für echt verschrobene Leute – man musste nur rausfinden, wie man am besten zueinanderfand.

Es wurde langsam spät, und im Haus war alles still. Ich ging nach unten. Jetzt roch es schon besser. Dad schlief auf dem Sofa. Auf dem Tisch stand eine zweite Whiskyflasche. Ich schaute genauer hin. Sie war noch halb voll. Eine leere hatte ich schon in den Müll geworfen. Ich musste am Dienstag dringend daran denken, die Tonne rauszustellen. Eine weitere Woche kamen wir ohne Leerung nicht klar.

In dem Zimmer war es kalt geworden. Ich schloss die Fenster und zog die Vorhänge zu. Dann schaute ich Dad an. Er lag mit angezogenen Beinen auf der Seite, den Kopf auf einem Kissen, und seine Lippen vibrierten, wenn er ein- und ausatmete. Er sah ziemlich friedlich aus. Es kam mir seltsam vor, ihn zu wecken, damit er nach oben ins Bett gehen konnte, aber ich dachte mir, dass ich das wohl tun sollte. «Dad.» Keine Reaktion. «Dad, ich geh jetzt schlafen.» Ich stupste seinen Arm an, und er wurde schlagartig wach.

Er starrte erschrocken durch mich durch, so als würde er mich nicht erkennen. «Was ist los?» Seine Stimme klang fremd, durch den Alkohol verzerrt. Das passierte so oft, dass es mir kaum noch auffiel.

«Ich geh jetzt ins Bett. Gute Nacht.» Ich wandte mich zum Gehen.

«Wo ist mein Abendessen?»

«Du wolltest keins.»

«Du machst nie was für mich.» Ich hasste es, wenn er nach dem Trinken so war. Er war nicht er selbst. Nüchtern war er nicht so schlimm. Auch wenn er Bier getrunken hatte, war er nicht so, aber der Whisky brachte das Schlechteste in ihm hervor.

Ich würde nicht mit ihm diskutieren. Das war sinnlos. «Also dann, gute Nacht.» Er drehte sich ruckartig um und bewegte sich dabei so ungeschickt, dass er fast vom Sofa fiel. Es war gut, dass er montags nicht arbeitete, denn er würde morgen einen Riesenkater haben.

«Was fällt dir ein, einfach wegzugehen?» Er wurde schnell lauter. Ich blieb in der Tür stehen und sah, dass er sich mühsam erhob wie ein alter Mann. Maggie konnte sich schneller bewegen als er.

«Ich geh ins Bett, und du solltest es auch tun.» Ich blieb ganz ruhig, damit er sich nicht noch mehr aufregte. «Nacht.»

«Nein!» Er schwang seinen Arm, als versuchte er, meine Worte aus dem Zimmer zu scheuchen. Aber stattdessen traf seine Faust Mums Foto, und ich sah es wie in Zeitlupe zu Boden fallen. Es drehte sich in der Luft und landete auf der Kante. Das Glas zersplitterte, und die Scherben verteilten sich über den Boden.

«Dad!» In mir legte sich ein Schalter um. Ich schrie, aber es kamen keine richtigen Worte aus meinem Mund. Es war eher eine Art Urschrei, wie von einem verwundeten Tier, und ich wunderte mich selbst, dass ich so ein Geräusch von mir geben konnte. Ich fiel auf die Knie und hob den Bilderrahmen vorsichtig vom Boden auf. Das Foto war zerkratzt, über Mums Gesicht zog sich eine Schramme. «Spinnst du jetzt komplett?», rief ich mit tränenerstickter Stimme.

Er drehte sich wieder um und landete so schwerfällig auf dem Sofa, dass es sich nach hinten schob und gegen die Wand knallte. «Du gibst mir die Schuld, stimmt's?» Ich wusste, was er meinte, und er redete nicht von dem Bilderrahmen.

«Das *ist* alles deine Schuld!» Ich versuchte, mein Schluchzen zu unterdrücken, aber ich konnte es nicht kontrollieren.

«Es tut mir leid, Tom.» Er beobachtete mich mit verschleiertem Blick. Ich zog das Foto aus dem Rahmen und stand auf.

Ich rieb mir die Augen mit meinem zerrissenen Ärmel. «Ich geh ins Bett.»

Ich schlief nicht viel. Ich war abwechselnd so wütend, dass ich am liebsten irgendwas zerschlagen hätte, und dann wieder so bestürzt, dass ich weinte wie ein kleines Kind. Ich hatte auch geweint, als Mum starb. Nicht sofort. Wahrscheinlich war das der Schock. In den ersten Tagen danach hab ich viel ferngesehen. Das fand ich gut, weil Mum mir nie erlaubt hatte, viel fernzusehen. Ich erinnere mich, dass Dad geweint hat und ich mich gefragt habe, warum. Aber dann fiel mir plötzlich wieder ein, dass Mum gestorben war.

Ich war acht, als es passierte. Zuerst wirkte es gar nicht real, und dann traf mich die Erkenntnis wie ein Schlag. So als hätte mir jemand einen Ball in den Bauch geschossen. Es war so ein hohles Gefühl, das einen von innen auffrisst. Eine Verzweiflung, die nur die Trauer mit sich bringt. Und so fühlte es sich jetzt wieder an. Nicht nur wegen des Fotos, sondern weil auch Dad mich verließ. Nicht auf dieselbe Art wie Mum; er ging auf eine langsame, schmerzvolle Art. Der Alkohol ließ ihn nach und nach verschwinden. Radierte ihn aus.

Ich legte Mums Foto vorn in mein nächstes Buch. Dort wäre es sicher, bis ich einen neuen Rahmen besorgt hatte. Dann würde ich es in meinem Zimmer aufbewahren. Ich konnte Dad nicht mehr vertrauen.

# 16

## MAGGIE

Maggie lehnte sich auf der Gartenbank zurück und umfasste ihren Teebecher. Sie liebte diese Morgenstunden, wenn die Welt langsam erwachte. Es war kühl, doch der Frühling hatte unverkennbar Fahrt aufgenommen. Der Himmel war wie eine frische Leinwand für ein sich ständig veränderndes Bild, und in den Bäumen verborgen saßen singende Vögel. Wenn sie die Augen schloss, konnte sie die unterschiedlichen Vogelstimmen heraushören. Die dominanten Amseln waren immer die Ersten, und bald darauf fielen die Drosseln mit ein. Wenn die Zaunkönige ihr Lied anstimmten, wusste sie, dass es Zeit wurde, sich aufzumachen. Heutzutage brauchte sie länger, um in Gang zu kommen. Wenn sie einmal in Bewegung war, war alles gut; nur der Anfang war schwer, weil über Nacht alles steif geworden zu sein schien.

Von der Bank aus hatte sie einen schönen Blick. Wenn sie über den sanft abfallenden bunten Flickenteppich aus Wiesen schaute, fehlte ihr ein Anreiz, sich von hier wegzubewegen. Doch sie hatte heute eine lange Liste von Dingen, die zu erledigen waren, angefangen damit, dass sie den Anhängerreifen reparieren lassen wollte.

Das Quad war nicht für den Straßenverkehr versichert, der Traktor hingegen schon. Sie hatte ihn schon einige Jahre nicht mehr richtig gewartet, aber nachdem er ein paar Streicheleinheiten bekommen und einige schwarze Rauchwolken ausgestoßen hatte, sprang er an. Sie füllte den Tank mit dem roten Diesel auf, den sie Savage abgekauft hatte. Schließlich hatte sie eine ziemliche Wegstrecke vor sich. Der kleine graue Fergie war schon uralt, und sie fragte sich, ob er ihr noch ein weiteres Jahr ohne Reparaturen beistehen würde. Sie schickte ein stilles Stoßgebet an die für landwirtschaftliche Maschinen zuständige Gottheit, welche auch immer das war, und setzte rückwärts aus der Scheune. Der Traktor hatte praktisch keinerlei Federung, und man saß darauf wie in einem Eimer, nur weniger bequem, aber damit über die Straße zu tuckern, war trotzdem ein Erlebnis.

Für ein Fahrzeug seines Alters, der Traktor war von kurz nach dem Krieg, fuhr er in einem gleichmäßigen Tempo. In der Gegend um Furrow's Cross waren Traktoren kein ungewöhnlicher Anblick, und alle Autos hinter ihr warteten geduldig, bis sie genug Platz hatten, um zu überholen. Als sie sich der Stadt näherte, sah die Sache schon anders aus, doch es war ihr egal, dass sie angehupt wurde, denn sie hatte Spaß. Die Luft war angenehm warm, und mit dem Gesicht im Wind fühlte sie sich wie ein Filmstar in einem offenen Sportwagen, der einfach nur in einem viel ungefährlicheren Tempo dahinglitt.

Obwohl sie unterwegs einen Zwischenstopp einlegte, um den Reifen zur Reparatur abzugeben, brauchte Maggie weniger als eine Stunde nach Leamington Spa, also halb so lange wie mit dem Bus. Doch erst als sie dort ankam, wurde ihr klar, dass es problematisch werden könnte, einen Parkplatz zu finden. Sie erregte einige Aufmerksamkeit, als sie die Hauptstraße entlangzockelte, denn ihr verrosteter alter Traktor bildete einen starken Kontrast zu den majestätischen weißen Fassaden des alten Regency-Kurorts. Sie bog in eine Nebenstraße ab und freute sich, dort eine hübsche breite Parkbucht zu finden. Sie warf ein Pfundstück in die Parkuhr ein, steckte das Parkticket einfach in ihre Jackentasche, zog den Beutel unter dem Sitz hervor und machte sich auf den Weg, um ihre Mission zu erfüllen.

Als sie einige Zeit später zurückkam, inspizierte gerade ein

Verkehrspolizist ihr Fahrzeug und kratzte sich am Kopf. Glücklicherweise schien er aufgrund der fehlenden Windschutzscheibe nicht so recht zu wissen, wie er ein Knöllchen ausstellen konnte. Maggie marschierte zu dem Traktor, schob ihre Taschen unter den Fahrersitz und stieg dann auf.

«Ähm, entschuldigen Sie, Madam», sagte der Polizist. «Ist das Ihr Fahrzeug?»

«Nein, ich stehle es gerade.» Sie betätigte die Zündung und war überaus dankbar, dass der Motor gleich beim ersten Versuch stotternd zum Leben erwachte. Dann warf sie dem Mann das Parkticket, das sie gezogen hatte, vor die Füße und winkte ihm im Davonfahren zu. Da sie wusste, dass das Nummernschild dreckverkrustet und unleserlich war, standen die Chancen, dass er sie aufspürte, minimal. Und was hatte sie sich überhaupt zuschulden kommen lassen? Soweit sie das sagen konnte, gar nichts.

Wenn die Heimfahrt auch schneller ging als mit dem Bus, so war sie doch weitaus weniger bequem, und der Regen, der zwei Meilen vor Furrow's Cross einsetzte, ein unwillkommener Begleiter. Maggie seufzte erleichtert, als sie endlich in ihre Einfahrt abbog und über die Schlaglöcher hoppelte. Auch wenn das ein bisschen so war, wie über die Oberfläche des Mondes zu rollen, bedeutete es, dass sie zu Hause war. Ihr Gesäß spürte sie inzwischen kaum noch, sie war vollkommen durchnässt, und ihr Rücken fühlte sich an, als wäre er von hier bis Leamington Spa und zurück von einem wütenden Esel traktiert worden. Trotzdem hatte sich der Ausflug gelohnt. Sie stellte ihr Gefährt in der Scheune ab und genoss beim Absteigen das Gefühl, sich endlich wieder strecken zu können. Dann trug sie ihre Taschen ins Haus und kochte sich einen wohlverdienten Tee.

Sie musste in ihrer Pause eingenickt sein, denn irgendetwas weckte sie aus ihrem Traum, in dem Elvis Presley gerade eine Dichtung an ihrem Wasserhahn wechselte. Sie blieb noch einen

Moment sitzen und lauschte. Das Geräusch drang nur schwach zu ihr, aber es war da – ein rhythmisches Knallen in der Ferne. Zuerst dachte sie an Colin, aber der war unmusikalisch. Maggie erhob sich und reckte sich, um ihre Glieder zu lockern.

Dann stellte sie Tasse und Untertasse in die Spüle, ging hinaus und holte unterwegs ihr Luftgewehr aus dem Hauswirtschaftsraum. Es diente in erster Linie als Abschreckung für den Fall, dass draußen irgendwer herumlungerte. Das Klopfen war nun deutlicher zu hören. Sie spähte zu den Tieren hinunter, doch sie befanden sich zu weit weg und das Gelände war abschüssig, was die Sicht zusätzlich behinderte. Maggie war ziemlich müde. Sie hatte einen anstrengenden Tag gehabt. Sie stieg auf ihr Quad und fuhr zu den Tiergehegen hinunter.

Die Mutterschafe hielten alle inne, um sie zu beobachten, und Barbara kam zum Gatter, als Maggie anhielt. Mit ihnen schien alles in Ordnung zu sein. Aber da war das laute Klappern wieder. Maggie schaute in die Richtung, aus der es kam. Das Tor zu Colins Weide schwang in der Brise hin und her, und von dem Schafbock war keine Spur zu sehen.

*

Maggie hinterließ Savage eine Nachricht, aber sie wusste, dass er bis zu den Ellenbogen in Mutterschafen stecken würde. Die Nachricht diente eher dazu, ihn zu warnen, dass Colin frei herumlief. Sie überlegte lange und gründlich, ob sie den nächsten Anruf tätigen sollte. Es handelte sich nicht direkt um einen Notfall, aber selbst wenn sie Colin aufspürte, würde es mit ziemlicher Sicherheit mehr als eine Person brauchen, um ihn sicher wieder auf seine Weide zu verfrachten.

Sie wählte die Nummer. Halb erwartete sie, auf der Mailbox zu landen wie bei Savage.

«Ja?», sagte jemand misstrauisch.

«Tom? Ich bin's, Maggie.»

«Hallo, Maggie!» Seine Stimme klang sofort viel fröhlicher. «Ist alles in Ordnung?» Und dann wechselte der Ton wieder zu leicht besorgt.

«Ja, mir geht's gut, aber der olle Colin ist ausgebüxt. Ich weiß, dass du viel zu tun hast, aber –»

«Nein, ich hab nichts zu tun. Ich mach nur meine Hausaufgaben –»

Jetzt war es an ihr, ihn zu unterbrechen. «Dann hast du was zu tun. Tut mir leid, dass ich dich gestört habe. Mach dir keine Sorgen. Der verrückte Kerl kommt schon zurück, wenn er Hunger hat.»

«Ich bin schon fast fertig. Ich bin noch in der Schule und benutze den Computer. Von hier aus kann ich einen Bus nach Furrow's Cross nehmen …» Er machte eine Pause, und sie wartete. «In ungefähr zehn Minuten. Dauert also nicht lange. Okay?»

«Und deine Hausaufgaben?»

«Die mach ich im Bus fertig, versprochen. In Ordnung?» Sie spürte das Lächeln in seiner Stimme.

«Dann würde ich mich besser fühlen. Also bis später, Tom. Tschüss.»

«Tschüss, Maggie.»

*

Toms Timing hätte nicht besser sein können. Als er an die Tür klopfte, nahm Maggie gerade einen schnell zusammengerührten Biskuitkuchen aus dem Backofen. «Komm rein, es ist offen!», rief sie, während sie ihn zum Abkühlen auf das Kuchengitter schob.

«Mmh, hier riecht es aber gut», sagte Tom, als er in die Küche kam. Er blähte die Nasenflügel auf und machte große Augen.

«Der muss jetzt erst mal abkühlen, und wir müssen Colin auftreiben.» Maggie tauschte ihre Ofen- gegen strapazierfähige

Gartenhandschuhe und reichte Tom auch ein Paar. «Kann sein, dass du die brauchst. Komm.»

Das Quad stand schon draußen bereit. Maggie achtete beim Aufsteigen sorgsam darauf, das Luftgewehr nicht zu berühren.

«Wofür ist denn die Flinte?», fragte Tom und zog alarmiert die Augenbrauen hoch.

Maggie lachte laut auf. «Das ist ein Luftgewehr. Das hab ich für die Kaninchen und für den Fall, dass ich mal einen Fuchs oder irgendwas vertreiben muss. Ich hab es mir geschnappt, um Colin, falls nötig, nach Hause zu treiben.»

Jetzt wirkte Tom noch irritierter. «Sollten Sie denn so was überhaupt haben?» Er wählte seine Worte mit Bedacht.

«Ich brauche dafür keinen Waffenschein, wenn du das meinst.» Tom presste die Lippen aufeinander, sagte aber nichts. «Kommst du?», fragte sie, und er stieg schnell auf. Maggie gab Gas und nahm dieselbe Route, die sie schon mal zusammen gefahren waren.

«Halt die Augen offen! Es kann sein, dass er im Wald nach Futter sucht.» Sie hatte die Farm bereits einmal erfolglos abgesucht, doch es konnte gut sein, dass sie ihn übersehen hatte. Sein braun-weißes Fell war eine ziemlich gute Tarnung.

In der Mitte des Wäldchens schaltete Maggie den Motor aus und richtete sich auf, um einen besseren Blick zu haben. Sie drehte sich um, um die Gegend mit Blicken abzusuchen. Es blieben nur noch wenige Stunden bis zur Dämmerung.

«Hat er das vorher schon mal gemacht?», fragte Tom und drehte sich ebenfalls um.

«Nein, das war mein Fehler. Ich hätte die Schnur um das Gatter erneuern sollen.» Nachher war man immer schlauer.

«Machen Sie sich keine Sorgen. Wir finden ihn», sagte Tom.

Maggie nahm wieder Platz, startete den Motor und setzte die Fahrt fort. Doch von Colin fehlte jede Spur. Es schien so, als hätte er sich zu neuen Weidegründen aufgemacht. Maggie fuhr wieder ein Stück zurück und bog nach rechts ab, wo der Weg schmaler wurde und stärker mit Gras bewachsen war. Während sie darauf entlanghoppelten, wurden sie interessiert von den Schafen zu beiden Seiten beobachtet. Die Tiere bildeten helle Sprenkel auf den grünen Wiesen und erinnerten an Kinderbilder mit aufgeklebten Wattebäuschen.

Dann verlangsamte Maggie das Tempo, weil sie sich einer Gestalt näherten, die über die Weide auf den Weg zuging. Der Mann sah aus wie ein Bilderbuch-Farmer. Er trug eine Schiebermütze auf dem Kopf, eine dunkelgrüne Jacke und Gummistiefel. Von seiner Hand baumelte etwas herab.

«Fraser», begrüßte Maggie ihn und schaltete den Motor aus. «Tom, das ist Mr. Savage. Er betreibt die Farm, die hinten an mein Land angrenzt. Tom ist hier, um mir zu helfen.»

Savage gab ein unwirsches Geräusch von sich.

«Ich hab dir eine Nachricht hinterlassen. Colin ist abgehauen. Ich werde mich auch auf deinem Gelände umschauen. Hast du ihn vielleicht gesehen?»

«Nein. Ich war heute die meiste Zeit hier draußen. Aber ich halte die Augen offen.»

«Danke», sagte Maggie und bemerkte dann, dass Tom das anstarrte, was Savage in der Hand hielt. «Oje, das arme kleine Ding hat's nicht geschafft.» Sie wies mit dem Kopf auf das tote Lamm, das von seiner großen Pranke baumelte.

«Ich hab heute schon vier Stück verloren. Sie kommen zu schnell auf die Welt. Und ich will verdammt sein, wenn der Fuchs sie kriegt», sagte Savage.

«Dann hoffe ich, dass du morgen einen besseren Tag hast.» Maggie ließ den Motor wieder an.

«Ja, allerdings.» Er nickte ihr kurz zu. «Vielleicht brauche ich bei den Lämmern, die ich mit der Flasche aufziehen muss, deine Hilfe. Wenn's noch weitere Mehrlingsgeburten gibt, weiß ich nicht mehr, wie ich das schaffen soll.»

«Na klar. Bring sie einfach zu mir rüber.»

Er nickte wieder und ging dann weiter. Tom beobachtete ihn noch immer gebannt. «Alles in Ordnung?», fragte Maggie.

«Ja, alles gut», sagte er, aber er war ein wenig blass geworden.

Sie setzten ihren Weg fort. Savages Farmhaus war deutlich größer als Maggies. Es hatte drei Stockwerke, und mehrere Scheunen und Wirtschaftsgebäude gehörten dazu. Maggie kurvte auf dem hinteren Teil des Hofes herum, als würde er ihr gehören. Zwei Hunde kamen auf das Quad zugelaufen und bellten es an. Maggie hielt an, und Tom zog die Beine an, um sie außer Reichweite zu bringen.

«Keine Angst.» Sie zeigte auf den schwarz-weißen Collie. «Das ist Mac. Und das ist Rusty.» Der zweite Hund war ähnlich groß, hatte aber eine komplett andere Färbung.

«Der hat ja eine hübsche Farbe», sagte Tom, zaghaft auf Rusty zeigend. Der Hund näherte sich, um an ihm zu schnüffeln, aber Tom riss seine Hand zurück.

«Red Merle heißt die Fellfärbung, und es ist ein Weibchen. Sie tut dir nichts. Sie ist sehr sanftmütig und sehr trächtig.» Tom hielt Rusty zaghaft seine Finger hin, und sie schnüffelte daran, bis Maggie wieder Gas gab und die Hunde sich zurückzogen.

Von Savages Farm aus fuhren sie eine gefühlte Ewigkeit am Waldrand entlang, bis sie schließlich in der Nähe eines Biergartens herauskamen. «Warte hier», sagte Maggie und stieg ab. «Ich warne sie am besten vor Colin.»

Als sie zurückkam, war Tom vom Quad gestiegen und stand vor dem Pub. «Ist alles in Ordnung?», fragte sie.

«Ich hab ihn gesehen», sagte Tom. «Er hat gerade die Straße überquert.» Er zeigte auf die Stelle. «Es ging ganz schnell, aber ich schwöre, dass er es war.»

«Hervorragend!» Sie sprangen wie zwei Möchtegern-Superhelden wieder auf das Quad und fuhren über den Grünstreifen.

«Langsam», rief Tom. «Ich glaube, hier war es irgendwo.»

Maggie drosselte das Tempo. «In welche Richtung ist er denn gelaufen?»

«Da lang!» Tom zeigte nach rechts. Sie näherten sich der Bushaltestelle. «Dahinten!», rief er.

Jetzt sah Maggie ihn auch. Colin knabberte an einer Hecke herum. Sie überprüfte, ob die Straße frei war, und wechselte auf die andere Seite. Dann ließ sie den Motor aufheulen, und Colin blickte hoch. Er erschrak und rannte, gefolgt von Maggie und Tom, an der Hecke entlang. Als sie sich schließlich Maggies Einfahrt näherten, fuhr Maggie voraus, wendete das Quad so rasant, dass es auf dem Kies ins Rutschen kam, und blockierte Colin den Weg zur Straße. Das Tier rannte instinktiv die Einfahrt hoch.

«Ja!», rief Tom und reckte die Faust hoch.

«Freu dich nicht zu früh», sagte Maggie und folgte dem Schafbock im Schneckentempo. Colin ließ sich nicht hetzen, er brauchte fünfzehn Minuten bis zu dem Rasenstück vor dem Farmhaus, wo er von Löwenzahn abgelenkt wurde. Maggie hielt an und sprang vom Quad.

«Jetzt übernimmst du!», rief sie Tom zu.

«Was? Okay, aber ich weiß nicht, wie man damit fährt», sagte er, ließ sich jedoch bereits auf dem leeren Fahrersitz nieder.

«Dreh den Schlüssel und drück auf den Starter.» Sie zeigte darauf und erklärte ihm kurz die Funktion der anderen Schalter. «Verstanden?»

«Ja, ich glaub schon.» Tom blinzelte. Dann drehte er den Schlüssel und schien auf dem Sitz zu wachsen vor Stolz, als das Quad tatsächlich ansprang.

«Bleib immer auf der Seite der Straße, damit unser Rumtreiber nicht wieder abhaut», sagte Maggie auf Colin zeigend. «Und fahr untertourig», setzte sie hinzu, während sie schon auf die Scheune zuging.

Tom ließ den Motor leise schnurren und setzte immer ein kleines Stück vor, wenn Colin weiterwanderte. Als Tom den Motor kurz hochdrehte, wandte der Bock sich um und blickte hoch. Maggie kehrte mit einer Metallplatte wieder. Colin wich langsam vor Tom zurück.

«Vorsicht!», schrie Maggie. «Er greift das Quad an!»

«Scheeeeiße!», rief Tom, als Colin plötzlich auf ihn zurannte.

Maggie schlug laut auf die Platte, aber Colin ließ sich nicht von seinem Ziel ablenken und rammte das Quad, das daraufhin erbebte. Maggie machte weiter Lärm, bis Colin sie schließlich bemerkte und am Farmhaus vorbeilief.

«Los, hinterher!», rief Maggie.

Tom wurde hektisch, und das Quad machte einen Satz nach vorn, bevor er es wieder unter Kontrolle bekam und hinter dem störrischen Schafbock herzockelte.

«Meine Güte, da bin ich ja *zu Fuß* schneller!», rief Maggie hinter ihm.

Sie brauchte die Platte nicht mehr, denn Colin hatte beschlossen, freiwillig auf seine Weide zurückzukehren, und schob sich durch das offene Tor. Sobald er drinnen war, band Maggie das Gatter mit einer neuen Schnur zu – und diesmal sorgfältig. Anschließend lehnte sie sich gegen den Zaun und stieß einen Seufzer der Erleichterung aus. Tom schaltete den Motor aus, machte aber keine Anstalten abzusteigen.

«Danke, Tom. Das hast du gut gemacht», sagte sie. «Wie wär's, wenn ich mich am Sonntag mit einem Essen bedanke?»

«Super.»

«Es gibt Lammbraten», sagte sie.

«Ähm. Okay», erwiderte er mit gerunzelter Stirn.

«Was ist?», fragte Maggie, weil sie spürte, dass ihn noch etwas beschäftigte.

«Ich traue mich gar nicht zu fragen», antwortete Tom und wies mit dem Kopf in Colins Richtung.

# 17

## TOM

Als wir in Maggies Küche saßen, hoffte ich, dass sie mich zum Abendessen einladen würde. Zu Hause warteten nur Fischstäbchen auf mich. In der Schule hatte ich Pizza gegessen, wie an den meisten Tagen, und davon wurde ich nie richtig satt. Aber ich freute mich auch über den Kuchen, den sie mir anbot. Es war ein fettes Stück, gefüllt mit Buttercreme und selbst gemachter Himbeermarmelade. Fast so gut wie Lemon Drizzle.

«Der Bus geht um Viertel nach», sagte sie mit einem Blick auf die Küchenuhr. Bei dem Gedanken an zu Hause und daran, in welchem Zustand Dad gestern gewesen war, wurde mir ganz schwer ums Herz. Er war den ganzen Tag zu Hause, aber ich hatte keine Ahnung, was er machte. Früher hat er montags immer eingekauft, gebügelt und geputzt, aber jetzt nicht mehr. Er scheint überhaupt kaum noch irgendwas zu tun. Wenigstens würde ich ihn heute Abend nicht lange sehen, denn er musste um halb acht bei der Arbeit sein. Es fühlte sich mies an, so zu denken, aber es war einfach leichter, wenn er nicht da war. Für seinen Job musste er sich zusammenreißen.

Maggie schaute mich komisch an. «Ist alles okay?», fragte sie. Ich überlegte, was ich sagen sollte. Eigentlich hätte ich ihr gern mein Herz ausgeschüttet, aber wie hätte ich dann dagestanden. Ich wollte nicht bemitleidet werden. Eigentlich hatte ich ja auch kaum Grund, mich zu beklagen. Schließlich schlug er mich nicht oder drohte mir, mich rauszuwerfen. «Aber ich möchte nicht indiskret sein», fügte sie hinzu.

«Nein, nein, das sind Sie auch nicht. Dad und ich …» Aber ich bremste mich. Warum hatte ich den Satz so angefangen? Ich starrte auf meinen Teller und überlegte, wie ich es sagen konnte.

«Ach, Eltern und Kinder. Das ist immer ganz schön vertrackt. Vor allem, wenn man in deinem Alter ist.»

«Ja, das stimmt.»

«Aber er weiß doch, dass du hier bist, oder?»

«Ja. Ich hab ihm eine Nachricht geschickt.» Ich log sie nicht gern an, aber ich wollte auch nicht sagen: «Das ist ihm eh egal.» Denn das war ein bisschen unfair. Es war Dad nicht egal, aber er hatte keinen Schimmer, womit ich meine Zeit verbrachte. Er wusste, dass ich in der Schule bleiben musste, um meine Hausaufgaben zu machen, weil ich für die meisten Sachen einen Computer brauchte, aber ansonsten ließ er mich machen, was ich wollte. Es wurde langsam dunkel. Da würde Dad sich vielleicht schon fragen, wo ich steckte. Ich würde ihm eine Nachricht schicken, wenn ich im Bus saß.

«Maggie?»

«Ja.» Sie stellte ihre Tasse ab und wartete. Sie stützte die Unterarme auf den Küchentisch und ließ ihre langen, weiten Ärmel darum herumfließen. Sie trug schon manchmal seltsame Klamotten.

«Dieses Lamm, das der Farmer da hatte …»

«Ah. Das arme kleine Ding. Manchmal bleiben sie bei der Geburt stecken, dann kann man sie nicht retten. Hin und wieder kommen sie aber auch schon tot auf die Welt. Wenn man bedenkt, wie viele Lämmer jedes Jahr in seiner Herde geboren werden, fällt die Zahl derer, die er verliert, allerdings sehr gering aus.»

«Aber es ist trotzdem traurig, oder?», sagte ich. Es hatte ausgesehen wie ein Kinderspielzeug, wie es so an seiner Hand hing. Alles dran, und doch ohne Leben.

«Ich fürchte, so ist das in der Natur, Tom. Sie ist weder grausam noch freundlich, sondern gnadenlos gleichgültig.»

Maggie war so klug.

*

Dad antwortete nicht auf meine Nachricht aus dem Bus, aber wenigstens war er auf den Beinen und angezogen, als ich nach Hause kam. Er stritt mit irgendwem am Telefon. Er winkte mir zur Begrüßung zu, schloss dann aber die Tür. Also ging es höchstwahrscheinlich um Geld. Hielt er mich für blind oder blöd? Schon seit Monaten flatterten Mahnungen ins Haus. Wenn er nicht so viel Geld für Alkohol ausgeben würde, stünden wir besser da, aber das konnte ich ihm natürlich niemals sagen. Außerdem kauft er sich sonst so gut wie nichts. Der Vater von einem Freund von mir geht jede Woche zum Fußball, und seine Dauerkarte kostet um die tausend Pfund. Wenigstens gab Dad für solche Sachen kein Geld aus.

Ich hörte, wie er seine Stimme erhob. Er war gar nicht zufrieden. Dann wurde es still. Er öffnete die Tür. «Es gibt Fischstäbchen, und ich hab dir noch ein paar Bohnen im Topf gelassen», sagte er.

«Danke. Ist alles okay?» Ich hatte das Gefühl, das fragen zu müssen.

«Nein, kann man so nicht sagen. Ich hab eine Rate vergessen. Ich hab den Hypothekenkredit jetzt schon über zehn Jahre, aber die Bank stellt sich total an.» Er sah erschöpfter aus denn je. Und irgendwie auch älter. Es war, als hätte ich ihn Jahre nicht richtig angeschaut.

«Und was passiert jetzt?»

Er verzog das Gesicht. «Nicht viel. Ich muss jeden Monat ein bisschen mehr zahlen, um die vergessenen Zahlungen auszugleichen.»

Er sagte Zahlungen im Plural. Das konnte nicht gut sein. Er

hat mal erzählt, er und Mum hätten sich, wenn überhaupt, nur über Geldthemen gestritten, darum vermute ich, dass es in der Hinsicht schon immer Probleme gab, aber jetzt, wo er immer mehr trinkt, haben wir noch weniger. «Wie viele Raten hast du denn nicht gezahlt?»

Es dauerte eine Weile, bis er antwortete. «Drei innerhalb des letzten Jahres.» Als er meine erschrockene Miene sah, hielt er die Hände hoch. «Was kein Problem ist. Solange es nicht noch mal passiert.»

«Verlieren wir das Haus?» Mich beschlich ein Gefühl der Beklemmung. Ich konnte kaum atmen.

«Nein. Nein, natürlich nicht.» Er schüttelte den Kopf, aber sein Gesichtsausdruck war wenig beruhigend. «Das wird nicht passieren. Ich krieg das schon wieder hin.» Er rieb sich das Kinn. Er hatte sich beim Rasieren geschnitten und deshalb eine frische Kruste.

Ich wusste nicht, was ich sagen sollte. Ich wollte ihn fragen, was er denn vorhatte, wie er sicherstellen wollte, dass wir unser Zuhause nicht verloren, aber aus Angst, dass er darauf keine Antwort haben würde, schwieg ich lieber.

Plötzlich kam wieder Leben in ihn. Er schaute auf die Uhr. «Ich muss los. Gehst du noch mal weg, Tom?»

«Nein.»

«Dann schließ hinter mir ab ... und pass auf dich auf.» Er klopfte mir auf den Rücken und drückte mir dann die Schulter. Er meinte es gut.

*

Der Mittwoch war nie ein guter Tag in der Schule. Ich hatte absolut keinen Plan von Französisch und Bio, aber in Englisch würde ich wenigstens Farah sehen, nur musste ich dafür sorgen, dass Kemp *mich* nicht sah. Ich nickte ihr zu, und sie lächelte zurück. Das war mein Highlight des Tages – denn davon abgesehen, war alles so eintönig wie immer. Nach dem Unterricht packte ich meine Sachen zusammen, und Farah unterhielt sich mit einer Freundin, schaute aber zu mir hin. Ich senkte den Kopf, doch sie kam trotzdem zu mir. Freude, Verlegenheit und Angst rangen in mir um die Oberhand. Die Verlegenheit blieb Sieger, und mir kroch die Hitze unaufhaltsam den Hals hinauf.

Sie wollte sich nur nach der Bücherei erkundigen, und ich entspannte mich etwas, bis ich sah, dass Kemp hinter ihr auftauchte und einen Finger quer über seine Gurgel zog. Ich packte schnell meine Sachen und sagte Farah, dass ich jetzt nicht reden könne. In meiner Hast rannte ich gegen meinen Tisch und riss ihn um. Um ein Haar hätte er den Lehrer getroffen. Der wiederum dachte, ich hätte ihn absichtlich umgeworfen, und verdonnerte mich auf der Stelle zum Nachsitzen. Das totale Desaster.

Ich ging in die Bücherei und nahm dort einen Stapel Rettet-die-Bücherei-Flyer mit, um sie am Wochenende mit meinen Zeitungen auszutragen. Als ich schließlich nach Hause kam, pfiff Dad vor sich hin. Anstatt mich für ihn zu freuen, weil es ihm offenbar gut ging, wurde ich sofort misstrauisch. Es war lange her, dass ich ihn zuletzt pfeifen gehört hatte. Was war passiert? Warum hatte er so gute Laune? Vielleicht hatte er im Lotto gewonnen? Er rührte in einem Topf auf dem Herd.

«Na, wie geht's?», sagte ich und stellte meine Tasche auf dem Boden ab.

Er schaute zweimal hin. «Ist die neu?»

«Die alte war kaputt. Ich hab sie von dem Geld gekauft, das ich für die Xbox-Spiele bekommen hab.» Ein bisschen hatte ich noch übrig.

«Ach ja. Ich wollte mich noch bedanken.» Er guckte verlegen. Es war klar erkennbar, dass wir dieselben Gene teilten. «Hol ein Tablett, dann trag ich das Essen auf.» Ich schaute mich um. Die Küche war nicht wirklich sauber, aber der Müll quoll nicht mehr über.

Ich hörte hinter mir ein Scheppern, und er fluchte, weil er sich am Backofenblech verbrannt hatte. Schließlich legte er die Fischstäbchen auf einen Teller und reichte ihn mir. «Danke», sagte ich und hörte selbst das Misstrauen in meiner Stimme. Was war bloß los?

Wir brachten unser Essen ins Wohnzimmer und aßen eine Zeit lang schweigend. Dann legte Dad sein Besteck weg und trank einen Schluck Wasser. «Ich hab gute Nachrichten.»

«Super.» Er sah glücklicher aus. Ich freute mich, dass ihn irgendetwas aufgemuntert hatte; wir konnten gute Nachrichten gebrauchen. Ich hoffte, dass er Geld gewonnen hatte, denn ich vermisste meine Xbox wirklich sehr.

«Freu dich nicht zu früh, es steht noch nichts fest ...» Jetzt hatte er meine Neugier geweckt, und ich legte mein Besteck ebenfalls weg. «Bei mir in der Firma wird ein Ausbildungsprogramm aufgesetzt, und du kannst da vielleicht eine Lehrstelle kriegen.» Er grinste. Er sah begeistert aus. «Du hättest natürlich noch ein Bewerbungsgespräch, aber sie nehmen dich, sobald du Ende Juni mit der Schule fertig bist.»

Ich fragte mich, wie ich wohl aussah. Ich wusste nur, wie ich mich fühlte. Ich war in eine Art Starre verfallen. Die Hundefutterfabrik. Eine Lehrstelle in der verdammten Hundefutterfabrik! Zeigte sich die Abscheu vor dem, was er mir da vorschlug, auf meinem Gesicht? Er sah so stolz auf sich aus, dass er mir fast leidtat, aber in dem Moment konnte ich mir nur selbst leidtun.

«In der Fabrik?» Ich musste das ganze Ausmaß des Grauens in Erfahrung bringen. Er nickte. «Und wie lange würde das dauern?» Mein Mund war trocken.

«Drei Jahre, und wenn du dich reinhängst, hast du gute Chancen auf eine Festanstellung. Es sind nur vier Tage die Woche, weil du einen Tag aufs College gehst. Das wolltest du ja eh. Also hast du das Beste aus beiden Welten.»

Meine Augen fühlten sich so groß an, dass ich fürchtete, sie könnten mir aus dem Kopf fallen. «Uni. Ich wollte zur *Uni* gehen.»

«Ach, Uni, College, das ist doch alles das Gleiche. Und halt dich fest.» Er beugte sich vor. «Die zahlen dir neuntausend im Jahr. An der Uni müsstest *du* das zahlen.» Er ließ sich dramatisch gegen die Rückenlehne fallen.

Ich stellte mein Tablett auf den Boden. Ich kriegte eh nichts mehr runter, ich konnte keine Fischstäbchen mehr sehen. Ich hatte die Nase gestrichen voll, von allem. Mein beschissenes Leben hatte eine ganz neue Beschissenheits-Stufe erreicht.

Dads glückliche Miene schwand dahin. «Ich hab mir ganz schön viel Mühe gemacht, um das alles herauszufinden.» Ich schaute hoch, konnte aber nichts sagen, was ihn nicht auf die Palme gebracht hätte. «Jetzt sag was.»

«Ähm, danke.» Er strahlte mich selbstzufrieden an und nahm sein Besteck wieder in die Hand. Ich fühlte mich mutig. Jetzt oder nie. Ich holte tief Luft und sagte: «Aber das ist nicht das, was ich möchte. Eine Ausbildung in der Fabrik zu machen – das ist nicht das, was ich möchte.»

Er hielt mitten im Kauen inne. «Du wärst ja nicht für immer Auszubildender – das ist nur eine Sprosse auf der Leiter. Ein Anfang. Du würdest anfangen, Geld zu verdienen.»

Und damit war er raus – der wahre Grund für all das. Es ging nicht darum, was das Beste für mich war oder was ich wollte. Es ging nur um ihn. Nur um den Riesenhaufen Mist, den er sich selbst eingebrockt hatte. «Damit ich die Rechnungen bezahlen kann?»

Seine Schultern spannten sich an, und ich wartete auf die Gegenreaktion. Aber er entspannte sich wieder und lud mehr Bohnen auf seine Gabel. «Es wird Zeit, dass du einen Beitrag leistest. Ich hab mit sechzehn schon Vollzeit gearbeitet. Und es hat mir nicht geschadet.»

Ich schaute mich in dem Zimmer um, in dem der Geruch von

verbrannten Fischstäbchen hing. Wenn das der Lohn war, den man dafür bekam, dass man Jahr für Jahr vierzig Stunden die Woche arbeitete, konnte ich darauf verzichten.

# 18

## MAGGIE

Maggie hatte sich etwas konventioneller zurechtgemacht als sonst: Ihre wilde Mähne steckte in einem ordentlichen Knoten, und sie trug eine lange dunkle Strickjacke zu ihrer Jeans. Die ausgestellten Hosenbeine hoben sie allerdings vom Kleidungsstil anderer Frauen ihres Alters ab, zumal sie die Aufmerksamkeit jedes Mal auf ihre roten Doc Martens lenkten, wenn Maggie durch die Bücherei lief und Anweisungen erteilte, also alle zwei Sekunden. Die Mitglieder des Buchklubs waren länger geblieben, um bei den Vorbereitungen der ersten Rettet-die-Bücherei-Versammlung zu helfen, und Christine war wie ein Vogel im Käfig, der von einer ausgehungerten Katze umkreist wurde, und schien bei jedem Befehl zusammenzuzucken.

«Christine? Ist alles gut?», fragte Maggie sanft.

Christine holte tief Luft. «Nein. Es ist nicht alles gut. Es kommen zig Leute zu der Versammlung. Wir haben der Gemeindeverwaltung nichts davon gesagt, und ich glaube auch nicht, dass das irgendwas bringen wird, und …»

«Christine, entspann dich», wies Maggie sie an. «Atme Ruhe und Gelassenheit ein. Halt die Luft kurz an, und atme alles Negative und allen Stress aus.»

Tom sortierte weiter die zurückgegebenen Bücher in die Regale ein und warf nur einen flüchtigen Blick auf die beiden Frauen und ihre Atemübungen. Doch dann ging die Tür auf, und er wirbelte herum. Als er sah, wer da kam, fiel er vor lauter Eile fast über seine eigenen Füße.

«Hallo», sagte Farah. «Ich hab meine Freundin Amy mitgebracht. Ist das in Ordnung?»

«Klar, kommt rein!» Amy und Tom beäugten sich gespannt.

«Hallo», wiederholte Farah in Maggies und Christines Richtung.

«Christine ist ein bisschen gestresst», erklärte Tom im Flüsterton, weil Amy besorgt guckte, als sie die beiden Frauen sah, die synchron die Luft ausbliesen.

Nach ein paar Atemzügen schien Christine ruhiger zu sein. Sie nickte mehrmals. «Mir geht's gut. Aber es hängt eben alles von dieser Versammlung ab.»

«Ich weiß», sagte Maggie. «Darum sind wir ja hier.» Christine lächelte matt. «Gut. Tom, kommst du mit den Erfrischungsgetränken klar?», fragte Maggie.

«Ja. Es ist für alles gesorgt», erwiderte er und wies mit dem Kopf auf die beiden Mädchen, die bereits Pappbecher aufstellten.

Bald darauf waren sie von Scharen von Menschen umgeben. Christines Plakataktion und Toms Flyer hatten die Einheimischen offensichtlich animiert. Innerhalb von zehn Minuten gab es nur noch Stehplätze, und Tom, Farah und Amy hatten, was die Getränke anging, ein gut gehendes System entwickelt. Es herrschte ein ziemlicher Lärmpegel, weil eine Vielzahl von Gesprächen, die alle um dasselbe Thema kreisten, um den Luftraum konkurrierten.

Maggie sorgte schließlich für Ordnung. «Ich möchte Ihnen gern Christine vorstellen, unsere Bibliothekarin.»

Christine erhob sich, und als sich alle Blicke sofort auf sie richteten, machte sie Tom in der Frage Konkurrenz, wer am schnellsten rot anlaufen konnte. «Oh, äh. Nun. Ich danke allen für ihr Kommen. Ich bin Christine, und ich arbeite hier als Bibliothekarin», wiederholte sie. «Aber ich darf eigentlich gar nicht auf dieser Versammlung sein.» Sie warf Maggie einen flehenden Blick zu.

«Soll ich ein paar Worte sagen?», schlug Maggie vor.

Christines Hintern traf so schnell auf die Sitzfläche, dass sie beinahe wieder nach oben gefedert wäre.

«Also», sagte Maggie und klatschte in die Hände. «Wir haben uns heute hier versammelt, um dafür zu sorgen, dass alle über die Faktenlage, was die Bücherei angeht, informiert sind, um unseren Aktionsplan vorzustellen und um Sie um Ihre Ideen und Ihre Unterstützung bei der Rettung unserer Bücherei zu bitten.» Sie hob ihre Stimme am Ende des Satzes an, und bekam prompt Applaus. «Das sind die Fakten: Die Bücherei von Compton Mallow soll in zehn Wochen geschlossen werden. Das bedeutet, dass wir diese großartige öffentliche Einrichtung mitsamt dem wunderbaren Gebäude verlieren werden, wenn wir nichts unternehmen. Und die Auswirkungen dieser Schließung auf unsere Gemeinde werden noch zahllose Generationen nach uns zu spüren bekommen.»

Maggie erklärte, dass die Verwaltung sich bei der Begründung der geplanten Schließung ausschließlich auf die Nutzerzahlen stütze, hob dann alle Vorzüge der Bücherei hervor und erläuterte anschließend den mit Christine abgestimmten Rettungsplan, bei dem sie den ein oder anderen Kompromiss hatte eingehen müssen. «Was können wir sonst noch tun, um diese wunderbare Einrichtung weiter nutzen zu dürfen?»

Farah hatte sich von der Teestation entfernt, um sich Notizen zu machen. Tom rationierte die Kekse, da sie schnell weniger wurden.

Eine Mutter mittleren Alters meldete sich zu Wort: «Ich hab meine älteste Tochter früher, als sie noch klein war, zur Vorlesestunde hergebracht, aber die wird nicht mehr angeboten.»

«Guter Punkt», sagte Maggie. «Den nehmen wir mit auf.»

«Hallo, ich bin Lorna Booth, und ich betreibe das örtliche Pflegeheim», sagte eine gepflegte grauhaarige Frau im Hosenanzug. «Ich interessiere mich –»

«Und ich bin Alice», sagte die weißhaarige alte Dame, die neben ihr saß.

Lorna sah nicht so aus, als schätzte sie es, unterbrochen zu werden. «Ich habe Alice mitgebracht, weil sie ohnehin zum Friseur musste. Jedenfalls hat die Gemeinde angeboten, uns einen Bücherbus zur Verfügung zu stellen, was für uns auch viel besser wäre, weil wir unsere Bewohner nicht alle hierherbringen können.»

In der Menge erhob sich Widerspruch. Lorna hatte ihr Publikum nicht richtig eingeschätzt. Maggie beruhigte die Leute, indem sie mit der Hand durch die Luft wedelte. «Hallo, Lorna und Alice, danke, dass Sie gekommen sind. Es gibt noch keinerlei Bestätigung für den Bücherbus, also würde ich mich an Ihrer Stelle auch nicht darauf verlassen, dass dieses Vorhaben je umgesetzt wird. Die Gemeindeverwaltung will Sie nur hinhalten. Ich könnte mir vorstellen, dass Ihre mobileren Bewohner sich durchaus über einen Ausflug in die Bücherei freuen würden, und bin sicher, wir könnten Unterstützer gewinnen, die sich bereit erklären, sie hierherzubringen. Außerdem kann man bei uns Bücher online bestellen, und wenn Sie uns Bescheid sagen, sorgen wir dafür, dass Ihnen die Bücher ins Haus geliefert werden. Ihre Bewohner sind Teil der Gemeinde und sollen denselben Service genießen wie alle anderen.»

Farah kritzelte hektisch auf ihren Zettel, während Lornas Augenbrauen von Maggies Antwort beeindruckt zu sein schienen.

Alice hob die Hand, und Lorna warf ihr einen wütenden Blick zu, doch die alte Dame ließ sich nicht beirren. «Ich möchte das Interweb benutzen», sagte Alice.

«Wir zeigen Ihnen sehr gern, wie das geht, Alice. Vielleicht machen wir eine spezielle Einführung für Sie und andere Bewohner des Heims, damit wir es in einem Tempo erklären, bei dem alle mitkommen», sagte Maggie. «Hübsche Frisur übrigens», fügte sie hinzu, und Alice strahlte.

«Ich bin Bill», sagte ein rundlicher Mann. «Ich betreibe das *Limping Fox*. Dienstag ist Rentnertag, da gibt's zwei Mahlzeiten für zehn Pfund.» Er holte Luft. «Ich möchte wirklich helfen, aber wenn die Bücherei schon auf einer Liste von zu schließenden Einrichtungen steht, dann ist die Sache meines Erachtens bereits gelaufen. Ein altes Gebäude wie dieses hat ein riesiges Potenzial. Womöglich wird es als Restaurant wiedereröffnet oder, noch schlimmer, als Bar, was mir geschäftlich sehr schaden würde. Ich habe also ein Interesse daran, dass die Bücherei bestehen bleibt, aber die Entscheidung ist gefallen, und daran wird auch kein noch so langer Lesemarathon etwas ändern.» Danach herrschte Totenstille. «Tut mir leid ...» Dann wurde sein Ton fröhlicher. «Vergessen Sie nicht, dass der Donnerstag bei uns Curry-Tag ist. Dazu gibt's Naanbrot und ein kleines Getränk kostenlos. Ausgenommen alkoholische Getränke.»

Alle Blicke wanderten von Bill zu Maggie, die tief durchatmete. «Es ist nicht auszuschließen, dass Sie recht haben, Bill. Und wahrscheinlich sprechen Sie aus, was auch andere hier denken und was viele andere, die heute Abend gar nicht erst gekommen sind, ebenfalls glauben. Aber wenn wir nichts tun, schließt die Bücherei auf jeden Fall, und ist sie erst einmal zu, wird sie für immer geschlossen bleiben. Aber», sagte Maggie, den Zeigefinger erhebend, «wenn wir der Gemeindeverwaltung die Stirn bieten und uns zusammentun, um dieses schöne Gebäude zu nutzen und zu pflegen, dann haben wir vielleicht noch eine Chance, es zu retten. Ich für meinen Teil möchte wenigstens sagen können, dass ich es versucht habe.» Es herrschte kurz Stille, dann folgte eine Welle von «Hört, hört» und Applaus. Farah legte sogar ihren Stift hin, um zu klatschen. Sie schaute Maggie an, als wäre sie ein Filmstar.

Danach folgten viele weitere konstruktive Vorschläge. Toms ehemaliger Grundschullehrer wollte seine Klasse mit an Bord holen, der Leiter des Postamts wollte die Solidarität zurückgeben, die er erfahren hatte, als das Postamt geschlossen werden sollte, und die Floristin bot an, Flyer an ihre Kunden zu verteilen. Doch Bills Worte hingen noch immer schwer im Raum. Eine Frau sagte, die Büchereien in der Stadt würden Autorenlesungen durchführen, die sie schon häufig habe besuchen wollen, was aufgrund der langen Wege aber nicht möglich gewesen sei.

«Ja», sagte Tom und lief rot an, als die Blicke sich auf ihn richteten. «Die Idee gefällt mir. Ich würde auch gern Autoren treffen.» Seine Stimme wurde immer leiser. Farah schenkte ihm ein Lächeln, und er zog sich wieder unter seinen Pony zurück. Zustimmendes Gemurmel signalisierte ihm, dass es vielen Leuten genauso ging wie ihm.

«Hervorragend!», rief Maggie. «Wir werden uns das alles mal genauer ansehen. Im Gegenzug brauchen wir dann aber auch Ihre Unterstützung bei allem, was wir auf die Beine stellen wollen. Es ist wichtig, dass Sie unsere Bücherei nutzen und dass Sie auch zu unseren nächsten Versammlungen kommen. Sind Sie dabei?»

Wieder erhob sich zustimmendes Gemurmel und herzlicher Applaus. Tom betrachtete Maggie mit noch größerem Respekt.

Nachdem die Letzten gegangen waren, führten Christine, Maggie, Tom und Farah bei einer Runde Tee und den letzten Keksen, die Tom in Reserve gehalten hatte, eine Abschlussbesprechung durch.

«Wir haben vier neue Anmeldungen für den Buchklub», sagte Farah. «Und drei Leute haben Interesse an einer Vorlesestunde für die Kleinen bekundet.»

«Das haben wir früher schon mal gemacht, aber die Leute kamen nur unregelmäßig», erklärte Christine.

«Ich hatte den Eindruck, dass sie durchaus kommen, wenn man ihnen etwas bietet», sagte Tom, nahm den letzten Keks und drückte die Verpackung mit der Hand zusammen.

«Wir könnten ohne große Kosten eine Limonade mixen», fügte Farah hinzu. «Und ich lese den Kindern gerne was vor.»

«Das würdest du bestimmt ganz toll machen», sagte Tom.

«Normalerweise findet so was vormittags statt, aber wir könnten es stattdessen um sechzehn Uhr anbieten, damit die Mütter auch ihre Kinder im Grundschulalter mitbringen können», schlug Christine vor.

«Für mich wäre das voll okay», sagte Farah, die Aussicht schien sie zu erfreuen. «Ich komme dienstags sowieso direkt von der Schule hierher. Aber ich könnte es auch samstags machen.»

Tom räusperte sich. «Und ich könnte den Internetkurs für die Senioren anbieten», sagte er, noch etwas unsicher klingend.

«Fantastisch, Tom. Ich bin sicher, die Alten werden entzückt von dir sein», sagte Maggie.

Sie besprachen noch die letzten Punkte, dann ließ ein Schniefen von Christine sie aufhorchen. Alle schauten zu ihr hin. Die Bibliothekarin verbarg ihr Gesicht hinter einem Taschentuch. «Tut mir leid», sagte sie. «Ihr wart alle so toll heute. Ich weiß gar nicht, was ich ohne euch tun würde. Ich glaube, ich würde mich einfach in einer Ecke verkriechen und mich meinem Schicksal ergeben.»

«Du bist stärker, als du glaubst, Christine», sagte Maggie und tätschelte ihren Arm.

Aber Christine schüttelte den Kopf. «Ich weiß nicht, was ich tun würde, wenn ich meinen Job nicht mehr hätte.» Sie putzte sich erneut die Nase. Tom gab sich geschäftig und sammelte die herumstehenden Pappbecher ein.

«Ach, du würdest dich schon wieder berappeln», sagte Maggie, und Christine sah sie erschrocken an, weil Maggie ihr keine Garantie gab. «Aber hoffen wir mal, dass es gar nicht erst so weit kommt», fügte Maggie hinzu. Falsche Hoffnungen zu verbreiten, war nicht ihr Ding. Sie bevorzugte praktische Lösungen.

# 19

## TOM

Maggie reagierte nicht, als ich an ihre Tür klopfte. Ich schaute durchs Wohnzimmerfenster und war erleichtert, dass sie nicht tot im Sessel saß, denn diese Horrorvorstellung war mir gerade durch den Kopf geschossen. Andererseits konnte sie ja immer noch irgendwo anders im Haus liegen. Ich drückte die Klinke, aber es war abgeschlossen. Ich war wohl etwas zu früh. Vielleicht schlief sie aus, zumal Sonntag war und sie am Vortag in der Bücherei eine mitreißende Rede gehalten hatte.

Ich freute mich darauf, mit ihr zu reden, denn ich hatte gerade *Stolz und Vorurteil* beendet, eine Empfehlung von ihr, und fand es großartig. Beim Lesen hatte ich die ganze Zeit an Farah denken müssen. Teilweise, weil Elizabeth Bennet in meiner Fantasie so aussah wie sie, aber hauptsächlich, weil ich mir sicher war, dass sie den Roman auch lieben würde. Außerdem konnte ich mir mich als Darcy vorstellen, aber das brauchte niemand zu wissen.

Ich lief um das Haus herum und warf einen Blick in die Scheune. Der Traktor war da, aber das Quad nicht. Ich atmete erleichtert auf. Also war sie höchstwahrscheinlich irgendwo auf dem Gelände der Farm. Ich testete die Hintertür, die offen war, und tauschte meine zerschlissenen Turnschuhe gegen die Gummistiefel, die sie mir schon mal geliehen hatte. Dann steckte ich die Hände in die Taschen und ging zu den Tieren. Die Sonne fing gerade erst an, die Erde aufzuwärmen, und ich sog die frische Luft ein. Hier verstand man sofort, warum es frische Luft hieß. Sie war anders – reiner, irgendwie wie gefiltert. Und sie duftete nach Gras und einem Hauch von Erde. Ich klang schon wie der Typ aus dieser Wein-Sendung, die Dad früher gern geguckt hat.

«Tom!», hörte ich Maggie aus der Ferne rufen.

Ich drehte mich um. Sie stand winkend unten auf der Weide mit den Mutterschafen. Ich winkte zurück, und als ich näher kam, schwenkte sie immer noch den Arm durch die Luft. Einen Moment lang freute ich mich darüber, wie froh sie war, mich zu sehen. Dann kapierte ich, dass sie mich zur Eile antreiben wollte.

«Komm!», rief sie, und ich rannte los.

Am Zaun blieb ich stehen und schaute mir an, was los war. Maggie kniete neben einem der Mutterschafe, das auf der Seite lag. Sie hatte ihre Knie mit einem dieser grünen, bei Gärtnern beliebten Kissen ausgepolstert und schien ihren Arm in den Hintern des Schafes geschoben zu haben.

«Was zur …?», war alles, was mir dazu einfiel.

Erst dann fiel mir auf, dass Maggie einen Morgenmantel und darunter einen karierten Pyjama trug. Maggie und das Schaf bliesen zur selben Zeit den Atem aus. «Das Lämmchen hängt fest. Sie hat seit fast drei Stunden Wehen. Wenn wir es nicht gedreht bekommen, verlieren wir sie beide. Sie ist schon völlig erschöpft.»

Maggie machte einen noch müderen Eindruck als das Schaf. Woran erkannte man, dass ein Schaf erschöpft war? Es sah genauso aus wie die anderen, die – mit Ausnahme von dem zweiten Schaf, das ebenfalls auf der Seite lag – dort herumspazierten. «Und das dahinten? Geht's dem gut?», fragte ich und wies mit dem Kopf auf die andere Seite der Weide.

Maggie drehte sich um. «Ach du liebe Güte, sie hat auch Wehen! Kannst du mal zu ihr gehen und nachsehen, ob alles in Ordnung ist?»

«Äh, ja. Und worauf genau soll ich achten?» Ich kletterte über den Zaun.

«Schau unter ihrem Schwanz nach, wie weit sie schon ist, ja?» Ich muss ziemlich begriffsstutzig ausgesehen haben, denn sie präzisierte ihre Aussage: «Guck in ihre Mumu!»

«Auf keinen Fall!» Ich hielt die Hände hoch wie ein Spion, der erschossen werden soll. Und ich wäre lieber erschossen worden, als einem Schaf in die Mumu zu gucken.

Maggie blickte mich streng an. «Barbara könnte sterben. Und Nancy da drüben hatte letztes Jahr auch schon Probleme. Ich will sie beide nicht verlieren.»

«Nein, aber ...» Ich zeigte auf Nancy. Das Schaf antwortete sofort mit einem panischen Blöken.

«Bitte!», sagte Maggie und schaute mich mit ebenso großen, runden Augen an wie Barbara, nur waren ihre heller.

Verdammte Axt, emotionale Erpressung, wo ich auch hinsah. «Okay. Wenn ich nachgucke ...» Maggie warf mir ein Siegerlächeln zu. «*Falls* ich nachgucke. Wonach suche ich dann noch mal?» Ich wusste auch nicht, warum ich das fragte, denn ich wollte ihre Anweisungen eigentlich nicht noch mal hören, aber ich würde es definitiv nur einmal tun und wollte deshalb nichts falsch machen.

«Schau nach, wie groß die Öffnung ist. Und probier mal, ob du deine Hand reinstecken kannst.»

Schon bei dem Gedanken musste ich würgen, und Maggie lachte leise. «Na, vielen Dank!», sagte ich, aber auch ich sah die komische Seite daran.

«Beeil dich! Ich brauche dich, um das Lamm aus Barbara rauszuziehen.»

«Okay.» Ich trabte über die Weide zu Nancy hin. Das Schaf hatte den Kopf in einem unbequem aussehenden Winkel angehoben und beäugte mich misstrauisch, als ich näher kam. Ich redete mir gut zu. *Maggie hat ihren Arm in dem anderen Schaf. Sie bittet dich ja nicht, das auch zu tun. Du sollst nur unter dem Schwanz nachsehen und ...* Urgh, beim bloßen Gedanken drehte sich mir der Magen um. Vielleicht war es das Beste, nicht darüber nachzudenken.

«Also, Nancy. Bist du bereit?», fragte ich. Nancy zuckte mit ihrem Hinterlauf, was ich als positive Antwort wertete. Ich holte tief Luft und nahm ihren Schwanz. Er war nass und eklig, und es war etwas darunter.

«Scheeeiße!» Ich brauchte den Schwanz gar nicht anzuheben, denn ich sah auch so, dass eine riesige Blase aus ihr herauskam. Ich ließ den Schwanz wieder los und floh zurück zu Maggie.

«Da kommt irgendwie eine eklige Blase aus ihr raus.»

«Donnerwetter, Nancy! Gut. Sie hat noch ein paar Minuten. Kannst du das hier festhalten, und wenn ich es dir sage, ziehst du so fest daran, wie du nur kannst?» Sie reichte mir zwei blutige Enden von einer Schnur. Ich wollte sie nicht nehmen. Maggie hielt sie mir erneut hin. «Jetzt komm schon!» Sie verlor die Geduld.

Ich tat, worum sie mich gebeten hatte. Die Schnur war kalt und nass und ekelerregend. Ich versuchte, mich auf das Lamm zu konzentrieren.

«Schau mal hier», sagte Maggie und zeigte auf den Unterleib des Mutterschafs. «Der Junge hängt mit einem Bein fest.»

«Woher weißt du denn, dass das Lamm männlich ist?», fragte ich erstaunt. Ich sah nur einen kleinen weißen Flecken.

«Er ist faul, und er hat einen dicken Schädel. Zu diesem Zeitpunkt ist das nur so eine Vermutung», sagte sie und legte den Kopf schief.

«Sehr witzig.»

«Auf drei. Langsam und stetig, aber mit Kraft. Bist du bereit?»

«Ja.» Ich hatte keine Ahnung, was ich da tat. Nancy blökte von der anderen Seite der Weide herüber, und ich hatte das Gefühl, dass sie mich zurückrief. Ich musste Barbara helfen und dann schnell zurück zu Nancy laufen. So gefragt war ich noch nie gewesen.

«Eins, zwei, drei. Zieh! Gleichmäßig! Da kommt es ...» Maggie gab einen fortlaufenden Livebericht ab. Die Schnur schnitt mir in die Finger wie billige Einkaufstüten, wenn sie zu voll sind. Es war schwer, den Druck aufrechtzuerhalten, und es fühlte sich nicht so an, als würde etwas passieren. Ein bisschen war es wie Tauziehen gegen eine Ziegelmauer. «Nicht nachlassen! Komm schon, Tom! Zieh!» Es war ein seltsamer Winkel, um zu ziehen, da ich auf den Knien lag, und es kam mir immer noch so vor, als würde ich an einem toten Gewicht zerren. Aber dann schoss mir der Anblick des toten Lämmchens durch den Kopf, das der Farmer neulich in der Hand gehalten hatte, und ich beschloss, für dieses hier zu kämpfen. Ich wollte es retten.

«Ja, gut! Weiter so!» Plötzlich trat Barbara aus, und die Schnur glitt mir aus den Fingern.

«Oh nein!» Ich versuchte, sie wieder zu fassen zu kriegen, aber Barbara stand auf.

«Ist okay. Sie schafft es jetzt selbst», sagte Maggie und klopfte mir auf die Schulter. Ich schaute zu, wie das Lamm herausflutschte und mit einem gedämpften Knall ins Gras fiel. Dann kam noch irgendein schmieriges Zeug hinterher, aber ich konzentrierte mich auf das perfekte winzige Lamm. Perfekt, wenn man von dem Blut absah, was ich nach Kräften zu ignorieren versuchte. Er hatte eine hübsche Färbung – grau und weiß.

Maggie wischte sich den Schmier aus dem Gesicht und steckte ihm ihre Finger ins Maul. «Ich mache seine Atemwege frei», erklärte sie. Dann sah es so aus, als würde sie ihm Stroh in die Nase stecken. «Komm schon», sagte sie, und ich erkannte an ihrem Tonfall, dass irgendwas nicht stimmte. Sie nahm seine Hinterläufe und schleuderte ihn im Kreis herum, wobei sie mich beinahe umgehauen hätte.

«Uuaah! Was ist denn jetzt los?» Ich sprang aus dem Weg. Ich war sicher, der Tierschutzverein hätte dieses Verfahren nicht gutgeheißen.

«Er atmet nicht», sagte sie, legte ihn wieder aufs Stroh und rieb seine Brust. Aber dann kam, so als wäre ein Schalter umgelegt worden, schlagartig Leben in ihn, und Maggie schob ihn seiner Mutter unter die Nase.

Barbara machte sich sofort daran, ihr Junges zu säubern, und das Lamm blökte. Es war das niedlichste Geräusch, das ich je gehört hatte.

«Ohhh!», entfuhr es mir, und da Maggie mir einen stolzen Blick zuwarf, ließ ich das so stehen und tat nicht schnell so, als müsste ich in Wahrheit husten. Sie wusste eh, dass ich völlig hingerissen war.

Sie hob das Bein des Lämmchens an. «Ein Junge. Wusste ich's doch!», sagte sie. «Sehr gut», fügte sie hinzu und wiegte sich vor und zurück.

«Alles in Ordnung?», fragte ich und hielt ihr die Hand hin, um ihr aufzuhelfen.

«Ich bin seit fünf Uhr hier draußen. Als ich nach ihnen sehen wollte, hat Barbara sich so komisch benommen, dass ich sie näher an die Gehege gelockt und im Auge behalten hab.»

«Das erklärt das modische Outfit», sagte ich.

«Frechdachs», gab sie zurück und dehnte ihren Rücken. Dann nahm sie das Lamm, ließ es vor der Nase des Muttertiers herumzappeln und bewegte sich rückwärts in eins der Gehege, die wir in der Vorwoche zusammen gebaut hatten. Barbara folgte den beiden.

Maggie legte das Lamm auf dem Boden ab, verließ das Gehege schnell wieder und schloss es hinter sich. «So! Jetzt zu Tierzucht-Lektion Nummer zwei.» Sie setzte sich vorsichtig in Bewegung und zuckte bei jedem Schritt zusammen, bevor sie dann zu dem anderen Schaf vorausging.

Nancy stellte sich als unkompliziert heraus. Maggie zeigte mir, dass das Lamm mit den Vorderläufen und dem Kopf voran herauskam, was offenbar dem entsprach, wie es sein sollte.

Wenige Minuten nachdem wir zu ihr gestoßen waren, glitt das Junge bereits heraus. Perfekt und gesund. Es war schon was Besonderes, das mitanzusehen.

«Sehr schön», sagte Maggie. «Jetzt müssen wir nur noch zusehen, wie wir Mutterschaf und Lamm in eins der Gehege kriegen.» Ich blickte zurück. Das war ein weiter Weg. «Hast du gesehen, wie ich es bei Barbara gemacht habe?»

«Ja. Du hast das Lamm ins Gehege gebracht.»

«Ja, aber sie muss mitkommen. Ich hab es die ganze Zeit vor sie gehalten. Sie muss es riechen. Hier, bitte schön!» Sie wischte den Großteil des Schmiers von dem Lamm ab und reicht mir das warme, feuchte Jungtier. Es protestierte blökend, und ich spürte, wie es in meinen Fingern zitterte. «Geh los!» Maggie scheuchte mich die Weide hoch. Nach ein paar Schritten folgte Nancy uns. Kurze Zeit später blieb sie jedoch stehen und hob den Kopf.

«Halt das Lamm tiefer. Tiefer!»

In dieser seltsamen gebückten Haltung rückwärtszugehen, tat gewaltig im Rücken weh. Ich ließ das Junge vor der Mutter herabbaumeln, woraufhin sie schnüffelte wie ein Hund, der eine Wurst riecht, wieder die Witterung des Lamms aufnahm und darauf zutrottete. Als ich irgendwann das Gehege erreichte, legte ich das Lämmchen dort ab, und Nancy säuberte ihr Junges mit der Zunge, während ich hinausschlich.

«Ich glaube, du hast dir ein Frühstück verdient», sagte Maggie und band ihren Morgenmantel wieder zu. «Wenngleich ich vermute, dass du schon eins hattest.»

Ich hatte nur eine Scheibe Toast gegessen. «Ich könnte schon noch was vertragen.»

«In Ordnung. Aber zuerst muss ich duschen. Und du solltest dich auch waschen.»

Ich schaute meine Hände an. Oh ja, die musste ich definitiv waschen. «Ich glaube, ich bleibe noch ein paar Minuten hier.»

Die Lämmer waren so was Tolles, ich wollte sie noch ein bisschen länger anschauen.

«Einverstanden», sagte Maggie mit einem wissenden Blick. «Ich rufe dich, wenn ich so weit bin. Stell die Ohren auf.» Sie nahm ihr Gartenpolster, stieg auf das Quad und fuhr zurück zum Haus.

Ich stellte mich zwischen die beiden Gehege, um einen guten Blick auf beide Lämmer zu haben. Das erste war bereits aufgestanden und trank bei seiner Mutter. Sein Schwanz zitterte wie verrückt. Barbara hatte wieder angefangen, Gras zu fressen, und schien es überhaupt nicht zu beachten. Ich schaute zu Nancy hin. Sie hatte sich hingelegt. Nach dem, was sie durchgemacht hatte, fand ich das allzu verständlich. Ihr Lämmchen war fast komplett grau. Aber es war eine besondere Art von Grau, und ich konnte nachvollziehen, warum Maggie sie Lavendel-Lämmer nannte. Ich schaute ihm eine Weile beim Trinken zu, aber dann merkte ich, dass Nancy ihren Körper anspannte. Irgendwas war los. Ich ging um das Gehege herum. Ach, du heilige Scheiße! Es kam noch ein Lamm heraus.

«Maggie!», schrie ich grob in die Richtung des Hauses. Aber wenn sie unter der Dusche stand, konnte sie mich unmöglich hören.

Ich lief in das Gehege hinein und hockte mich neben Nancy. Mit ein bisschen Glück würde ihr zweites Lamm ja genauso herausflutschten wie das erste. Ich holte tief Luft und hob ihren Schwanz an. Da war ein Kopf, und da waren Beine. Ich schaute genauer hin. Es waren drei Vorderläufe. Drei? Verdammte Axt!

# 20

## MAGGIE

Maggie vergewisserte sich, dass die Tomaten nicht schon zu lange im Backofen waren, und fuhr herzhaft gähnend noch einmal mit dem Kochlöffel durch die Rühreier. Wäre Tom nicht da gewesen, wäre sie zurück ins Bett gekrochen, um ein wohlverdientes Schläfchen zu halten – sie war gerädert, und von den vielen Stunden auf der feuchten Weide taten ihr die Knochen weh. Trotzdem wollte sie nicht eine Sekunde mit Tom missen. Er war wie eine Bluttransfusion. Er gab ihr den Schwung, den sie brauchte, um eine weitere Woche allein zu überstehen.

«Tom! Frühstück!», rief sie. Sie wollte sich schon wieder ins Haus zurückziehen, als aus der Ferne eine panische Antwort zu ihr drang.

«Maggie! Hilfe! Maggie!»

«Verdammt», fluchte Maggie leise. Sie eilte nach drinnen, um den Herd auszuschalten, tauschte die Schlappen gegen Gummistiefel und marschierte hinaus.

Als sie sich der Weide näherte, erkannte sie, dass Nancy offensichtlich Probleme hatte, und Tom lief wie ein werdender Vater händeringend hin und her.

«Es hat drei Vorderläufe!», rief er. Er sank auf die Knie, als müsse er noch mal nachsehen, um sich sicher zu sein. Sein Blick flog zwischen Maggies Gesicht und Nancys Hinterteil hin und her.

«Drei Vorderläufe?» Sie konnte sich ein Lachen nicht verkneifen.

Er blickte sie wütend an. «Ja! Komm doch gucken.» Er war ehrlich verzweifelt.

«Oder es sind noch zwei Lämmer da drin, und sie wollen beide gleichzeitig raus.»

Tom zog erstaunt die Augenbrauen hoch. «Was? Ja ... das ergibt mehr Sinn.» Nancy atmete zu schnell. «Es geht ihr nicht gut», sagte Tom bekümmert.

«Nein», bestätigte Maggie. Sie hatte Nancy im Vorjahr in einer ähnlichen Situation beinahe verloren und bezweifelte, dass sie das noch mal überstehen würde.

«Wird sie sterben?» Toms Miene brach Maggie das Herz. Er schaute mit bettelndem Hundeblick zu ihr hoch. Das Problem war nur, dass Maggie die Dinge nicht gern schönredete.

«Ich weiß es nicht. Wir können nur unser Bestes geben. Der Rest liegt bei ihr.»

«Du musst sie retten!» Seine Stimme klang tränenerstickt, sein Ton aber gleichzeitig sehr entschieden.

Maggie fragte sich, was der Hintergrund für diese Verzweiflung war. «Du kannst sie retten, Tom», sagte sie ruhig.

«Nein. Nein, das kann ich nicht.» Sie sah, dass seine Hände zitterten. «Du musst das machen», sagte er und stand auf.

Aber Maggie hielt das Gatter zu und ließ ihn nicht raus. Er rüttelte frustriert daran. «Ich bin schon geduscht», sagte sie. «Das ist eine gute Übung und eine noch bessere Erfahrung für dich.» Tom machte den Mund auf, doch Maggie ließ ihm keine Zeit zu protestieren. «Es ist wichtig, dass die Lämmer jetzt schnell rauskommen. Sie stecken schon zu lange fest. Nimm einen der Läufe.» Sie zog ein Knäuel Schnur aus der Tasche. «Binde die Schnur darum.»

Tom schaute sie einen Moment an, bevor er sich in sein Schicksal fügte. Er nahm die Schnur und kniete sich wieder neben Nancys Schwanz. «Taste dich an dem Bein entlang bis zur Schulter hoch ...»

Tom wollte ihre Anweisung befolgen, hielt aber plötzlich inne. «Die Schulter ist da drinnen ... in Nancy drin.» Er warf Maggie einen flehentlichen Blick zu.

«Ja, und genau da musst du deine Hand reinstecken.» Er schüttelte den Kopf, ließ den Lauf des Lamms aber nicht los. «Bis zur Schulter», wiederholte sie.

Tom schluckte heftig, konzentrierte sich dann ganz auf Maggie und ließ seinen Arm in das Schaf hineingleiten. Er verzog angeekelt das Gesicht. «Bist du schon am Köpfchen angekommen?», fragte sie.

Es entstand eine Stille, Toms Miene war sehr konzentriert. «Jetzt greif über den Kopf hinweg zur anderen Schulter und führ deine Hand den anderen Lauf entlang zurück. Und dann halt gut fest.»

Toms Hand kam wieder heraus, und er schaute sie kurz an. «Bäh!»

«Jetzt weißt du, dass diese Läufe beide zum selben Lamm gehören. Binde das andere Ende der Schnur an diesem Bein fest und schieb das dritte wieder rein, damit es aus dem Weg ist. Das muss warten, bis es an der Reihe ist.»

Diesmal protestierte Tom nicht und ließ seine Hand wieder hineingleiten.

«Das machst du schon sehr professionell», sagte Maggie, die ihn sehr genau beobachtete. «So, das reicht. Und jetzt zieh das Lamm raus, so wie du es eben bei Barbara gemacht hast.»

Tom befolgte ihre Anweisungen, und innerhalb weniger Minuten hatten sich zwei weitere Lämmer zu Nancy gesellt. Das erste fing schon an zu trinken.

«Gut gemacht, Tom. Die Sache ist die. Ein Schaf, zwei Zitzen und drei Lämmer. Rechne mal nach.»

«Sie kann nicht alle drei säugen.»

«Nein. Aber Barbara hat nur ein Lamm.»

Tom grinste. «Super. Dann muss Barbara eins adoptieren.»

«So einfach ist das nicht. Sie muss glauben, dass es ihres ist.»

«Und wie kriegen wir das hin?»

Maggie verzog das Gesicht. «Das wird dir nicht gefallen. Aber es ist für einen guten Zweck.»

Maggie erklärte Tom, dass er Barbara möglicherweise weismachen konnte, die Mutter eines zweiten Lamms zu sein, wenn er seine Hand in ihren Unterleib schob, eine Faust machte und sie wieder herauszog. Nach kurzem Protest gab Tom sich geschlagen und betrat Barbaras Gehege. Maggie schob das Gatter so hin, dass Barbara wenig Bewegungsspielraum hatte, und lenkte sie vorn mit einer Handvoll Trockenfutter ab, während Tom sich hinten für seine Aufgabe wappnete.

Er schloss die Augen, stöhnte wie ein Wrestler und schob seine Hand an eine Stelle, wo keine Hand hingeschoben werden sollte. Maggie eilte in der Zeit zu dem anderen Verschlag, holte Nancys überzähliges Lamm und rieb es mit Stroh ein, auf dem Barbaras Lamm gelegen hatte. Dann legte sie es zu ihr. Barbara nahm Toms Aktivitäten überraschend unbeeindruckt hin. Erst als er eine Faust machte und den Arm wieder herauszog, brachte sie blökend ihren Unmut zum Ausdruck. Maggie schob das Gatter wieder in seine alte Position, damit das Schaf sich bewegen konnte. Als Barbara sich umdrehte, lag Nancys Lamm hinter ihr im Stroh, und Barbara wandte sich ihm pflichtbewusst zu. Sie schnüffelte kurz daran, und Maggie und Tom hielten den Atem an, bis sie sich daran machte, es zu säubern.

«Ja!», rief Tom und boxte in die Luft.

«Gut gemacht», sagte Maggie und ließ ihn aus dem Gehege. Sie war stolz auf ihn, weil er sich überwunden und die Herausforderung angenommen hatte. «Das ist keine besonders schöne Aufgabe, und um ehrlich zu sein, funktioniert es auch nur selten.» Sie beobachteten die beiden Mutterschafe mit ihren «Zwillingen».

«Also, wenn man einmal drüber weg ist, wie eklig das ist, stellt man fest, dass es da drinnen ganz schön warm ist», sagte Tom. Er schien selbst über seine Worte erstaunt zu sein, und sie lachten beide.

Zurück im Haus dirigierte Maggie Tom zum Bad, gab ihm saubere Handtücher und ein paar Anziehsachen und versuchte dann, das Frühstück zu retten, während er duschte. Kurze Zeit später erschien er in der Küche und zog ein langärmliges T-Shirt mit einem Markenlogo über der Brust zurecht.

«Passt ja gut», sagte sie und stellte die Teller auf den Tisch.

«Ja, das ist ganz schön», sagte Tom. «Sind die von deinem Sohn?» Er legte die restlichen Sachen, die sie ihm rausgesucht hatte, auf einen Küchenstuhl.

Maggie schien diese Frage nicht zu gefallen. «Nein, nein, die hab ich für dich besorgt.»

Tom blickte sie erstaunt an. Dann setzte er sich und griff nach dem Ketchup. «Wie, kann ich die behalten?»

«Ich war neulich in Leamington. Da gibt es die besten Secondhandläden weit und breit. Aber keine Sorge, ich hab alles gewaschen. Ich hab einen Ersatz für das Shirt gesucht, das du dir bei der Reparatur des Hühnerhauses zerrissen hast, und dann sind die Pferde mit mir durchgegangen. Es hat mir Spaß gemacht, jemanden zu haben, für den ich was kaufen konnte, und bei den Preisen …» Maggie wurde bewusst, dass sie sich rechtfertigte, und bremste sich. «Jedenfalls kannst du alles behalten, wenn es passt.»

Tom beäugte den Stapel Kleider, den er mit in die Küche gebracht hatte. «Auch die Adidas-Sweatshirts?»

«Ja, was auch immer das ist», erwiderte Maggie glucksend. «Die Verkäuferin hat lauter Sachen rausgesucht, von denen sie meinte, ihr Enkel würde sie tragen. Er steht auf Markenklamotten.»

Tom griente. «Top. Vielen Dank, Maggie!» Er hielt zwischen zwei Bissen inne, und sie wechselten einen Blick.

«Los, iss auf, bevor es kalt wird», sagte Maggie, schaute weg und staunte über das warme, wohlige Gefühl, das Toms Dankbarkeit in ihr auslöste.

*

Während Toms Kleider in der Waschmaschine waren, machte Maggie sich daran, den Kuchen zu backen, den sie eigentlich schon vor Toms Ankunft fertig haben wollte. «Was soll ich tun?», fragte Tom und schaute sich suchend um.

«Wenn du willst, kann ich dir zeigen, wie man Zitronenkuchen macht.»

Er lachte prustend, aber als er Maggies ernsthafte Miene sah, zog er einen Schmollmund und schien ihr Angebot noch mal zu überdenken. «Klar, warum nicht?»

Sie zog eine Schublade auf und holte eine Schürze heraus, die sie ihm umband.

Er schaute auf die tanzenden Schafe herab, die darauf gedruckt waren. «Das darfst du aber nie jemandem erzählen.»

Sie verzog keine Miene. «Ich schweige wie ein Grab.»

Er war ein gelehriger Schüler und hörte aufmerksam zu, während sie ihm alles erklärte. «Warum hast du kein Rezept?»

«Brauche ich nicht», sagte Maggie und tippte sich an die Schläfe, wobei sie eine Mehlspur hinterließ.

Tom lächelte sie an. «Kannst du mir das aufschreiben?»

Maggie warf ihm einen Seitenblick zu. «Willst du das zu Hause nachbacken?»

Er zuckte mit den Schultern. «Man kann nie wissen. Vielleicht.» Er verrührte die Zutaten in der Schüssel gründlich.

Bald darauf saßen sie mit ihren jeweiligen Getränken am Tisch und warteten auf das Klingeln des Küchenweckers.

«Du kannst stolz auf das sein, was du heute Morgen geleistet hast. Du hast zwei Lämmern auf die Welt geholfen», sagte sie und nippte an dem Tee, den er für sie gekocht hatte.

«Nee, ich war doch völlig panisch. Ich hatte absolut keinen Plan, bis du kamst und mir gesagt hast, was ich tun soll.»

«Da wärst du auch von selbst drauf gekommen.»

«Glaub ich nicht. Ich hatte total Angst.» Er ließ den Kopf auf die Brust sinken, und Maggie wartete einen Moment. Er war verloren in dem Niemandsland zwischen dem Kind, das er war, und dem Mann, der er so gern sein wollte. Ihn beschäftigte offenbar noch etwas anderes als die stecken gebliebenen Lämmer. Wenn er es ihr erzählen wollte, würde er es tun. Sie würde es ihm nicht aus der Nase ziehen.

Tom seufzte und schenkte sich noch ein Glas Cola ein. «Du findest es bestimmt albern», sagte er mit einem selbstironischen Lächeln.

«Sicher nicht.»

Tom hielt sein Glas mit beiden Händen fest, ließ es langsam kreisen, und starrte auf die Flüssigkeit, die sanft darin herumschwappte. «Meine Mum ist bei einer Geburt gestorben.»

«Oh, das tut mir leid, Tom», sagte sie. Sie musste sich schwer zusammennehmen, um ihn nicht in ihre Arme zu ziehen und an sich zu drücken. Der arme Kerl, was musste er durchgemacht haben? Sie spürte einen Kloß im Hals.

Er legte den Kopf nach hinten, als wollte er so verhindern, dass ihm die Tränen aus den Augen rannen. «Das Baby ist stecken geblieben, und sie hat eine Art Anfall bekommen.»

«Eklampsie?»

«Keine Ahnung», sagte Tom. Er schaute Maggie an, in seinen Augen standen Tränen. «Ich war bei meinen Großeltern und Dad bei der Arbeit.» Tom ließ sich Zeit. «Dad hätte eigentlich zu Hause sein sollen, aber er hat Überstunden gemacht. Als er mich abholen kam, haben die Erwachsenen miteinander getuschelt. Ich weiß noch, dass ich mich total gefreut hab, weil ich ein bestimmtes Lego-Set bekommen sollte, wenn das Baby da ist.» Er schaute Maggie an. «Dads Gesicht, als er reinkam.» Er schüttelte den Kopf, als versuchte er, die Erinnerung loszuwerden. «Er war am Boden zerstört.»

«Wie furchtbar.» Maggie wurde es schwer ums Herz, wenn sie daran dachte, welchen Verlust die beiden erlitten hatten.

«Ich weiß noch, dass ich Angst hatte, mein Lego-Set nicht zu bekommen, als Dad mir von Mum und dem Baby erzählt hat. Ganz schön krank, was?» Tom sah plötzlich viel älter und vom Leben abgehärtet aus.

«In schwierigen Momenten denken wir oft an die seltsamsten und unwichtigsten Sachen. Wir klammern uns an das, womit wir umgehen können, während wir die Dinge verarbeiten, mit denen wir nicht klarkommen.»

«Ja, vielleicht», sagte er.

Sie saßen noch eine Weile schweigend da und hingen ihren Gedanken nach, bis der Küchenwecker schließlich klingelte und sie beide wieder in die Gegenwart zurückbrachte.

# 21

## TOM

Die letzten zwei Wochen sind megaschnell vergangen. Ich hab versucht, den Stoff zu wiederholen, aber ich glaub, ich krieg das einfach nicht in meinen blöden Kopf. Die Abschlussprüfungen sind in ein paar Wochen, und allmählich wird's ernst. Mr. Thackery hat uns geraten, vor den Prüfungen eine gesunde Mahlzeit zu essen und dafür zu sorgen, dass wir genug Schlaf bekommen. Dad und ich sind immer noch auf Fischstäbchen mit Bohnen abonniert. Dad ist ziemlich gut drauf. Er zählt schon die Tage bis zu meiner letzten Prüfung. Er ist aufgeregter als ich. Weil er glaubt, dass ich dann diese Lehrstelle in der Fabrik antrete. Das hab ich nicht vor, aber ich hab's noch nicht geschafft, es ihm zu sagen. Das wird hart.

«Na, wie geht's?», sagte ich, als ich ins Wohnzimmer sah. Dort herrschte zwar noch immer Chaos, aber wenigstens roch es nicht mehr ganz so schlimm.

«Gut», sagte er. Auf dem Tisch stand eine Whiskyflasche. Ich überließ ihn sich selbst, ging auf mein Zimmer und schlüpfte in eins der Sweatshirts, die Maggie mir besorgt hatte. Sie passten alle, auch wenn ein, zwei davon ein bisschen groß waren. Normalerweise ziehe ich mich nach der Schule nicht um, aber ich hatte bislang auch nichts, was ich lieber trage als die Uniform. Ich wählte also das blassblaue Teil von Superdry und konnte gar nicht aufhören, mich im Spiegel zu bewundern. Gut, dass mich keiner sah. Vielleicht sollte ich das bei der nächsten Versammlung in der Bücherei anziehen.

Nach einer Stunde Pauken und einem leichten Panikanfall, weil mir klar wurde, dass ich nicht so viel über den Ersten Weltkrieg wusste wie gedacht, ging ich nach unten, um was zu trinken. Ich schaute noch mal bei Dad rein. Er saß noch immer auf dem Sofa und starrte auf den Fernseher. Aber der war ausnahmsweise gar nicht an.

«Bist du sicher, dass alles okay ist?», fragte ich.

Er drehte sich langsam zu mir um. «Ich hab den Wagen nicht durch'n TÜV gekriegt.»

«Okay.» Ich wusste nicht, was ich sonst sagen sollte.

«Das war's. Ich kann keine Reparatur bezahlen. Wir haben kein Auto mehr.»

Ich sah nicht, inwiefern mich das betraf, und beschloss, gar nichts dazu zu sagen. «Willst du einen Kaffee?»

Dad runzelte die Stirn. «Hast du noch ein neues Shirt?»

«Ja.» Ich stellte mich gerade hin, um damit anzugeben.

«Woher hast du das?»

«Von der Mutter von meinem Freund.» Von Maggie hatte ich ihm noch nichts erzählt.

«Und sie hat es dir einfach so geschenkt?»

«Ja.»

Dads Gesichtsausdruck wechselte von misstrauisch zu beunruhigt. «Wusstest du, dass zwei Leute überfallen und ausgeraubt wurden?»

«Äh, nein.» Ich wusste natürlich von der Sache mit Maggie, aber ich hatte keine Ahnung, ob sie einer von den beiden Fällen war, von denen Dad sprach.

«Ältere Damen aus dem Dorf, gleich nach Anbruch der Dämmerung. Die Polizei sucht einen großen, dünnen Jugendlichen.»

Wir sahen uns an. Ich spürte, wie mir die Hitze den Hals hochkroch. «Wolltest du jetzt Kaffee, oder nicht?»

«Warte mal, Tom. Was ist los? Was verheimlichst du mir?»

«Nichts.» Das kam vielleicht zu schnell, aber mir gefiel nicht, wie er mich anschaute. Er wusste, dass ich was verbarg.

«Verdammt, das warst doch nicht du, oder?»

«Was?»

«Die Raubüberfälle. Oh, Tom, warum?»

«Nein, Dad!» Was zur Hölle dachte der sich? Wie kam er denn jetzt auf die Idee?

«Streite es nicht ab. All das zusätzliche Geld, und jetzt plötzlich die modischen Klamotten. Was fällt dir ein, du ...»

Er wollte sich auf mich stürzen, und ich machte einen Schritt zur Seite. Er hatte heute eindeutig schon zu viel getrunken. «Dad, du hast da was missverstanden.» Ich wich zurück, als er schwankend auf die Füße kam. Die ungerechten Anschuldigungen machten mich wütend.

«LÜG MICH NICHT AN!», schrie er, und Spucke flog in meine Richtung. Ich war sauer über seine Vorwürfe, aber er war richtig in Rage.

«Ich war das nicht!», schrie ich zurück. Dann nahm ich meine Jacke und die Schlüssel, stürmte aus dem Haus und schlug die Tür hinter mir zu.

Ich kochte innerlich. Wann hatte ich mir je was zuschulden kommen lassen? Noch nie. Okay, vielleicht hatte ich hin und wieder mal was ausgefressen, aber straffällig geworden war ich noch nie. Er kannte mich gar nicht. Ich muss schnell gegangen sein, denn ich war im Nullkommanichts im Dorf. Ich lief zur Bücherei, aber ich war noch zu aufgewühlt, um reinzugehen. Ich hatte keine Lust auf ein langweiliges Gespräch mit Christine. Ich wollte Dampf ablassen, und ich wollte, dass mir jemand zuhörte.

Ich machte auf der Stelle kehrt – aber ich wusste nicht, wohin mit mir. Also verließ ich das Dorf und lief in Richtung Stadt. Es dauerte eine Weile, bis meine Beine zu einem normalen Tempo zurückkehrten, denn als der Zorn schwand, trat ein Gefühl von

Kränkung an seine Stelle. Wie konnte Dad nur so was glauben? Auch in angetrunkenem Zustand musste er doch wissen, dass ich nie dazu in der Lage wäre, jemanden auszurauben. Und dann auch noch ältere Damen. Du meine Güte!

Als mich der Kampfgeist verließ, fragte ich mich, wie lange ich wohl von zu Hause wegbleiben konnte. Wenn Dad weitertrank, würde er in ein paar Stunden wegdämmern. Ich hatte also viel Zeit totzuschlagen. Mein Handy lag noch zu Hause, ich hatte kein Geld, und eigentlich sollte ich lernen. Dass ich dazu jetzt nicht kam, ärgerte mich mehr, als ich erwartet hätte. Allmählich wurde ich ein richtiger Streber. Ich musste in den Prüfungen unbedingt gut abschneiden, wenn ich Dad beweisen wollte, dass ich für den Job in der Fabrik zu gut war. Aber heute Abend konnte ich nichts tun, weil alle meine Sachen zu Hause lagen. Und jetzt, nach all dem Gerenne, bekam ich auch noch Hunger. Was für ein Mist. Ich war den Tränen nahe und presste die Kiefer aufeinander.

Es fing an zu regnen. Typisch. Gut, dass ich meine Jacke dabeihatte. Vielleicht sollte ich doch in die Bücherei gehen. Zumindest war es dort trocken, selbst wenn ich dann so tun musste, als würde mich Christines Gerede interessieren. Außerdem konnte ich dort ein paar Sachen im Internet recherchieren. Ich machte abrupt kehrt und wäre beinahe mit jemandem zusammengeprallt, der gerade aus seiner Gartentür trat.

«Hallo, Tom! Dachte ich mir doch, dass du das bist», sagte Farah mit ihrem einzigartigen Lächeln. Sehr feminin und anziehend und einen Tick verschmitzt – verdammt, vielleicht hatte ich in der letzten Zeit doch zu viele Liebesromane gelesen.

«Oh, hallo! Wie geht's?» Heute fiel es mir schwer, sie direkt anzusehen. Ich war erschöpft.

«Gut, dir auch?»

Ich nickte, überlegte es mir dann aber anders. «Nein, ehrlich gesagt, geht's mir grad nicht so gut.»

«Ich bin eine gute Zuhörerin.» Sie legte den Kopf schief. «Wenn du Lust hast zu reden.»

Nichts wollte ich lieber tun. «Aber du wolltest ja gerade gehen. Ich möchte dich nicht aufhalten, wenn du zu tun hast.»

Sie schaute auf ihre Uhr. «Möchtest du mit reinkommen?» Sie wies mit dem Kopf den Weg hoch, über den sie gekommen war.

Ob ich mit zu Farah nach Hause kommen wollte? Keine Frage. «Äh, ja, klar.» Ich versuchte, cool zu bleiben. Es blieb mir auch gar nichts anderes übrig, denn sonst wäre ich auf und ab gehüpft wie ein Idiot.

Sie ging voran, schloss die Tür auf und führte mich hinein. Es war ein großes altes Haus mit hohen Decken und einem Schachbrettmusterboden in der Diele. «Schönes Haus», sagte ich, weil mir einfiel, dass einer der Liebesroman-Helden damit Pluspunkte gemacht hatte.

«Danke. Meine Eltern renovieren es nach und nach. Tee? Kaffee? Limo?»

«Limo, bitte.» Ich folgte ihr in die Küche. «Sind deine Eltern nicht zu Hause?» Ich wollte für eventuelle Begegnungen gewappnet sein. Und mir schon mal was zurechtlegen für den Fall, dass sie plötzlich um die Ecke kamen.

«Nein, Mum ist gerade mit meinem Bruder Schuhe kaufen. Für ihn, nicht für sie. Das wird Stunden dauern. Er hasst das nämlich. Und Dad hat irgendein Seminar … glaub ich. Bin nicht sicher. Jedenfalls irgendwas mit der Arbeit. Ich wollte zum Lernen in die Bücherei gehen. Wenn ich allein hierbleibe, gucke ich nur fern und esse Chips.»

«Klingt himmlisch.»

«Himmlisch?» Sie lächelte mich an. «Stellst du dir so den Himmel vor, Tom Harris? Mit Fernsehen und Chips?» Sie zog mich auf, aber auf eine sanfte und freundliche Art.

«Ja, allerdings. Fehlt nur noch ein bisschen Coke, dann ist das Bild perfekt.» Ihre Augenbrauen schossen hoch. Was hatte ich gesagt? Scheeeeiiße. «Cola. Ich meinte natürlich Cola, nicht Koks. Oh, Gott, sorry!»

Sie fing an zu lachen, und ich stimmte mit ein. «Du bist witzig.»

Nicht mit Absicht. Sie nahm ein großes Glas aus dem Schrank. Die Küche war sehr modern, mit glänzenden Arbeitsflächen aus Granit, supersauber und ordentlich. «Eis?», fragte sie.

«Ja, bitte.»

Sie ging zu einem großen amerikanischen Kühlschrank und drückte auf einen Knopf, und schon fielen klimpernd Eiswürfel in das Glas. Was für ein super Haus. Sie reichte mir meine Limo. «Danke. Hör zu, du wirst es vielleicht nicht glauben, aber ich wollte auch gerade in die Bücherei», sagte ich.

«Warum sollte ich dir das nicht glauben?»

Weil ich wahrscheinlich aussehe wie ein Stalker, dachte ich. Äußerlich zuckte ich aber mit den Schultern. «Weil das ein ganz schöner Zufall ist. Aber es stimmt. Ich hab mich mit meinem Dad gestritten und kann noch nicht nach Hause.»

«Möchtest du drüber reden?»

«Ach, eigentlich nicht ...» Sie schaute mich immer noch an. «Er unterstellt mir, dass ich die alten Frauen überfallen habe.»

«Nein!»

«Ja, krass. Oder?» Es tat gut zu sehen, wie ungläubig sie auf Dads Anschuldigung reagierte.

«Ich hab in der Zeitung darüber gelesen. Wer auch immer es ist, hat es, glaube ich, auf Rentner abgesehen, die aus dem Postamt kommen, weil sie wahrscheinlich gerade Geld abgehoben haben.»

Das war eine gute Theorie. «Weißt du, dass Maggie auch die Tasche geklaut wurde?» Ich wusste, dass Farah die Geschichte nicht kannte, und freute mich, sie ihr erzählen zu können. Ihre Reaktion fiel genauso aus, wie ich es mir erhofft hatte.

«Nein! Das ist ja furchtbar! Wann war denn das?»

«Vor ein paar Wochen. Ich hab sie schreien gehört und bin …» Was hatte ich eigentlich genau gemacht?

«Du warst da?», fragte sie begeistert. Es lief super für mich.

«Ja. Ich bin hingelaufen, um ihr zu helfen. Aber ich bekam eine gelangt, und anschließend ist der Typ mit der Tasche weggerannt.» Das entsprach immerhin den Fakten.

Farah schlug die Hand vor den Mund und schnappte nach Luft. «Tom! Du hättest ernsthaft verletzt werden können!»

Ich zuckte die Achseln und nippte an meiner Limo. Es war die trübe Sorte mit dem echten Zitronengeschmack. Hier gab es keinen Billigkram. «Ich wünschte nur, ich hätte ihn aufhalten können.» Wem machte ich eigentlich was vor? Mich könnte jeder verprügeln. Maggie hatte es vorgemacht.

«Und Maggie hat nichts abgekriegt?»

«Nein. Ihr ging's gut. Sie ist hart im Nehmen.» Wir tranken, und ich genoss die Art, wie sie mich anschaute. Ich konnte sehen, dass sie beeindruckt war.

«Was glaubst du denn, wann du nach Hause gehen kannst?», fragte sie.

«Noch lange nicht. Wir müssen beide erst mal runterkommen. Aber ich sollte wirklich lernen.»

«Hervorragend!» Sie klatschte in die Hände. «Wir können den Stoff ja hier zusammen durchgehen. Dann brauchen wir nicht in die Bücherei und werden auch nicht nass.»

«Ja, okay.» Mein Tag war soeben sehr viel besser geworden.

*

Ich genoss die Zeit in vollen Zügen. Wir lernten ein bisschen. Und wir quatschten. Na ja, vor allem Farah redete, und ich lauschte ihr selig. Ihre Stimme zu hören war, wie zum ersten Mal Musik zu entdecken. Sie machte uns eine Salamipizza und servierte sie mit Knoblauchbrot, Coleslaw und grünem Salat. Salat! Ein richtiges, anständiges Essen. Dann prüften wir uns gegenseitig in Geschichte, und ich schnitt ganz okay ab. Sie kennt coole Tricks, um sich Sachen zu merken, und hat mir sogar ein paar Karteikärtchen beschriftet, die ich mitnehmen durfte. Sie sind in meiner Tasche. Ich werde sie ewig in Ehren halten.

Als ich nach Hause kam, holte ich tief Luft, bevor ich die Tür aufschloss. Der Plan war, direkt nach oben zu gehen, in der Hoffnung, dass Dad schlief, aber als ich die Tür aufmachte, roch ich es sofort. Nicht den Mief von vorher. Es war ein scharfer, stechender Geruch, der mich würgen ließ – von Kotze. Dann ging alles ganz schnell. Ich rannte ins Wohnzimmer und fand Dad. Er lag auf dem Rücken, aus seinem Mund sprudelte Erbrochenes. Er war nicht bei Bewusstsein, und sein Gesicht hatte eine graublaue Farbe. Ich wusste sofort, was los war, denn ich hatte davon gelesen. Er war dabei, an seinem eigenen Erbrochenen zu ersticken. Ekelerregend und tödlich.

Ich fiel auf die Knie und drehte ihn auf die Seite. Dann schlug ich ihm auf den Rücken, um die Blockade zu lösen, aber es passierte nichts. Ich versuchte, nicht hinzusehen, als ich ihm meine Finger in den Hals steckte, um seine Atemwege zu befreien – so wie Maggie es bei dem neugeborenen Lamm gemacht hatte. Nichts.

«Scheiße! Dad!» Ich schrie ihn an, teils aus Angst und teils aus Verzweiflung.

Dann schlug ich ihm noch mal kräftig auf den Rücken, und endlich kam alles raus. Und zwar im hohen Bogen. Es war widerlich, und es war überall. Aber er hustete und rang nach Luft. Er lebte.

# 22

## MAGGIE

Als Maggie am Abend ein letztes Mal nach den Schafen sah, waren alle neuen Lämmer gut versorgt. Am Vormittag hatten zwei weitere Mutterschafe je eines zur Welt gebracht, ohne Probleme, wofür Maggie sehr dankbar war. Nun hatte sie drei weibliche Jungtiere, die sie behalten würde, um ihre Herde aufzustocken, und mehr konnte sie wahrscheinlich auch nicht bewältigen. Sie war noch immer erschöpft vom letzten Wochenende und wollte früh schlafen gehen. Normalerweise versuchte sie immer bis elf Uhr abends aufzubleiben. Wenn sie sich früher hinlegte, wachte sie für gewöhnlich in den frühen Morgenstunden schon wieder auf und konnte nicht mehr einschlafen. Das Älterwerden war ein Fluch. An manchen Nachmittagen war sie hundemüde, aber nachts um zwei dann trotzdem putzmunter.

Zu dieser Jahreszeit blieb sie länger auf, um noch ein letztes Mal bei den Schafen vorbeizuschauen, bevor sie ins Bett ging. Doch sie bezweifelte, dass noch weitere Tiere trächtig waren. Allmählich wurde es etwas spät für Lämmer. Colin war eindeutig ein Blindgänger. Kein Wunder, dass sein Besitzer es nicht eilig hatte, ihn zurückzubekommen. Er war zu nichts zu gebrauchen.

Maggie überprüfte, ob sie alle Türen gut abgeschlossen hatte, und zog die Schlüssel ab, damit Savage für den Fall, dass sie starb, auch ohne ein Fenster einzuschlagen, ins Haus konnte. Sie ging immer davon aus, dass Savage sie dann finden würde. Er hatte als Einziger einen Schlüssel. Aber da sie nicht regelmäßig in Kontakt standen, konnte es gerade so gut auch jemand anders sein. Sie fragte sich, wie lange es dauern würde, bis jemand sie vermisste. Und wie viel Zeit dann noch vergehen würde, bis derjenige sich auf den weiten Weg nach Furrow's Cross machte, um nach ihr zu sehen. Ein Monat, schätzte sie, und bis dahin waren bestimmt alle Tiere schon verdurstet. Aus diesem Grund vermied sie es, länger über dieses Thema nachzudenken. Sie war ja auch in guter Verfassung und hatte keineswegs vor, sich die Radieschen so bald von unten anzusehen. Aber wenn man zu viel Zeit allein verbrachte, kam man eben manchmal auf solche Gedanken.

Sie kochte einen halben Becher Tee – wenn sie mehr trank, musste sie nachts dauernd raus – und gönnte sich dazu einen Vollkornkeks. Dann wollte sie noch ein bisschen in ihrem Buch lesen und hatte sich gerade hingesetzt, als das Telefon klingelte. Er sagte nicht viel. Sie hörte, dass er weinte, der arme Kerl. Er gab ihr seine Adresse durch, und wenige Minuten später saß sie im Taxi.

Tom hatte ihr nur sehr vage Angaben gemacht. Aber soweit sie verstanden hatte, war sein Vater krank, und Tom hatte schon gedacht, er sei tot. Maggie fühlte mit ihm. Tom war ihr sehr ans Herz gewachsen. Einen geliebten Menschen zu verlieren, war schrecklich, aber wenn man in so jungen Jahren gleich ein Elternteil verlor, riss das eine tiefe Wunde, die nur selten verheilte.

Maggie erinnerte sich an ihre letzte Autofahrt. Damals war sie vom Bestatter zur Beerdigung ihres Mannes gebracht worden; fast zehn Jahre war das her. Unterwegs hatte sie darüber nachgedacht, dass so ein Leichenwagen für die meisten Leute wahrscheinlich das schickste Gefährt war, mit dem sie je unterwegs gewesen waren – ohne sich jedoch im Geringsten daran erfreuen zu können. Davor war Maggie in den 1990ern zuletzt mal mit dem Taxi durch London kutschiert. Heute bevorzugte sie Busse. Sie fuhr auch gern Zug, aber sie hatte gar keinen Anlass, weitere Reisen zu unternehmen. Ein Autofan war sie jedenfalls definitiv nicht, dachte sie, während sie hinten in dem Taxi saß. Wenn sie allein auf der Rückbank eines Autos durch die Gegend gondelte, musste sie immer an Hitler denken, der sich ebenfalls hatte herumchauffieren lassen. Sie wusste auch nicht genau, warum ihr das dann immer einfiel.

Das Taxi hielt vor einem unscheinbaren Reihenhaus, und sie bezahlte beim Fahrer. Der Weg zur Tür war uneben gepflastert und der Vorgarten verwuchert. Nach vorne raus brannte ein Licht, und alles sah absolut normal aus. War sie hier richtig? Warum stand kein Krankenwagen vor dem Haus? Vielleicht kam sie zu spät.

Als sie den Weg hochlief, ging die Haustür auf. Ein elend aussehender Tom stand vor ihr. Er trug eins der Sweatshirts, die sie für ihn besorgt hatte, aber es war über und über mit Kotze bedeckt. Seine Augen waren rot und geschwollen, und er hielt den Kopf gesenkt. Er sagte nichts, schniefte nur ein bisschen.

«Hast du einen Krankenwagen gerufen?», fragte sie, trat ein und schloss die Tür.

Tom schüttelte den Kopf. «Dad hat gesagt, ich soll nicht.»

Wenn er reden konnte, war das ein gutes Zeichen. Tom zeigte ins Wohnzimmer. Ein Mann in den Vierzigern saß in einer Pfütze aus Erbrochenem. Er lehnte an einem fleckigen Sofa, hatte die Augen geschlossen und atmete regelmäßig. Der Gestank von Whisky und Kotze war überwältigend. Die leeren Flaschen und das schmutzige Glas sprachen Bände.

Sie schaute zurück zu dem aschfahlen Tom, der aussah wie der Tod auf Latschen. «Alles in Ordnung mit dir?», fragte sie und versuchte, unter seinen Pony zu spähen. Er nickte. «Wie heißt dein Dad?»

«Paul.»

«Gut, Tom. Du gehst jetzt am besten unter die Dusche und ziehst dir was Sauberes an, ich schaue hier in der Zwischenzeit nach dem Rechten.» Sie zog ihren Mantel aus, warf ihn über den

Treppenpfosten und blickte Tom nach, während er nach oben ging. Sie holte tief Luft. Sie hatte schon Schlimmeres erlebt.

«Paul? Können Sie mich hören, Paul?» Toms Dad stöhnte kaum hörbar. Er schlief. Das war gut, denn so konnte sie leichter um ihn herumarbeiten.

Maggie verschob einen Stapel Geschirr in der Küche, damit sie an die Abwaschschüssel herankam, und machte sich daran, den Dreck im Wohnzimmer zumindest schon mal grob zu beseitigen. Sie verübelte es Paul, dass er Tom so etwas zumutete, aber im tiefsten Inneren freute sie sich auch, Tom helfen zu können. Sie zog zwei Kissen ab und steckte sie, zusammen mit einem herumliegenden Socken, den sie fand, in die Waschmaschine. Der Mann rührte sich kaum, während sie um ihn herumwischte und -räumte, und das, obwohl sie den Teppich direkt neben ihm heftig abschrubbte.

Ihrer Meinung nach sollte Paul sich von einem Notfallsanitäter untersuchen lassen, doch er war ein erwachsener Mann, und sie würde sich da nicht einmischen. Wenn er gesagt hatte, dass er keinen Arzt wollte, war das seine Entscheidung, wie dumm sie auch war. Ihre Hauptsorge galt Tom, und sie war sich nicht sicher, was das Jugendamt zu dieser Szenerie gesagt hätte. Das Letzte, was sie wollte, war, dass Tom in Obhut genommen wurde. Dieses Schicksal hatte er nicht verdient.

Maggie arbeitete um Paul herum, der friedlich zu schlafen schien. Es sah so aus, als wäre er außer Gefahr. Und gemessen daran, wie der Teppich ausgesehen hatte, bezweifelte sie, dass noch etwas nachkommen würde. Als sie auf die andere Seite des Sofas wechselte, stieß sie mit dem Fuß gegen etwas, das ein verräterisches Klirren von sich gab. Unter dem Sofa fand sie ein geheimes Lager – aus größtenteils leeren und einer vollen Whiskyflasche. Sie zog sie alle hervor.

Danach ging Maggie auf Schatzsuche. Sie überprüfte selbst die unwahrscheinlichsten Orte auf Alkoholvorräte und entdeckte zwei weitere fast leere und zwei halb volle Flaschen. Anschließend brachte sie alles in die Küche und machte sich daran, ihren Inhalt in den Abfluss zu kippen. Jedes Mal, wenn sie wieder eine Flasche in die Altglaskiste beförderte, erklang ein befriedigendes Klirren.

«Hey!», sagte plötzlich jemand lallend hinter ihr. «Wer zum Teufel sind Sie?»

«Ich bin Maggie. Ich bin eine Freundin von Tom.» Sie drehte sich um und lächelte Paul an, der sehr langsam zurückblinzelte. Verwirrung verzerrte seine Gesichtszüge, während er schwankend in der Tür stand. Es war gut, dass er auf den Beinen war.

«Was ...» Er schien seine Aufmerksamkeit auf den Inhalt der letzten Flasche zu lenken, den sie gerade in den Abfluss kippte. «Was zur Hölle tun Sie da?»

«Ich tue Ihnen einen Gefallen», sagte Maggie, spülte die Flasche aus und legte sie zu den anderen.

Pauls Blick folgte der Flasche. Als er die leeren Whiskyflaschen in der Kiste sah, schlug er die Hände vors Gesicht. «Nein!» Er taumelte durch die Küche und stützte sich auf die Arbeitsfläche, um nicht umzufallen. «Nein, nein, nein ...», wiederholte er bekümmert.

Tom erschien in der Tür. Er hatte nasse Haare und war blass um die Nase. «Geht's dir gut, Dad?»

«Nein! Diese, diese Frau da», fauchte Paul und fuchtelte mit seinem Finger vor Maggies Gesicht herum. Sie trat einen Schritt zurück und behielt ihn genau im Blick.

«Das ist Maggie. Ich hab sie angerufen.»

«Wieso?» Paul sah ehrlich erstaunt aus.

Tom schüttelte den Kopf. «Weil ... ich wusste nicht, was ich machen soll, und du warst ...» Seine Stimme klang tränenerstickt. Maggie wollte ihn in ihre Arme ziehen und beschützen. Kein Kind sollte seinen Vater je in so einem Zustand sehen. Sie kochte innerlich, wenn sie daran dachte, was er Tom zumutete.

«Sie! Sie …» Paul stach mit dem Finger in Maggies Richtung «… hat meinen … MEINEN … Whisky ausgekippt!» Er machte einen Schritt auf Maggie zu, aber sie wich nicht zurück. «Das ist Diebstahl! Jawoll!» Paul wurde immer lauter, und er schwankte gefährlich.

«Das Letzte, was ein Alkoholiker braucht, ist ein Haus voller Alkohol», sagte Maggie ruhig und trocknete sich die Hände an einem Geschirrtuch von zweifelhafter Sauberkeit ab – sie würde sie zu Hause noch mal waschen.

«Ein was?» Paul stieß ein ersticktes Lachen aus. «Wie können Sie es wagen! Sie drängen sich hier rein und … Hey … Was machen Sie denn?»

Maggie war zum Kühlschrank gegangen und nahm Bierdosen heraus. «Wie ich schon sagte: Ich helfe Ihnen, den Alkohol loszuwerden. Solange er hier ist, werden Sie ihn auch trinken. Und Sie dürfen nicht wieder in diesen Zustand geraten.» Sie warf einen kurzen Blick auf Tom, der die Stirn runzelte und seinen Vater anstarrte.

Paul stürzte sich auf die Bierdose in Maggies Hand, aber Maggie war zu schnell für ihn. Sie wirbelte mit dem letzten Bier herum, öffnete die Dose mit großer Geste und kippte sie aus. Paul zog sich an den Haaren und machte ein Geräusch, das irgendwo zwischen einem Knurren und einem Stöhnen lag. Er schwankte ein wenig, bis sein Blick auf einem der hohen Schränke verharrte. Er ging darauf zu, öffnete ihn und kramte hinter dem Bügelbrett herum, das darin untergebracht war. Als es umkippte, fluchte er laut.

«Dad. Was machst du denn?» Tom sah peinlich berührt aus, sein Blick flog zwischen seinem Vater und Maggie hin und her.

«Das geht dich gar nichts an», blaffte Paul, und Maggie musste sich auf die Zunge beißen, um dem Mann nicht gehörig den Kopf zu waschen. Aber sie wollte Tom nicht weiter in Verlegenheit bringen.

«Wenn Sie nach den zwei halb vollen Whiskyflaschen suchen, die habe ich als Erstes gefunden und schon ausgeleert, wie die anderen», sagte Maggie rundheraus. «Möchten Sie einen Kaffee? Oder, besser noch, ein Glas Wasser? Vielleicht warten Sie, bis Sie wieder nüchtern sind, bevor Sie unter die Dusche gehen.»

«Was fällt Ihnen …?» Paul drehte sich schnell um, und seine Faust bewegte sich mit voller Wucht auf Maggies Gesicht zu.

«Maggie!», schrie Tom verzweifelt.

# 23

## TOM

Ich schrie ihn an. Wenn er getroffen hätte, hätte Maggie tot sein können. Durch mein Hirn zuckte ein Bild, auf dem ich ihre Leiche in einen Teppich einrollte. Ich stürzte nach vorn, doch es war zu spät. Alles passierte zu schnell. Maggie wich zur Seite aus und verpasste Dad blitzschnell einen Tritt gegen das Schienbein, der dafür sorgte, dass er herumwirbelte und dann hart auf dem Küchenboden landete. Dort krümmte er sich leise fluchend zusammen.

Ich rannte an Maggies Seite. «Maggie, ist alles okay mit dir?», fragte ich, während wir beide auf meinen Vater herabsahen.

«Ja, mir ist nichts passiert.» Sie hielt wie zum Beweis die Handflächen hoch.

«Es tut mir so wahnsinnig leid, Maggie.» Ich konnte nicht aufhören, den Kopf zu schütteln. Was zum Teufel passierte gerade? Nichts ergab an diesem Abend einen Sinn. Dad war kein Alkoholiker; aber er lief auch nicht herum und schlug ältere Damen. Mich packte die Wut, und ich ballte die Fäuste. Ich wollte zuschlagen, zutreten, losboxen, irgendwas kaputt machen. Und Dad genauso wehtun, wie er mir wehtat. Mir war zwar klar, dass körperliche Schmerzen nicht annähernd dasselbe waren, aber auf diese Weise hätte ich mich wenigstens abreagieren können. Ich hasste mich dafür, dass ich überhaupt darüber nachdachte.

Ich musste da raus, sonst würde ich irgendwas tun, was ich für immer bereuen würde. Ich rannte aus der Küche und griff nach meiner Jacke. Ich riss die Haustür auf, meine Tränen ließen alles verschwimmen und machten mich noch wütender. Dann spürte ich eine feste Hand auf der Schulter.

«Tom», sagte Maggie sanft. «Bitte nimm dir einen Moment Zeit zum Nachdenken.»

Ich erstarrte. Mein Puls raste. «Ich muss weg von ihm», sagte ich, ohne mich umzudrehen.

«Denk an dich und deine Zukunft. Hast du nicht bald deine Prüfungen?»

Ich holte tief Luft und nickte. «Aber ich kann nicht hier bei ihm bleiben.» Mein Kopf sank auf die Brust, als meine Wut abflaute.

Maggie ließ meine Schulter los, und ich drehte mich um. «Und was ist die Alternative?», fragte sie.

«Keine Ahnung.» Ich hatte sonst niemanden.

Maggies Miene veränderte sich, aus ernsthafter Sorge wurde Unbehagen. Sie holte tief Luft. «Du könntest mit zu mir kommen. Gib ihm eine Chance, wieder nüchtern zu werden, und dir, dich zu beruhigen. Meinst du, dein Dad wäre damit einverstanden?»

«Ihm ist doch sowieso alles egal.» Ich schaute zurück in die Küche. Dad lag noch immer auf dem Boden, er war wieder eingeschlafen. Er war vollkommen neben der Spur, und ich ertrug diesen Anblick nicht länger.

Maggie folgte meinem Blick. «Okay. Nur für die eine Nacht.»

«Danke.» Ich hätte wahrscheinlich begeisterter klingen sollen, doch dazu fehlte mir die Energie.

«Du packst am besten ein paar Sachen zusammen. Sieh zu, dass du alles für die Schule hast, was du brauchst.»

Ich nickte und lief nach oben. Es dauerte nicht lange, meine Schultasche zu packen und ein paar Klamotten in herumliegende Plastiktüten zu stopfen. Auch den Karton mit meinen Büchern aus der Bücherei brachte ich mit nach unten. Als Maggie sie sah, umspielte ein Lächeln ihre Lippen. Sie wartete am Fuß der Treppe auf mich.

«Das Taxi ist unterwegs», sagte sie und nahm mir die Tüten ab. «Ich hab eine Nachricht hinterlassen, damit dein Dad weiß, wo du bist.»

«Nein, ich will nicht, dass er –»

Sie hob die Hand. «Da steht nur mein Name und meine Telefonnummer. Keine Adresse. Ich hab ihm geschrieben, in welchem Zustand du ihn gefunden hast, dass er im Augenblick nicht dazu in der Lage ist, sich um dich zu kümmern, und dass die einzige andere Alternative gewesen wäre, das Jugendamt anzurufen.» Ich spürte, wie meine Augenbrauen nach oben schnellten. Mit Maggie sollte man sich besser nicht anlegen. «Er muss wissen, dass du in Sicherheit bist, wenn er wach wird, aber er soll auch wissen, wie ernst diese Angelegenheit ist.»

Ein Hupen auf der Straße wies uns auf die Ankunft des Taxis hin. Ich warf einen letzten Blick in die Küche. Maggie hatte Dad einige Kissen untergeschoben, und er schlief. Seine Haare waren fettig und sein Gesicht unrasiert. Seine Kleidung war über und über mit Erbrochenem bedeckt. Es war schwer zu sagen, was ich in diesem Moment empfand – Ekel, Enttäuschung, Trauer und Wut wetteiferten um meine Aufmerksamkeit. Aber ich wusste, dass ich ihn so nicht mehr sehen wollte. Ich folgte Maggie nach draußen und schloss die Tür.

*

Ich wachte in Maggies Gästezimmer auf. Wir hatten die ganze Taxifahrt über geschwiegen, und auch nur das Nötigste besprochen, bevor sie nach den Schafen sehen und ich schlafen gegangen war. Der Sonnenschein drang durch die dünnen Vorhänge und flutete das Zimmer mit Licht. Der Raum war orange gestrichen, was morgens erst mal etwas zu grell wirkte – ein bisschen so, als erwachte man in einem Vulkan. Aber ich hatte ein Doppelbett, und es gefiel mir, dass die Decke an einer Seite schräg abfiel.

Vor dem Schlafen hatte ich Mums Foto auf meinen Nachttisch gestellt. Nun freute ich mich, es zu sehen. Etwas Vertrautes in einer ungewohnten Umgebung.

Maggie hatte meine Schuluniform gestern Abend noch aufgebügelt und an den großen dunklen Holzschrank gehängt. Meine Uniform war schon seit Monaten nicht mehr gebügelt worden. Ich wollte auch gar nicht in die Schule. Ich wollte mich zusammenrollen und wieder einschlafen und nicht mehr an Dad denken. Die Veränderung musste schrittweise vor sich gegangen sein, und ich hatte sie offenbar ignoriert. Gestern Abend hatte ich sie zum ersten Mal bewusst wahrgenommen, und es war mir so vorgekommen, als würde ich einen Fremden beobachten. Vor meinem inneren Auge sah ich alles wieder vor mir und spürte erneut die Angst und die Hilflosigkeit in dem Moment, als ich dachte, er wäre tot, aber auch die Wut, die mich gepackt hatte, als er auf Maggie losgegangen war.

«Tom?» Ein leises Klopfen an der Tür. «Möchtest du dein Frühstück vor oder nach dem Duschen?»

Ich musste schlucken. Wie nett Maggie zu mir war. Ich wollte gar nicht daran denken, was ich gestern Abend ohne sie gemacht hätte. «Tom? Geht's dir gut?»

«Ja, ich wach gerade erst auf. Ich dusche zuerst, wenn das in Ordnung ist?»

«Na klar. In zwanzig Minuten gibt's Frühstück. Eier und Toast. Möchtest du Spiegeleier, Rühreier oder pochierte Eier?»

Das Gespräch mit ihr durch die geschlossene Tür brachte mich trotz allem zum Grinsen. «Rühreier, bitte.»

«Sehr gut», sagte sie, und ich hörte das Knarzen der Treppe, als sie nach unten ging. Ich schaute meine Uniform eine Weile an. Der Teil des gestrigen Tages, den ich mit Farah verbracht hatte, zwischen den beiden Ausfällen von Dad, war total super gewesen. Wie die beste selbst gekochte Marmelade in einem Sandwich aus vergammeltem Brot. Ich seufzte schwer. Farah würde mich in der Schule erwarten. Ich griff in die Tasche neben meinem Bett und zog die Karteikarten heraus, die sie für mich beschriftet hatte. Ihre ordentliche Schrift lächelte mir zu. Ich musste duschen gehen und mich für die Schule fertig machen.

Maggies Timing war perfekt. Als ich in die Küche kam, stellte sie gerade einen Teller auf den Tisch. Zwei Scheiben Buttertoast mit einem Berg fluffigem Rührei darauf. Plötzlich war ich hungrig. «Danke.»

«Sehr gern. Ich hab überlegt, wie du am besten zur Schule kommst ...» Mir schoss ein Bild durch den Kopf, in dem ich hinten auf dem Quad saß. «Ich hab mir die Abfahrtszeiten des Busses angesehen», fuhr sie zu meiner Erleichterung fort, «und wenn die Blödmänner den Fahrplan nicht wieder geändert haben, sollte der 19er-Bus derjenige sein, der dich ungefähr bis zu deiner Schule bringt. Er fährt in ...» Sie schaute auf die Küchenuhr und dann noch mal auf ihre Armbanduhr. «Zwanzig Minuten.»

«Okay.» Ich kannte ein paar Leute, die mit diesem Bus zur Schule kamen.

Sie setzte sich mit einer kleineren Version meines Frühstücks und einem großen Becher Tee zu mir an den Tisch. «Die Lämmer waren heute Morgen ein bisschen unruhig», sagte sie.

«Wie viele sind es denn jetzt?»

«Sechs, und mehr werden es auch nicht. Colin ist ein Nichtsnutz.»

Wir aßen schweigend, was aber vollkommen in Ordnung war. Es ist wahrscheinlich merkwürdig, verschiedene Arten des Schweigens zu vergleichen, aber wenn Dad schwieg, wartete ich immer darauf, dass was passierte. Dass er sich beklagte oder mich anschrie oder so was. Bei Maggie herrschte dagegen einfach nur Ruhe. Das gefiel mir. Ich räumte den Tisch ab, und Maggie reichte mir eine braune Papiertüte. «Ich wusste nicht, was du mittags so isst.»

«Normalerweise hole ich mir ein Stück Pizza.»

«Das ist ja nicht viel. Hier ist ein Sandwich mit Käse und saurer Gurke und ein Stück Früchtebrot. Reicht das?»

«Ja.»

«Gut. Und was passiert heute nach der Schule? Gehst du dann nach Hause?»

Ich schüttelte vehement den Kopf. Allein bei dem Gedanken fing mein Puls an zu rasen. «Nein, ich kann nicht. Noch nicht.»

Sie nickte verständnisvoll. «Dann fährt um halb vier ein Bus von der Haltestelle an der Schule. Hier ...» Sie gab mir einen Zehn-Pfund-Schein. Ich zögerte. Daran hatte ich vorher nicht gedacht. Wenn ich hierblieb, würde das Geld kosten, und es war nicht fair, dass Maggie für mich bezahlen musste. «Nun nimm schon. Ich will nicht, dass du zu spät kommst.» Ich tat es, und sie begleitete mich aus der Küche.

«Ich zahl dir das zurück.» Wie, wusste ich allerdings nicht.

«Ich habe eine lange Liste von Dingen, die du für mich erledigen kannst, damit bekomme ich mehr zurück, als mein Geld wert ist.» Sie öffnete die Haustür.

«Maggie ...» Wie konnte ich ihr sagen, wie dankbar ich ihr war? Dass ich außer ihr buchstäblich niemanden hatte. Ohne den geringsten Grund dafür zu haben, kümmerte sie sich um mich. Ich schluckte hart. «Danke.» Ich verschluckte es halb, denn ich hatte Angst, dass ich anfangen würde zu weinen.

«Keine Ursache. Jetzt aber flott, sonst verpasst du den Bus!»

Ich nahm meine Tasche und ging.

*

Es war ein ganz schön seltsamer Tag. Ein bisschen kam es mir so vor, als würde ich das Leben eines anderen führen. Die Busfahrt war eine nette Abwechslung zu meiner üblichen Fahrradroute. Und sie ließ mir genug Zeit, meine Karteikarten noch mal durchzugehen. Als ich zur Schule kam, war Farah von einer Gruppe Mädchen umringt, sodass ich nicht stehen blieb, aber sie kam mir hinterher.

«Wie lief's denn mit deinem Dad?», fragte sie mit besorgter Miene.

Was sollte ich darauf antworten? Ich konnte sie nicht anlügen, und vielleicht brauchte ich noch jemanden außer Maggie, der wusste, was los war. Außerdem schmeichelte es mir, dass sie mich fragte. «Nicht so toll. Ich bin ausgezogen.»

«Tom! Das ist ja furchtbar.» Furchtbar fühlte es sich ganz und gar nicht an. Ich hatte ein schlechtes Gewissen, dass ich froh war, weg von ihm zu sein, und bei Maggie war's toll. Ein bisschen so, wie ich mir den Aufenthalt in einem Bed & Breakfast immer vorgestellt hatte. Allerdings wohnte ich umsonst dort und noch dazu bei jemandem, der sich wirklich für mich interessierte.

«Es ist, wie es ist. Danke für deine Hilfe gestern.»

«Kein Problem.» Die anderen Mädchen schlossen zu uns auf, und ich ging schnell weiter. Inzwischen konnte ich zwar schon unbefangener mit Farah reden, aber ein ganzer Schwarm Mädchen war eine ganz andere Sache. Als ich mit gesenktem Kopf um eine Ecke bog, wurde ich von etwas Hartem an der Stirn getroffen. Ich kam aus dem Gleichgewicht, konnte mich aber fangen, und als ich aufblickte, sah ich Kemp mit seinem Rucksack. Was zur Hölle hatte er da drin? Ziegelsteine?

Kemps grinsendes Gesicht ragte über mir auf. «Ich hab dir doch gesagt, du sollst dich von ihr fernhalten.»

Ich rieb mir den Kopf. «Aber du hast ihr nicht gesagt, dass sie sich von mir fernhalten soll. Sie kriegt einfach nicht genug, Kemp. Ich kann nichts dafür.» Damit forderte ich quasi heraus, dass er mir die Tasche ein zweites Mal ins Gesicht schlug, aber wenigstens erwartete ich es jetzt und konnte sie mit dem Unterarm abwehren. Das war wahrscheinlich nicht besonders klug, aber es fühlte sich gut an.

Kemp ging in die Offensive. Scheeeiiße. Ich hatte das nicht bis zu Ende durchdacht.

«Mr. Thackery!», rief ich durch den Flur, als ich meinen Lehrer erspähte, und Kemp eilte davon. Allerdings stand zu befürchten, dass ich nur vorübergehend gerettet war.

*

Zu meiner Erleichterung war nach der Schule von Kemp weit und breit nichts zu sehen. Ich lernte noch ein bisschen in der Schulbibliothek, bis es Zeit wurde, zum Bus zu gehen. Es fühlte sich seltsam an, zurück zu Maggie zu fahren und nicht nach Hause. Zum ersten Mal seit Stunden fragte ich mich, wie es Dad wohl ging. Mein Handy hatte den ganzen Tag in meinem Schließfach gelegen, aber es gab keine Nachrichten von ihm. Als der Bus an der Stelle vorbeifuhr, wo es zu Maggies Farm abging, verspürte ich Glücksgefühle. Ich fragte mich, was es wohl zum Abendessen geben würde. Das reichhaltige Frühstück, der Lunch in der Schule, das Sandwich und das Früchtebrot hatten mich gut durch den Tag gebracht, aber jetzt hatte ich wieder Hunger.

Als ich mich dem Haus näherte, hörte ich das schwache Blöken der Lämmer auf der Weide weiter unten, und in der Luft lag ein Hauch von Sommer. Ich liebte diesen Ort – er war so friedlich.

Die Haustür war nicht abgeschlossen, und ich trat fröhlich «Hallo!» rufend ins Haus.

«Hallo, Tom!», rief Maggie. «Ich bin im Wohnzimmer.»

Ich ging dorthin, blieb dann aber abrupt stehen. Maggie stand buchstäblich kopf. Sie balancierte auf dem Kopf und ihren Unterarmen und hatte die Beine darüber verknotet. «Was um Himmels willen …?»

«Das ist ein Lotuskopfstand», sagte sie und atmete langsam tief ein.

«Ja, aber warum?» Ich hatte keine Ahnung, warum man freiwillig auf seinem Kopf stand.

Maggie blies den Atem aus. Dann faltete sie die Beine wie in Zeitlupe auseinander, ließ sie zurück auf den Boden sinken und kam in eine kniende Position. «Das ist Yoga. Ich konzentriere mich darauf, meine Oberarme zu kräftigen.»

«Okay.» Sie war voller Überraschungen.

«Das tut sehr gut. Dabei dehnt man seine Muskeln und lässt die Energie in seine Beine hineinströmen. Das stimuliert das Immunsystem und verbessert die Durchblutung.»

«Und es verleiht einem eine andere Perspektive, nehme ich an.» Sie hatte lustig ausgesehen bei ihrem Kopfstand.

«Ha, ha», sagte Maggie. «Mach es nicht schlecht, bevor du es ausprobiert hast.»

«Nein, ach was.»

Maggie setzte sich nun in den Schneidersitz und legte ihren Kopf auf die Seite. «Komm, mach mit!» Ich wollte aber nicht. Ich war froh, dass ich in der Prüfungsphase keinen Sportunterricht hatte, und hatte nicht erwartet, dass ich hier nun welchen machen sollte. «Komm schon! Auf dem Boden zu sitzen, ist nicht schwer.»

Widerstrebend ließ ich mich ihr gegenüber auf dem Teppich nieder. Ich brauchte drei Anläufe, bis ich den Schneidersitz hinbekam, und sie lachte schon leise über mich. «Meine Beine sind länger als deine», verteidigte ich mich.

«Aber nicht halb so biegsam. In deinem Alter konnte ich mich mit den Zehen hinter den Ohren kratzen.»

«Sehr nützlich.» Ich musste lachen bei der Vorstellung.

«Schließ die Augen», sagte Maggie. Ich machte erst mal nur eins zu, aber da sie mich im Blick behielt, befolgte ich ihre Anweisung. Sie sprach langsam, und wir machten zusammen ein paar Atemübungen. Wenn es mir nicht so in den Füßen gekribbelt hätte, wäre es ziemlich entspannend gewesen.

«Okay. Mach die Augen wieder auf», sagte sie schließlich. «Wie war dein Tag?»

«Ganz gut.»

Sie blickte mich durchdringend an. «Das musst du schon ein bisschen genauer erzählen.» Sie schaute mich neugierig an, interessiert.

Ich dachte nach. «Wir wiederholen im Augenblick nur den Lehrstoff.» Sie bedeutete mir weiterzureden. «Wir haben in Mathe eine Prüfung simuliert, und ich hab besser abgeschnitten, als ich dachte. Dann haben wir noch komplizierte Sachen wiederholt, die regelmäßig in Chemie drankommen. Ich weiß nicht, ob ich das jemals kapieren werde. Und dann haben wir noch Hörverstehen in Französisch geübt, was noch schlimmer war.» Sie zog die Augenbrauen zusammen, sagte aber nichts. «Aber in Geschichte hatte ich achtzig Prozent richtig.»

Sie strahlte mich an, und ich fragte mich, warum. «Tom, das ist ja super! Und ein Grund zum Feiern. Ich hab Limonade gemacht. Komm.» Sie war schon aus dem Zimmer, als ich noch versuchte, meine Beine zu entknoten.

*

In der Küche goss sie Flüssigkeit, in der Zitronenscheiben schwammen, aus einem hohen Krug in zwei Gläser. Das Getränk hatte eine seltsame Farbe und war trüb. Ich nippte vorsichtig daran, aber es schmeckte göttlich. Ich schob meinen Pony aus den Augen und zuckte zusammen, als ich meine Stirn berührte.

«Willst du mir erzählen, woher du das hast?» Maggie fixierte mich.

Sie war wie eine Wahrheitsdroge – ich konnte sie nicht anlügen. «Mir hat einer ins Gesicht geschlagen. Ist aber kein Ding.»

«Kein Ding?»

«Ich hab einfach ein bisschen Zoff mit einem.»

«Zoff?»

«Warum wiederholst du alles, was ich sage?»

«Weil das wie eine andere Sprache ist, und ich versuche, sie zu lernen. Dieser andere, mit dem du also Zoff hast, ist das zufällig so ein Mobber?» Ihr Blick sagte mir, dass sie die Antwort schon kannte.

«Ja, aber ist kein –»

«Ding?»

«Genau.» Sie war lustig. Ich wünschte, sie wäre meine Oma. Eine coole Großmutter wie Maggie zu haben, wäre richtig super. Aber Omas sind nicht cool. Sie stricken und gucken Soaps im Fernsehen. Die machen kein Yoga und fahren Quads.

«Du musst lernen, dich dagegen zu wehren. Schärf deine Reflexe. Lern eine Kampfkunst.»

«Ja.» Wahrscheinlich hatte sie recht, aber es war einfacher, Kemp aus dem Weg zu gehen. Wenn ich mich wehrte, wurde es bestimmt nur noch schlimmer.

«Ich kenne mich ein bisschen damit aus.» Sie trank achselzuckend ihre Limonade.

«Wie jetzt? Mit Kampfkunst?» Ich lachte grunzend, doch Maggie blieb ganz ernst. «Du meinst, Karate oder so?»

«Ich kenne mich sogar mehr als ein bisschen damit aus. Ich mache Jiu-Jitsu, Judo und ein bisschen Aikido. Alles auf einem passablen Niveau.»

Jetzt verstand ich plötzlich. «Darum hast du's geschafft, Dad auszuweichen, als er nach dir geschlagen hat!»

Sie lächelte.

«Und die Sache mit dem Taschendieb! Oh, und als du mir eine verpasst hast.»

«Ich werde mich nicht schon wieder entschuldigen. Das war nur ein kleiner Stoß.»

«Ja, aber voll auf die Nase. Ich fass es nicht, du bist die Rentner-Ausgabe von Bruce Lee!»

«Unverschämtheit», sagte sie, aber sie musste auch lachen.

Das war großartig. Ich hatte schon immer so was Cooles wie Kampfsport machen wollen, aber Dad hatte nie Geld dafür gehabt. «Bringst du mir was bei?», fragte ich.

«Es wird mir eine Freude sein.» Sie nahm mir mein Glas ab, und meine erste Stunde begann.

# 24

## MAGGIE

Tom hatte gerade einen Armvoll Bretter zu Colins Gatter hinuntergebracht, in der Hoffnung es reparieren zu können, als das Telefon klingelte.

«Hallo?», sagte Maggie mit einer Dose Nägel in der Hand.

«Oh, äh, hallo, ist Tom da?»

Sie wusste instinktiv, wer dran war. «Wer ist denn da?» Sie fand selbst, dass sie sehr förmlich klang.

«Ich bin sein Dad.»

«Ah, Mr. Harris. Ich hab gehofft, dass Sie anrufen», sagte Maggie, zog einen Stuhl heran und machte es sich bequem. «Wie geht es Ihnen?»

Es entstand eine lange Pause. «Mir geht's gut, danke. Kann ich einfach mit Tom sprechen?»

«Er ist momentan draußen, aber ich kann Ihnen versichern, dass es ihm gut geht.»

«Das weiß ich.»

«Nein, wissen Sie nicht. Er hat nämlich die letzten beiden Nächte hier geschlafen, und das ist das erste Mal, dass Sie anrufen.» Sie wollte keinen Streit anfangen, aber sie würde auch nicht zulassen, dass er einfach über alles hinwegging. «Er war völlig aufgelöst, als er neulich Abend anrief. Sie haben den armen Jungen zu Tode erschreckt.» Paul wollte sie unterbrechen, aber Maggie redete einfach weiter. «Sie können ihm dankbar sein, denn er hat Ihnen das Leben gerettet. Ich hoffe, Sie wissen, dass Sie gestorben wären, wenn Tom nicht gewesen wäre.»

«Sie dramatisieren etwas», sagte er mit einem halben Lachen.

«Nein, überhaupt nicht. Das ist schlicht und einfach die Wahrheit. Sie waren dabei zu ersticken, und Tom hat mehrmals versucht, Ihre Atemwege zu befreien. Sie waren nicht bei Bewusstsein und wären wahrscheinlich zehn Minuten später tot gewesen. Und Ihr Sohn musste das alles durchstehen. Allein.» Maggie hielt den Hörer jetzt fester umklammert, und ihr Puls wurde schneller. Sie wollte sich über diesen Mann nicht ärgern, aber das fiel ihr schwer, weil er sich so verantwortungslos verhalten hatte. Sie konzentrierte sich auf ihre Atmung und ließ die Stille ihre Wirkung entfalten.

Paul räusperte sich. «Okay. Ähm, das war mir nicht klar.»

Maggie freute sich, dass sie sich verständlich gemacht hatte. «Tom macht sich offenbar Sorgen, dass es wieder passieren könnte.»

«Können Sie ihn bitten, mich anzurufen, wenn er zurück ist?»

«Das werde ich tun, aber ob er es dann macht oder nicht, liegt natürlich bei ihm.»

«Hören Sie –»

«Ich werde es ihm ausrichten. Auf Wiederhören, Mr. Harris.» Mit großer Genugtuung legte Maggie wieder auf.

«War das Dad?» Maggie wirbelte herum und sah, dass Tom in der Hintertür stand.

«Ja, genau. Er möchte, dass du ihn zurückrufst.»

Tom schüttelte den Kopf. «Ich will nicht mit ihm reden.»

Maggie nickte verständnisvoll. «Natürlich. Aber irgendwann wirst du mit ihm sprechen müssen. Mein Rat wäre, nicht zu lange damit zu warten.» Sie nahm die Dose mit den Nägeln und ging hinaus, um ihre Gummistiefel anzuziehen.

«Ich wüsste eh nicht, was ich ihm sagen soll», sagte Tom mit ernster Miene am Türrahmen lehnend.

Maggie hatte erst einen Gummistiefel angezogen, hielt aber nun inne. «Na ja, du musst ihm klar sagen, was du willst.»

Tom verzog das Gesicht. «Wenn ich mit einer Liste von Forderungen komme, hört er eh nicht hin.»

«So meine ich das nicht. Du möchtest doch sicher, dass dein Dad einiges ändert?»

«Ich will, dass er aufhört zu trinken und dauernd über Geld zu reden und mich zwingen zu wollen, in der Fabrik zu arbeiten.»

«Vielleicht eins nach dem anderen», sagte Maggie. «Was das Trinken angeht, gibt es viele Möglichkeiten, wo er sich Hilfe holen kann. Du könntest ihm ein paar davon vorschlagen.»

«Wie, als eine Art Drohung? Ich komme erst wieder nach Hause, wenn du zu den Anonymen Alkoholikern gehst?» Diese Aussicht schien Toms Stimmung zu heben.

«Ich würde das nicht als Drohung bezeichnen. Du zeigst ihm eher, dass es nicht so weitergehen kann wie bisher und er aktiv werden muss, damit du dich zu Hause wieder sicher fühlen kannst.»

Tom nickte heftig. «Das ist es. Warte kurz, ich sage es ihm jetzt sofort.» Er eilte zurück ins Haus und nahm den Hörer ab.

Maggie bekam nur seine Seite der Unterhaltung mit. Tom sprach selbstsicher, ohne das Ganze wie ein Ultimatum klingen zu lassen. Sie vermutete, dass Paul nicht allzu scharf auf dieses Zugeständnis war, denn Toms Antworten wurden immer knapper, bis er irgendwann gar nichts mehr sagte. Maggie konnte Pauls erhobene Stimme hören.

Schließlich antwortete Tom. «Du hättest Maggie um ein Haar niedergeschlagen!» Aus dem Hörer drang Gemurmel.

«Was kümmert's dich? Du kannst mich eh nicht zwingen!» Tom knallte den Hörer auf die Gabel und stürmte an Maggie vorbei in den Hof. Maggie stieß einen langen Seufzer aus und schaute ihm nach. Die Pubertät war auch ohne, dass man sich mit der Sorge um einen trunksüchtigen Vater herumplagen musste, schon schwierig genug.

*

Tom stellte sich geschickt an beim Ausbessern von Colins Gatter. Inzwischen war er ein richtiger Profi mit Hammer und Nagel, und vielleicht hatte er dabei auch einen Teil seiner schlechten Laune abreagiert. Er war besonders still, und es schmerzte Maggie, ihn so bekümmert zu sehen. Sie nahm eine Axt und zeigte ihm, wie er große Baumstammstücke auf Brennholzgröße bringen konnte. Um diese Jahreszeit brauchte sie zwar kein Kaminholz, aber dann würde sie es eben für den Winter aufheben, und Holz zu hacken war eine wunderbare Entspannungsmethode. Sie ließ ihn mit der Aufgabe allein und ging ins Haus, um zu kochen.

Sie aßen schweigend, bis Tom sein Besteck sinken ließ.

«Warum will er nicht mit dem Trinken aufhören?»

Maggie nahm einen Schluck Wasser. «Er muss sich erst einmal selbst eingestehen, dass er ein Problem hat.»

«Wenn man sich fast umbringt, dann ist das ja wohl ein Problem. Und eine ältere Dame fast umzuhauen ist auch eins.» Tom wurde richtig lebhaft.

«Aber wahrscheinlich erinnert er sich gar nicht mehr daran.»

Tom schaute sie überrascht an. «Echt jetzt?»

«Ja, ich bezweifle es.»

Tom lehnte sich in seinem Stuhl zurück. «Wie kann ich ihn denn dazu bringen, es einzusehen?»

Maggie dachte über diese Frage nach. Sie wusste allzu gut, dass Paul sich erst einmal auf seine diversen anderen Schwierigkeiten konzentrieren würde, weil das Trinken in seinen Augen nicht das Problem darstellte. Der Alkohol bot ihm eine Fluchtmöglichkeit. «Ich bin nicht sicher, ob dir das gelingen kann.»

Tom nickte kurz, dann nahm er wieder Messer und Gabel und aß schweigend auf. «Das war echt lecker. Mum hat früher auch Cottage Pie gemacht.»

«Shepherd's Pie», sagte Maggie. «Da war Lamm drin. Cottage Pie wird mit Rindfleisch gemacht.»

«Das wusste ich nicht», sagte Tom.

«Ist ganz einfach.» Tom blickte sie zweifelnd an. «Wenn du willst, zeige ich es dir mal.»

«Ja, gern», sagte er und räumte den Tisch ab.

*

Aus zwei Nächten wurden zwei Wochen. Sie verbrachten ihre Zeit in wohltuender Stille und lasen ihre jeweiligen Bücher. Tom allerdings erst, wenn er etwas für die Schule getan hatte. Das war eine angenehme Routine, die sich quasi ganz von selbst eingestellt hatte. Sie unterbrachen ihre Lektüre nur kurz, um sich neue Getränke zu holen – Tee für sie und Cola für ihn – oder um über den neuesten Titel zu diskutieren, den Maggie für den Buchklub las. Sie betrachtete ihre Taschenbuchausgabe. «Morgen habe ich es durch. Dann kannst du es haben, wenn du Lust hast», schlug Maggie vor.

Tom näherte sich dem Ende seines neuesten Liebesromans. Maggie gab ihm gern neue Anregungen, aber auch, wenn er sich zwischendurch anderen Genres zuwandte, freute es sie, dass er immer noch eine Schwäche für die Liebesgeschichten hatte, die ihn zum Lesen gebracht hatten.

«Ja, vielleicht», sagte er seufzend. Er nahm sein Buch hoch, legte es aber fast sofort wieder hin. «Über Alkoholiker liest man selten was», sagte er. «In Romanen, meine ich. Warum eigentlich?»

«Sie geben keine allzu guten Helden ab.»

«Ja, könnte sein.» Tom griff wieder zu seinem Buch.

Sie beobachtete ihn eine Weile. Er lag ausgestreckt auf dem Sofa und hatte den Kopf auf eine Armlehne gelegt und die Füße auf die andere. «Niemand hat vor, als Alkoholiker zu enden, wenn er zu trinken anfängt, Tom. Das ist nichts, was man sich aussucht.»

Es dauerte lange, bis er antwortete. «Aber jetzt sucht er es sich schon aus.»

Vielleicht erklärte sie es nicht gut genug. Sie wollte nicht mit Tom darüber streiten. Also lasen sie weiter und vertieften sich in andere Welten, in denen sie Abstand von sich selbst gewinnen und all dem aus dem Weg gehen konnten, was sie ohnehin nicht zu ändern vermochten.

*

Als sie am Samstag zusammen im Bus nach Compton Mallow saßen, schien Tom in höchster Alarmbereitschaft zu sein für den Fall, dass er seinen Vater irgendwo sah. Maggie war bereit, dem Mann entgegenzutreten, denn sie hatte ihren Teil des Gesprächs, das dann anstand, einige Mal im Geiste geprobt. Doch Paul tauchte nirgends auf, und er hatte auch nicht wieder angerufen. Maggie war sich nicht sicher, ob das ein gutes oder ein schlechtes Zeichen war. Tom hatte auf der Providence Farm keinen Handyempfang, aber Nachrichten hatte er auch keine bekommen. Sie hatte Tom wahnsinnig gern um sich, doch tief im Innern wusste sie, dass er bei seinem Vater sein sollte.

Die Bücherei wirkte anders als sonst – was sie aber natürlich gar nicht war. Sie war, seitdem sie im neunzehnten Jahrhundert erbaut worden war, im Großen und Ganzen unverändert geblieben. Aber allein der Gedanke, sie möglicherweise zu verlieren, führte dazu, dass Maggie bei jedem Besuch alles mit erhöhter Aufmerksamkeit wahrnahm. So bemerkte sie jetzt erst die Details im Mauerwerk rund um den Eingang. Und auch die erst im zwanzigsten Jahrhundert eingebauten Metallträger, die die kreuz und quer über ihrem Kopf verlaufenden Holzbalken stützten, waren ihr vorher ebenso wenig aufgefallen wie die leichte Krümmung in den Fensterscheiben. Es war, als hielte sie plötzlich ein Vergrößerungsglas in Händen, das ihr die Geheimnisse des Gebäudes enthüllte.

In der Bücherei konnte Tom sich entspannen. Maggie war immer ganz entzückt, wenn er sich mit Farah unterhielt. Sie tat ihm gut. Inzwischen konnte er ihr auch in die Augen schauen, was ein riesiger Fortschritt war. Und Maggie war sich sicher, dass er sich aufrechter hielt, wenn er die Sachen trug, die sie ihm gekauft hatte.

Diese Woche hatte Tom den Buchklub-Titel ebenfalls gelesen, und Maggie freute sich, als er einen Stuhl heranzog und sich der Gruppe anschloss. Es gab auch einige andere neue Mitglieder, und Christine musste einen weiteren Tisch herbeiholen, damit alle Platz fanden. Die Diskussion war detailliert und angeregt, und obwohl er zunächst still blieb, sagte Tom dann irgendwann ein paar kluge Dinge über den Plot.

Nach dem Buchklub-Treffen beriefen sie die Versammlung ein. Christine hielt sich nervös in der Nähe.

«Du kannst dich ruhig setzen, Christine», sagte Maggie und bot ihr einen Stuhl an.

«Nein, das darf ich nicht. Sie haben noch mal eine E-Mail an alle betroffenen Büchereien geschickt. Wenn sie rausfinden, dass man mit den Protestlern paktiert, fliegt man sofort raus.»

«Okay», erwiderte Maggie augenrollend. «Wie viele haben denn inzwischen die Petition unterschrieben?»

«Achtundvierzig», sagte Tom.

«Und wie viele Unterschriften brauchen wir?», fragte Farah.

«Tausend, wenn wir ernst genommen werden wollen», antwortete Maggie. «Wir werden von Tür zu Tür gehen müssen.»

«Haben wir die E-Mail-Adressen der Leute?», fragte Tom.

«Die darf ich euch nicht rausgeben», warf Christine ein, und ihre Stimme klang gleich noch eine Oktave höher.

«Das ist eine super Idee», sagte Farah, und Tom wuchs förmlich auf seinem Stuhl. «Wir können die Petition von meinem Laptop aus verschicken», fügte sie hinzu.

«Uhhhh, ich weiß nicht.» Christine fingerte nervös an ihrem Namensschild herum.

«Es braucht doch niemand zu wissen, woher wir die E-Mail-Adressen haben», sagte Tom.

«Hervorragend», sagte nun auch Maggie. «Und wie sieht es mit den Nutzerzahlen aus?»

«Da verzeichnen wir einen Zuwachs von einundzwanzig Prozent», erklärte Christine.

«Das reicht nicht. Wir müssen mehr Leute hierherlotsen», sagte Maggie. «Gibt es irgendwas auf unserer Maßnahmen-Liste, das dafür hilfreich wäre?»

Farah befragte ihre Notizen, und Tom warf ihr bewundernde Blicke zu. «Die Reading Challenge, aber damit können wir erst in den Schulferien anfangen.»

«Dann ist es zu spät», sagte Maggie. Christine schnäuzte sich. Sie betrachtete die ganze Sache noch immer sehr emotional.

«Die Grundschule plant einen Besuch. Das Lehrpersonal benötigt aber die schriftliche Einwilligung der Eltern, und das braucht alles seine Zeit», erklärte Farah. «Wir könnten vielleicht auch örtliche Kitas fragen, allerdings müssten wir denen einen Anreiz bieten.»

Tom presste die Lippen zu einer dünnen Linie zusammen. «Wie wäre es denn mit einer Prämienaktion?»

«Dafür haben wir kein Budget», sagte Christine.

«Lass ihn erst mal ausreden», ermahnte Maggie sie und nickte Tom aufmunternd zu.

«Es gibt doch diese kleinen Treuekarten, auf die man jedes Mal einen Stempel gesetzt bekommt, wenn man sich einen Kaffee holt, und dann, nach zehnmal oder so, bekommt man einen umsonst.»

«Aber die Bücher sind doch schon umsonst», wandte Farah ein.

«Ich weiß. Aber wir könnten ihnen ja was anderes geben.»

«Zum Beispiel?», fragte Farah.

Tom lief rot an. «Keine Ahnung.»

«Ein Lesezeichen?», schlug Christine vor; sie beobachtete jemanden, der draußen vorbeilief, aber als er verschwand, entspannten sich ihre Schultern wieder. «Meine Schwester stellt Geburtskarten her. Ich könnte sie fragen, ob sie uns ein paar Lesezeichen gestaltet.»

Der Vorschlag fand wenig Anklang. «Sticker», sagte Farah. «Kinder lieben Aufkleber.»

«Das ist es!», rief Maggie so entschieden, dass Christine zusammenzuckte. «Wir hängen ein Plakat auf und führen eine Strichliste, und nach jeweils zehn Entleihungen erhalten sie einen Sticker. Und mit jedem Sticker kommen wir dem Ziel ein Stück näher, unsere Bücherei zu retten.»

Tom und Farah nickten. «Aber in der Bücherei dürfen wir nichts aufhängen. Das wird die Gemeindeverwaltung nicht erlauben», sagte Christine.

«Dann veranstalten wir einen Sitzstreik!», verkündete Maggie, und Christine sog scharf die Luft ein.

# 25

## TOM

Gestern hab ich Dad angerufen, weil Maggie meinte, er hätte sich gemeldet, aber ich bin nicht sicher, ob das stimmt. Er schien jedenfalls nichts davon zu wissen. Vielleicht hat er's auch vergessen. Oder Maggie dachte sich, es würde Zeit, dass wir mal reden. Er fragte, wann ich nach Hause komme. Und ich hab gesagt, wenn er sich Hilfe holt wegen des Trinkens. Daraufhin nannte er mich undankbar und noch einiges andere und hat dann aufgelegt.

Maggie hat mir erklärt, dass das Trinken die Leute verändert und ich es als Krankheit betrachten soll. Der Alkohol sorge dafür, dass er sich so verhalte, das sei nicht nur seine Schuld. Aber wenn es nicht seine Schuld ist, dann weiß ich nicht, wessen Schuld es sonst sein soll. Er kauft den Whisky, er trinkt den Whisky – ich sehe nicht, dass ihn irgendwer dazu zwingt. Aber Maggie sagt, so einfach wäre das nicht. Sie beschreibt es als eine Abwärtsspirale und bezweifelt, dass er sich ändern wird, bevor er am Tiefpunkt angekommen ist. Alkoholismus sei eine Krankheit der Seele. Aber ich glaube, er ist einfach ein Säufer.

Heute hab ich beschlossen, bei ihm vorbeizugehen. Ich weiß auch nicht genau, warum – aus schlechtem Gewissen, oder vielleicht auch aus Pflichtgefühl. Irgendwie ließ mir das keine Ruhe. Ich bin gleich von der Schule aus hingelaufen. Das hat Ewigkeiten gedauert, aber ich hatte nur genug Geld für den Bus zurück zur Farm. Damit ich einen Vorwand für meinen Besuch hatte, habe ich vorgeschützt, andere Klamotten zu brauchen. Es war

Dienstag, und er musste eigentlich zu Hause sein. Allerdings wusste ich nicht, ob er seit dem Vorfall überhaupt zur Arbeit ging. Wenn er seinen Job verlor, würde er auch das Haus verlieren – allmählich begriff ich, wie das alles zusammenhing.

Als ich um die Ecke bog und das Haus sah, beschlich mich sofort ein seltsames Gefühl, so als wäre ein Dementor im Anmarsch. Zuhause. Das ist kein langes Wort, aber es bedeutet so viel. Es hat mal alles für mich bedeutet. Meine Mutter hat es am Ende eines Ausflugs immer gesagt, und ich hab dann angefangen zu weinen, weil ich nicht wollte, dass der Tag endete. Ich liebte mein Zuhause; im Park gefiel es mir aber noch besser. Es war schön zu Hause, weil es ein Zuhause voller Liebe war. Ich weiß noch, wie ich mal in der Schule krank geworden bin und sie mich abholen kam. «Jetzt bringen wir dich erst mal nach Hause», hat sie gesagt. Dieses Zuhause war warm und sicher gewesen und exakt der Ort, an dem ich sein wollte. Und was war es jetzt? Ein schäbiger Ort, an dem ich mit einem Trinker zusammenwohnte.

Als ich vor meiner alten Haustür ankam, flippte ich regelrecht aus. Mir brach der Schweiß aus, und mein Herz schlug so schnell wie nach dem Lauftraining in der Schule. Ich stellte mir die ganze Zeit vor, Dad läge bewusstlos hinter dieser Tür. Blau im Gesicht, so wie ich ihn gefunden hatte. Meine Handflächen waren ganz feucht, und mein Puls raste. Ich befürchtete, dass sich alles noch mal wiederholen würde, und hatte einen Riesenbammel. Es war, wie wenn man ein Computerspiel spielt und weiß, dass man sterben wird, aber trotzdem nicht aufhören kann – nur noch eine Million Mal schlimmer. Um mich zu beruhigen, musste ich ein paar von den Atemübungen machen, die Maggie mir in unseren Mini-Yogasessions nach der Schule beigebracht hat. Ich holte tief Luft und steckte den Schlüssel ins Schloss. Ich würde schnell mal reinschauen und dann gleich wieder gehen. Ich drückte gegen die Tür, öffnete sie einen Spalt weit und schnüffelte. Es roch nicht toll, aber nicht nach Kotze, also ging ich rein.

«Dad?» Keine Antwort. Ich blieb im Flur stehen und schaute mich um. In der Küche herrschte wieder Chaos. Die Teller stapelten sich in der Spüle und auf dem Tisch. Die Kissen lagen noch immer an der gleichen Stelle auf dem Boden, wo Maggie sie vor Wochen hingelegt hatte.

Im Wohnzimmer standen drei leere Whiskyflaschen, aber von Dad war keine Spur zu sehen. Ich ging nach oben. Die Tür zu seinem Schlafzimmer war geschlossen. Ich holte ein paar Sachen, die ich mitnehmen wollte, und steckte sie in meine Tasche. Dann blieb ich vor seiner Zimmertür stehen und lauschte. Nichts. Was, wenn er tot da drinnen lag? Wenn es wieder passiert war? Wenn er erstickt war und ich nicht da gewesen war, um ihn zu retten? Dann war ich schuld. Ich spürte, wie mich erneut Panik überkam. Ich stürzte quasi in sein Zimmer. «Dad!»

«Heilige Scheiße!» Dad schoss im Bett hoch. «Verdammt noch mal, Tom!» Er sah furchtbar aus. Die Haare standen ihm vom Kopf ab, seine Augen waren eingesunken und seine Haut totenbleich.

In mir stieg Wut auf. Ich hatte mich in meine Angst reingesteigert. «Ich dachte, es wäre wieder passiert! Was ist los mit dir?» Ich schlug mit den Fäusten aufs Bett, doch die Decke dämpfte meine Schläge, sodass ich meine Anspannung nicht abreagieren konnte.

«Ich hab geschlafen.»

«Ich dachte, du wärst tot. Ich dachte, du wärst erstickt!» Ich konnte die Tränen nicht zurückhalten, die in Strömen über mein Gesicht liefen. Sie flossen teilweise aus Erleichterung, aber in mir war auch noch jede Menge Wut. Wie konnte er so sein? Wo war mein Dad hin? Ich sank auf den Boden und klammerte mich an die Decke. Ich wollte, dass meine Mum kam. Ich brauchte sie. Mehr denn je. Sie würde dafür sorgen, dass ich mich wieder aufgehoben fühlte, dass alles wieder gut wurde. Aber sie kam nicht. Sie war nicht mehr da, und mit ihr war so vieles verschwunden.

Ich bemerkte immer mehr Dinge, die meinem Leben jetzt fehlten. Ich hatte nicht nur meine Mutter verloren, sondern auch meine Freundin, den Menschen, bei dem ich mich sicher gefühlt, der mich getröstet und – das Schlimmste von allem – der mir das Gefühl gegeben hatte, geliebt zu werden. Ich schluchzte laut, und es war mir egal. Ich weinte sowohl um sie als auch um meinetwillen, weil mein Leben ohne sie so ein Riesenchaos geworden war.

«Tom?» Seine Stimme klang nun erheblich weicher. Ich konnte nicht reden. Ich spürte, dass er ans Bettende rutschte und sich neben mich setzte. Er legte seine Hand auf meinen Kopf.

Ich rückte weg. «Lass mich in Ruhe!», schrie ich durch mein Geschluchze hindurch. «Du hast alles kaputtgemacht! Du hättest für Mum da sein sollen! Aber du warst nicht da, und sie ist gestorben! Du hättest da sein sollen! Du hättest sie retten können! Es ist alles deine Schuld!» Ich rappelte mich hoch. Ich hatte rasende Kopfschmerzen, und Tränen tropften von meinem Kinn. «Sie ist tot, und es ist *alles* deine Schuld!»

«Tom?» Er verzog das Gesicht, als würde er jetzt auch anfangen zu weinen. «Warum verhältst du dich so?»

Ich holte ein paarmal Luft, hörte auf zu schreien und starrte ihn an. Er saß in einem schmutzigen T-Shirt und einer alten Hose auf seinem Bett. Ich war jetzt ruhiger, aber mein Atem ging immer noch stoßweise. «Ich hasse dich.» Ich sagte es klar und entschieden, damit er wusste, dass ich es ernst meinte.

«Tom?» Ich drehte mich um, ging aus dem Zimmer und hob die Tasche auf, die ich oben an der Treppe fallen gelassen hatte. Ich hatte es so eilig, von da wegzukommen, dass ich beinahe die Treppe runtergefallen wäre. Ich schlug die Haustür hinter mir zu und ging zur Bushaltestelle, um zu Maggie zurückzufahren.

*

Ich hatte einen Schlüssel, also ging ich ins Haus und schloss die Tür hinter mir. Es roch gut, auf dem Herd köchelte etwas vor sich hin. Ich ließ meine Tasche neben der Tür stehen, zog die Schuhe aus und ging ins Wohnzimmer. Maggie war nicht da, aber ich setzte mich trotzdem im Schneidersitz auf den Teppich.

«Tom!», rief sie aus dem hinteren Teil des Hauses. Ich hörte näher kommende Schritte. «Du bist spät dran, ist alles …?» Sie beendete den Satz nicht. Ich glaube, sie wusste Bescheid. Maggie setzte sich zu mir auf den Teppich und machte ein paar Übungen vor. Dabei sprach sie in einem sanften, einlullenden Ton, wie immer beim Yoga. Ich versuchte mich auf ihre Stimme zu konzentrieren, um den Schmerz zu vertreiben, der an mir nagte. Ich hasste Dad wegen allem. Er hatte alles kaputtgemacht, und trotzdem fühlte ich mich schrecklich, weil ich es ihm gesagt hatte.

Maggie hörte auf zu sprechen. Ich schlug die Augen auf. Wegen meiner Tränen sah ich alles verschwommen. Sie ließen sich nicht aufhalten. Maggie kniete mit weit geöffneten Armen vor mir. Das war keine Yogahaltung, die ich kannte. Ich schaute sie fragend an.

«Wenn du in den Arm genommen werden möchtest, nur zu!»

Ich brauchte nicht nachzudenken. Ich stürzte so schnell nach vorn, dass ich sie fast umgeworfen hätte. Sie schloss mich in ihre Arme und hielt mich fest. Und ich weinte und weinte. Je mehr ich schluchzte, desto fester drückte sie mich. Ich klammerte mich an sie wie ein Bär an einen Baum. So viele Tränen. Ich konnte nichts dagegen tun, und es war mir egal. Ich wusste, dass es für Maggie in Ordnung war; sie verurteilte nie jemanden.

Ich weiß nicht, wie lange sie mich festhielt und mich summend leicht hin und her wiegte. Wir müssen wie zwei Verrückte ausgesehen haben, aber ich dachte nicht darüber nach, und es war einfach nur schön. Es tat gut, von jemandem umarmt und getröstet zu werden. Von jemandem, der mich gern hatte. Ich kann mich nicht erinnern, wann mich zuletzt jemand so umarmt hat. Ich meine, Mum hat es natürlich getan, aber ich erinnere mich nicht mehr an das letzte Mal. Ich wünschte, ich könnte die Situation noch mal abrufen. Wenn ich gewusst hätte, dass es ihre letzte Umarmung ist, hätte ich mir mehr Mühe gegeben, sie im Gedächtnis zu behalten. Um mich daran festzuhalten. Um sie als Bild in meinem Kopf zu speichern und immer, wenn es nötig ist, darauf zurückgreifen zu können. Vielleicht würde ich es nun stattdessen mit dieser Umarmung so machen.

Irgendwann setzte ich mich auf und wischte mir durch das feuchte Gesicht. «Maggie ...» Ich wusste nicht, was ich sagen sollte. Als die Tränen einmal versiegt waren, war mir das alles ein wenig peinlich.

Sie stand auf und streckte ihre Beine. «Ich weiß, wir haben noch nicht Wochenende, aber ich glaube, wir brauchen heute was Süßes. Was hältst du von Marmeladenpfannkuchen?»

Irgendwie schaffte sie es immer, mich zum Lachen zu bringen. «Ja, super ... und ... danke.»

«Immer wieder gern», sagte sie und tupfte mir im Vorbeigehen eine Träne vom Kinn.

*

Wir sprachen nicht mehr darüber, aber es reichte zu wissen, dass sie mich in die Arme schließen und festhalten würde, wenn ich es brauchte. Bei Wurstauflauf mit cremigem Kartoffelpüree und Bergen von Gemüse kamen wir ins Plaudern.

«Fühlst du dich denn jetzt gut vorbereitet, was deine Prüfungen angeht?», fragte Maggie und schaute mich erwartungsvoll an.

«Ja, so einigermaßen.» Ich schaufelte mir den Mund voll, aber Maggie wollte mehr hören.

«Dann nützt es also was, dass du den Stoff wiederholst?», fragte sie.

Ich kaute zu Ende. «Ja», sagte ich dann. «Das System mit den Karteikarten, das Farah mir gezeigt hat, hilft total.»

«Aber am Ende geht es doch vor allem darum, dass du die Zeit und die Arbeit investierst.» Sie sah ernst aus, wollte mir wohl aber nur ihre Anerkennung zollen. Ich hatte jeden Abend gelernt, jeden Tag in der Schule und auch jedes Mal auf dem Hin- und Rückweg im Bus. Und allmählich zahlte sich das aus.

«Vielleicht sollten wir Nachhilfeunterricht in der Bücherei anbieten», sagte sie und beobachtete meine Reaktion.

«Ja, vielleicht.»

«Was wäre sonst noch nützlich für Jungs und Mädchen in deinem Alter? Worüber redet ihr in der Schule so?»

Ich verzog das Gesicht, als ich an die Leute aus meinem Jahrgang dachte. Das meiste, was die so von sich gaben, konnte ich unmöglich wiederholen. «Die Mädchen reden dauernd übers Lernen. Die Jungs aber nicht. Die unterhalten sich über Games und Fußball.» Sie wartete, und ich dachte weiter nach. «Und alle reden darüber, an welche Uni sie mal gehen wollen.»

«Ha!», rief Maggie, und ich blinzelte sie unsicher an. «Das ist gut. Wir könnten Informationen darüber zusammenstellen, welche die besten Universitäten sind. Die Top-Lehrveranstaltungen und -Tipps.»

Ich zuckte mit den Schultern. «Ja, schon, aber die Infos finden sie auch im Internet.»

«Alle an einem Ort?»

«Keine Ahnung.» Vielleicht hatte sie ja recht. «Die Mädchen hätten garantiert Interesse.»

«Und du solltest es auch haben», sagte sie. «Wir könnten überhaupt mal ein bisschen recherchieren, damit du rausfinden kannst, an welchen Unis du dich später bewerben willst. Wir könnten uns mal nach der Schule in der Bücherei treffen, dann schlagen wir zwei Fliegen mit einer Klappe.»

«Wenn du willst.» Ich weiß auch nicht, warum ich so gleichgültig reagierte. Die Idee war gut, und ich musste wirklich anfangen, darüber nachzudenken. Aber ich wusste, was mich zurückhielt. «Ich muss zuerst wissen, wie mein Zeugnis wird, sonst ist es vergeudete Zeit.»

«Du musst positiv denken, Tom. Aber wenn du glaubst, dass es Unglück bringt, wenn du dich über Unis informierst, sag dir einfach, du machst es für die Bücherei.»

«Glaubst du wirklich, dass sie die Bücherei schließen werden?»

«Ich fürchte, wenn wir sie lassen, werden sie es tun. Denen geht es nur um kurzfristige Einsparungen. An die Zukunft denkt keiner.»

Ich unterhielt mich gern mit Maggie. Ich musste nicht erst lange nachdenken, bevor ich was sagte. Bei Dad war es immer leicht, ihn auf dem falschen Fuß zu erwischen, und die meiste Zeit hörte er sowieso nicht zu. Bei Farah musste ich immer erst jedes Wort auf die Goldwaage legen, weil ich Angst hatte, dumm zu wirken. Aber bei Maggie war es nicht so.

Der Marmeladenpfannkuchen war der Hammer. Ich glaub, ich hab vorher noch nie welchen gegessen. Jedenfalls nicht, dass ich mich erinnern könnte. Im Wesentlichen war es Teig, der mit Marmelade bestrichen und dann zusammengerollt wurde. Ich inhalierte ihn quasi. Dad und ich essen normalerweise keinen Nachtisch, außer es gibt Eis im Sonderangebot. Früher hat er uns dann manchmal welches mitgebracht. In letzter Zeit allerdings nicht mehr.

«Du bist so eine tolle Köchin, Maggie.» Dad sagte dauernd, ich wäre ein Fass ohne Boden, aber Maggie kriegte mich immer satt. Und das fühlte sich sehr viel besser an.

«Danke», sagte sie. «Es ist schön, wenn man nicht nur für sich selbst kocht. Und irgendwie fühlt es sich auch weniger nach Arbeit an. Wenn man nur für sich kocht, denkt man immer, dass es sich eigentlich nicht wirklich lohnt.»

«Dein Sohn hatte ganz schön Glück, dass er hier aufgewachsen ist.» Das war einfach so dahingeworfen. Ein Gedanke, der mir in den Sinn kam und direkt auf meiner Zunge landete, aber ich wusste in dem Augenblick, in dem ich ihn ausgesprochen hatte, dass ich was Falsches gesagt hatte. Maggies ganzer Körper spannte sich an. Weil sie nichts sagte, fragte ich: «Wie heißt er denn?»

Irgendetwas in ihrem Blick sagte mir, dass es schmerzhaft für sie war, über dieses Thema zu reden. Ich fragte mich, warum, weil sie doch dieses Babyfoto in dem anderen Zimmer stehen hatte. Also konnten sie sich doch eigentlich nicht zerstritten haben.

«River», sagte sie schließlich.

Ich glaube, ich sollte dringend an meiner Selbstbeherrschung arbeiten, aber es war schwer, keine Reaktion auf so einen Namen zu zeigen. Der Arme! «Ziemlich ungewöhnlicher Name.» Ich entschied mich für eine diplomatische Erwiderung, aber ich glaube, mein Grinsen verriet mich.

«Das war in den Sechzigern.»

«Ach ja, richtig. Deine Hippie-Zeit», sagte ich. Dann korrigierte ich mich: «Ich meine als Blumenmädchen.»

Sie seufzte. «Das war eben eine andere Zeit. Und ein anderes Ich.»

Irgendwas in ihrer Miene beunruhigte mich. «Kommt er dich oft besuchen?»

«Nein, das kann er nicht», sagte sie und schaute mir direkt ins Gesicht. Jetzt erkannte ich den Gesichtsausdruck. Es war, als würde ich mich im Spiegel anschauen. Was ich in ihrem Blick sah, war Trauer. Verdammt, auch sie hatte jemanden verloren, der ihr nahestand. Das erklärte, warum sie so gut nachvollziehen konnte, wie es mir ging. Sie hatte dasselbe durchgemacht.

«Tut mir leid», sagte ich, doch es fühlte sich unzureichend an. Es sollte bessere Worte geben als «Tut mir leid», wenn einem jemand entrissen wird, den man liebt.

Sie blinzelte und schaute dann weg. «Ist …» Doch sie beendete den Satz nicht.

Ich nahm die Kuchenteller und stand auf. An ihrer Schulter blieb ich kurz stehen. «Falls du auch mal in den Arm genommen werden möchtest: Ich bin da.» Sie blickte lächelnd hoch, in ihren Augen standen Tränen. «Jederzeit gern», sagte ich und brachte das schmutzige Geschirr zur Spüle.

# 26

## MAGGIE

Es behagte Maggie nicht, dass sie Tom in seinem falschen Glauben ließ. Das hatte er nicht verdient. Aber sie war nicht bereit, mit jemandem über ihren Sohn zu sprechen, und sie bezweifelte, dass sie es je sein würde. Das hätte bedeutet, sich ihren eigenen Dämonen zu stellen, doch die waren tief begraben und Wolkenkratzer darauf erbaut, damit sie auch ganz sicher niemals an die Oberfläche gelangen konnten. Aber sie taten es trotzdem. Im Augenblick mehr denn je. Alles, was sie für Tom tat, all die Fürsorge, die sie ihm schenkte, erinnerte sie an das, was ihrem Sohn entgangen war. An all die Dinge, die sie hätte tun sollen. Je mehr Zeit sie mit Tom verbrachte, desto mehr trieb dieses Thema sie um.

Maggie packte zwei Lunchpakete.

«Hier, bitte schön», sagte sie und reichte ihm seins, als er sich fertig machte. Er war still gewesen beim Frühstück, und sie wusste, warum. «Viel Glück bei der Prüfung! Heute ist doch die erste, oder?»

Tom schaute hoch, er wirkte gerührt und schluckte hart. «Du hast daran gedacht.»

«Natürlich. Bleib ganz ruhig, und wenn du einen Aussetzer hast, mach ein paar von den Atemübungen, die wir zusammen geübt haben.»

«Ja, und mach mich zum Gespött.»

«Ich meine nicht in einer Yogahaltung, sondern sitzend, an deinem Tisch.»

Er lachte und sah schon etwas weniger bedrückt aus, als er ging.

Maggie verstaute ihr Lunch zusammen mit einer Thermoskanne Tee in einem Beutel, hängte ihn an den Lenker ihres Quads und fuhr los. Sie liebte es, umtriebig zu sein. Es versetzte ihr immer einen Kick, wenn es viele Dinge gab, die ihre Aufmerksamkeit verlangten. Das war viel besser, als sich Aufgaben aus den Fingern zu saugen, um die Zeit rumzukriegen.

Obwohl es inzwischen Mai war, war der Himmel wolkenverhangen, und während sie auf dem Kamm dahinsauste, wehte ein scharfer Wind den Hügel hoch. Seit Tom in ihr Leben getreten war, hatte sie den Wald vernachlässigt. Er war nicht sehr groß, aber er war ihr wichtig, besonders weil er der Lebensraum für Wildtiere aus der Gegend war. Nachdem er lange Zeit verkommen war, machte sie nun jedes Jahr ein bisschen was, damit der Wildwuchs nicht überhandnahm. Sie hatte sich über Waldpflege informiert und vor einer Weile einen Fünfjahresplan aufgestellt. Ihn auszuarbeiten, hatte sie einige Tage gekostet, was damals eine willkommene Ablenkung dargestellt hatte.

Fledermäuse, Siebenschläfer und Eichhörnchen waren in dem Waldgebiet heimisch, ebenso wie zahlreiche Pilze und Wildblumen, an denen vorbeiflanierendes Damwild und viele Vogelarten gesteigertes Interesse hatten. Die faszinierende Mischung von Bäumen verblüffte Maggie immer wieder. Sie liebte die riesigen Eichen, die verstreut entlang der Ränder des Waldstücks standen, so als wären sie als eine Art Begrenzung gepflanzt worden. Andere, kleinere Eichen hatten sich selbst dort angesiedelt, allerdings zu dicht an den älteren Bäumen, weshalb sie sie nach und nach fällte, was harte Arbeit war. Zudem gab es Gruppen von Ulmen, jede Menge Weißbirken, ein paar Pappeln, Ahorn- und Haselnussbäume.

Maggie glaubte, einen Fuchs erblickt zu haben. Sie fuhr stehend auf dem Quad, damit sie mehr sehen konnte, verlangsamte ihr Tempo aber kaum. Den heruntergefallenen Ast sah sie erst, als es zu spät war. Sie riss den Lenker herum, konnte ihm aber nicht mehr ausweichen, und der Reifen platzte. Das Fahrzeug kam fast augenblicklich zum Stehen, wodurch Maggie in einem unglücklichen Winkel von dem Quad flog. Sie landete unsanft auf der Seite, und ihr blieb die Luft weg.

Das Quad kippte um und rutschte den Hang hinab, bis es unten in den Brennnesseln liegen blieb. Maggie verspürte Schmerzen auf ihrer linken Körperseite, aber es dauerte einen Moment, bis sie feststellen konnte, wo genau es wehtat. Am Knöchel und an den Rippen. Sie versuchte, sich hochzudrücken, doch ein stechender Schmerz ließ sie zurückzucken. Ein schneller Blick durch die Umgebung erinnerte sie daran, dass sie maximal weit vom Farmhaus entfernt war. Der Wald lag zwischen ihren und Savages Weiden. Die Wahrscheinlichkeit, dass er sich gerade in der Nähe aufhielt, war verschwindend gering.

Maggie blies die Luft aus. «Verdammt!», sagte sie.

So lange lebte sie schon in der ständigen Sorge, sich zu verletzen. Nicht die Verletzung selbst fürchtete sie, aber den langsamen qualvollen Tod, der wahrscheinlich die Folge sein würde, denn wie lange würde es dauern, bis sie jemand vermisste? Gott sei Dank wohnte Tom gerade bei ihr. Aber es würde Stunden dauern, bis er aus der Schule zurückkam.

Sie versuchte aufzustehen, doch es war zu schmerzhaft. Ihr Knöchel war angeschwollen und nicht belastbar, aber der Schmerz in ihrer Seite hätte ihr ohnehin nicht erlaubt zu hüpfen. Sie schaute sich um. In der Nähe standen einige Haselnussbäume, die etwas Schatten boten, und sie machte sich daran, in ihre Richtung zu kriechen, wobei sie immer wieder innehielt, um Atem zu schöpfen. Das dauerte, aber sie hatte ja buchstäblich den ganzen Tag Zeit. Als sie schließlich am Stamm des nächstgelegenen Baums lehnte, baute sie sich ein Polster aus Farn, damit ihr Po vor dem feuchten Waldboden geschützt war.

Sie rief ein paarmal um Hilfe. Einige Vögel hielten kurz in ihrem Geträller inne, aber als Maggie wieder verstummte, sangen sie weiter. Ein leises Tröpfeln auf den Blättern verriet ihr, dass sie sich nicht den besten Tag ausgesucht hatte, um sich außer Gefecht zu setzen – andererseits: Wann war dafür ein guter Tag? Mit ihrem gesunden Bein und beiden Händen zog sie kleine Stöcke und Zweige zu sich heran und schob sie zu einem Haufen zusammen, damit sie ihren Knöchel ein wenig hochlegen konnte.

Ihr Lunch war mit dem Quad den Hang hinuntergerutscht, was ihr sehr ungelegen kam. Um diese Jahreszeit gab es im Wald nur wenig Essbares. Stunden vergingen, und sie schaute der Sonne dabei zu, wie sie über den Himmel zog. So hatte sie viel Zeit zum Grübeln, und ihre Gedanken kehrten immer wieder zu ihrem Sohn River zurück, wie sehr sie sich auch dagegen wehrte. Nach all der Zeit hatte sie nur noch vage Erinnerungen an ihn. Aber einige flüchtige Momente hatte sie auch noch konkret vor Augen – sie sah seine langen Wimpern vor sich und wie er die Arme nach ihr ausstreckte, und auch sein glucksendes Lachen hatte sie noch im Ohr.

Der Regen wurde stärker, und der Wind pfiff über den Hügelkamm. Maggie schob ihr Farnpolster auf die andere Seite des Baums, um besser geschützt zu sein. Als das Zittern begann, wusste sie, dass sie in Schwierigkeiten war. Da sie nur in einem dünnen T-Shirt hier rausgefahren war – schließlich hatte sie vorgehabt, schweißtreibende Arbeit zu verrichten –, war sie inzwischen vollkommen durchnässt und eiskalt.

Am Stand der Sonne konnte sie ablesen, dass es langsam auf den Abend zuging, und allmählich machte sie sich Sorgen. Vielleicht war Tom nach der Schule noch mit zu einem Freund gegangen? Er hatte davon gesprochen, dass er mit Farah lernen wollte, aber er war offenbar zu schüchtern, um das Mädchen direkt zu fragen. Vielleicht hatte er ausgerechnet heute seinen

Mut zusammengenommen. Oder vielleicht war sein Vater auch zur Schule gekommen und hatte darauf bestanden, dass er nach Hause zurückkehrte – dieses Szenario hatte sie schon oft im Kopf durchgespielt. Sie versuchte noch einmal, aufzustehen, doch sie befürchtete, umzuknicken. Für den Augenblick konnte sie nichts anderes tun, als zu warten.

Sie war stolz auf sich, als es ihr gelang, ein Blatt in ein Trinkgefäß zu verwandeln und einen Fingerhut voll Regenwasser einzufangen, um es aufzusaugen. Das löschte ihren Durst nicht, lenkte sie aber kurzzeitig von dem Zittern ab. Um die Durchblutung anzuregen und sich warm zu halten, klopfte sie ihren Körper alle paar Minuten mit den Händen von oben bis unten ab. Sie rief noch ein paarmal um Hilfe, doch niemand antwortete.

Es sah immer mehr danach aus, dass Tom aus welchen Gründen auch immer nicht nach Hause kam. Sie musste zusehen, dass sie es ins Trockene schaffte. Maggie schalt sich dafür, dass sie nicht früher versucht hatte, zurück zum Farmhaus zu gelangen. Das würde Ewigkeiten dauern, und das Licht schwand bereits. Sie konnte krabbeln, aber aus Sorge, dass ihr kaputtes Bein das nicht mitmachen würde, entschied sie, sich auf dem Po sitzend mithilfe der Arme fortzubewegen. Widerstrebend verließ sie ihr Farnbett und kroch auf diese Weise zurück zum Weg. Der Regen hatte nachgelassen, und sie war dankbar, dass es nur noch nieselte. Sie hatte einen Rhythmus gefunden – sie stützte ihre Hände hinter sich auf und schob sich mit ihrem gesunden Fuß nach hinten. Diese Art der Fortbewegung war mühsam, und sie kam nur langsam vom Fleck.

Dann trug der Wind ein Geräusch zu ihr, und sie hielt inne. Jemand rief nach ihr. «Hilfe!», schrie sie, aber der Schmerz in ihrer Seite nahm ihrer Stimme die Kraft.

«Maggie!» Toms verzweifelte Stimme drang an ihr Ohr. Freude und Erleichterung kreisten durch ihren Körper, und einen Moment hörte sogar das Zittern auf.

«Ich bin hier!», rief sie.

Sie hörte seine Schritte hinter sich, als er zu ihr hingerannt kam. «Maggie!»

Sie setzte ein Lächeln auf. Sie wollte ihm keine Angst machen. Der arme Kerl hatte sich in der letzten Zeit genug Sorgen gemacht.

«Hallo», begrüßte sie ihn, als würden sie sich in einem Teeladen treffen, nachdem er schlitternd neben ihr zum Stehen kam. Sie musste furchtbar aussehen.

«Was zur Hölle ist denn passiert?» Sein Blick glitt prüfend an ihr auf und ab und blieb dann an ihrem geschwollenen Knöchel hängen. Sie hatte sich noch nie so alt und zerbrechlich gefühlt, und sie hasste es.

«Das verdammte Quad hat mich abgeworfen, als ein Reifen geplatzt ist.»

«Wo ist es denn?» Er blickte sich um. Das Quad war unten am Hang gerade so zu erkennen. «Ach du Schande! Bist du da runtergefallen?»

«Nein, ich bin vorher abgesprungen. Kannst du mir aufhelfen? Mein Hintern ist ganz taub geworden.»

Er schüttelte den Kopf. «Wo tut's denn weh?»

«Am linken Knöchel und an den Rippen, aber ...» Bevor sie der Liste noch irgendetwas hinzufügen konnte, war Tom in die Hocke gegangen, und hob sie hoch.

«Oh, aua!»

«Geht's?», fragte er und hielt sie fest, bis sie ihr Gleichgewicht wiedergefunden hatte.

«Ging schon besser», sagte sie. Seine Fürsorge rührte sie.

«Du bist ja eiskalt», sagte Tom. «Leg deinen Arm um meinen Hals, dann ist es wie beim Dreibeinlauf.»

Sie mussten beide lachen, und der Gedanke, an einem Dreibeinlauf teilzunehmen, erleichterte ihnen den Weg zum Farmhaus sehr. Das Lachen linderte den Schmerz, den ihr jeder

Schritt bereitete, und Tom lenkte sie ab, indem er ihr von seinem Tag erzählte.

Im Haus fand Maggie sich bald in Handtücher gehüllt und mit einem Becher Tee in der Hand auf dem Sofa wieder, aber das Zittern hatte noch nicht aufgehört. Toms Liebenswürdigkeit überwältigte sie. Er hatte sie dort abgesetzt und ihr das Paracetamol herausgesucht, und jetzt versuchte er, das Feuer in Gang zu bekommen.

«Wirf die Anzündhölzchen nicht einfach rein. Schichte sie auf, wie bei diesem Geschicklichkeitsspiel.»

«*Jenga*?»

«Ja, genau. Ungefähr so, aber mit Lücken in dem Stapel. Dann knüll ein bisschen Zeitungspapier zusammen und verteil es darum herum.»

«Jawohl, Boss», sagte er und salutierte. Es gefiel ihr, dass er sich jetzt auch mal kleine Frechheiten herausnahm. Er hatte seine Schüchternheit ihr gegenüber fast komplett abgelegt. «Bist du sicher, dass du deinen Knöchel heute Abend nicht noch einem Arzt zeigen willst?»

«Nein, morgen früh wissen wir, ob er gebrochen ist oder nicht. Das erkennen wir an der Schwellung und der Farbe.»

Er betrachtete sie kopfschüttelnd. «Du bist eine weise alte Frau», murmelte er leise, während er ein paar Holzscheite auf sein *Jenga*-Meisterwerk legte.

«Bringst du mir bitte ein Schneidebrett, ein Messer und eine Zwiebel, wenn du damit fertig bist?», fragte sie. «Ich muss zusehen, dass ich mit dem Abendessen anfange.»

«Die Zwiebel kann ich auch schneiden. Nehme ich zumindest an. So schwer kann das doch nicht sein.» Der Blick, den Maggie ihm zuwarf, besagte, dass sie es besser wusste.

# 27

## TOM

Maggie ist keine gute Patientin. Sie hat kein bisschen Geduld mit sich selbst. Was komisch ist, weil sie mir gegenüber immer äußerst langmütig ist. Sie nimmt sich Zeit, um mir Sachen zu zeigen, und wird nie wütend. Aber mit sich selbst geht sie gar nicht nett um. Sie hat sich den Knöchel verstaucht, tut aber so, als wäre es nichts. Sie zuckt bei jeder Bewegung zusammen, und ich vermute, dass sie auch ein oder zwei angeknackste Rippen hat, aber wenn ich das anspreche, winkt sie ab. Sie will einfach so weitermachen wie immer, aber das lasse ich nicht zu.

Ich bin jetzt seit drei Wochen bei Maggie. Ich hab gelernt, wie man Jeans und T-Shirts bügelt. Das ist stinklangweilig, aber Maggie sagt, wenn ich mal einen Job in einem Büro bekomme, muss ich wissen, wie man Hemden bügelt, insofern ist es eine Schule fürs Leben. Ich höre beim Bügeln immer Radio One. Maggie hört nie Radio One, sie erzählt mir dauernd von Radio Caroline und einem Piratenschiff. Wenn ich von der Schule komme, hat sie auf Radio Two umgeschaltet. Ich schüttele dann den Kopf, aber die Musik, die sie da spielen, ist teilweise ganz in Ordnung.

Sie hat mir beigebracht, wie man Spaghetti bolognese kocht. Sie findet, dass das ein einfaches Essen ist, aber es schmeckt total lecker. Ich glaube, wenn ich studiere, werde ich mich davon ernähren. Und von Pizza. Ich werde alles Mögliche essen, nur keine Fischstäbchen.

*

Ich war in der Schulbibliothek, um für Englisch zu lernen, als ich plötzlich eine Nachricht aufs Handy bekam und vor Schreck zusammengezuckt bin. Sie war von Dad.

Hallo, bist du heute in der Schule? Können wir uns nachher treffen?

Ich hatte, seit ich ihm gesagt habe, dass ich ihn hasse, und weinend aus dem Haus gerannt bin, nichts von ihm gehört. Jetzt war mir das peinlich. Ich hab ihm nicht geantwortet. Der Unterricht war seit zehn Minuten zu Ende; nicht mal das wusste er. Allein über Dad nachzudenken, machte mich schon wütend. Ich hab versucht, einfach weiterzulernen, konnte mich aber wegen dieser Nachricht nicht mehr konzentrieren. Irgendwann hab ich's dann aufgegeben mit Shakespeare und meine Sachen zusammengepackt. Beim Verlassen des Schulgebäudes hielt ich Ausschau nach Kemp. Ich hatte ihn in letzter Zeit selten gesehen. Maggie hat mir ein paar Verteidigungstechniken vom Judo gezeigt, aber seit ihr Knöchel verstaucht ist, können wir nicht mehr richtig trainieren, und ich weiß noch nicht genug, um ihn daran hindern zu können, mich brutal zusammenzuschlagen.

Ich spazierte aus dem Tor.

«Tom?» Als ich mich umdrehte, stand Dad vor mir. Er hatte die Schultern hochgezogen und die Hände in die Hosentaschen geschoben.

Ich überlegte kurz, einfach abzuhauen.

«Was willst du, Dad?» Ich rückte meine Tasche zurecht.

«Ich wollte bloß reden … Ich vermisse dich. Ohne dich ist es sehr still zu Hause.» Er sprach leise, aber lallte nicht, was gut war.

Sollte ich ihm sagen, dass ich ihn auch vermisste? Vermisste ich ihn? Ein bisschen. Allerdings nicht so stark, wie ich es wohl hätte tun sollen. Den Stress und die permanente Sorge, in welchem Zustand ich ihn vorfinden würde, vermisste ich definitiv nicht. Und die verdammten Fischstäbchen auch nicht.

Wir schauten uns an. Ich wusste nicht, was ich sagen sollte. «Ich höre zu.»

«Ich hole mir jetzt Hilfe ... wegen dem Trinken.» Er sah weg, als er das sagte. Er redete mit seinen Turnschuhen. «Der Arzt hat mich für eine Weile krankgeschrieben. Aber ich kriege weiter Geld.» Das war alles, worüber er sich Sorgen machte. Ich schüttelte den Kopf. Er stockte. «Das ist nicht einfach, weißt du.» Jetzt sprach er wieder normal. Er gab mir das Gefühl, dass das irgendwie meine Schuld war.

«Ich hab auch nicht behauptet, dass es das ist. Für mich ist es auch nicht einfach.»

Er hielt die Hände hoch. «Klar.» Dann entstand eine lange, unangenehme Stille. «Ich bin jetzt in einer Gruppe. Ich bin noch nicht lange dabei. Für trockene Alkoholiker.»

«Ist das nicht ein bisschen verfrüht?» Es war noch nicht lange her, dass drei leere Whiskyflaschen zu Hause rumgestanden hatten. Ab welchem Punkt hörte man auf, ein Trinker zu sein?

«Einen Therapeuten habe ich auch.»

«Toll.» Ich weiß, dass ich sarkastisch klang, aber Dad tat so, als hätte sich alles verändert, und bis ich es mit eigenen Augen sah, hatte sich gar nichts verändert.

«Ich hab Mr. Gill erzählt, du würdest dich um deine Oma kümmern, und er hat deine Zeitungsrunde übernommen.»

«Danke.» Ich schaute ihn kurz an.

«Geht's dir gut bei ...»

Ich wartete, ob er ihren Namen noch sagte, denn ich fand es beleidigend, dass er sich nicht daran erinnerte. «Maggie. Die zweiundsiebzigjährige Dame, die du beinahe zusammengeschlagen hättest!» Ich wurde sauer. Ich öffnete meine Fäuste und konzentrierte mich auf meine Atmung.

Er wirkte ziemlich überrascht über meine Worte. «Tut mir leid. Davon weiß nichts mehr.»

«Ich aber!» Ich starrte ihn so wütend an, dass ein Muskel an meinem Auge zu zucken begann.

Er rieb sich das Kinn. Er war rasiert. «Sie kümmert sich gut um dich.» Das war keine Frage; er schaute an mir herab. Ich hatte frisch geschnittene Haare, meine Klamotten waren gebügelt.

«Ich muss jetzt los.» Auf eine seltsame Art hatte ich Gefallen daran gefunden, dass Maggie sich den Knöchel verstaucht hatte. Das gab mir die Chance, jetzt auch was für sie zu tun. Sie hatte unglaublich viel für mich getan, ohne dass sie zu irgendetwas davon verpflichtet gewesen wäre. Dad dagegen hätte die Pflicht gehabt, mich zu versorgen, hatte es aber nicht auf die Reihe gekriegt.

«Bald hast du's ja hinter dir.» Er zeigte auf die Schule hinter mir.

Ich drehte mich um. Ich weiß auch nicht, warum, ich hatte die Schule schon eine Million Mal gesehen. Sie war grau und uninspirierend, aber ich war noch nicht bereit, sie zu verlassen. Ich schaute wieder Dad an, der immer noch nickte. Er kapierte es nicht. Er würde es nie kapieren. «Tschüss, Dad.» Ich ging an ihm vorbei.

Er hielt mich an der Schulter fest, und ich blieb stehen, schaute ihn aber nicht an. «Ich möchte, dass du nach Hause kommst, Tom.» Ich machte mich von ihm los. «Wenn du bereit bist.»

Ich antwortete nicht. Ich ging zur Bushaltestelle und steckte meine Ohrhörer ein. Ich wollte nichts mehr hören, und ich wollte nicht darüber nachdenken müssen, ob oder wann ich wieder bei Dad wohnen wollte.

*

Maggie war manisch, als ich zu ihr kam. Sie hatte für das Sit-in in der Bücherei gebacken. Gott weiß, was sie dachte, wie viele Leute dahinkommen würden, aber für meine Lunchpakete sah es für den Rest der Woche ziemlich gut aus. Ich bestand darauf, dass sie sich hinsetzte, während ich das Abendessen machte. Es gab Pfannengemüse, und das war einfach. Na ja, eigentlich sind die meisten Sachen einfach, wenn Maggie mich anweist und mir alles erklärt. Ich koche ganz gern. Nicht so gern, wie ich esse, aber das ist wie eine Art Belohnung dafür, dass man gekocht hat. Ich hab hier schon einiges probiert, worüber ich zu Hause die Nase gerümpft hätte, und es war alles ziemlich lecker.

Maggie hat eine Gabel davon mit geschlossenen Augen gegessen. Das macht sie regelmäßig. Es gehört zu ihrer Meditationstechnik. Es zwingt einen dazu, sich auf das zu konzentrieren, was man isst. Früher hab ich alles immer runtergeschlungen, aber inzwischen esse ich auch langsam, wenn auch nicht ganz so auffällig. Dabei kann man die einzelnen Geschmäcker viel besser unterscheiden. Maggie sagt, das ist der Unterschied zwischen Nahrung zu sich nehmen und eine Mahlzeit genießen.

«Sehr gut, Tom. Das hast du richtig gut gemacht. Beim nächsten Mal könntest du noch ein bisschen mehr Ingwer nehmen, wenn du das magst.»

«Dad stand heute vor dem Schultor», platzte ich heraus.

Maggie riss die Augen auf. «Wie geht's ihm denn?»

Ich schüttelte den Kopf, was sie noch neugieriger werden ließ. «Ganz gut. Er sah ein bisschen ordentlicher aus.»

«Wie wunderbar.»

«Er hat gesagt, dass er beim Arzt war und mit dem Trinken aufhört, aber ich bin nicht sicher, ob er das hinkriegt.»

«Aber das ist doch ein Anfang. Wenn er sich eingesteht, dass er ein Problem hat und Hilfe braucht, ist das ein gewaltiger Fortschritt.» Sie nickte eifrig, während ich auf die Nudeln auf meinem Teller einstach. «Er gibt sich Mühe, Tom. Das ist wirklich eine sehr positive Entwicklung.»

«Mmm.»

«Wir sollten ihn unterstützen», sagte sie und aß weiter. Sie hatte immer betont, dass mein Aufenthalt bei ihr vorübergehend sein würde. Dachte sie jetzt: *Gut, bald werde ich ihn los sein?*

Ich wollte gern das Thema wechseln, obwohl ich es ja selbst angesprochen hatte. Also zählte ich die Kuchenbehälter. «Wie viele Leute erwartest du denn heute Abend?»

«Schwer zu sagen, aber in den meisten Firmen und Geschäften im Ort hängen seit einer Woche Plakate. Im Postamt und im Pub lagen Flyer aus, und wir holen einige Leute mit Kleinbussen aus dem Pflegeheim ab.»

Ich lachte. «Ist das denn erlaubt?»

«Wir machen es ja nicht gegen ihren Willen. Einige von ihnen kommen selten vor die Tür. Die Armen sitzen den ganzen Tag nur rum und starren die Wände an.»

Ich wollte sie nicht darauf hinweisen, dass die meisten von ihnen nicht viel älter waren als sie. «Also besteht ihr Ausflug darin, in der Bücherei zu sitzen und stattdessen die –»

«Wo sie lesen, sich unterhalten und Kuchen essen können.» Sie tippte auf eine der Kuchendosen.

«Enthält eine davon Lemon Drizzle?» Beim bloßen Gedanken daran lief mir schon das Wasser im Mund zusammen.

«Kann schon sein. Könntest du noch mal nach den Lämmern sehen, bevor wir gehen?»

«Klar.» Ich brachte das schmutzige Geschirr zur Spüle. Seit Maggie Probleme mit dem Knöchel hatte, hatte ich ein paar Aufgaben mehr übernommen, und dazu gehörten auch die Lämmer. Ich sagte es nicht laut, aber Zeit mit den Lämmern zu verbringen und ihnen beim Aufwachsen zuzusehen, war das Beste überhaupt. Ich hatte entdeckt, dass ich gern alles Mögliche draußen machte – wer hätte das gedacht?

*

Der Mai zeigte sich wettermäßig ziemlich wechselhaft, aber es war noch warm, als ich zu den Schafen runterging. Das Gras wirkte saftig, und so ziemlich alles um mich herum war grün. Den Ausblick über die Weide bis nach Furrow's Cross hätte ich stundenlang genießen können. Ich konnte auf einmal erahnen, warum manche Leute sich gern Gemälde anschauen, obwohl ich es wahrscheinlich nie zu hundert Prozent werde nachvollziehen können. Aber wenn man so eine Aussicht hatte, wollte man sie sich einfach ständig anschauen. Jedes Mal fiel mir dabei etwas Neues auf. Dass der Zaun die meiste Zeit gerade verlief, in manchen Abschnitten durchhing und dann wieder straff wurde. Oder dass die Bäume da unten die unterschiedlichsten Farben hatten – dunkelgrün, hellgrün und tiefrot. Ich musste Maggie mal fragen, welche Baumsorten das waren. Sie wusste es ganz bestimmt.

Ich kam bei den Lämmern an. Sie dürfen jetzt mit ihren Müttern und den anderen Schafen auf die Weide, und es ist urkomisch, ihnen zuzusehen. Erst liegen sie gemütlich rum, dann springt eins von ihnen auf und wetzt quer über die Weide und alle anderen rennen ihm nach. Sie laufen volle Pulle, bis sie den Zaun erreichen, wo sie alle ungelenk zum Stehen kommen. Ich schwöre, sie veranstalten Wettrennen. Es macht echt Spaß, sie zu beobachten.

Ich rüttelte an dem Gatter, und sie kamen angehüpft und starrten mich an, als wäre ich derjenige, der eingezäunt ist. Sie sind so perfekt und niedlich, wie Schmusetiere. Ich hockte mich hin und streckte den Arm nach dem Kleinsten von ihnen aus. Sie hieß Daenerys, und sie drückte ihre Schnauze in meine Hand, obwohl ich gar nichts darin hielt. Eins von den anderen blökte, und sie sprangen alle hoch, als hätten sie einen Stromschlag bekommen, dann stürmten sie auf die andere Seite der Weide. Großartig.

Ich möchte hier nicht weg. So einfach ist das.

# 28

## MAGGIE

Maggie war den ganzen Tag mit den Vorbereitungen für den Sitzstreik in der Bücherei beschäftigt gewesen, aber die Info, dass Toms Vater sich jetzt Hilfe holte, hatte sie aus der Bahn geworfen. Sie freute sich für Tom und war erleichtert für Paul. Doch sie tat sich selbst auch wahnsinnig leid. Tom hatte keine Ahnung davon, aber er hatte alles für sie verändert. Er hatte einen Sinn in ihr stumpfsinniges Leben gebracht, und jetzt drohte dieser Sinn, ihr wieder zu entgleiten. Der Gedanke, dass Tom irgendwann nicht mehr um fünf Uhr nachmittags durch die Tür kommen würde, bereitete ihr beinahe körperliche Pein – ähnlich der immer wieder aufflackernden Rippenschmerzen, die sie ihrem Sturz zu verdanken hatte.

So hatten sie schweigend nebeneinander im Bus gesessen und jeder seinen Gedanken nachgehangen. Der heutige Tag konnte für die Bücherei sehr wichtig werden. Maggie hatte die Lokalpresse eingeladen, die durchaus interessiert geklungen hatte. Der Vertreter der Gemeindeverwaltung, der ebenfalls hinzugebeten worden war, hatte weniger Interesse gezeigt. Christine war in heller Panik, denn sie befürchtete, wegen der Unterstützung der Schließungsgegner gekündigt zu werden, und hatte viermal in unterschiedlichen Stadien des Nervenzusammenbruchs angerufen. Maggie hatte ihr unzählige Male erklärt, dass sie ihren Job ohnehin los sei, wenn die Bücherei geschlossen werde, doch dieses Argument schien bei Christine nicht so recht zu verfangen. Sie war einfach keine Draufgängerin.

Maggie und Tom liefen von der Bushaltestelle durch die Gasse zur Bücherei. Plötzlich erblickte Maggie eine Gestalt mit einer Kapuze auf dem Kopf und machte Tom schnell ein Zeichen mit der Hand. Es war viel zu warm, um eine Kapuze aufzuziehen. Tom trug zwei große Taschen mit Kuchenboxen, konnte also nicht viel ausrichten. Maggies Knöchel war immer noch nicht ganz verheilt. Sie humpelte inzwischen nur noch leicht, war aber für ernsthafte Zwischenfälle nicht gewappnet.

Als sie auf gleicher Höhe mit der Kapuzen-Gestalt waren, befand Maggie sich in höchster Alarmbereitschaft. Sie musste zweimal hinschauen, wie in einer Komödie. «Du liebe Zeit, Christine! Ich dachte schon, du wärst der Handtaschendieb.» Maggie schüttelte den Kopf.

Christine spähte unter ihrer viel zu großen Kapuze hervor. «Ich darf auf keinen Fall erkannt werden.» Sie schaute sich aufgeregt um. «Hier sind die Schlüssel.» Sie drückte sie Maggie in die Hand, während sie die Gasse mit ihren Blicken abscannte. «Ich komme später wieder. Aber ihr habt mich nicht gesehen.»

«In Ordnung», sagte Maggie und unterdrückte ein Grinsen.

Christine schlich davon. «Komm», sagte Maggie, und sie und Tom schlossen auf und gingen in die Bücherei. Bald kamen auch Farah und Betty, in Begleitung von Bettys Mann, der zu den Leuten gehörte, die viel nicken, aber eigentlich nie etwas sagen. Zusammen richteten sie die Getränke- und Kuchenstation ein.

Tom stellte alle Stühle auf, und Farah hatte noch mehr Flyer drucken lassen, die sie auf den Sitzen verteilte. «Hast du *Deine Juliet* gelesen?», fragte er.

«Nein. Ist das gut?»

«Ja, der Roman ist komplett in Briefform geschrieben. Es geht darin um den Zweiten Weltkrieg und … und ein bisschen auch um eine Liebesgeschichte.» Tom konzentrierte sich ganz darauf, die Stühle gerade zu rücken. «Ich dachte, das könnte ein Buch sein, das dir gefällt.»

«Ja, klingt so. Ich schau mal rein, danke.»

«Magst du, ähm, Lämmer?», fragte er und kratzte sich am Kopf.

«Was? Du meinst essen?»

«Nein. Einfach so. Sie anschauen. Auf einer Weide.»

«Ähhh.»

«Ich habe Lämmer», sagte Maggie, die gerade vorbeikam. «Du kannst uns gern jederzeit besuchen und sie dir ansehen. Mein Nachbar zieht auch welche mit der Flasche auf.»

«Oh, verstehe. Ja, ich komme», sagte Farah und strich sich die Haare hinters Ohr.

«Cool», sagte Tom, weiter die Stühle zurechtrückend.

Die Minibusse vom Pflegeheim kamen früher an als geplant, aber das war auch ganz gut, denn so konnten sie alle Bewohner in Ruhe in die Bücherei führen und mit Getränken und Kuchen versorgen. Die hochbetagte Alice, die an der ersten Rettet-die-Bücherei-Versammlung teilgenommen hatte, freute sich sehr, dabei zu sein, und erzählte das auch allen – mehrmals.

Tom, Farah und Betty widmeten sich der ihnen anvertrauten Aufgabe und fragten alle, was sie gern lasen, um ihnen etwas empfehlen zu können. Farah holte sich hin und wieder Rat bei Tom, der ihr bereitwillig zur Seite stand. Betty empfahl einfach allen Familienromane, egal, welche Vorlieben sie ihr nannten.

Schon bald strömten unablässig Menschen herein, und die Plätze waren rasch besetzt. Als es langsam eng wurde, ging Tom dazu über, Bücher herumzureichen, bis einer eines behielt, weil er fand, dass es gut aussah.

«Das ist ja wie dieses Päckchenspiel, das wandernde Geschenk», sagte eine ältere Dame.

«Haben Sie auch erotische Literatur?», fragte der alte Mann neben ihr und bekam schnell einen Ellenbogen in die Seite. Maggie reichte ihm *Fifty Shades of Grey*, und er strahlte sie an.

Als alle versorgt schienen, versammelten Maggie und die Bücherei-Unterstützer sich beim Kuchenbüfett.

«Kein Reporter weit und breit», stellte Maggie, auf ihrer Unterlippe kauend, fest. Sie hatte darauf gezählt, dass die Presse über die Aktion berichten würde. «Außerdem weiß ich nicht, ob der Vertreter der Gemeindeverwaltung hier ist oder nicht.» Sie schauten sich alle im Raum um.

«Wie sieht so jemand denn aus?», fragte Tom.

«Aufgeblasen, wichtigtuerisch, hasst Bücher», schlug Maggie vor, während sie die Menge weiter mit Blicken absuchte.

Farah beugte sich zu ihr hin. «Der da!», sagte sie und zeigte auf einen Mann mit beginnender Glatze ganz hinten. Er hielt ein in der Mitte aufgeschlagenes Buch in den Händen, las jedoch nicht, sondern beobachtete die Leute um sich herum. «Der kann in dem Buch unmöglich schon so weit gekommen sein.»

«Gut erkannt», sagte Maggie. Sie stellte ihren Blick auf den Mann scharf wie ein Paparazzi seine Kamera auf einen Promi.

«Oh, oh», sagte Tom und schaute Maggie hinterher, als sie auf den Mann zuhielt.

«Guten Abend, sind Sie von der Gemeindeverwaltung?», fragte Maggie. Der Mann blinzelte ein paarmal und schaute dann auf seine Uhr.

«Nun, ich bin nicht in meiner offiziellen Funktion hier.»

Maggie kniff die Augen zusammen. «Und warum nicht? Ist das hier eines offiziellen Besuchs der Verwaltung nicht würdig?» Sie sprach ruhig, aber entschieden.

«Ich habe nicht die Befugnis, das mit Ihnen zu besprechen. Vielleicht sollte ich gehen.» Er legte das Buch weg und sah aus, als suchte er nach dem besten Fluchtweg.

«Nein, Sie müssen bleiben. Möchten Sie ein Stück Kuchen?» Maggie zeigte auf die Erfrischungen.

«Nein, ich –»

«Farah, könntest du dem Gentleman einen Kaffee bringen?»

«Ich sollte wirklich –»

«Oder Tee?» Maggie fixierte ihn mit einem stahlharten Blick.

«Kaffee», sagte er und guckte, als hätte man ihm eine Schlinge um den Hals gelegt.

«Und welchen Kuchen hätten Sie gern? Wir haben noch Biskuitkuchen, Mokka-, Walnuss- oder Schokoladentorte übrig.»

«Biskuitkuchen», presste er wie unter Zwang hervor.

Maggie warf Farah einen Blick über die Schulter zu, und sie signalisierte mit einem hochgereckten Daumen, dass sie die Bestellung mitbekommen hatte.

«Sehen Sie, wie viel Unterstützung wir hier erfahren? Diese Bücherei ist das Herz von Compton Mallow. Sie ist besonders für die Älteren von größter Wichtigkeit.» Sie zeigte auf die Bewohner des Pflegeheims, von denen zwei bereits eingeschlafen waren, und sprach schnell weiter. «Manche von ihnen sehen außer in der Bücherei keine Menschenseele. Für sie ist dieser Ort ein Rettungsanker. Aber auch für die Jungen ist sie unverzichtbar. Eine frühe Liebe zum Lesen verbessert erwiesenermaßen die Berufsaussichten eines Menschen.» Sie hatte keine Ahnung, ob das so stimmte, war aber davon überzeugt, dass es im Kern der Wahrheit entsprach. «Die unteren Einkommensklassen sind auf die Bücherei angewiesen, wenn es um die Versorgung mit Lesestoff geht. Ihnen den vorzuenthalten, hieße, ihnen ein fundamentales Menschenrecht zu verweigern. Welche Hürde Sie uns auch immer in den Weg legen, wir werden sie beiseiteräumen. Was auch immer Sie auf Ihrer Tagesordnung stehen haben, wir werden dagegen aufbegehren. Kurz: Unsere Gemeinde braucht diesen Ort, und wir sind bereit, für den Erhalt der Bücherei zu kämpfen.»

Farah erschien mit dem Kaffee und dem Kuchen. «Ooh, danke», sagte der Mann, und seine Augen weiteten sich, als er das große Stück Kuchen sah.

Maggie starrte ihn an. Sie erwartete eine Reaktion auf ihre

flammende Rede, aber es dauerte eine Weile, bis er ihren Blick bemerkte. «Ich weiß es nicht», sagte er.

«Was wissen Sie nicht?», fragte Maggie in einem leicht gereizten Ton.

«Ich weiß nicht, ob irgendwas von dem, was Sie tun, an den Plänen etwas ändern wird.» Er mampfte seinen Kuchen. «Das Datum der Schließung steht fest.»

Einen Moment lang war Maggie sprachlos. Aber plötzlich öffnete sich die Eingangstür, und ein ungepflegt aussehender Mann trat ein. Die ursprünglich über seine Glatze gekämmten Haare standen ihm vom Kopf ab wie der Kamm eines Gockels. Er strich sie glatt. «Presse», sagte er, wühlte in seinen Taschen und zog dann einen kreditkartengroßen Ausweis heraus.

«Hervorragend!», rief Maggie. «Kommen Sie, ich stelle Ihnen Mr. …» Sie wandte sich dem Mann von der Verwaltung zu, dem offensichtlich sehr unbehaglich zumute wurde.

«Tilley, aber ich bin nicht in dienstlicher Funktion hier.»

«… Mr. Tilley vor. Er ist ein Vertreter der Gemeindeverwaltung, und man kann wohl mit Fug und Recht sagen, dass ihn das Ausmaß der Unterstützung, die die Gemeinde hier heute Abend zeigt, überrascht hat …», begann Maggie. Der Reporter zückte einen Notizblock und fing an zu schreiben. Aus Mr. Tilleys Gesicht wich alle Farbe.

*

Maggie war begeistert vom Erfolg des Sitzstreiks. Zurück auf der Providence Farm feierten sie und Tom bei Kakao und den Resten vom Kuchenbüfett. Der Reporter hatte eine Sensation gewittert und von vorsichtigem Interesse der überregionalen Blätter gesprochen. Sie vermutete, dass er schon sein ganzes Berufsleben auf eine derartige Story wartete. Er hatte Fotos von der Bücherei, von einem der Protestierenden und von dem erstaunt dreinblickenden Mr. Tilley gemacht, der gebetsmühlenartig wiederholte, dass sie das Pressebüro und die Website der Gemeindeverwaltung konsultieren sollten. Sein Beharren darauf, dass das Datum für die Schließung feststehe, hatte Maggie ganz und gar nicht gefallen. Aber sie würde morgen bei der Gemeinde anrufen und dieses Datum anfechten. Das reichte allerdings nicht aus; sie musste noch mehr tun – sehr viel mehr.

«Glaubst du, der heutige Abend hat was bewirkt?», fragte Tom.

Maggie dachte über diese Frage nach. «Das hoffe ich wirklich sehr. Es waren viele Leute da, das hat mich erleichtert. Ich wünschte nur, sie würden die Bücherei auch sonst nutzen, dann bräuchten wir das alles nämlich gar nicht zu machen.»

«Der Typ von der Gemeinde schien ja wenig Hoffnung zu haben.»

«Solche Leute halten ihr Vorgehen für unanfechtbar und ertragen den Gedanken nicht, dass jemand ihre Pläne vereiteln könnte. Ich könnte mir sogar vorstellen, dass sie bereits Pläne für das Gebäude haben. Wahrscheinlich ist schon irgendein zwielichtiger Deal angebahnt. Verlogene Mistkerle sind das.» Sie schien eher mit sich selbst zu sprechen als mit Tom.

«Deine Rede war gut», sagte Tom. «Der Reporter schien beeindruckt zu sein. Und ich war es auch. Ich weiß nicht, wie du das machst. Ich würde auch gern so reden können, dass die Leute mir zuhören.»

«Das kommt mit dem Alter», sagte sie weise.

«So lange will ich nicht warten.» Maggie zog eine Augenbraue hoch. «Entschuldige, damit will ich natürlich nicht sagen, dass du uralt bist oder so.» Er lief knallrot an.

«Ich weiß, was du meinst. Du bist ein guter Junge», sagte sie und klopfte ihm auf den Unterarm. «Danke für alles, was du in den letzten Tagen gemacht hast. Das weiß ich wirklich zu schätzen.»

«Vermisst du deinen Sohn sehr?» Tom sah sie forschend an.

«Jeden Tag», sagte sie, und er nickte verständig. «Jemanden zu verlieren, der einem viel bedeutet, ist so, wie ein perfektes Geschenk zu erhalten, nur um es anschließend wieder entrissen zu bekommen.»

Tom lächelte sie schwach an und schaute dann aus dem Fenster.

Jetzt, wo Paul seine Probleme anzugehen schien, würde es nicht mehr lange dauern, bis Tom sie verließ. Ihn ziehen zu lassen würde ihr beinahe so schwerfallen wie der Abschied von River vor all den Jahren. Heute wusste sie sehr genau, was sie verpasst hatte, und es war weitaus mehr, als sie sich vorgestellt hatte. Sie empfand es als Privileg, die kleinen Veränderungen zu beobachten, die Tom durchmachte, zu sehen, wie sein Selbstvertrauen wuchs, und einfach Zeit mit ihm zu verbringen. Und natürlich wünschte sie sich, sie hätte das alles auch mit River erleben können. Sie schwor sich, die Leere, die Tom hinterlassen würde, sinnvoll auszufüllen, auch wenn sie noch nicht wusste, mit was oder mit wem.

# 29

## TOM

Ich weiß, dass ich Mist gebaut habe in meiner Französisch-Prüfung. Ich hatte einen totalen Blackout. Vielleicht war es auch eine kleine Panikattacke, meine Hände waren nämlich schweißnass, und ich hatte Herzrasen. Ich hab dann ein bisschen meditiert, um wieder ruhig zu werden. Der Lehrer kam zu mir und fragte, ob alles in Ordnung sei, und alle haben geguckt, was es natürlich nicht besser machte. Aber nach ein paar Minuten ging es mir tatsächlich wieder gut. Maggie hat mir gesagt, dass ich nicht mehr tun kann, als mein Bestes zu geben, und sie hat recht. Ich hab auf die Wörter vor mir gestarrt, und sie kamen mir auch irgendwie vertraut vor, aber nicht vertraut genug, um alles vollständig übersetzen zu können. Stattdessen hab ich mir die Vokabeln rausgesucht, die ich kannte, und den Rest einfach geraten.

Französisch war noch nie mein Ding. Es ist ja auch nicht so, dass ich in absehbarer Zeit nach Frankreich fahren würde. Vielleicht wenn ich irgendwann mal einen guten Job habe. Ich würde gern reisen. Die Vorstellung von einem Ferienhaus mit Pool gefällt mir. So was hab ich mal in der Werbung gesehen, echt beeindruckend. Ich hab noch nie in einem Flugzeug gesessen. Na ja, das stimmt nicht ganz. Irgendwann war ich mal mit Mum und Dad irgendwo, wo es Flugzeuge in einem Hangar gab. Da durfte man sich für ein Foto reinsetzen, aber das ist natürlich nicht dasselbe, wie irgendwohin in den Urlaub zu fliegen. Ich weiß nicht mal mehr, wo das war. Als wir den Ausflug gemacht haben, hatte Mum schon einen ziemlich dicken Bauch. Muss also kurz vor ihrem Tod gewesen sein. Ich wünschte, ich könnte mich besser erinnern. Ich wünschte, ich würde sie nicht nach und nach vergessen.

In meinem Jahrgang gibt es Leute, die zweimal im Jahr ins Ausland fahren. Zweimal! Und sie reden darüber, als wäre es komplett normal. Die Eltern von Malachy haben ein Ferienhaus in Spanien, und manchmal fliegt er nur übers Wochenende hin – wie verrückt ist das denn? Neulich hab ich gehört, wie er sich darüber beklagt hat, dass er wegen einer Reise einmal das Gokartfahren verpasst hat. Ich hätte ja gern mal die Wahl zwischen Gokartfahren und Spanien. Die Entscheidung wäre tatsächlich nicht einfach, aber ich würde trotzdem definitiv nach Spanien fliegen.

Heute wartete Dad nach der Schule nicht auf mich. Ich bin jetzt vorsichtiger. Ich schaue aus dem Fenster, bevor ich losgehe. Ich weiß einfach nicht, wie es zwischen Dad und mir weitergehen soll. Es ist total seltsam, ihn zu treffen, so als wären wir Fremde. Dabei sind wir füreinander die einzige Familie, die wir haben. Maggie meint, ich sollte ihn mal besuchen und ihn darin bestärken, mit dem Trinken aufzuhören. Ich weiß auch, dass sie recht hat, aber ich stecke gerade mitten in den Prüfungen, und ich sehe ja auch nicht, dass er mir Mut macht. Vielleicht gehe ich am Freitag nach der Schule hin. Aber nur vielleicht.

Maggie hat wieder mit dem Yoga angefangen. Sie glaubt, dass es den Heilungsprozess unterstützt, und als ich reinkam, machte sie gerade wieder ihren Lotus-Kopfstand. Also hab ich mich ihr gegenüber im Schneidersitz hingesetzt. Inzwischen kriege ich das schon ohne Weiteres hin. Ich werde langsam beweglicher. Außerdem habe ich jetzt mehr Muskeln in den Armen, weil ich Holz hacke und Wassereimer zu den Tieren runtertrage. Das ist zwar nicht dasselbe, wie ins Fitnessstudio zu gehen, aber ich bin nicht mehr so klapperdürr, wie ich mal war.

«Wie lief's mit Französisch?», fragte Maggie. Ihre Augen sahen so aus, als würden sie ihr jeden Moment aus dem Kopf fallen, aber sie blieb in der Haltung.

«Besch … Nicht so gut.» Ich benutze in ihrer Gegenwart nicht gern Kraftausdrücke. Das käme mir respektlos vor. Sie hat es mir nie verboten, und sie benutzt auch selbst manchmal welche, aber irgendwie ist mir nicht wohl dabei.

«Na ja, für deine Hochschulreife brauchst du Französisch ohnehin nicht. Also Schwamm drüber. Jetzt kannst du es eh nicht mehr ändern.» Maggie hilft mir, mich auf meine Stärken zu konzentrieren. Sie hat mich gefragt, was ich am besten kann und welche Fächer ich später im Abi wählen will. Und wie sich zeigt, ist beides deckungsgleich. Für meine Mittlere Reife konzentriere ich mich jetzt auf Englisch und Mathe, weil beides Pflichtfächer sind. Dazu kommen meine Abitur-Fächer: Englische Literatur, Geschichte und Chemie. Maggie findet, dass das eine gute Mischung ist. «Und welche Prüfung ist die nächste?», fragte sie.

«Englische Literatur.»

«Ah. Ist das der Grund, warum Farah am Sonntag hierherkommt?»

«Ja.» Ich freute mich sehr darauf, dass Farah uns besuchte. Ich konnte es kaum erwarten, ihr die Lämmer zu zeigen.

«Sie ist nett.»

«Ja.»

Maggies Mundwinkel zuckten, so als müsste sie grinsen, würde aber mit aller Macht versuchen, es nicht zu tun. Es sieht komisch aus, wenn jemand, der auf dem Kopf steht, lächelt. «Du magst sie, stimmt's?»

«Ja.» Jetzt musste ich selbst grinsen, über mein begrenztes Vokabular und bei dem Gedanken an Farah. «Sie ist toll.»

«Da hast du eine gute Freundin gewonnen», sagte Maggie, und ich spürte, wie mein Lächeln erstarrte. Freundin. Sie hatte recht. Farah war eine Freundin, aber ich wollte nicht, dass es bei einer bloßen Freundschaft blieb.

*

Am Freitagmorgen duftete es himmlisch, als ich zum Frühstück in die Küche kam. Oder zumindest so, wie ich mir vorstelle, dass es in meinem Himmel riecht – nach Kuchen und einem Hauch Speck. Nicht nach Speck-Kuchen – das wäre ja eklig. Maggie briet gerade Speck, und sie hatte vor Kurzem einen Kuchen aus dem Backofen geholt. Ich ging näher ran, um zu sehen, was für einer es war, und mir noch eine Nase voll von dem Duft zu genehmigen.

«Finger weg!», sagte Maggie, verscheuchte mich und legte den Speck auf die Teller, auf denen sich bereits fluffiges Rührei auftürmte. «Das ist Kuchen für deinen Dad.»

«Wieso?» Ich nahm meinen Teller von Maggie entgegen, und wir setzten uns an den Tisch.

«Du hast doch gesagt, dass du ihn nach der Schule besuchst, da dachte ich mir, dass er sich vielleicht über Lemon Drizzle freut. Und hier ist ein bisschen Geld, damit du nicht wieder zu Fuß zurückkommen musst wie beim letzten Mal.» Sie schob einen Fünf-Pfund-Schein über den Tisch.

«Ich hab nur gesagt, dass ich ihn *vielleicht* besuche.» Ich strich über den Schein, nahm ihn aber nicht vom Tisch.

«Das liegt ganz bei dir. Der Kuchen ist jedenfalls fertig, wenn du ihn mitnehmen möchtest.» Maggie übte nie Druck auf mich aus, aber sie wusste natürlich, wie sie mich dazu bringen konnte, Sachen zu überdenken. Sie hatte sich extra die Mühe gemacht, einen Kuchen zu backen, und mit dem Bus zurückzufahren, war natürlich sehr viel einfacher, als zu Fuß zu gehen. Vielleicht konnte ich wenigstens kurz bei Dad vorbeischauen. Ich würde es mir überlegen. Als ich das Geld nahm und es in meine Hosentasche steckte, zuckten Maggies Mundwinkel wieder.

«Danke, dass du den Kuchen gebacken hast. Ich kann allerdings nicht dafür garantieren, dass er in meiner Tasche den ganzen Tag überleben wird.» Ich würde dem Drang, kleine Stücke davon abzubrechen, sicher nicht widerstehen können. Und bis ich bei Dad ankam, war wahrscheinlich nur noch ein Haufen Krümel übrig – wenn ich überhaupt hinging.

«Ich hab zwei gebacken und ein großes Stück in dein Lunchpaket gepackt.» Sie kannte mich so gut. «Am Sonntag gibt's vielleicht Lamm.» Sie sagte das ganz beiläufig, aber ich ließ erschrocken mein Messer fallen. Es fiel laut scheppernd auf den Teller.

«Welches denn?», fragte ich, brachte diese Worte aber nur mit Mühe über die Lippen.

Maggie fing an zu lachen, und ich musste warten, bis sie wieder zu Atem gekommen war. Es war furchtbar. Ich liebte die Lämmer. Ich stellte mir vor, wie eins von ihnen auf einem Spieß über einem Feuer gedreht wurde. Mir wurde sofort ein bisschen übel.

«Doch keins von unseren, du Dummerchen!» Maggie gluckste wieder. «Die sind viel zu klein. Ich hab noch was in der Kühltruhe. Ich werde eine schöne Keule machen. Einverstanden?»

Einverstanden? Ich war mir nicht sicher, ob ich das war. Zum ersten Mal in meinem Leben wollte ich irgendwie Vegetarier sein. Ich holte tief Luft und betrachtete den knusprigen Speck auf meinem Teller. Als mir sein Duft in die Nase stieg, nahm ich mein Besteck wieder auf, und der Gedanke war verflogen.

*

Diesmal waren die Vorhänge aufgezogen, als ich zum Haus hochging. Aber als ich meinen Schlüssel rausholte, sah ich Dad vor meinem geistigen Auge sofort wieder bewusstlos auf dem Boden liegen. Also steckte ich den Schlüssel wieder ein und klopfte stattdessen. Wir hatten eine Türklingel, aber die funktionierte seit Ewigkeiten nicht mehr.

Dad schaute finster drein, als er die Tür aufmachte, doch als er mich sah, hellte sich seine Miene sofort auf. «Tom. Schön, dich zu sehen. Komm rein», sagte er und machte einen Schritt zurück, um mich einzulassen. «Ich stelle den Wasserkocher an.»

«Ich bleibe nicht lange.»

«Ach so. Na ja, komm einfach rein.» Er ging in die Küche. Ich folgte ihm und warf unterwegs einen kurzen Blick ins Wohnzimmer. Soweit ich sehen konnte, standen dort keine leeren Flaschen.

Er lehnte sich an die Arbeitsfläche und schaute mich an. Ich stellte meine Tasche ab und starrte auf den Fußboden. Das war alles so merkwürdig. Mir wurde heiß. Die Stille zwischen uns dehnte sich immer weiter aus, bis keine Luft mehr im Raum war.

Als er endlich etwas sagte, war ich sehr erleichtert. «Ich hatte meine erste Sitzung bei den Anonymen Alkoholikern», sagte er. Er klang unsicher.

«Und wie war's?»

«Ganz okay. Ich weiß nicht, was ich erwartet habe, aber da waren lauter ganz normale Leute. Nette Leute. Wir haben einfach erzählt und zugehört. Anfangs war es ein bisschen seltsam, aber ich gehe wieder hin.»

«Das ist gut.» Ich wollte ihn fragen, ob er denn wirklich mit dem Trinken aufgehört hatte, aber er sah verändert aus. Seine Haut hatte einen normalen Farbton, und die dunklen Ringe unter seinen Augen waren nicht mehr so schlimm wie vorher. Er hatte seine Haare gewaschen und sich rasiert.

«Mein Therapeut hat vorgeschlagen, dass wir uns darüber unterhalten, wie es dir ergangen ist mit … du weißt schon. Mit meinem Trinken.»

Ich wusste nicht, was ich sagen sollte. Ich fürchtete, dass ich ihn am Ende anschreien würde, wenn ich einmal anfangen würde zu erzählen. Also zuckte ich stattdessen nur mit den Schultern.

«Wie ging es dir damit, Tom?»

Sofort kam mir ein Wort in den Sinn: «Beschissen.» Ich würde sagen, das fasst es ganz gut zusammen.

«Verstehe.» Dad nickte. Er war ebenso schlecht für dieses Gespräch gerüstet wie ich.

Dann fiel mir der Kuchen ein, das war die Rettung. Ich holte ihn hastig aus der Tasche. Er war noch intakt. Maggie würde stolz auf mich sein. «Hier. Hat Maggie gemacht.» Ich überreichte ihm den Lemon Drizzle.

Dad schaute die braune Papiertüte an, als hätte ich ihm eine entsicherte Handgranate gegeben. «Dann soll ich jetzt wohl Danke sagen.»

«Du sollst?» Was für eine Frechheit. «Das ist Zitronenkuchen.» Meine Worte klangen wie ein Vorwurf. «Er schmeckt genauso, wie Mum ihn früher gemacht hat.» Es hatte keinen Sinn. Ich wurde sauer, ich würde immer wütend auf ihn sein. Ich griff nach meiner Tasche. «Ich muss los.»

«Warum?»

Ich schaute ihn an. Er hielt den Kuchen in der Hand, im Gesicht eine Mischung aus Traurigkeit und Verwirrung.

«Weil ich zu tun habe. Lämmer, Schafe, Hühner – die müssen alle versorgt werden. Und Maggie braucht mich.»

«Für mich klingt das nach unentgeltlicher Arbeit.»

Ich konzentrierte mich auf meine Atmung. «Mir macht's Spaß. Außerdem wohne ich umsonst bei ihr. Also ist es absolut fair.»

Er nickte. «Sag ihr Danke für den Kuchen.» Er hielt ihn hoch. Ich nickte und wandte mich zum Gehen. «Wann sehe ich dich wieder, Tom?»

Ich erstarrte in der Tür. «Keine Ahnung.» Und ich wusste es ehrlich nicht.

# 30

## MAGGIE

Maggie hielt den Brief in der Hand. Sie hatte ihn viele Male neu geschrieben und war sich trotzdem nicht sicher, ob das alles eine gute Idee war, aber nun hieß es jetzt oder nie. Sie betrachtete den offenen Briefkastenschlitz. Wenn sie ihn einmal eingeworfen hatte, war's das. Dann trat sie etwas los, was nicht mehr ungeschehen gemacht werden konnte. Ihre Hand verharrte vor dem Schlitz. Konnte sie den Brief wirklich abschicken? Sollte sie es tun? Aus dem Augenwinkel sah sie die größte Klatschtante des Ortes auf sich zukommen und schob den Brief schnell hinein. Sie bekam Herzflattern. Das war's; jetzt gab es kein Zurück mehr.

Maggie ging wieder den Hügel hinauf, weg von Furrow's Cross. Ihr kamen Zweifel. Würde sie bereuen, was sie gerade getan hatte? Oder konnte das ein Wendepunkt in ihrem Leben werden? Jetzt konnte sie nichts anderes tun als abwarten. Sie hatte das Gefühl, den größten Teil ihres Lebens mit Warten zugebracht zu haben. Auf den rechten Augenblick, an dem sie die Sache geraderücken konnte. Aber ob sie je die Chance dazu bekommen würde, lag nicht in ihrer Hand.

Maggie hatte den Hügel schon fast erklommen, als sie Toms Bus sah. Das hob ihre Stimmung. Sie beobachtete Tom beim Aussteigen. Wie so oft verriet seine Körperhaltung, wie es ihm ging. Die hängenden Schultern waren kein gutes Zeichen.

«Tom!», rief sie, und er drehte sich zu ihr um. Seine Miene hellte sich sofort auf.

«Ist alles in Ordnung?», fragte er.

«Ja, alles gut. Wie geht's dir?»

Er blies die Luft aus. «Ich war bei Dad. Er bedankt sich für den Kuchen.»

«Sehr gern geschehen. Und wie geht's ihm?», fragte sie, während sie den Weg zur Providence Farm einschlugen.

«Er hat sich und das Haus ein bisschen auf Vordermann gebracht.»

«Das ist ein sehr gutes Zeichen.»

Tom nickte, doch seine geschürzten Lippen verrieten, dass er nicht überzeugt war. «Er hat mich gefragt, wie es mir damit gegangen ist. Mit seinem Trinken.»

«Und hast du es ihm erzählt?»

«Nein, nicht so richtig.» Er schaute kurz in ihre Richtung.

«Und wie geht es dir, Tom?», fragte sie.

Er hob den Kopf. «Ich hasse ihn, wenn er trinkt. Aber das konnte ich ihm nicht sagen.»

«Vielleicht solltest du es tun. Wenn es doch so war.»

Tom machte große Augen. «Aber es ist schon ein bisschen brutal.»

«Ja, vielleicht. Aber ich glaube, wenn ihr beide ehrlich miteinander seid, ist das ein guter Anfang.» Maggie bereitete sich auf ein ähnliches Gespräch in der Zukunft vor.

Als sie sich dem Haus näherten, kam von hinten ein Kombi angefahren. Der Mann hinter dem Steuer winkte Maggie zu und hielt neben dem Farmhaus. «Was will der denn?», sagte Maggie leise zu sich selbst.

«Wer ist das?», fragte Tom.

«Der Tierarzt. Er ist ganz nett, aber normalerweise kostet es mich Geld, wenn ich ihn sehe ...» Sie wandte ihre Aufmerksamkeit dem Fahrer zu. «Gregory. Wie kommt's, dass Sie mich beehren?»

«Fraser Savage hat versucht, Sie zu erreichen.»

Maggie erblickte Savages Hund, Rusty, hinten im Wagen. «Was ist denn los?»

«Eine schwierige Geburt», sagte er, stieg aus und kam um den Wagen herum. «Sie hat viel Blut verloren. Ich nehme sie mit in die Praxis, um sie an den Tropf zu hängen und die nächsten vierundzwanzig Stunden ein Auge auf sie zu halten.» Er öffnete die Beifahrertür und beugte sich hinein.

«Dann hat sie die Welpen schon bekommen?», fragte Tom und spähte hinten ins Auto.

«Ja, aber nur diese beiden hier haben überlebt», sagte Gregory und kam mit einer kleinen Kiste wieder zum Vorschein. «Savage hat zu viel mit den Lämmern zu tun, um sich um sie kümmern zu können, darum wollte ich die Welpen auch mitnehmen, aber er hat versucht, Sie anzurufen, um zu hören, ob Sie vielleicht nach ihnen –»

«Oh ja!», rief Tom und rannte um den Wagen herum zum Tierarzt. «Natürlich machen wir das. Oder, Maggie?» Er schaute sie mit größeren Augen an als ein bettelnder Welpe es könnte.

Maggie schüttelte den Kopf. «Sie müssen rund um die Uhr gefüttert werden. Alle vier –»

«Alle zwei bis drei Stunden», unterbrach sie der Arzt.

«Aber das ist doch kein Problem.» Tom zog bereits den Pulli weg, mit dem die beiden zugedeckt waren. «Oh, wow. Maggie, du musst sie dir ansehen. Sie sind total niedlich.» Tom betrachtete die Welpen verzückt. «Wir kümmern uns um sie, oder Maggie?» Er bedachte sie erneut mit einem Hundeblick.

«Dazu bräuchten wir Milchpulver und Hunde-Pinkelpads», sagte Maggie.

«Ich habe ein Päckchen Milchpulver dabei. Das reicht für eine Fütterung, und ich kann eine meiner Mitarbeiterinnen bitten, heute Abend auf ihrem Heimweg noch mehr vorbeizubringen. Zusammen mit den Pinkelpads», sagte der Tierarzt. Maggie presste die Lippen aufeinander.

«Bitte, bitte», bettelte Tom und klang in diesem Moment erheblich jünger, als er war.

Maggie hatte das Gefühl, die beiden hätten sich verschworen. «Aber nur für vierundzwanzig Stunden.» Sie zeigte erst auf Tom und dann auf den Tierarzt, anschließend ging sie kopfschüttelnd hinein und überließ es Tom, die Welpen zusammen mit den Sachen vom Tierarzt ins Haus zu bringen. Sie hatte ihr Leben lang versucht, sich nicht an Dinge zu binden, aber wenn sie Tom so anschaute, wurde ihr klar, dass in diesem Fall bereits alles zu spät war.

Es war nicht kalt, aber die Welpen mussten warm gehalten werden, darum machte Maggie ihnen eine Wärmflasche und kramte alte Zeitungen zum Auslegen hervor.

«Sie brauchen einen Platz am warmen Kamin und eine kuschelige Decke, auf der sie liegen können, nicht das da», sagte Tom und drückte die Kiste schützend an sich.

«Sie sind erst wenige Stunden auf der Welt, Tom. Ich dachte, die Wärmflasche gibt ihnen vielleicht eher das Gefühl, ihrer Mutter nahe zu sein.»

«Okay, aber Zeitungspapier?» Er rümpfte die Nase.

«Sie werden erst mal nichts anderes machen als Dreck, und dazu kriegen sie keine Decke von mir. Der alte Pulli von Savage muss reichen. Komm, wir schauen sie uns mal an.»

Tom reichte ihr vorsichtig die Kiste. Die Welpen sahen aus wie Miniaturausgaben von Rusty und Mac – einer war ein Red Merle und einer schwarz-weiß, und beide hatten rosa Näschen. «Ich wette, Savage bedauert es, die anderen verloren zu haben. Mit denen kann man gutes Geld verdienen.»

«Wie viel denn?», fragte Tom und führte sein Gesicht ganz nah an die kleinen Hunde heran.

«Ungefähr tausend Pfund das Stück, schätze ich.»

«Wow.» Tom pfiff durch die Zähne, seine Schultern sanken herab. Maggie hatte schon befürchtet, dass er heimlich hoffte, einen von ihnen behalten zu können. Welcher Junge möchte keinen eigenen Hund?

«Ein Hund ist eine riesige Verantwortung, und er bindet einen stark. Futter und Tierärzte sind teuer. Und man kann einen Hund nie lange allein lassen. Als Rudeltiere brauchen sie andere Hunde oder Menschen um sich. Außerdem müssen sie zur Hundeschule, und Border Collies brauchen viel Auslauf und Beschäftigung. Sie sind sehr intelligent und möchten gefordert werden.» Maggie fürchtete, dass Toms Schultern nun noch weiter herabsinken würden. «Für die nächsten vierundzwanzig Stunden liegt ihre Pflege in deiner Verantwortung.» Sie reichte ihm die Kiste zurück.

«Was? Aber du hilfst mir doch, oder?»

«Morgen ist Samstag; du hast keine Schule. Ich bin sicher, du schaffst das», sagte Maggie. «Ich kümmere mich mal ums Abendessen.»

*

Tom nahm sein Essen auf einem Tablett mit ins Wohnzimmer, wo er die Welpen beobachten konnte. Wenn er eines war, dann engagiert. Maggie betrachtete das Ganze als eine gute Gelegenheit für ihn. Wenn es Probleme gab, war sie in der Nähe, aber wahrscheinlich würde es ihm guttun, die Verantwortung für so unselbstständige Wesen zu übernehmen. Er befolgte akribisch die Anweisungen zur Zubereitung des Milchersatzfutters, zog die erforderliche Menge mit der Spritze auf und verkleckerte prompt die Hälfte davon über den ersten Welpen.

«Oh nein!», rief Tom, und Maggie unterdrückte ein Glucksen.

«Du musst den Welpen still halten.»

«Aber er zappelt so», sagte Tom, der gerade versuchte, den kleinen Hund auf seinem Knie zu balancieren.

«Hier», sagte Maggie, nahm die Spritze und befüllte sie von

Neuem. «Du hältst ihn fest, und ich zeige dir, wie du die Milch vorsichtig aus der Spritze herausdrückst.»

Tom nahm den schwarz-weißen Welpen vorsichtig in beide Hände und beobachtete ihn staunend, während er saugte. Nachdem er den ersten wieder unter den Pulli gelegt hatte, nahm er den anderen aus der Kiste. «Jetzt tauschen wir. Ich halte sie fest, und du fütterst sie», sagte Maggie.

Dieses Tier war etwas lebhafter und winselte die ganze Zeit leise. Maggie vermutete, dass sie sehr hungrig war. Der Welpe kämpfte um die Spritze und strampelte mit den Beinen. «Die hier ist eine kleine Kämpfernatur.» Sie war kleiner als das schwarz-weiße Tier, und ihre hübsche Zeichnung entzückte auch Maggie.

«Welchen von beiden hättest du gern?», fragte Tom.

«Keinen von beiden», sagte Maggie. «Sie binden einen zu sehr ans Haus.» Ihre größte Sorge war allerdings, dass sie überleben und dann irgendwo in einem Tierheim landen würden.

Tom verzog das Gesicht. «Aber du gehst doch gar nicht viel aus dem Haus. Wäre ein Hund da nicht ein netter Gefährte?» Maggie klappte den Mund auf, um etwas zu erwidern, aber Tom redete schon weiter. «Und eine tolle Abschreckung gegen Einbrecher, wo du hier draußen doch alleine wohnst.»

«Ich bin die einzige Abschreckung gegen Einbrecher, die ich brauche. Na ja, ich und mein Luftgewehr.»

Tom sah niedergeschlagen aus. Er behielt den Welpen auf dem Schoß, wo er sofort einschlief, während Tom ihn streichelte. «Ich würde den hier nehmen. Ich hab noch nie einen Hund mit dieser Fellfarbe gesehen. Abgesehen von der Mutter.»

«Ja, sie ist hübsch, da gebe ich dir recht.» Wenigstens das räumte Maggie ein.

*

Tom kümmerte sich während der Nacht ganz toll um die Fütterung der Welpen und rief kein einziges Mal um Hilfe, obwohl

Maggie wach war und horchte. Sie war stolz auf ihn, weil er alleine klarkam. Am nächsten Morgen beseitigte er auch ganz von selbst ihren Dreck und steckte Savages Pullover in die Waschmaschine. Dann hatten sie eine schwierige Diskussion darüber, ob er in die Bücherei fuhr oder nicht. Er wollte sich nicht von den Welpen trennen, aber da er Farah versprochen hatte, zu ihrer ersten Vorlesestunde zu kommen, konnte er sie schlecht hängen lassen.

Unter der Bedingung, dass er nur eine Fütterung verpasste, hatte Maggie schließlich widerstrebend eingewilligt, in der Zwischenzeit die Welpen zu hüten. Sie hatte schon seit Monaten keine Buchklub-Sitzung mehr versäumt. Sie waren über lange Zeit ein wichtiger Bestandteil ihrer Woche gewesen, aber auch wenn Maggie dieses Treffen nicht gern verpasste, war sie auch nicht untröstlich darüber. Tom würde teilnehmen und der Gruppe zusammen mit seinen auch ihre Eindrücke schildern. Das Buch hatte ihr gefallen, und sie vermutete, dass es den meisten anderen auch zugesagt hatte, was dann in der Regel nicht zu sonderlich angeregten Gesprächen führte.

Als Tom wenige Stunden später zurückkam, lief er schnurstracks an Maggie vorbei zu den Welpen.

«Hallo, Tom», sagte Maggie, aber da sie keine Antwort bekam, setzte sie das Gespräch alleine fort. «Hallo, Maggie. Wie bist du mit den Welpen klargekommen? Ach, ganz gut, danke ...»

«Hast du sie gefüttert?», fragte Tom und kam in die Küche marschiert.

«Ja. Savage hat angerufen. Gregory bringt Rusty heute Abend zurück, wenn er die Praxis zumacht. Es geht ihr gut.»

Tom schob die Hände tief in die Taschen seiner Jeans. «Dann geben wir sie also zurück?», fragte er betrübt.

«Da Savage im Moment so viel zu tun hat und Mac ziemlich ungestüm ist, habe ich ihm angeboten, dass Rusty ein paar Tage hierherkommen kann.»

Tom stolperte fast über seine Füße, so schnell lief er los, um Maggie um den Hals zu fallen. Diese spontane Reaktion überraschte sie, und sie schluckte heftig. «Nur ein paar Tage», wiederholte sie, um Fassung ringend. Er ließ sie los und sah plötzlich verlegen aus.

«Danke, Maggie. Du bist die Beste!»

«Mag sein, aber jetzt erzähl mir, was ihr beim Buchklub besprochen habt und was es Neues über die Bücherei gibt.»

Tom holte ihnen beiden was zu trinken, und sie begaben sich ins Wohnzimmer, wo die Welpen herumzappelten und auf ihre nächste Fütterung warteten. «Farah war super», sagte Tom, hielt den Blick aber auf die Hunde gerichtet. «Acht Kinder sind gekommen. Am Anfang waren alle total aufgedreht und sind herumgerannt und so. Aber Farah hat ihnen gesagt, dass sie eine echte Fee und einen echten Drachen kennt und dass sie ihnen Geschichten darüber erzählt, wenn sie sich hinsetzen. Dann hat sie vorgelesen und dabei alle Rollen mit unterschiedlichen Stimmen vorgetragen. Die Kinder haben es geliebt. Und ich glaub, der Typ von der Gemeindeverwaltung war auch beeindruckt.»

«Welcher Typ, ich meine, Mann denn?», fragte Maggie.

«Nicht der, der schon mal da war. Das jetzt war einer, den Christine kannte. Sie war dem Nervenzusammenbruch nahe. Sie wusste wohl nicht, dass er kommen würde. Und sie war auch nicht allzu angetan davon, dass du nicht beim Buchklub-Treffen warst …» Er zog eine Augenbraue hoch.

«Und wessen Schuld war das?» Sie zeigte abwechselnd auf Tom und die Welpen.

«Ich hab ihnen gesagt, du hättest einen Notfall, aber wir waren zu zehnt, also war es kein Problem.» Tom hob den Red-Merle-Welpen vom Boden auf und streichelte ihm über den Kopf.

«Du meinst also, sie haben mich gar nicht vermisst?»

«Das habe ich nicht gesagt.»

«Egal, aber sag mal, hast du mit dem Mann gesprochen?»

«Ja, ich hatte eigentlich keine Lust, aber Christine hat mich ihm vorgestellt. Ich glaube, sie wollte ein bisschen von sich ablenken. Also hab ich ihm von den Internetkursen für Senioren erzählt, und er hat mich gefragt, ob ich das in der Bücherei in der Stadt machen will.»

«Und was hast du geantwortet?» Maggie beugte sich vor.

«Dass er das ja selbst machen kann.» Maggie legte ungläubig den Kopf schief. «Ich hab ihm klargemacht, dass meine Priorität, bis ihre Zukunft gesichert ist, eindeutig auf unserer Bücherei liegt.»

Maggie stand der Mund offen. «Was Besseres hättest du gar nicht sagen können, Tom.»

«Ja, fand ich auch.»

Er steckte wirklich voller Überraschungen.

# 31

## TOM

In der Nacht auf Sonntag hab ich kaum geschlafen. Ich bin dauernd nach unten gerannt, um nach Rusty und den Welpen zu sehen, mit denen aber alles gut war. Ich hab nur dauernd Panik gekriegt, weil ich die kleine Braungefleckte nicht gefunden hab. Ihr Fell ist kaum von dem ihrer Mutter zu unterscheiden, und ich hatte Angst, dass sie irgendwie abgehauen ist. Am Ende hab ich dann auf dem Sofa gepennt, aber das hat mir nichts ausgemacht. So konnte ich die Hunde stundenlang angucken. Wer braucht einen Fernseher, wenn er Welpen hat?

Als ich hörte, dass Maggie wach ist, bin ich unter die Dusche gehüpft und hab mein bestes Shirt und eine saubere Jeans angezogen, weil Farah am Sonntag zum Lunch kommen wollte. Maggie hat es natürlich gemerkt. Sie grinste, als ich in die Küche kam. Sie glaubt, dass ich auf Farah stehe, was ja auch stimmt. Wer würde das nicht tun? Aber ich hab in den letzten Tagen viel nachgedacht. Maggie hatte recht, als sie Farah eine gute Freundin von mir genannt hat. Maggie hat meistens recht.

Farah wurde von ihrem Dad gebracht, und er und Maggie haben an der Tür noch eine Weile über die Bücherei geplaudert. Dann haben sie vereinbart, dass Farah ihn anruft, wenn sie abgeholt werden will. Ich hab dann mit Farah eine Tour über die Farm gemacht. Sie hatte ihre Gummistiefel mitgebracht – mit pastellfarbenen Streifen. So niedliche Stiefel hab ich noch nie gesehen. Sie hat winzige Füße. Das war mir vorher nie aufgefallen.

«Bin in einer Sekunde wieder da», sagte ich zu ihr und trabte zur Scheune. Als ich mit dem Quad angebraust kam, war sie gerade in die Aussicht vertieft, und als sie sich umdrehte, konnte ich sehen, dass sie ganz schön beeindruckt war. Ihr fiel buchstäblich die Kinnlade runter, und sie hat vor Aufregung gequietscht. Ich weiß genau, wie sie sich gefühlt hat, denn mir ging es genauso, als Maggie zum ersten Mal auf den Hof gefahren kam. Farah ist aufgestiegen, und ich hab ihr Maggies Ländereien gezeigt. Dabei stellte sie mir jede Menge Fragen. Besonders zu Maggies «Selbstversorgungsprinzip», wie sie es nannte.

Am Hühnerhaus legte ich einen Stopp ein. «Magst du Eier?»

«Klar.»

Ich reichte ihr den Weidenkorb. «Dann lass uns ein paar frische für dich sammeln.»

Es gefiel mir sehr, wie breit Farah grinste. Das erinnerte mich daran, wie sehr ich es liebe, bei Maggie zu sein. Als ich eine der Klappen vom Hühnerhaus aufgemacht hab, saß ein Huhn drinnen auf der Stange, und die anderen haben laut gegackert, sodass Farah vor Schreck zusammengezuckt ist. Das war so lustig.

«Wie läuft es denn mit deinem Vater?», fragte sie während der Eiersuche.

«Ganz okay.» Sie betrachtete mich aufmerksam. «Na ja, nicht so toll.»

«Du kannst es mir ruhig erzählen. Ich sage es nicht weiter.» Sie schaute mich an und wartete.

«Ja, ich weiß, aber …» Was sollte ich ihr sagen?

«Vielleicht kann ich ja helfen. Das mach ich gern, wenn ich was tun kann.» Sie war so nett – wie hätte ich es ihr nicht erzählen können?

Ich holte tief Luft. «Er ist Alkoholiker.»

«Oh, Tom.» Sie sah schockiert aus.

«Aber er holt sich jetzt Hilfe. Und hoffentlich schafft er es, mit dem Trinken aufzuhören.»

«Gehst du dann zurück nach Hause?»

Ich kaute auf meiner Unterlippe. «Irgendwann muss ich wohl. Aber schau dich doch nur um. Das ist, wie permanent in den Ferien zu sein.» Ich breitete die Arme aus und drehte mich um mich selbst. Weil Farah lachte, drehte ich mich noch ein bisschen weiter, aber dann musste ich aufhören, weil mir schwindlig wurde.

Die Lämmer waren in Form und liefen für Farah ein paarmal um die Wette – als wollten sie vor ihr angeben. Daenerys und Tyrion fraßen ihr Grashalme aus der Hand, und ich schwöre, wenn ein Vogel gekommen wäre und ihr die Haare geflochten hätte und Eichhörnchen ihr die Schnürsenkel gebunden hätten, hätte sie Schneewittchen nicht ähnlicher sehen können. Ich erzählte ihr die Geschichte von der Geburt der Lämmer – ohne mein Geflenne und Gewürge zu erwähnen, versteht sich –, und sie wirkte angemessen beeindruckt.

«Ich kann total verstehen, dass du gern hier bist. Und Maggie ...» Sie blickte zurück zum Haus. «... ist sowieso ein Riesenschatz.»

«Absolut.»

Auch bei Colin schauten wir natürlich vorbei. Ich hatte Farah in bunten Farben ausgemalt, wie aggressiv er sich immer verhielt, aber dann stand er einfach auf der Weide rum, kaute ganz ruhig sein Gras und tat so, als könnte er keiner Fliege was zuleide tun. Ich schwöre, das er hat mit Absicht gemacht. Wenigstens konnte ich Farah zum Beweis noch die Reparaturen zeigen, die an dem Gatter nötig gewesen waren, und ich denke, sie hat mir geglaubt.

Als wir zurückkamen, schob Maggie gerade die Yorkshire Puddings in den Ofen. Mein Timing war perfekt, das Beste hatte ich für den Schluss aufgehoben. Wir wuschen uns die Hände, dann führte ich Farah ins Wohnzimmer, wo Rusty zur Begrüßung an die Tür kam und dann direkt zurück zu ihren Welpen trottete.

«Das ist Rusty. Sie ist vorübergehend bei uns, weil sie sich von einer schwierigen Geburt erholt. Sie hat sechs Welpen geworfen, aber vier davon verloren.»

«Oh, du Arme!» Farah kniete sich neben Rusty; die Hündin leckte ihr die Hand ab und klopfte dabei mit dem Schwanz auf den Boden. «Darf ich die Welpen anfassen?»

«Klar, mach nur.»

«Wie heißen sie denn?»

«Sie haben noch keine Namen. Möchtest du ihnen welche geben?» Das konnte ja nicht schaden. Maggie hatte mir erzählt, dass das Gehör der Welpen erst fertig ausgebildet ist, wenn sie zwei Wochen alt sind. Farah strahlte mich an. «Der schwarz-weiße ist ein Männchen, und das hier ist ein Weibchen.»

«Wie wär's mit Sheldon und Penny? Ich liebe *The Big Bang Theory*. Du auch?»

«Ja, total. Früher hab ich das andauernd geguckt.» Das war möglicherweise etwas übertrieben, aber ein paar Folgen hatte ich gesehen. Farah betrachtete das Schwarz-Weiß-Foto auf dem Tisch.

«Ist das Maggie?»

«Ja. Und das Baby, das sie im Arm hält, ist ihr Sohn. Er ist gestorben.»

«Oh, das ist aber traurig. Wie alt war er denn?»

«Ich weiß es nicht. Sie redet nicht gern über ihn.» Es entstand eine lange Pause, in der ich nicht wusste, was ich sagen sollte, und ich glaube, Farah ging es genauso. Sie streichelte die Welpen noch ein bisschen, dann rief Maggie uns zum Mittagessen.

*

Maggies Sonntagsbraten war zum Reinlegen, wie immer. Farah stellte ihr eine Menge Fragen zum Gemüseanbau, die sie mit sichtlicher Freude beantwortete. Offenbar kocht sie saisonal – wer hätte das gedacht? Ich hab mit dem Gemüsebeet nichts zu tun, aber wenn ich so darüber nachdenke, muss sie da jede Woche eine Menge Kram ausbuddeln.

Maggie bot uns Cola und Apfelsaft an, aber weil Farah einen kleinen Vortrag darüber hielt, wie schlecht Cola angeblich für die Zähne ist, tranken wir beide Saft. Vielleicht schränke ich meinen Cola-Konsum mal etwas ein.

Nachdem wir einen Rhabarber-und-Erdbeer-Crumble verputzt hatten, der ganz sicher der beste Crumble des Planeten war, räumte ich den Tisch ab und holte meine Schulbücher von oben runter. Als Farah das neueste iPad aus der Tasche zog, war ich dran mit Beeindrucktsein.

Dann fiel mir ein: «Oh, tut mir leid, Farah, hier gibt's gar kein WLAN», sagte ich frustriert.

«Kein Problem, das Pad hat 4G.»

«Der Empfang ist aber leider auch grottig. Obwohl: Oben an der Treppe hatte ich immerhin mal einen Balken.»

«Kann ich's versuchen?» Farah schaute mich an.

«Klar.» Ich zeigte nach oben wie ein Vollidiot.

Die nächste Stunde war vielleicht die beste in meinem ganzen Leben. Farah und ich saßen nebeneinander auf der obersten Stufe und schauten uns Lernmaterialien im Internet an, immer wieder unterbrochen von Dingen, die sie mir unbedingt zeigen musste, was meistens irgendein Youtuber war, der hirnloses Zeug von sich gab.

«Hört mal», sagte Maggie irgendwann unten an der Treppe. «Wollt ihr mir nicht mal zeigen, wie so ein Tablet funktioniert? Ich überlege nämlich, mir auch so was zuzulegen.»

«Klar», sagte Farah. Ich setzte mich eine Stufe höher hin, und Maggie nahm meinen Platz ein. Wir blieben zu dritt dort sitzen, während Farah Maggie die Basics erklärte und ihr dann das iPad in die Hand drückte.

«Probier mal Google Earth aus. Das ist genial», sagte ich, auf das Icon tippend.

Maggie gab ihre Postleitzahl ein, und nach drei Fehlversuchen zoomte das Programm schließlich aus dem Weltall bis nach Furrow's Cross heran.

«Zoom noch ein bisschen näher ran», forderte ich sie auf. Maggie stach mit einem Finger auf den Bildschirm ein. «Mit zwei Fingern, wie Farah es dir gezeigt hat», sagte ich.

«Ich zeig dem blöden Ding gleich zwei Stinkefinger!», rief Maggie genervt und gab Farah das Pad zurück. Wir lachten alle herzhaft. Maggie verschwand wieder irgendwo im Haus, und wir lernten weiter.

Als Farahs Handy plötzlich einen Ton von sich gab, sahen wir uns überrascht an. Sie zückte ihr Telefon, und weil wir so dicht zusammen saßen, konnte ich erkennen, wer ihr geschrieben hatte: Josh Kemp. Ausgerechnet. Was zur Hölle schrieb er ihr?

Farah tippte rasch eine Antwort ein und steckte das Handy sofort wieder weg, aber ich war jetzt angespannt. «Hör zu, Farah», sagte ich. «Es geht mich ja nichts an, aber Josh Kemp ist kein guter Typ.»

Sie legte den Kopf schief. «Willst du mich vor ihm warnen?»

Ich hielt die Hände hoch. «Nein! Du kannst dich natürlich treffen, mit wem du willst, aber ...» Dann kam mir ein Gedanke. Farah war viel zu gut für Kemp. «Oder doch, eigentlich schon. Ich kann dir nur abraten. Kemp ist ein Schlägertyp. Du hast echt was Besseres verdient als ihn.» Die Worte sprudelten einfach so aus mir raus.

«Ach, du meinst jemanden wie dich?» Sie runzelte die Stirn.

«Nein, nicht wie mich.» Aber es war egal, was ich sagte, denn die Röte, die mir ins Gesicht stieg, verriet mich ohnehin.

Farah sagte nichts mehr. Sie sah wütend aus, packte ihre Sachen zusammen und rannte nach unten. In meiner Panik fiel ich beinahe hinter ihr die Treppe runter.

«Hör zu, Farah, es tut mir leid. Das war blöd von mir.»

Sie ignorierte mich. «Maggie, ich lasse mich dann gleich von meinem Vater abholen. Ich möchte gern nach Hause.»

*Super, Tom, ganz toll. Du hast – mal wieder – alles vermasselt.*

# 32

## MAGGIE

Ein paar Wochen später war der Knöchel fast vollständig verheilt, und Maggie konnte ihren Yogaübungen wieder mehr Aufmerksamkeit schenken. Der Plan war, ihr Bein durch ihre eigene Art von Physiotherapie zu kräftigen, damit sie bald wieder mit dem Kampfkunsttraining beginnen konnte. Und tatsächlich baute sie langsam Kraft auf, was bewies, dass es funktionierte. Tom wollte unbedingt besser werden, aber vom Sessel aus konnte sie ihn nur begrenzt anleiten.

Auch im Yoga hatte Tom sich deutlich gesteigert. Sie meditierten täglich zusammen, und die unterschiedlichen Haltungen konnte er auch schon ganz gut. Nur hatte er so gut wie keine Körperspannung, was seltsam war, weil die meisten Männer, die Maggie kannte, geübt darin waren, ihren Bauch einzuziehen, vor allem wenn junge Frauen in der Nähe waren. Aber vielleicht entwickelte sich diese Fähigkeit erst später im Leben, mit der Ausbildung einer Wampe?

Eines Abends übte sie stundenlang mit Tom Kopfstand. Nach etlichen Fehlversuchen brachte er dann endlich eine wackelige Version davon zustande, aber vorher hatten sie sich gekugelt vor Lachen. Es war schön, ihn wieder fröhlicher zu sehen. In den ersten Tagen nach dem Krach mit Farah war er sehr still gewesen, und sie hatte das Thema bewusst nicht angeschnitten, doch irgendwann hatte er ihr von sich aus von dem Streit erzählt.

Es fiel Maggie schwer, nicht parteiisch zu sein, aber sie versuchte dennoch, wenigstens vorübergehend einen unvoreingenommenen Standpunkt einzunehmen. Als Frau konnte sie Farahs Haltung absolut verstehen. Auf der anderen Seite klang dieser Joshua Kemp nach einem echten Widerling, und wenn Farah das selbst noch nicht mitbekommen hatte, dann war ein warnender Hinweis eigentlich lobenswert. Bedauerlicherweise hatte Farah jedoch Anstoß an Toms Verhalten genommen und ignorierte ihn in der Schule. Auch in der Bücherei war sie seither nicht mehr gewesen. Beides betrübte Maggie. Tom hatte nicht viele Freunde – worüber sie sich mal länger unterhalten hatten, während sie beide im Unterarmstütz waren.

«Du wirst dein Leben lang immer wieder neue Menschen kennenlernen, Tom, und davon werden einige zu Freunden, aber die meisten nicht.»

«Dann musst du ja Unmengen von Freunden haben.»

«Nein. Eigentlich nicht. Ich war nie gut darin ... Kontakt zu halten.» In Wahrheit war sie immer auf Abstand geblieben. Das war eine bewusste Entscheidung gewesen, eine Art Selbstschutz, aber keine, die sie anderen empfehlen würde.

«Sind die Leute im Buchklub denn nicht deine Freunde?» Tom entspannte seine Muskeln und ließ sich auf den Bauch fallen.

«Hmm.» Es war nachvollziehbar, warum er das glaubte, und die Frauen im Buchklub waren auch nett und ein sehr wichtiger sozialer Kontakt für sie, doch sie kannte keine von ihnen gut genug, um sie auf einen Kaffee zu sich einzuladen. «Es gibt dort eigentlich niemanden, mit dem ich wirklich harmoniere.»

«Ich verstehe, was du meinst.» Tom setzte sich in den Schneidersitz. «Manchmal glaubt man, man hätte jede Menge Freunde. Das war bei mir in der Grundschule so. Ich dachte, alle Jungs in meiner Klasse wären meine Freunde. Aber dann passierten Dinge, die mir gezeigt haben, dass sie eben keine Freunde waren, sondern einfach nur Jungs aus meiner Klasse.» Tom starrte traurig aus dem Fenster. Das war wieder einer dieser Momente, in denen Maggie sich wünschte, ihm all seinen Kummer nehmen zu können. Sie löste sich ebenfalls aus dem Stütz und ging in dieselbe Haltung wie er.

«Freunde sind mehr als die Gesichter, die in deinem Leben kommen und gehen. Freunde sind die, mit denen du eine echte Beziehung aufbaust und die dir ein Leben lang erhalten bleiben. Du wirst auf deinem Weg eine Million Menschen treffen, und nur einige wenige davon werden es wert sein, dass du deine Zeit mit ihnen verbringst.»

«*Klug auswählen du musst*, sagt Yoda.» Tom grinste von einem Ohr zum anderen, aber er hatte es auf den Punkt gebracht.

*

Am Samstagmorgen war es ein Kampf, Tom dazu zu bringen, sich von den Welpen zu trennen und in den Bus zu steigen. Der Ausflug in die Bücherei würde ihm guttun, außerdem war er für einige Internetkurse mit Senioren gebucht, darum ließ sie nicht zu, dass er kniff. Für den Fall, dass Farah auch dort war, hatten sie darüber hinaus eine Gelegenheit, ihren Streit beizulegen. Nach Maggies Erfahrung ging man Probleme besser früher an als später. Wenn man nichts unternahm, gärten sie lange vor sich hin, manchmal sogar ein Leben lang.

«Glaubst du, mit Penny ist alles in Ordnung? Ich hab das Gefühl, dass sie nicht so gut hört wie Sheldon.» Tom schaute sehnsüchtig die Einfahrt hoch, als der Bus losfuhr.

«Ich finde, du übertreibst es mit deiner Sorge um die Hunde. Wenn du den ganzen Tag in der Schule bist, kommen sie doch auch klar. Sie haben gerade erst die Augen geöffnet, und das Gehör ist der letzte Sinn, der sich vollständig ausbildet, ihre Ohren fangen also gerade erst an, richtig zu funktionieren. Es wird alles in Ordnung mit ihr sein.»

«Hast du noch mal darüber nachgedacht, einen von ihnen zu behalten?», fragte er.

Sie brauchte ihn nicht anzuschauen, um zu wissen, dass er sie mit größeren Kulleraugen ansah als die Welpen. «Nein, keine Sekunde. Ich brauche keinen Hund.»

Tom schnaufte enttäuscht und ließ sich gegen das Fenster fallen. Maggie mochte es, wenn er sich wie ein richtiger Teenager benahm. Er hatte nach dem Tod seiner Mum und all dem, was in letzter Zeit mit seinem Dad passiert war, zu früh erwachsen werden müssen, und es beruhigte sie zu sehen, dass er sich seinem Alter entsprechend verhielt.

Als der Bus nach Compton Mallow reinfuhr, wurde Tom wieder munter. Sein Blick flog hin und her. Maggie wusste, nach wem er Ausschau hielt, aber von Farah war weit und breit nichts zu sehen. Tom schlich in die Bücherei und schaltete die Computer an.

«Ist alles in Ordnung mit ihm?», fragte Christine.

«Herzschmerz. Wie geht's dir?»

Christine winkte ab. «Ich schaue mich nach einer neuen Stelle um.»

«Aber wir kämpfen doch um deine Stelle hier.» Maggie musste sich zusammennehmen, um ihren Frust nicht zu deutlich zu zeigen.

«Ja, schon, aber ich glaube, ich muss zweigleisig fahren. Sie schließen zwei andere Büchereien in der Gegend, und die Angestellten dort haben sich schon andere Jobs gesucht.»

«Damit spielst du der Gemeindeverwaltung doch nur in die Hände.» Maggie straffte die Schultern. Manchmal kam es ihr so vor, als würde sie im Alleingang gegen die Schließung angehen.

«Hmm», war Christines verhaltene Reaktion. «Ich habe noch nichts rausgeschickt, aber eine Firma in der Stadt hat eine Assistentenstelle in der Direktion ausgeschrieben.»

«Aha. Nun, dann betrachten wir das als deinen Plan B. Aber Plan A ist die Rettung der Bücherei. Oder?»

«Ja, natürlich. Ich hab noch mehr Plakate hergestellt.»

Gott bewahre, dachte Maggie, während sie vortäuschte, sich

für die nichtssagenden DIN-A4-Blätter zu interessieren, mit denen Christine ihr aufgeregt vor der Nase herumwedelte. Sie brauchten etwas, was Schlagzeilen machte. Der Artikel in der Lokalzeitung hatte zwar für einige Leserbriefe von Unterstützern gesorgt, war aber trotzdem im ganzen Ort bald als Unterlage für Katzenstreu benutzt worden, womit sich dann auch die Hoffnung des Reporters auf seinen großen Durchbruch erledigt hatte. Maggie musste nachdenken.

Die Gemeindeverwaltung verhielt sich sehr ruhig, was ihren Argwohn weckte. Sie hatte sich in ihrem Misstrauen schon alle möglichen Theorien zurechtgelegt, aber keine Möglichkeit herauszufinden, ob tatsächlich bereits dubiose Verhandlungen mit potenziellen Nachmietern geführt wurden. Wenn sie darüber verlässliche Informationen hätte, würde sie die Sache auffliegen lassen und die Bücherei auf diesem Weg retten können. Doch das funktionierte natürlich nur, wenn hinter den Kulissen wirklich etwas Pikanteres geplant wurde, als dass die Gemeinde Geld zu sparen versuchte. Maggie vermutete, dass die Bürokraten in der Verwaltung einfach abwarteten, bis die zwölf Wochen rum waren, und die Bücherei dann handstreichartig schließen würden. Aber nur über ihre Leiche.

# 33

## TOM

Die Diskussion des Buchklubs verfolgte ich nur halbherzig. Wir hatten *Saving Grace – Bis dein Tod uns scheidet* von B.A. Paris gelesen, und es hatte mir auch gefallen. Ich wartete jedoch ungeduldig auf den Schlussteil des Treffens, weil man dann Bücher für die nächste Woche vorschlagen konnte. Ich hatte lange überlegt und wollte einige Titel vorschlagen, die ich gut fand. Das war nicht ganz ohne, weil die anderen Mitglieder ziemlich rechthaberisch sein konnten und sich manchmal gegenseitig ins Wort fielen.

Ich hatte gehofft, dass Farah kommen würde, aber sie ließ sich nicht blicken. Irgendwann musste sie allerdings auftauchen, denn sie gestaltete die Vorlesestunde für die Kinder, die inzwischen megabeliebt war.

«So, jetzt zu den Vorschlägen für die nächsten Wochen», sagte Betty, jedoch ohne darauf zu warten, ob irgendwer etwas sagen wollte. «Ich finde, wir sollten uns mal wieder mehr literarische Titel vornehmen.» Die Reaktionen waren verhalten. «Ich glaube einfach, dass wir ambitionierter werden und unseren Fokus erweitern sollten. Schließlich sind wir ein Buchklub. Und wir lesen kaum je anspruchsvolle Literatur.»

Ich räusperte mich. Nicht, um die Aufmerksamkeit auf mich zu lenken, sondern weil ich nicht wollte, dass meine Stimme krächzig klang. Alle sahen mich an. Jetzt musste ich auch was sagen. Maggie lächelte und nickte mir zu. «Wir lesen auch nicht viele Liebesromane. Ich hab mich ja gefragt, ob wir das nicht mal wieder tun sollten. Wenn Sie mögen.» Die Mienen um mich herum wirkten gleich viel fröhlicher, was mich freute.

Betty war jedoch wenig begeistert. «Ich sagte ambitionierter, Tom», sagte sie auflachend. Sie machte sich über mich lustig.

«Ja, mir ist schon klar, was das heißt. Ich finde nur, was Modernes wäre auch gut.» Maggie blickte zu mir rüber, und ich schwöre, sie hätte eine Runde applaudiert, wenn sie gekonnt hätte. Ich legte ein Buch auf den Tisch. *Love to share – Liebe ist die halbe Miete* von Beth O'Leary. Das ist eine romantische Komödie, aber sie ist anders.

Maggie beugte sich vor und studierte den Einband. «‹Tiffy und Leon teilen sich eine Wohnung. Tiffy und Leon teilen sich ein Bett. Tiffy und Leon sind sich noch nie begegnet.› Na, wenn das nicht neugierig macht», sagte sie und klatschte nun tatsächlich. Auch andere am Tisch nickten beifällig. Betty schnaubte zwar, meinte aber, wir könnten das Buch ja auf die Liste setzen. Ich lehnte mich zurück, kippelte mit meinem Stuhl und hatte das Gefühl, einen kleinen Sieg errungen zu haben.

Da ging die Tür auf, und ich drehte mich schnell um. Es war Farah. Mein Stuhl geriet gefährlich ins Wanken, und ich hielt mich am Tisch fest, woraufhin ein Wasserglas umfiel und sich über Bettys Kalender ergoss.

Bis ich mich entschuldigt und alles aufgewischt hatte, war Farah bereits in der Kinderecke verschwunden. Ich bin so ein Tölpel.

Meine beiden frisch angeworbenen Alten tauchten auf, um sich von mir in die Nutzung des Internets einweisen zu lassen. Einer von den beiden wusste aber buchstäblich noch rein gar nichts über den Umgang mit Computern, sodass ich am besten damit angefangen hätte, zu erklären, wie man so ein Teil anschaltet.

«Ich hab das Ding verloren, das immer so blinkt», sagte Mr. Mendle.

«Den Cursor», sagte ich. «Er ist nicht weg, Sie müssen nur runterscrollen.» Er sah mich verständnislos an. Ich zeigte ihm noch einmal, wie man mit der Maus scrollt, aber ich glaube nicht, dass er es verstanden hat. Meine andere Schülerin war Alice. Sie hatte ganz konkret um Hilfe beim Onlineshopping gebeten und trieb sich vergnügt auf der Website von Marks & Spencer herum.

«Ohhh! Jetzt ist alles weg», sagte Mr. Mendle. Sein Bildschirm war leer.

«Nein, es ist alles gut. Versuchen Sie, nicht gleich in Panik zu geraten. Sie haben die Seite nur geschlossen, mehr nicht.» Ich zeigte ihm, was er tun musste.

«Du bist ein Genie», sagte Mr. Mendle und hielt die Maus fest umklammert.

«Ach was, ich hab nur Übung in solchen Dingen.»

«Und bescheiden ist er auch noch», sagte Alice. «Wenn ich nach BHs suchen will, tippe ich BH in diesen Kasten da, stimmt das?»

Ich versuchte, nicht rot anzulaufen, als plötzlich die Tür aufging und mein Dad hereinkam. Ich schaute über die Schulter und fühlte mich gleich besser, als ich sah, dass Maggie es mitbekommen hatte – sie war eine gute moralische Stütze.

«Hey, wie geht's», sagte ich zu ihm.

«Wir müssen reden.» Er sah ernst aus.

«Ich bin gerade beschäftigt.» Ich zeigte auf das über den Computern hängende Schild, das für die Internetkurse für Senioren warb.

«Ich akzeptiere kein Nein. Du bist mein Sohn.»

Alice sah mit offenem Mund zu, während Mr. Mendle die Maus auf den Tisch haute.

«Du wirst dich gedulden müssen», sagte ich zu Dad.

«Nein, ich bin's satt, von dir behandelt zu werden wie ein Stück Sch…» Er schien zu spüren, dass ihn alle beobachteten. «Ich hab's nur satt, so behandelt zu werden, das ist alles.»

Ich sah sofort rot. «Ach, du hast es satt?»

«Ja.»

«Und was ist mit mir?» Ich wurde lauter und definitiv zu laut für die Bücherei. Ich spürte Maggie, bevor ich bemerkte, dass sie direkt hinter mir stand.

«Hallo, Paul, ich bin Maggie.» Sie streckte ihm ihre Hand entgegen. Er schaute sie an und nahm sie nach kurzem Zögern.

«Er muss nach Hause kommen», sagte Dad.

«Auf keinen Fall. Du kannst mich nicht zwingen.» Ich war stinksauer, dass er mich in der Bücherei derart in Verlegenheit brachte.

«Wissen Sie was, Paul?», sagte Maggie und griff nach ihrer Strickjacke. «Ich würde sehr gern ein bisschen mit Ihnen plaudern. Wollen wir Tom in Ruhe seine Schulung beenden lassen und solange rausgehen? Wir möchten doch nicht, dass der Junge sich unwohl fühlt, oder?» Sie fixierte ihn mit einem ihrer berüchtigten Blicke.

«Ich will ihn nicht –»

«Ja, ich bin sicher, Sie wollen ihn nicht in Verlegenheit bringen», beendete sie den Satz für ihn. Obwohl ich mir ziemlich sicher bin, dass er was anderes sagen wollte. «Lassen Sie uns draußen eine Runde drehen.» Sie drehte sich zu mir um. «Du mach hier weiter und kümmere dich nicht um uns.»

Sie führte ihn hinaus, und alle wandten sich wieder ihren Büchern zu. Ich blickte zu Farah rüber. Sie schaute mitfühlend in meine Richtung, aber dann wandte sie sich ab und las den Kindern weiter vor.

«Sag mal, Tom ...», kam es von Alice. «Würdest du diese BHs in Pink oder in Weiß kaufen?»

# 34

## MAGGIE

Maggie entschied, dass ein Spaziergang zur Kirche eine gute Wahl war. Ob man nun religiös war oder nicht, die Kirche strahlte eine gewisse Aura aus, und sie hoffte, sie würde Paul beruhigen.

«Ihr Tom ist ein toller Junge», sagte sie.

«Das ist mir klar», sagte Paul in einem offen feindseligen Ton. «Ich will, dass er wieder zu mir zieht. Es ist nicht richtig, dass er bei einer …» Maggie schaute ihn an, während er nach den richtigen Worten suchte.

«Bei einer alten Frau wohnt?», schlug sie vor.

Er nickte und korrigierte sich dann: «Bei jemandem, der nicht zur Familie gehört.»

«Da bin ich ganz Ihrer Meinung», sagte sie und freute sich über seine verwirrte Miene.

«Äh, gut. Dann ist ja gut.» Er steckte die Hände in seine Hosentaschen, genau wie Tom, wenn ihm eine Situation nicht behagte.

Schweigend gingen sie ein Stück weiter. Als sie am Friedhofstor ankamen, schob Maggie es auf und ging hindurch. Als sie es ihm aufhielt, bemerkte sie, dass er ihr nicht folgte.

«Da drüben steht eine Bank, von der man einen hübschen Blick hat», sagte sie. «Ich dachte, wir könnten uns dort hinsetzen und warten, bis Tom fertig ist.»

«Ich bin nie …» Er zeigte mit dem Kopf auf den Friedhof, und jetzt dämmerte Maggie, was das Problem war.

«Oh, tut mir leid. Wie gedankenlos von mir. Wir können auch woanders hingehen.» Sie hielt das Tor fest und wartete.

«Nein, ist schon okay.» Er trat ein.

«Das mit Ihrer Frau und dem Baby tut mir wahnsinnig leid», sagte sie.

«Er hat Ihnen also davon erzählt.» Paul blinzelte schnell.

«Ja, wir reden viel. Es ist nicht gut, wenn man alles in sich reinfrisst.»

Paul schnaubte verächtlich. Sie folgten dem Weg zu der Bank, und Maggie setzte sich. Paul ließ sich zögerlich am anderen Ende nieder.

«Sie hatten es nicht leicht, was, Paul?»

Wieder dieses Schnauben. «Mir geht's gut.»

«Oh, ja, das weiß ich. Ich sage ja nur, dass Sie eine Menge durchgemacht haben. Und Tom auch.»

«Ihm geht's gut.»

Langsam wurde ihr klar, wo das Problem lag. «Nein, ihm geht's nicht gut, Paul. Ihm geht's überhaupt nicht gut. Er hat riesige Angst, Sie zu verlieren.»

Paul hatte den Mund schon zum Widerspruch geöffnet, doch ihr letzter Satz schien ihn zu treffen wie ein Hammerschlag. Sein Blick verharrte einen Moment forschend auf ihrem Gesicht. «Er ist derjenige, der gegangen ist», sagte er, doch sie hatte ihm spürbar den Wind aus den Segeln genommen.

«Das meinte ich nicht. Er hat Angst, dass Sie sterben könnten. Dass Sie sich mit dem Trinken umbringen.»

«Ich hab aufgehört.» Er sagte es zwar, doch seine verlegene Miene verriet ihn.

«So einfach ist das nicht, nicht wahr, Paul?» Sie beobachtete ihn, und die Intensität ihres Blicks ließ ihn wegschauen. «Die Leute glauben, man bräuchte nur mit dem Trinken aufzuhören. Einfach so. Aber so leicht ist es nicht. Es ist jetzt ein Teil von Ihnen. Eine Lebensweise. Eine vorübergehende Flucht aus dem Alltagsstress. Warum sollte man das aufgeben wollen?» Sie machte eine Pause. Paul behielt sie genau im Blick, sagte aber nichts. «Ich brauche Ihnen nicht zu sagen, wie leicht es ist, sich selbst davon zu überzeugen, dass man die Sache im Griff hat. Dass man Kontrolle über den Alkohol hat und nicht umgekehrt. Dass man aufhören kann, wenn man will. Aber wir wissen beide, dass Sie sich selbst belügen.»

Paul holte tief Luft und schlug die Hände vors Gesicht. «Ich hab keine Ahnung, wie ich da hingekommen bin.»

Maggie hörte die Verzweiflung in seiner Stimme und klopfte ihm sanft auf die Schulter. «Das Einzige, was zählt, ist, wo Sie von jetzt an hinsteuern. Wie Sie es schaffen durchzuhalten.»

«Eine Weile hab ich durchgehalten. Aber es ist irgendwas hier drin.» Er tippte sich an die Schläfe. «Man kann nicht vor allem, das hier drinnen ist, fliehen. Der Traurigkeit, der Einsamkeit, den Schuldgefühlen. Die sind die ganze Zeit da und kreisen vor sich hin. Und dann kommen die Rechnungen dazu, der Haushalt, all der Kram, den … den meine Ehefrau früher gemacht hat. Die Kindererziehung.» Er blies die Luft aus. «Wenn ich was getrunken hab, hat mir das geholfen. Dann kam das ganze Karussell zum Stehen und ich hatte mal Ruhe.» Er blinzelte langsam. «Aber am nächsten Tag ist dann alles wieder da. Und ich stecke wieder mittendrin in dem ganzen Schlamassel. Ohne Fluchtmöglichkeit. Also habe ich die nächste Flasche geholt. Man dreht sich immer im Kreis. Und es gibt keinen Ausweg.»

«Genau darauf müssen Sie sich jetzt konzentrieren: Sie müssen einen Ausweg finden. Nicht nur für sich selbst, sondern auch für Tom. Mit einem Abhängigen zusammenzuleben, ist nicht einfach.»

Er schaute kurz hoch. «Das meiste davon hab ich vor Tom versteckt.»

«Nein, haben Sie nicht», sagte Maggie. Ihr Ton war freundlich. «Er hat alles gesehen. Und musste damit leben.»

Paul wischte sich eine Träne aus dem Gesicht. «Mist. Das tut mir leid.»

Sie reichte ihm ein Taschentuch. «Hier. Weinen Sie ruhig – danach fühlen Sie sich besser.»

Paul lachte auf und nahm das Taschentuch. «Das ist nicht meine Art.»

«Hier stört sich niemand daran.» Sie zeigte auf die ordentlichen Gräberreihen.

Er schien der Bewegung ihrer Hand zu folgen, bis sein Blick irgendwo hängen blieb. «Ich gehe nie zum Grab. Das schaffe ich nicht. Es will mir einfach nicht in den Kopf, dass sie hier ist. Und wenn ich herkomme, ist das alles plötzlich viel zu real.» Er stieß einen tiefen Seufzer aus. «Wissen Sie ... meine Frau würde durchdrehen, wenn sie mich so sähe. Und mir sagen, was für eine Flachpfeife ich bin.»

«Würde sie das wirklich? Oder würde sie Ihnen helfen?»

Paul schluchzte plötzlich auf. «Ach, verdammt, tut mir leid.» Er putzte sich die Nase. «Ich bin sonst nicht so ein Weichei.»

«Das ist keine Schwäche, Paul.»

Er blies die Luft aus. «Da würden Ihnen aber eine Menge Leute widersprechen.»

«Ach, daran bin ich gewöhnt», sagte Maggie augenzwinkernd. «Das ist das Tolle am Älterwerden, man kann sagen, was man denkt, ohne Konsequenzen fürchten zu müssen. In diesem Sinne sage ich einfach mal: Tom kann jederzeit nach Hause gehen, wann immer er will, aber das ist das, worauf es ankommt. Er muss es wollen. Ich werde ihn nicht zwingen, und Sie sollten es auch nicht tun, sonst wehrt er sich nur noch mehr dagegen. Sie haben ja ohnehin gerade eine Menge zu tun. Sie müssen sich auf Ihre Sucht konzentrieren. Und das ist das Beste, was Sie derzeit für Tom tun können.»

Er nickte ernst. «Ich hole mir Hilfe.»

«Hervorragend. Nehmen Sie jede Hilfe an, die Sie kriegen

können. Tom wird es in der Zwischenzeit an nichts fehlen. Das kann ich Ihnen versprechen.»

Er knüllte sein Taschentuch zusammen. «Danke.»

«Sehr gern. Und wenn Sie reden wollen, ich bin da.»

Er schien die Schultern zu straffen und wieder in seinen coolen Modus zurückzufallen. «Nein, schon gut.» Er steckte das Taschentuch in seine Hosentasche. «Wir sollten zurückgehen», sagte er.

«Wahrscheinlich ist es keine so gute Idee, heute das Gespräch mit Tom zu suchen.»

Er schien darüber nachzudenken. «Wenn Sie meinen.»

«Ja, das meine ich.» Maggie stand auf. «Ich gebe Ihnen jetzt ein paar Minuten mit Ihrer Frau», sagte sie und drückte seine Schulter, bevor sie wegging.

# 35

## TOM

Wie geht es dir», fragte Maggie, als ich am Montag aus der Schule kam und mir ein Stück Kuchen aus der Dose nahm. Nach dem Tag war mir einfach danach. Ich hatte nicht mal Lust, Yoga zu machen oder zu lesen. «Komm schon, raus damit!» Sie stemmte die Hände in die Hüfte.

«Ich glaube, ich hab Bio versemmelt, und Dad schreibt mir dauernd.» Rusty kam zu mir, um mich zu begrüßen, und wedelte so heftig mit dem Schwanz, als hätte sie den ganzen Tag auf mich gewartet. Hunde sind toll. Denen ist es egal, ob du clever bist oder nicht; sie sind einfach gern mit dir zusammen. Ich möchte einen eigenen Hund haben.

«Verstehe.» Maggie zog einen Stuhl unter dem Tisch hervor und sah aus, als würde sie es ernst meinen. «Ist Bio ein Prüfungsfach?» Ich klappte den Mund auf, doch sie antwortete an meiner Stelle, weshalb ich weiter meinen Kuchen aß. «Nein, ist es nicht. Vergiss es also. Aber merk dir, wie's dir heute wegen Bio geht.» Sie machte eine Pause. «Und denk darüber nach, was du tun kannst, damit du dich nicht so fühlen musst, wenn es um ein Fach geht, das wichtig für dein Abi ist.»

«Ja.» Sie hatte ja recht, aber das bedeutete, dass ich mehr lernen musste, und ich hatte das ewige Büffeln inzwischen echt satt. Mit Farah war es okay gewesen, aber allein war es einfach nur nervtötend. «Aber das Wiederholen ist soooo langweilig, und es ist egal, wie oft ich das alles durchgehe, es bleibt einfach nicht hängen.»

«Wie kann ich dir helfen?», fragte sie. Ich zuckte mit den Schultern und wischte die Krümel weg, die ich auf dem Tisch hinterlassen hatte. «Soll ich dich abfragen? Guck nicht so erschrocken.»

«Wenn du meinst. Aber ich weiß nicht, ob das was bringt.» Ich kraulte Rusty, und sie ließ ihren Kopf in meinen Schoß sinken. Sie ließ die Welpen jetzt immer länger allein. Ich glaube, sie war inzwischen ein bisschen genervt von ihnen.

«Wie geht's deinem Dad denn?»

Ich verdrehte bei seiner Erwähnung unwillkürlich die Augen. Er schrieb mir jeden Tag Nachrichten, und das ging mir auf den Zeiger. Er wollte, dass ich nach Hause kam, aber auf die Tour erreichte er nichts bei mir. «Er hat mir heute viermal geschrieben. Viermal!» Ich hielt vier Finger hoch, und Maggie schmunzelte.

«Das finde ich jetzt noch nicht übermäßig viel.»

«Aber seine Nachrichten sind so lang. In einer ging es die ganze Zeit um sein Treffen bei den Anonymen Alkoholikern. In einer um einen Termin, den er bei einer Schuldenberatung gemacht hat, in der dritten darum, dass er hofft, bald wieder arbeiten gehen zu können, und in der letzten hat er mich gefragt, ob ich einverstanden wäre, dass mein Zimmer renoviert wird, weil er einen Typen kennt, der billig an Farbe kommt.» Schon allein, das alles zu wiederholen, langweilte mich.

«Klingt, als würde er dich vermissen. Sehr sogar.»

«Ja, kann sein.» Ich strich über Rustys Ohren.

«Und zu Hause in ein frisch gestrichenes Zimmer zu kommen, wäre doch schön.» Maggie schaute nach dem Abendessen. Ich wünschte, sie würde es mir sagen, wenn ich hier schon zu lange schmarotzte. Ich kam mir schlecht vor, weil ich nicht nach Hause wollte. Aber er konnte so viel streichen, wie er wollte, ich würde mich bei ihm nie so zu Hause fühlen wie bei Maggie.

*

Maggie beschloss, dass noch Zeit für eine Kampfkunststunde war, bevor ich mich wieder an meine Bücher setzte. Wir gingen auf die große Wiese neben dem Haus, und ich rollte die Wäscheleine ein, damit sich keiner von uns strangulierte. Maggie stellte ein paar Regeln auf, nämlich dass ich das, was sie mir beibrachte, nur zur Selbstverteidigung verwenden dürfe oder um spirituelle Erleuchtung zu erlangen – was auch immer das ist.

Dann nahm Maggie eine Boxerpose ein. «Los, versuch, mich zu schlagen.» Sie winkte mich heran.

«Auf keinen Fall!»

«Du wirst es eh nicht schaffen, mich zu treffen, das garantiere ich dir.»

Ich verschränkte die Arme. «Aber was, wenn doch? Was, wenn ich dich treffe und dich k. o. schlage? Dann werde ich verhaftet und verbringe den Rest meines Lebens entweder im Gefängnis oder auf der Flucht.»

«Was liest du gerade?»

«*Die Gejagten* von Lee Child.» Der Buchklub hatte mir eine Menge neuen Lesestoff eröffnet. Und seit dem Krach mit Farah, die immer noch nicht mit mir sprach, las ich nicht mehr so viele Liebesromane.

«Hätte ich mir ja denken können», sagte Maggie. «Dann ziel einfach auf meinen Oberkörper. Komm, los jetzt!»

Manchmal ließ sie einfach nicht mit sich reden. Insgeheim wollte ich mich ja gern mal in einem richtigen Kampf erproben, aber doch nicht mit Maggie. Ich tat so, als wollte ich ihr einen Schlag in die Körpermitte versetzen, und ich weiß nicht genau, was dann passierte, aber innerhalb von einer Sekunde lag ich mit dem Gesicht voran im Gras. «Puh.»

«Alles in Ordnung?», fragte sie und hielt mir ihre Hand hin, um mir aufzuhelfen.

«Äh, ja, alles gut.» Ich stand auf und klopfte Grashalme von meiner Hose.

«Noch mal?»

«Okay.» Diesmal wollte ich ein bisschen fester zuschlagen, denn sie wusste sich offensichtlich zu verteidigen. Ich holte aus, aber ehe ich mich's versah, hatte ich Gras im Mund und sie mir den Arm auf den Rücken gedreht. Sie war verdammt schnell.

«Wie zum Teufel … hast du das gemacht?»

«Sieh und hör mir zu und lerne daraus. Wiederhole alles, was ich mache, in Zeitlupe, dann gehe ich mit dir Schritt für Schritt deine Optionen durch.»

Ich tat, wie mir befohlen wurde, nur dass ich zusätzlich Komödie spielte wegen der Zeitlupe. «Tuuuuu miiiiir niiiiichts, Maaaaaaggiiieeee.»

Sie ignorierte mich. «Umfasse das Handgelenk mit festem Griff, hier …» Sie hielt mein Handgelenk überraschend fest umklammert. «Vollführe eine Drehung mit deinem Körper, schieb dabei das Handgelenk deines Gegners nach oben und drück seine Schulter nach unten.» Ich fraß wieder Gras, nur diesmal in Zeitlupe.

«Autsch. Okay. Hab's verstanden.» Sicher war ich mir da aber nicht.

«Probiere es an mir aus.»

«Auf keinen Fall. Ich will dir nicht wehtun.»

Ihr Lächeln zeigte mir ihren Zweifel, dass ich das konnte. «Dann lass es uns in Zeitlupe wiederholen. Ich versuche, dir eine zu verpassen, und du …»

Ich umfasste ihr Handgelenk und drehte mich, wie sie es mir gezeigt hatte, aber Maggie riss ihre Hand los, und weg war sie. «Was zur …?»

«Du hast mir zu viel Raum gelassen und außerdem mein Handgelenk nicht fest genug gehalten. Versuch's noch mal!»

Sie war eine strenge Lehrmeisterin, aber schon bald hatte ich sie so weit, dass sie das Gras fraß. Auch wenn ich drei Versuche und eine Menge Anleitung gebraucht hatte.

«Hey, du da!», rief plötzlich jemand von der Einfahrt. Savage kam auf uns zugetrabt. Er sah aus, als würde er in Zeitlupe laufen. «Schluss damit!», rief er und schwang drohend seine Faust.

«Ist schon in Ordnung», sagte Maggie im Aufstehen. Ich ließ sie los und hielt die Hände hoch. «Ich trainiere ihn. Alles gut.»

Savage kam schließlich heftig keuchend bei uns an. «Ich dachte schon …» Er unterbrach sich, um Luft zu holen, und wedelte heftig mit den Armen, um seine Worte zu unterstreichen, «… er wollte dich zusammenschlagen.»

Es war ein Segen, dass dem nicht so war, denn dieser Typ wäre zu nichts zu gebrauchen gewesen. «Sie gibt mir Unterricht in Kampfkunst», sagte ich.

Seine Miene veränderte sich, und er lachte lauthals los. Er kriegte sich gar nicht mehr ein und zeigte abwechselnd auf Maggie und mich. Dann reichte er Maggie einen Schraubenschlüssel, den sie in ihre Tasche steckte. «Ist das die Größe, die du brauchst?»

«Ja, danke», erwiderte sie knapp. Savage lachte noch, als er wieder den Weg hochging. Ich hätte zu gern auch *ihn* noch ein bisschen Gras fressen lassen.

# 36

## MAGGIE

Maggie hatte nicht erwartet, so bald eine Antwort auf ihr Schreiben zu bekommen, darum war sie sprachlos, als sie zu dem Briefkasten am Eingangstor ging und ein verräterischer brauner Umschlag darin lag. Doch dem ersten Anflug von Freude folgte bald Beklommenheit. Sie nahm den Brief und starrte ihn an. War die schnelle Antwort ein gutes oder ein schlechtes Zeichen? Sie wusste es nicht. Ihr war heiß und kalt zugleich, wie wenn sie eine Grippe bekam, und ihr Herz schlug schneller. Wirklich unglaublich.

Hinter ihr bog ein Wagen in die Einfahrt ab. Sie faltete den Umschlag vorsichtig und steckte ihn in die Tasche.

«Maggie, wie läuft's mit dem Kampfkunstunterricht?», fragte Savage glucksend.

Maggie blieb stehen. «Ich hab zu tun, Fraser. Du bestimmt auch. Willst du noch was anderes, als lahme Scherze von dir zu geben?»

Er räusperte sich nach diesem angemessenen Tadel, und sein Gesicht nahm den üblichen verdrießlichen Ausdruck an. «Wie geht's den Hunden?», fragte er, aus dem matschbespritzten Land Rover gelehnt.

«Sie sind alle wohlauf. Rusty ist eine gute Mutter.» Die Hand in ihrer Jackentasche betastete den Umschlag.

«Sehr gut. Die letzten Lämmer, die ich von Hand aufgezogen habe, können jetzt bald raus auf die Weide. Ich kann die Hunde also jederzeit zurücknehmen. Sag einfach Bescheid.»

«Ich behalte sie noch ein paar Tage hier, wenn das in Ordnung ist. Jetzt, wo ihre Augen offen sind, sind sie noch ein bisschen interessanter, und der Junge ist ganz vernarrt in sie.»

«Mir soll's recht sein», sagte Savage, und sein Wagen fuhr schwankend über die Schlaglöcher davon.

Der Abschied von den Welpen würde Tom sehr schwerfallen. Zu schade, dass Savage ein so wenig einladendes Wesen hatte, sonst hätte sie Tom vorgeschlagen, die Hunde hin und wieder auf seiner Farm zu besuchen. Aber sie wusste, dass der Griesgram das nicht gern sehen würde, denn die Tiere dienten – wie alles auf seiner Farm – einem Zweck. Entweder sie arbeiteten oder sie brachten Geld ein.

*

Sie schaltete den Wasserkocher ein und setzte sich an den Küchentisch. Rusty kam an, um nachzusehen, wer da war, ließ sich kurz streicheln und ging dann zurück zu ihren Welpen. Maggie zog den Umschlag aus der Tasche und legte ihn ehrfurchtsvoll auf den Tisch. Sie wusste nicht, wie lange sie dort saß und ihn anstarrte. In ihrem Kopf überschlugen sich Myriaden von Gedanken, und Panikschübe durchzuckten ihr besorgtes Hirn.

Es war zu viel. Sie schob den ominösen Umschlag weg und machte sich erst mal eine Tasse Tee. Dann blieb sie beim Wasserkocher stehen und beäugte den Umschlag quer durch den Raum. Es nützte nichts, sie musste es wissen. Also nahm sie ein Messer aus dem Block, marschierte zum Tisch und öffnete den Umschlag mit einem entschlossenen Schnitt. Dann zog sie das einzelne, ordentlich gefaltete weiße Blatt heraus und las den Brief mit angehaltenem Atem.

*

Mit dem Traktor nach Leamington Spa zu fahren war wahrscheinlich eine merkwürdige Reaktion, aber sie hatte nicht mehr richtig klar denken können. Der Wind und die holprige Fahrt lenkten sie von dem Brief ab. Das alles überforderte sie, sodass sie das Thema am besten erst mal verdrängte. Später würde sie dann einen Weg finden, damit umzugehen. Sie musste den Quadreifen reparieren lassen, was ihr einen willkommenen Anlass bot, einen Ausflug zu machen, außerdem konnte Tom gut noch ein paar Sachen gebrauchen. So fiel ihre Wahl mal wieder auf Leamington Spa.

Sie gab den Quadreifen ab und nahm den fertigen Anhängerreifen mit. Beim Bezahlen ignorierte sie den Scherz, dass sie wohl ein Abo hätte. Der Traktor rollte ins Stadtzentrum ein, und sie parkte an derselben Stelle wie bei ihrem letzten Besuch. Dann zog sie los, um die Charity-Shops aufzusuchen. Damit verbrachte sie eine ganze Stunde, und obwohl sie am Ende nicht so viele Sachen für Tom hatte wie beim letzten Mal, war sie mit der Ausbeute sehr zufrieden. Es war immer Glückssache, was die Läden gerade so hergaben. Sie hatte ihm auch einiges gekauft, was er beim Arbeiten auf der Farm tragen konnte, ohne Angst haben zu müssen, die Kleider zu ruinieren. Zudem spendierte sie ihm neue Gummistiefel. Die von ihrem verstorbenen Mann waren zu klein für ihn. Neulich hatte sie gesehen, wie er beim Reinschlüpfen vor Schmerz das Gesicht verzogen hatte. Tom hatte wirklich Gefallen gefunden an dem Leben auf der Farm und arbeitete hart. Ihn dafür gut auszustatten, war das Mindeste, was sie tun konnte.

Der Gedanke an Tom beruhigte sie. Aber nur vorübergehend. Sollte sie ihm von dem Brief erzählen? Er hatte ihr, ohne es zu wissen, sehr viel beigebracht. Wenn er nicht gewesen wäre, hätte sie den Brief bestimmt nie geschrieben. Tom war so ein guter Junge. Es war eine Schande, dass sein Vater ihn nicht zu schätzen wusste. Dass er keine Freude an ihm hatte, wie es sein sollte. Aber wie viele Eltern waren genau wie er? Zu sehr mit ihrem Alltag befasst, um zu begreifen, dass die kostbarsten Momente schon bald eine ferne Erinnerung sein würden. Kinder waren ein Geschenk, aber ein Geschenk auf Zeit. Wenn man seine Sache nicht gut machte, waren sie weg. Und selbst wenn man alles richtig machte, verlor man sie am Ende, wenn auch vielleicht nicht ganz so dauerhaft. Doch galt eine Erziehung nicht besonders dann als erfolgreich, wenn der Nachwuchs glücklich und unabhängig seinen eigenen Weg ging? So oder so kam es am Ende auf dasselbe heraus.

Maggie schaute auf die Uhr. Sie musste zurück. Glücklicherweise blieb ihr diesmal die Begegnung mit einem Verkehrspolizisten erspart. Dafür schüttelten einige elegant gekleidete Leute ihren Kopf, als sie den Traktor sahen. Maggie stieg auf, winkte ihren Zuschauern theatralisch zu und machte sich auf den Heimweg.

*

Als Maggie in die Küche kam, erstarrte sie. Tom stand mit dem Brief in der Hand am Tisch. Ihr stockte der Atem. In seiner Miene stand Wut, und der Anblick ging ihr durch und durch.

«Tom ...» Ihre Stimme klang gar nicht wie ihre eigene, sondern alt und müde.

Tom hatte die Kiefer aufeinandergepresst und blinzelte sie böse an. «Du hast gelogen. Du hast mich angelogen. Nach all dem ...»

«Nein, das stimmt nicht ganz.» Kaum hatte sie das gesagt, wusste sie, dass es eine armselige Antwort war.

«Du hast mich glauben lassen, River wäre tot. Aber ist er gar nicht, stimmt's? Er lebt; er will bloß nichts mit dir zu tun haben.» Maggie schluckte, sie wusste nichts zu erwidern. «Und warum nicht?» Er schrie fast. Er wedelte mit dem Brief. «Weil du eine Alkoholikerin bist!» Er schüttelte den Kopf.

Sie hatte immer gewusst, dass sie Tom von ihrer Vergangenheit erzählen sollte, aber nie den richtigen Zeitpunkt dafür gefunden. Nach all dem Hass und dem Abscheu, den er für seinen Vater empfand, ertrug sie den Gedanken nicht, von ihm in dieselbe Ecke gestellt zu werden wie Paul.

«Es tut mir sehr leid.» Nie hatte sie mehr Bedauern empfunden, außer an dem Tag, an dem sie zugelassen hatte, dass man ihr River wegnahm.

«Kein Wunder, dass du wusstest, wie du mit Dad umgehen musst. Weil du genauso warst!» Er schien selbst über seine Worte erschrocken zu sein.

«Das ist lange her, Tom. Und ich bin der Beweis dafür, dass man das hinter sich lassen und ein besserer Mensch werden kann.»

«Ein besserer Mensch?», sagte er verächtlich. «Ich dachte, du wüsstest, wie es ist, wenn man jemanden verliert. Dass du deinen Sohn verloren hättest wie ich meine Mum. Jedenfalls wolltest du, dass ich das glaube …» Seine Stimme brach.

«Ich weiß sehr wohl, wie sich das anfühlt. Mein Mann ist gestorben, und ich habe auch meinen Sohn verloren. Er war fünf Monate alt, als das Jugendamt ihn mir weggenommen hat.»

«Weil du als Mutter ungeeignet warst.» Er wedelte erneut mit dem Brief. «Du hast ihn zur Adoption freigegeben. Wie konntest du das tun?»

«Ich hatte keine andere Wahl, Tom. Das war die schwerste Entscheidung, die ich je treffen musste. Aber damals habe ich ehrlich gedacht, es wäre das Beste für River.»

Tom warf die Hände hoch, in seinem Gesicht stand Wut. «Das Beste für dich vielleicht. Es ist nie gut, wenn man ohne seine Mutter groß wird. Nie …» Sein Zorn schien sich einen Augenblick abzuschwächen. «Ich kann das beurteilen.» Er senkte den Kopf, als wäre sämtlicher Kampfgeist aus ihm gewichen.

Rusty kam angetrottet, um nachzusehen, was los war, und Tom sank auf die Knie und umarmte sie. Maggie brauchte seine Tränen nicht zu sehen, um zu wissen, dass sie flossen. Es brach ihr das Herz zu wissen, dass sie seines brach. Das war sehr schmerzhaft mit anzusehen. Und noch schlimmer war es zu wissen, dass sie der Grund war. Rusty schmiegte ihre Schnauze an Toms Schulter, als spürte sie seinen Kummer und versuchte, ihn zu trösten.

«Tom, bitte setz dich hin. Ich koche uns einen Tee.»

«Nein!» Er sprang auf und fuhr sich mit dem Ärmel über sein tränennasses Gesicht, sein Groll war förmlich mit Händen zu greifen. «Tee ändert gar nichts.» Er knallte den verknitterten Brief auf den Tisch. «Ich haue ab.»

«Tom. Jetzt überstürz doch nichts. Bitte!»

«Ich kann hier nicht bleiben.» Er rannte, zwei Stufen auf einmal nehmend, nach oben, und sie hörte, wie er die Schubladen aufriss und zuknallte. Jedes weitere laute Geräusch schien seine Wut weiter anzufachen, seine berechtigte Wut. Sie bereute es, ihn nicht korrigiert zu haben, als er aus ihrem Verhalten geschlossen hatte, River wäre tot. Sie hatte gehofft, ihm irgendwann erzählen zu können, was passiert war, aber nun begriff sie deutlicher denn je, dass er noch ein Kind war. Ein verlorenes Kind in einer sich gnadenlos stetig verändernden Welt.

Er kam die Treppe heruntergepoltert und stürmte in die Diele. Maggie ging zu ihm, hielt aber Abstand.

«Können wir bitte reden, Tom? Damit wir einen Weg finden, diese Sache aus der Welt zu schaffen?»

«Nichts und niemand wird das aus der Welt schaffen. Du bist nicht die, für die ich dich gehalten hab. Ich kenn dich überhaupt nicht!» Er lud seine Schultasche auf seine Schulter und jonglierte zugleich mit zwei weiteren Taschen und einer Kiste. «Den anderen Kram kannst du wegschmeißen. Das ist eh nur das, was du gekauft hast.» Dann schlug die Tür zu, und er war weg.

# 37

## TOM

Als ich am Ende der Einfahrt ankam, war ich völlig aufgelöst. Tränen und Rotz überall. Ich sank gegen das alte Tor und heulte wie ein Baby. Ich konnte nicht aufhören, und ich wollte es auch gar nicht. Es fühlte sich so an, als müsste alles raus, weil ich sonst explodieren würde. Irgendwann hörten die Tränen auf zu fließen, und ich lehnte meinen brummenden Schädel an das Tor.

Wie zur Hölle konnte Maggie mich derart hinters Licht führen? Der einzige Mensch, von dem ich glaubte, ich könnte ihm rückhaltlos vertrauen, hatte mich, genau wie alle anderen, massiv enttäuscht. Ich hatte sie die ganze Zeit so bewundert und sie mich permanent belogen. Es war vielleicht nicht die unverfrorene Art zu lügen, mit der man andere aktiv an der Nase rumführt, aber letztlich blieb sich das doch gleich: Sie war nicht die, für die ich sie gehalten hatte. Maggie war keine vernünftige, fürsorgliche alte Dame; sie war eine Ex-Alkoholikerin, die ihren Sohn weggegeben hatte.

Auf niemanden konnte ich mich verlassen. Offenbar war niemand das, was er zu sein schien. Mit Ausnahme der Tiere. Rusty war eine Schönheit, und zwar innerlich wie äußerlich. Sie war wahnsinnig lieb und treu. Und Colin dagegen buchstäblich ein Teufel im Schafspelz. Aber wenigstens wusste man bei Tieren, woran man war, sie bescherten einem keine unliebsamen Überraschungen und stellten dabei die Welt auf den Kopf. Weil sie nicht vorgaben, was zu sein, was sie nicht waren, enttäuschten sie einen auch nicht. Im Gegensatz zu Menschen.

Auf meiner Jeans landeten Regentropfen, und auf dem Stoff breiteten sich dunkelblaue Flecken aus. Ich betrachtete meine Sachen neben mir. Ich war voreilig gewesen. Wo zur Hölle sollte ich jetzt hin? Und wie um Himmels willen sollte ich das alles mitnehmen? Es war Freitagabend, und viele Möglichkeiten blieben mir nicht.

Ich schaute nach, wie viel Geld ich hatte. Es reichte, um mit dem Bus nach Dunchurch reinzufahren. Von da aus konnte ich nach Hause laufen – mehr als zwei, drei Haltestellen waren es dann nicht mehr. Ich drehte die Münzen in der Hand. Maggie hatte mir das Geld gegeben. Sie hatte mir viel gegeben. Warum konnte sie nicht genau so sein, wie ich gedacht hatte? Ich unterdrückte schniefend weitere Tränen. Ich musste mich wirklich zusammenreißen. Diese ewige Heulerei ging mir langsam auf die Nerven.

Ich schleppte meine Sachen zur Haltestelle und wartete auf den Bus. Es fühlte sich an, als hätte jemand einen Schalter umgelegt. Alles, was vorher total großartig war, war plötzlich super zum Kotzen. Mir blieb nichts anderes übrig, als zu Dad zurückzugehen. Aber ich wollte nicht. Ich schaute sehnsüchtig die Einfahrt hinunter und hoffte, dass Maggie anmarschiert kommen und mich zur Rückkehr überreden würde, aber das passierte nicht. Wahrscheinlich war ich ohnehin länger geblieben, als ihr lieb war – auch wenn sie mir nie das Gefühl gegeben hatte, nicht mehr willkommen zu sein. Aber einen ewigen Schmarotzer wollte sie bestimmt auch nicht bei sich aufnehmen. Sicher kostete ich sie Geld, das sie nicht hatte. Vielleicht war es so für alle das Beste. Ich seufzte, als der Bus in Sicht kam. Mein Leben hatte sich in einen Haufen Scheiße zurückverwandelt.

*

An der Bushaltestelle nahmen die Dinge noch mal eine andere Wendung. Noch während ich meine Sachen umpackte, damit ich sie besser tragen konnte, schlug mir jemand von hinten auf den Rücken. Ich ließ die Kiste fallen und stolperte nach vorn, konnte mich aber abfangen. Meine Rumpfmuskulatur wurde tatsächlich langsam stärker. Als ich mich umdrehte, stand Kemp da und lachte mich aus.

«Lebst du jetzt auf der Straße, Harris? Gehörst wohl jetzt zum fahrenden Volk.» Er geierte über seinen eigenen Scherz, und sein Minion Kyle Fletcher lachte mit. Fairerweise muss ich sagen, dass der ganze Krempel, den ich mit rumschleppte, zu so einem Spruch einlud.

«Zieh Leine, Kemp.»

«Willst du mich vertreiben, starker Mann?»

Ich blies die Luft aus. Ich war nicht in der Stimmung für so was. Das Weinen hatte meine ganze Energie aufgezehrt, und mir ging es beschissen. «Nee, ich geh jetzt nach Hause.»

«In welchem Hauseingang wohnst du denn?» Er kicherte.

«Sehr witzig. Du solltest Comedian werden.» Ich wollte losgehen, aber er zog mir meinen Beutel unter dem Arm weg.

Ich wusste, dass ich mich wehren sollte, aber ich konnte mich nicht aufraffen. «Kannst du behalten. Ist eh nur Schmutzwäsche.»

«Bähhh!», machte Kemp und warf den Beutel Fletcher zu, der wich ihm aber aus, und wir sahen alle, wie er zu Boden fiel und meine Klamotten rausrutschten. Fletcher trampelte mit einem Grinsen in meine Richtung darauf herum.

«Jetzt heb sie auf, Harris!», befahl Kemp und baute sich vor mir auf.

«Nope. Behalt sie.»

«Ich – sagte – heb – sie – auf», knurrte er ganz dicht vor meinem Gesicht und schlug mir bei jedem Wort hart auf die Schulter. Ich packte sein Handgelenk und drehte mich, wie Maggie es mir beigebracht hatte, aber Fletcher schubste mich, und ich war nicht stark genug, um es mit beiden aufzunehmen. Jetzt schlugen sie mir beide auf den Kopf. Wir rauften uns eine Weile, bis ein Passant auf uns zugerannt kam. «Los, weg hier!», zischte Kemp, verpasste mir einen letzten Stoß und lief los.

Es war echt beschissen, wieder da zu sein.

*

Wenigstens freute Dad sich, mich zu sehen. Ich fühlte mich ein bisschen mies, weil ich ihn glauben ließ, ich wäre nach Hause gekommen, weil ich es so wollte, aber ihn schien es glücklich zu machen, und das war doch was. Er faselte ohne Ende davon, was er alles gemacht hätte, wenn er gewusst hätte, dass ich nach Hause komme, und schlug mir auf die Schulter, was wohl seine Art war, seine Zuneigung auszudrücken. Es war supermerkwürdig, wieder in diesem Haus zu sein.

Dad betonte, dass er immer noch die Finger vom Alkohol ließ und dass er seinen Kredit hätte umschulden lassen, was auch immer das hieß. Mit ein bisschen Augenmaß beim Geldausgeben könnten wir das Haus behalten und kämen jetzt zurecht mit dem, was er verdiente. Weil er sich die Autoreparatur nicht leisten könne, lasse er den Wagen verschrotten und nehme stattdessen das Rad. Ich nickte hier und da, und das schien ihm zu gefallen.

Mein Zimmer sah noch genauso aus wie vorher, außer dass das Bett frisch bezogen war. Ich konnte mich gar nicht mehr erinnern, wann das zum letzten Mal passiert war. Maggie wechselte die Bettwäsche alle zwei Wochen. Und weil sie sie draußen auf der Leine zum Trocknen aufhängte, roch sie ganz anders – ein bisschen nach frischer Luft. In diesem Zimmer riecht es auch anders, und leider nicht besonders gut. Ich nahm die *Call of Duty*-Poster ab, die mir fremd geworden waren, und brachte sie nach unten, um sie in den Müll zu werfen.

Dad war weggegangen. Ich schaute in den Kühlschrank. Kein Bier – das war doch schon mal was. Es gab Pastete, Käse, Milch und eine neue Margarine. In der Kühltruhe lagen vier Pizzen und eine Menge Fischstäbchen. Als Nächstes sah ich im Küchenschrank nach. Er enthielt Frühstücksflocken, ein paar Dosen Curryhuhn und eine offene Tüte Reis. Außerdem ein paar Suppen und mehrere Dosen Baked Beans. Beim Anblick der Bohnen entwich mir ein Seufzer. Zwei der Dosen enthielten sogar Baked Beans mit Schweinswürstchen – wie's aussah, war Dad in meiner Abwesenheit experimentierfreudig geworden. Ich entschied mich für Pizza.

Während der Backofen aufheizte, holte ich Besteck raus und deckte den Tisch, wie ich es bei Maggie immer gemacht hatte. Dieser Tisch war zwar wesentlich kleiner, aber er würde es auch tun. Maggie macht es sich immer schön, und auf dem Schoß zu essen ist was für Faulpelze.

Die Haustür ging auf, und Dad kam mit einer weißen Papiertüte rein, die er hochhielt wie einen Pokal. «Ich dachte, wir gönnen uns mal was: Fish 'n' Chips.»

Er sah den gedeckten Tisch. «Ach, lass mal, wir können doch vor dem Fernseher essen», sagte er. «Ich komme ja nicht darüber weg, dass Maggie gar keinen hat.» Er kicherte in sich hinein.

Ich nahm das Besteck und ging ins Wohnzimmer. Ich hatte den Fernseher vermisst, vor allem am Anfang, mich dann aber schnell daran gewöhnt, keinen zu haben. Maggie und ich haben unsere Abende mit Lesen, Plaudern und Welpen-Beobachten verbracht, und das war für mich schon bald zur Normalität geworden.

Dad setzte sich zu mir und reichte mir meinen Teller, auf dem ein großes Stück Backfisch mit Pommes lag – aber kein Gemüse weit und breit.

«Ich wette, das hat dir da draußen in der Pampa gefehlt, was? Ohne Glotze und ohne Geschäfte.» Er steckte sich eine Fritte in den Mund und seufzte. «Es geht doch nichts über richtige Pommes.» Er schaute mich an und hielt inne. «Na los, hau rein, Tom!»

Ich schaute auf meinen Teller. Das Essen roch penetrant nach Fett. «Bei Maggie haben wir jeden Tag frisch gekocht. Normalerweise Sachen, die sie selbst angebaut hatte.»

«Verstehe.» Er sah verunsichert aus, aber nur einen kurzen Moment. «Aber nichts gegen Fish 'n' Chips mit deinem alten Dad, oder?» Er stupste mich an und zwinkerte mir zu.

«Nein, nein.» Ich lächelte ihn an. Ich wusste, dass er sich Mühe gab. Aber es war ein bisschen deprimierend, dass das seine Vorstellung von Luxus war – genug Geld übrig zu haben, um einmal die Woche Fish 'n' Chips zu essen.

*

Dad ging wieder zur Arbeit und fragte mich, ob ich noch weggehen würde, wie er es immer gemacht hatte. Es war, als wäre ich nie fort gewesen – zumindest bis die Tür zufiel und es still wurde im Haus. Ich setzte mich auf die Treppe, um ein bisschen nachzudenken. Ich war allein. Ich glaube, ich war immer allein, seit Mum gestorben ist. Ich musste mich daran gewöhnt haben, ohne es selbst überhaupt zu merken. Aber in der Zeit bei Maggie hatte ich mich wieder entwöhnt, denn jetzt fühlte es sich auf einmal nicht richtig an. Ich kam mir vor wie ein Alien.

Vielleicht lag es an der Stille. Aber auch bei Maggie war es ruhig gewesen. Ich stellte den Fernseher an und zappte mich durch die Kanäle. *The Big Bang Theory* lief gerade. Ich schaute es eine Weile und fragte mich, ob Farah das wohl auch gerade guckte. Die Hauptfiguren sind Leonard, Sheldon und Penny. Plötzlich sah ich die Welpen vor mir und merkte, wie sehr sie mir fehlten. Auch die anderen Tiere fehlten mir. Aber vor allem vermisste ich Maggie.

*

Irgendwann nach Mitternacht las ich *Outlander*, um mich abzulenken. In meinem Kopf lief das letzte Gespräch mit Maggie in Dauerschleife. Ich sah den Brief vor mir und spürte meine Enttäuschung. Irgendwann musste ich eingenickt sein. Als ich aufwachte, lag das Buch auf meinem Kissen, und ich hatte total lange geschlafen. Das hatte ich schon seit Wochen nicht mehr gemacht. Normalerweise war ich von Vögeln geweckt worden, und wenn nicht, hatte ich die Lämmer gehört.

Ich lauschte, hörte aber nur hin und wieder ein Auto vorbeifahren und Dad unter der Dusche. Das war meine neue Routine – oder vielmehr die alte von früher. Ich konnte machen, was ich wollte. Hier gab es keine Tiere, die meine Aufmerksamkeit forderten. Keinen Zaun, der repariert werden musste. Kein Yoga. Keinen Kampfsport. Keine Welpen-Pflichten. Keine Maggie. Hier gab es so ziemlich gar nichts. Dad ließ im Bad irgendwas fallen und fluchte laut. Es war Zeit aufzustehen.

In der Küche wuselte Dad herum. Es war alles ein bisschen viel.

«Ich hab dir Erdnussbutter besorgt, weil du die so gern isst», sagte Dad, holte das Glas aus dem Schrank und präsentierte es mir, als hätte ich einen Brit Award gewonnen.

Ich nahm es und las das Etikett. «Da ist Palmöl drin.»

«Ist das gut?», fragte er, über meine Schulter gelehnt.

«Ist das dein Ernst? Weißt du nicht, wie schlecht das für den Planeten ist?»

«Meine Güte, ich dachte, du magst Erdnussbutter. Ein Dankeschön wäre schon nett gewesen.» Das Toastbrot war fertig, und er reichte mir eine Scheibe. Er bemühte sich, das war mir klar, aber im Augenblick reichte das nicht.

# 38

## MAGGIE

Maggie war nach dem Brief, dem Streit mit Tom und seinem nachfolgenden Abgang wie benommen. Ihr war zumute, als wäre ihr zweimal das Herz gebrochen worden. Der ganze innere Aufruhr hatte ihr alle Energie geraubt. Sie sank am Küchentisch auf einen Stuhl und las den Brief noch einmal. Das Jugendamt hatte sie nicht geschont. River hatte per E-Mail auf ihre Anfrage geantwortet, und diese Antwort wurde in dem Brief wortwörtlich wiedergegeben: *Ich möchte weder jetzt noch in Zukunft Kontakt zu dieser Frau haben. Als Alkoholikerin und untaugliche Mutter hat sie in meinem Leben keinen Platz.*

Das war hart, kam aber nicht unerwartet. Er hatte nie versucht, sie zu kontaktieren. Er hatte mehr als fünfzig Jahre Zeit gehabt, die Initiative zu ergreifen, und dass er es nicht getan hatte, sprach ja schon Bände. Vielleicht hätte sie das vorher bedenken und die ganze Sache lassen sollen. Doch wenigstens hatte sie jetzt Gewissheit, sagte sie sich. Es würde keine weiteren zusammenfantasierten Möglichkeiten und unrealistischen Träumereien mehr geben. Sie wusste nun, dass es keinen Sinn hatte zu hoffen oder sich zu fragen: «Was wäre, wenn?» All diese Fragen waren nun beantwortet. Bedauerlicherweise hatte ihre Beantwortung aber auch die Beziehung zerstört, die sie zu Tom aufgebaut hatte.

Maggie faltete den Brief ordentlich zusammen, steckte ihn wieder in den braunen Umschlag und legte ihn vor sich auf den Tisch. Stumme Tränen fielen darauf. Sie war sich nicht sicher, ob sie sie wegen River oder wegen Tom vergoss. Die beiden waren für sie inzwischen untrennbar miteinander verbunden. Ohne die Verbindung zu Tom wäre ihre Sehnsucht nach Kontakt zu River wahrscheinlich auch gar nicht erneut aufgeflammt. Hätte sie auch nur einen Moment gedacht, dass sie Tom dadurch verlieren könnte, hätte sie es sich sorgfältiger überlegt, obwohl sie tief im Innern wusste, dass sie es trotzdem gemacht hätte. Dass sich das Ganze auf ihre Beziehung zu Tom auswirken könnte, hatte sie dummerweise überhaupt nicht in Betracht gezogen. Sie war einfach davon ausgegangen, dass er immer in ihrem Leben bleiben würde. Nicht, dass er immer bei ihr auf der Farm leben würde – ihr war stets klar gewesen, dass er eines Tages nach Hause zurückkehren musste –, doch sie hatte gehofft, dass er auch danach noch ein Teil ihres Lebens bleiben würde, und sei er noch so klein. Doch damit hatte sie falschgelegen.

Sie ging die Szene immer wieder im Kopf durch – und sah alles noch lebhaft vor sich. Es würde eine ganze Weile dauern, bis diese Erinnerung verblasste. Hätte sie den Brief doch nur weggeräumt, bevor sie überstürzt aus dem Haus gegangen war! Aber nachdem sie ihn gelesen hatte, hatte sie nur noch rausgewollt. Sie hatte selbst das Gefühl gehabt, dass sie vor der Wahrheit davonrannte. Als wollte sie den Kopf frei bekommen und ihn mit anderen Dingen füllen, die nichts mit River zu tun hatten, und in ihrer Hast hatte sie den Brief einfach auf dem Küchentisch liegen lassen.

Toms verletzte Miene verfolgte sie. Er war wirklich der Letzte, dem sie wehtun wollte. Es hatte sie erschrocken, als er einfach vom Tod ihres Sohnes ausgegangen war, aber diese falsche Annahme stehen zu lassen, war ihr zugleich auch sehr viel einfacher erschienen, als ihm zu erklären, warum die Behörden River in Obhut genommen hatten. Sie hatte damals darum gekämpft, ihr Baby behalten zu können, war jedoch einfach nicht in der Lage gewesen, ihn ordentlich großzuziehen. Ihn wegzugeben war das Beste für ihn – das hatte sie im Nachhinein erkannt.

Maggie war neunzehn gewesen und hatte in einer Kommune gelebt. Dass sie gewohnheitsmäßig Alkohol getrunken und gekifft hatte, war in diesem Umfeld absolut nichts Ungewöhnliches. Es war eine aufregende Zeit gewesen, die eine Kulturrevolution und viele neue Möglichkeiten mit sich brachte, und Maggie hatte sich davon mitreißen lassen. Die freie Liebe beschenkte sie mit einem Baby, doch sie hatte rasch gelernt, dass ein Leben mit Kind ohne einen identifizierbaren Vater und ein regelmäßiges Einkommen sehr viel schwerer war, als sie es sich vorgestellt hatte. Die anderen aus der Kommune, die reiche Eltern hatten, langweilten sich bald und zogen aus, und mit ihnen verschwand auch ihr Geld. Maggie jobbte damals als Erntehelferin. Die Arbeit war hart, und mit einem Baby, das nicht gut aß und schlecht schlief, hatte sie sich bald nicht mehr zu helfen gewusst.

Erst viele Jahre später hatte sie begriffen, dass das Kiffen und der Alkohol negative Auswirkungen auf Rivers Gesundheit gehabt haben mussten. Aber traurigerweise hatte sie umso mehr geraucht und getrunken, je schwieriger es mit ihm wurde, und so setzte sich der Teufelskreis fort. Irgendwann stand das Jugendamt vor der Tür, und das Baby wurde in Obhut genommen. Die nächsten Monate, in denen sie gegen das Establishment kämpfte, waren ein Wirrwarr aus Saufgelagen und Auseinandersetzungen gewesen, und am Ende gewannen die Behörden. Da sie keine andere Wahl hatte, gab sie River zur Adoption frei.

Die Monate, die dann folgten, waren ihre schwärzesten gewesen. Verlorene Tage. Ein Schmerz, als hätte man ihren Sohn aus ihr herausgeschnitten. Nichts konnte ihn lindern. Die Gebäude der Kommune wurden zum Abriss freigegeben, und plötzlich fand sie sich allein wieder, mit nichts als billigem Fusel, um sich zu trösten. Nachdem ihr der Magen ausgepumpt werden musste und sie eine Zeit lang im Krankenhaus war, hatte sie Kontakt zu einer Selbsthilfegruppe bekommen und den langen, steinigen Weg der Besserung angetreten. Sie war damals in einem Wohnheim für Frauen untergebracht und ging regelmäßig in die Bücherei. Die Bücher spendeten ihr Trost, auf ihren Seiten fand sie Freunde, deren Lebenswelten sie aus ihrer eigenen Realität herauskatapultierten, mit der sie nicht klarkam. Das echte Leben hatte sie bis zu diesem Punkt gelehrt, dass ihr wehgetan wurde, wenn sie andere zu nah an sich heranließ, und nach River hatte sie ohnehin das Gefühl, dass sie es nicht mehr verdiente, Liebe zu empfinden, ganz egal welche. Sie hatte robuste Barrieren um sich und ihr gebrochenes Herz hochgezogen, sich geschworen, dafür zu sorgen, dass ihr nie wieder so wehgetan werden konnte, und irgendwie immer weitergemacht.

Seitdem war sie stets vorsichtig durchs Leben gegangen und hatte die Männer eher danach ausgesucht, ob sie flüssig waren, als ihren Gefühlen zu folgen. Ihr Bedürfnis nach Sicherheit rührte aus der Zeit her, in der sie nichts und niemanden gehabt hatte, und die Angst, irgendwann wieder an diesem dunklen Ort zu landen, verließ sie nie ganz. Sie hatte ein glückliches Händchen bei ihren Entscheidungen gehabt, denn ihr Ehemann war liebenswürdig und offen gewesen, und auch wenn das zwischen ihnen nicht die ganz große Liebe war, war sie ihm sehr zugetan gewesen.

Er hatte ihr geholfen, dem Alkohol dauerhaft zu entsagen, indem er ihr erklärte, dass sie ihn komplett aus ihrem Leben verbannen musste, weil er sie sonst immer in Versuchung führen würde, wenn sie mal ein Tief hatte. Er war für sie der Fels in der Brandung gewesen. Jemand, von dem sie dachte, dass sie mit ihm alt werden würde. Aber das war ihr nicht vergönnt. Dass sie ihn verloren hatte, führte sie darauf zurück, dass das Karma einen Ausgleich forderte. Trotzdem hatte das Schicksal ihr Tom beschert, und für kurze Zeit hatten die Dinge sich zum Besseren verändert, doch nun war sie, wieder einmal, allein.

Das Winseln der Welpen holte sie in die Gegenwart zurück. Sie würde sie und Rusty noch heute Abend zurückbringen. Jetzt, wo Tom nicht mehr da war, brauchte sie sie nicht mehr hierzubehalten. Savage würde versuchen, sie so schnell wie möglich zu verkaufen. Nur eine Sache musste sie noch erledigen, bevor sie ging.

Maggie verbrachte mehr Zeit auf dem Dachboden, als sie vorgehabt hatte. Ein Großteil des Abends war verflogen, während sie über alten Fotos und Erinnerungsstücken der Vergangenheit nachgehangen hatte. Und ihre Suche war erfolgreich gewesen. Sie trug die kostbaren Gegenstände zusammen mit Seidenpapier und einem großen Umschlag nach unten.

Dort breitete sie das Seidenpapier aus und legte die Sachen vorsichtig darauf – Rivers Babystiefelchen, einen silbernen Löffel und ein gehäkeltes Kaninchen. Es war nicht sein Lieblingskuscheltier gewesen, denn das hatte er mitgenommen; das Einzige, was erlaubt war. Sie hatte diese Dinge immer aufbewahrt, aber selten herausgeholt, weil es zu traurig war, sich wieder mit dem zu konfrontieren, was sie verloren hatte. Sie legte noch ein paar Schnappschüsse dazu, die sie von ihm besaß, und verpackte alles ordentlich. Sie hatte ja das gerahmte Foto, das einen Ehrenplatz im Wohnzimmer einnahm, mehr brauchte sie nicht.

Es erschien ihr richtig, River das alles jetzt zu schicken. Sie hatte gehofft, sich eines Tages mit ihm hinsetzen, ihm die Sachen geben und Geschichten mit ihm austauschen zu können, aber das würde nun nie geschehen. Darum war das die beste Lösung. Sie holte Stift und Papier und schrieb den letzten Brief, den sie ihm je schicken würde. Dieser war, anders als der davor, einfach zu schreiben. Denn es war ein Abschiedsbrief. Sie hatte so lange darauf gewartet, das zu sagen, dass es nun eine Erleichterung war, es auszusprechen.

Über die Jahre hatte sie sich oft gefragt, wie Rivers Leben wohl verlaufen war, und ihm viele Dinge gewünscht. Jetzt wünschte sie ihm nur eins: dass er glücklich war.

*

Am Samstag ging Maggie nicht in die Bücherei. Ihr Tag hatte angefangen wie so viele. Sie nahm ihren Tee mit vors Haus, setzte sich auf die Bank und lauschte den Vögeln. Rusty und ihre Welpen hatte sie am Vorabend noch zu Savage gebracht. Er hatte ihr gedankt, und Mac war überglücklich gewesen, seine Gefährtin wiederzuhaben, auch wenn er sich, was die infolge des Ortswechsels ganz aufgedrehten Welpen anging, nicht so sicher war. Ohne die Hunde war es still auf der Providence Farm. Und ohne Tom noch stiller. Sie würde sich daran gewöhnen müssen.

Maggie fütterte die Tiere und gab ihnen Wasser, doch als sie zu den Lämmern kam, setzte ihr Herz kurz aus. Eins der Kleinen war in der Nacht angefallen worden. Es konnte ein Fuchs oder ein Hund gewesen sein. Auf jeden Fall war es ein ziemlich dreister Eindringling gewesen. Die Mutterschafe mussten ihn vertrieben haben, sonst wäre das Lamm verschwunden. So lag es nun mit tief gesenktem Kopf da, sein Hals und sein Rücken waren blutig.

Maggie näherte sich ihm behutsam. «Hey du …» Wie hieß es? Sie hatten von Tom alle Namen von Figuren aus einem Buch erhalten, das er gelesen hatte, doch wie er dieses arme Ding getauft hatte, wusste sie nicht mehr. «Hm. Ich fürchte, wir müssen eine Namensänderung beantragen, ich werde dich nämlich ab jetzt Tom nennen.»

Das Lamm schaute hoch und blökte, doch es war schwach. Barbara kam näher, schritt aber nicht ein, als Maggie es in ihre Arme hob. «Ich tu für ihn, was ich kann», versprach sie Barbara, und das Mutterschaf schaute sie mit starrer Miene an, während die anderen Lämmer um sie herumtollten, als ständen sie unter Strom.

Nach einer kurzen Fahrt mit dem Quad untersuchte Maggie das Lamm und wusch es in der Spüle mit warmem Wasser, um feststellen zu können, wie schlimm seine Verletzungen waren. Glücklicherweise schien nichts gebrochen zu sein, doch es hatte zahlreiche Bisswunden am Hals und am Rücken. Sie trocknete es ab, desinfizierte die Wunden mit einem Spray und spritzte ihm schnell eine Ladung von dem Vitaminkomplex ins Maul, das sie den neugeborenen Lämmern immer gab. Das würde ihm nicht schaden und ihn hoffentlich sogar ein bisschen stärken.

Danach legte Maggie den Wäschekorb mit einem alten Handtuch aus und hob das Lamm vorsichtig hinein. Es protestierte zwar nicht, aber es ließ sich auch nicht darin nieder. Stattdessen stand es nur da und ließ erneut hilflos den Kopf hängen. Sie hatte im Vorjahr einige Lämmer von Hand aufgezogen, und es war noch etwas von dem Milchpulver übrig. Darum bereitete sie ihm ein Fläschchen vor und setzte sich, um das kleine Lamm zu füttern.

Schon bald saugte es fleißig und trank die Flasche her. Es war geschwächt von dem Angriff und hatte wahrscheinlich auch seit Stunden nichts gefressen. Jetzt, wo es einen vollen Bauch hatte, legte Maggie es wieder in den Korb, heizte den Backofen ein bisschen auf, ließ die Tür offen und stellte den Korb davor. Sie musste dafür sorgen, dass es richtig trocken wurde und nicht fror. Das Letzte, was das Tier jetzt brauchen konnte, war eine Unterkühlung. Wenn Tom dagewesen wäre, hätte er einen Witz über einen langsam gegarten Lammbraten gemacht, und der Gedanke machte sie traurig.

Sie wusch sich gerade die Hände, als das Telefon klingelte. Nach kurzem Zögern nahm sie ab. «Hallo?»

«Maggie, hier ist Christine. Ist irgendwas passiert?»

«Nein, das nicht. Aber ich habe mich heute Morgen nicht ganz wohlgefühlt, darum dachte ich, ich lasse den Buchklub mal ausfallen. Das ist alles», sagte Maggie.

«Aber wir haben heute eine Versammlung der Initiative *Rettet die Bücherei*, und du bist nicht die Einzige, die fehlt. Tom und Farah sind auch nicht gekommen. Nur Betty und ich sind hier, und die hat um zwei einen Friseurtermin.» Maggie hörte, wie Betty im Hintergrund «Zehn nach zwei» flüsterte.

«Verstehe. Was mit Tom und Farah ist, kann ich dir nicht sagen, aber es tut mir leid, dass ich es heute nicht geschafft habe. Hoffentlich nächste Woche wieder.»

«Hoffentlich?» Christine klang angestrengt.

Maggie stieß einen Seufzer aus. Sie wusste, dass Christine sich im Stich gelassen fühlte, aber sie hatte gerade Wichtigeres zu tun, als sich um die Bücherei zu kümmern. «Ich sage dir vorher Bescheid, wenn ich nicht kommen kann, okay?»

Es entstand eine kurze Stille. Christine senkte die Stimme. «Ich bin bei der anderen Stelle in der Direktion nicht zum Vorstellungsgespräch eingeladen worden.»

«Tut mir leid, das zu hören.» Und das war auch tatsächlich so, aber sie konnte nicht die Probleme von allen lösen. Wie sich zeigte, konnte sie nicht einmal ihre eigenen lösen.

# 39

## TOM

Die meisten Prüfungen lagen bereits hinter mir, und ich war selbst überrascht, wie fleißig ich vorher gelernt hatte. Bei Maggie hatte ich mir, was das angeht, eine gewisse Routine angeeignet, die ich zu Hause beibehielt. Dad wirkte erstaunt über mein vieles Büffeln, aber wenn er bei der Arbeit war und ich allein zu Hause, gab es für mich ja auch nichts anderes zu tun. Zwar stand da der Fernseher, aber seitdem ich woanders gewohnt hatte, war ich wählerischer geworden. Ich sah zwar noch fern, aber nur Sachen, die mich wirklich interessierten. Früher hatte ich das Gerät immer laufen lassen und auch ständig irgendwas geguckt, wenn ich nicht auf der Xbox spielte, aber jetzt nicht mehr. Nur wenn Dad zu Hause war, lief er noch permanent. Er konnte die Stille offenbar nicht ertragen.

Wir waren schnell wieder in unsere alten Gewohnheiten zurückgefallen, aber ich fühlte mich mit diesem Leben nicht mehr wohl. Selbst wenn er zu Hause war, sprachen wir kaum miteinander. Es gab schon Dinge, über die wir uns wahrscheinlich besser unterhalten hätten, aber wir taten es nicht. Alles, was vorher passiert war, war ein Minenfeld, und da wir beide nicht wussten, wie wir es überwinden sollten, ohne dass uns alles um die Ohren flog und wir noch weiteren Schaden anrichteten, ließen wir es lieber außen vor.

Fairerweise muss ich sagen, dass Dad gelegentlich versucht hat, ein Gespräch über seine Arbeit oder Fußball anzufangen, aber mir fällt es schwer, über Sachen zu reden, die mich nicht interessieren. Ich hab auch versucht, mit ihm über Bücher zu sprechen, aber dann sah er regelmäßig so aus, als würde er mit offenen Augen schlafen. Wir hatten ohnehin nur wenig Zeit für Unterhaltungen, weil er noch seltener zu Hause war als sonst. Samstags war er bei seinem Therapeuten, und montagsabends traf er sich mit «seiner Gruppe», wie er das nannte. Wir wussten beide, dass es das Treffen der Anonymen Alkoholiker war, aber vermutlich war es ihm peinlich, sie beim Namen zu nennen.

In der Schule rede ich auch kaum mit jemandem. Heute saß ich allein in der Schulbibliothek, als Farah reinkam. Sie blieb kurz stehen, und wir sahen uns an. Ich weiß nicht, ob ich irgendwas hätte sagen – oder mich vielleicht noch mal entschuldigen – sollen, aber sie drehte sich um und ging. Was sollte es auch bringen? Sie wird mich nie wieder zu Pizza mit Salat einladen. Später hab ich gesehen, wie sie mit Kemp geredet hat. Ich wünschte, ich könnte Lippen lesen. Das wäre echt mal eine super Fähigkeit. Er wirkte zufrieden, sie jedoch irgendwie nicht, vielleicht habe ich mir das aber auch nur eingebildet, um mich besser zu fühlen.

Als ich aus der Schule kam, war Dad gerade aufgestanden und machte Kaffee. «Heute Abend Pizza?», fragte er.

«Okay.» Das war in etwa das Niveau unserer Gespräche. Da kam mir plötzlich ein Gedanke. «Wir könnten Salat und Coleslaw dazu essen.»

Dad schaute hoch und grinste. «Coleslaw?»

«Ja, das ist lecker, und es passt richtig gut zu Pizza. Wir essen eh nicht genug Gemüse.» Ich vermisste Maggies Gemüsegerichte. Das hätte ich nie gedacht, aber es stimmte. In gewisser Weise sehnte ich sie geradezu herbei.

Er schüttelte den Kopf. «Das ist doch Schickimicki-Quatsch. Demnächst isst du noch Oliven und Hummus.» Er lachte über seinen eigenen Scherz.

«Maggie macht ihren Hummus selbst, aus Karotten. Der ist voll lecker.»

«So, so.» Er warf mir einen komischen Blick zu, so als wüsste er nicht, ob ich das ernst meinte.

«Wusstest du, dass es Karotten auch in anderen Farben als Orange gibt?» Es hatte mich umgehauen, als ich all die verschiedenen Farben gesehen hatte, in denen Maggie sie zog.

Er blinzelte ein paarmal. «Wie, auch in Blau zum Beispiel?»

Er machte sich über mich lustig. «Nein. Aber in Violett, Gelb, Weiß und Rosarot. Sie schmecken alle gleich.»

Er rümpfte die Nase. «Ich mochte Karotten noch nie sonderlich, und ich kann mir nicht vorstellen, dass bunte besser schmecken.»

Ich öffnete den Mund für weitere Erklärungen, aber er rührte in seinem Kaffee, und es war die Mühe nicht wert.

Ich vermisste es, jemanden zu haben, mit dem man richtig reden konnte.

*

Nachdem er zur Arbeit gegangen war, schaltete ich den Fernseher aus, zog die Vorhänge im Wohnzimmer zu und schob den Tisch und das Sofa aus dem Weg, um ein bisschen Platz zu schaffen. Dann setzte ich mich im Schneidersitz auf den Boden, was mir inzwischen leichtfiel. Ich machte gern Yoga, aber ich wusste, dass Dad es mir vermiesen würde, wenn er davon erfuhr. Er spöttelte schon jedes Mal, wenn er mich mit einem Buch sah, darum ging ich davon aus, dass Yoga ihm den Rest geben würde. Er war in seinen Gewohnheiten ziemlich eingefahren, und so was wie Yoga war ihm garantiert suspekt. Ich dagegen fand es beruhigend, und nach einem Tag voller Prüfungsstress musste ich dringend «runterkommen», wie Maggie es ausgedrückt hätte.

Ich machte erst ein paar einfachere Übungen zum Aufwärmen und konzentrierte mich auf meine Atmung. Maggie und ich hatten ein festes Programm gehabt. Als ich bei ihr war, war es mir gar nicht so aufgefallen, aber es hatte mir gutgetan, Yoga zu machen und dabei über Sachen aus der Schule zu plaudern. Hier zu Hause fühlte ich mich allerdings null entspannt. Ich kann mich auch nicht erinnern, dass es je anders war. Ich verharrte so lange im Unterarmstütz, bis meine Arme anfingen zu zittern. Vielleicht konnte ich noch ein bisschen länger durchhalten. Bevor ich in die nächste Haltung wechselte, überprüfte ich erst mal, wie weit ich vom Fernseher entfernt war. Wenn ich auf den drauffiel und er kaputtging, würde Dad nämlich einen Megaanfall kriegen. Der Fernseher war sein Leben.

Ich führte meine Hände langsam in die richtige Position und drückte mich, immer auf mein Gleichgewicht achtend, in den Kopfstand hoch. Erst wackelte ich kurz, aber ich spannte meine Bauchmuskeln an, und das half. Ich war stolz, dass ich es völlig ohne Hilfe geschafft hatte, verharrte in dieser Position und ließ meine Gedanken auf Wanderschaft gehen.

Plötzlich flog die Haustür auf und knallte gegen die Wand. «Hab meine blöde Karte vergessen», sagte Dad und blieb in der Tür stehen. Eine Millisekunde lang dachte ich, wie seltsam er aussah, wenn er auf dem Kopf stand. Dann erst realisierte ich die Situation, verlor die Konzentration und kippte in einer nur halbwegs kontrollierten Bewegung auf den Teppich. «Was zum Teufel machst du?», fragte Dad.

Ich rappelte mich auf und wäre vor Peinlichkeit fast gestorben. «Ich ... ich ... Yoga.» Mehr brachte ich nicht heraus. Ich fühlte mich wie der letzte Depp.

Dad wirkte gleichermaßen geschockt wie betreten. Er wedelte mit seiner Schlüsselkarte und schaute weg. «Aha. Ich geh dann am besten mal.»

«Ja, tschüss.»

«Tschüss.»

Ich hoffte, er würde mich nie wieder darauf ansprechen.

*

Ich frühstückte gerade ein Toastbrot und ging noch ein letztes Mal den Stoff für meine Mathe-Prüfung durch, als Dad von der Arbeit zurückkam. Er steckte den Kopf zur Küchentür rein. «Super, dass du noch da bist!» Er zog einen Becher Eis aus der Jackentasche und stellte ihn vor mir auf den Tisch. Karamell mit Meersalz. Nicht meine Lieblingssorte, aber Eis war Eis. «Da ist auch kein Palmöl drin, ich hab nachgesehen.»

«Danke», sagte ich.

«Wir haben Grund zum Feiern.» Er klatschte in die Hände.

Ich hatte gedacht, er würde von meinen Prüfungen gar nichts mitkriegen, aber offenbar stimmte das gar nicht. «Meine letzte Prüfung ist nächsten Freitag», sagte ich in der Hoffnung, dass ich nicht bis dahin mit dem Eisessen warten musste.

«Aha. Möchtest du nicht wissen, was wir feiern?»

«Meine Prüfungen ja offenbar nicht.»

«Oh, doch. Die auch. Aber noch was anderes ...» Ich schaute ihn einen Moment lang verständnislos an und gab dann auf. Ich musste zur Schule. «Ich hab dafür gesorgt, dass du zum Vorstellungsgespräch eingeladen wirst.»

Ich hatte mir gerade das letzte Stück Toastbrot in den Mund geschoben, was gut war, weil ich sonst bestimmt laut *Scheiße* gesagt hätte. «Geht's wieder um die Lehrstelle?», fragte ich und gab mir alle Mühe, ruhig zu bleiben.

«Ja. Ich weiß nicht genau, wann das Vorstellungsgespräch stattfinden wird, aber du hast genug Zeit, für deine Prüfungen zu pauken.»

«Ich dachte, wir kämen jetzt mit unserem Geld klar.»

Dads Stirn legte sich in Falten. «Wir kommen klar, aber ich bin nicht Steve Jobs.»

«Der ist tot.» Das ging möglicherweise am Thema vorbei.

«Echt?» Ich nickte. «Na, egal, ein bisschen zusätzliches Geld wäre nicht verkehrt. Von dem, was du mir dann für Unterkunft und Verpflegung zahlst, könnte ich ein bisschen was für Urlaub zur Seite legen.» Er sah sehr zufrieden mit sich aus. «Aber freu dich nicht zu früh wegen des Urlaubs, ich müsste erst mal checken, wie viel so ein Wohnwagen heutzutage kostet.»

«Ich muss gehen.» Ich packte hastig meine Bücher ein.

«Oh, ja, klar. Wir reden heute Abend, okay?»

Ich antwortete nicht. Ich setzte den Rucksack auf und ging.

Die Fahrradfahrt zur Schule war normalerweise eine gute Gelegenheit, Musik zu hören und den Kopf frei zu kriegen, aber nicht so heute. Es kam mir vor, als hätte Dad überhaupt nicht zugehört, als wir das letzte Mal über dieses Thema gesprochen hatten. Es war wie in diesem alten Film, *Und täglich grüßt das Murmeltier*. Würden wir immer wieder dasselbe Gespräch führen, bis ich nachgab und anfing, in der Hundefutterfabrik zu arbeiten? Meine Prüfungen waren so lala gelaufen. Ich schätzte, dass ich in einigen Prüfungen ganz okay abgeschnitten hatte, andere hingegen, wie zum Beispiel Französisch, hatte ich klar versemmelt. Aber wie Maggie immer gesagt hatte: Es kam nur darauf an, dass ich sechs insgesamt bestand und in den Fächern, die ich in meine Auswahl fürs Abitur nehmen wollte, gute Noten hatte. Wenn ich das schaffte, konnte ich weitermachen mit der Schule. Zumindest war es das, worauf ich hingearbeitet hatte. Aber jetzt wurde mir klar, dass ich alle meine Gespräche über meine Zukunftspläne mit Maggie geführt hatte.

Ich trat fester in die Pedale und fuhr vom Gehweg auf die Straße runter, ohne auf den Verkehr zu achten. Ich war einfach voll in Gedanken. Als der Transporter in die Straße abbog, sah ich etwas Weißes aufblitzen, und dann nichts mehr.

# 40

## MAGGIE

Das Gemüsebeet hielt Maggie auf Trab. In der Zeit mit Tom hatte sie es etwas vernachlässigt, doch jetzt, wo sie nichts mehr ablenkte, konnte sie ihm die nötige Aufmerksamkeit widmen. Wieder einmal hatte sie jede Menge Zeit, die es irgendwie auszufüllen galt. Sie hatte einige Erdbeeren und Himbeeren an Kaninchen und Vögel verloren, doch nach der Reparatur des Netzes war sie wieder die Erste, die sich an den Früchten und am Gemüse bediente. Einen Schwung Erdbeermarmelade hatte sie schon gekocht und weitere Gläser waren in Planung, aber das würde warten müssen, bis sie ihre Schafwollvliese verkauft hatte.

Die Scherer waren, wie jedes Jahr, vorbeigekommen und hatten ihre Arbeit im Handumdrehen verrichtet. Der Trupp bestand aus einer Gruppe von Australiern, die auf einer der nahe gelegenen Farmen untergebracht waren und nach und nach alle Schaffarmen der Gegend aufsuchten. Sie waren schnell und günstig, und die Arbeit ermöglichte es ihnen, durch Europa zu reisen und dabei nebenbei Geld zu verdienen. Maggie staunte jedes Mal wieder über ihr Arbeitstempo – sie schoren ein ganzes Schaf in weniger als einer Minute. Der Nachteil war, dass sie nicht lange genug blieben, um ein Schwätzchen mit ihr zu halten.

Der Verkauf der Vliese war ein jährlich wiederkehrendes Ereignis, zu dem sie sich eine Mitfahrgelegenheit bei Savage erschnorrte. Savage war in erster Linie ein kommerzieller

Schafzüchter, aber seine Familie hatte immer Jakobschafe gezüchtet, um ihre eigene reine Blutlinie zu haben und sie mit den kommerziellen Rassen zu vermischen. Sie wusste, dass er eine Schwäche für diese Rasse hatte, auch wenn er es nie offen zugab. Seine kommerziellen Vliese brachten nicht viel ein, die seltenen Rassen erzielten jedoch etwas bessere Preise und Maggies British Lavender noch höhere. Savage bot Maggie immer an, ihre Felle mitzunehmen, und sie glaubte auch, dass er einen fairen Preis für sie erzielen würde, aber die ganze Aktion war für sie ein willkommener Tagesausflug und Tapetenwechsel, den sie genoss, obwohl Savage und sie von dem Moment an, an dem sie in Furrow's Cross losfuhren, bis zu ihrer Rückkehr kaum ein Wort miteinander wechselten.

Sie freute sich auch jetzt wieder auf diesen Tag. Da der Schwerpunkt auf seltenen Rassen lag, kamen zu diesen Märkten überwiegend kleine Gewerbetreibende und Kunsthandwerker. Es gab auch einige gewerbliche Verkäufer, aber alle dort Versammelten arbeiteten mit Schafen, und es war schön, sich mit ihnen auszutauschen. Sie sah sie nur einmal im Jahr, doch mit einer Tasse Tee in der Hand über einem Vlies zu plaudern, war immer nett.

Savage konnte es nicht leiden, wenn man ihn warten ließ, darum war Maggie schon zehn Minuten vor der Zeit fertig und stand mit dem Schlüssel in der Hand in der Diele. Da sie in Gedanken völlig woanders war, erschrak sie, als das Telefon klingelte. Sie fluchte und rannte schnell hin. Savage würde noch griesgrämiger sein als sonst, wenn sie bei seiner Ankunft nicht abfahrbereit war.

«Maggie?» Sie kannte die Stimme nicht.

«Ja, wer ist denn da?» Sie schaute hektisch auf die Uhr.

«Ähm, ich bin Lyle, und ich habe Ihren Enkel hier.»

Plötzlich hatte der Anrufer ihre ganze Aufmerksamkeit. «Entschuldigung, was haben Sie gesagt?»

«Tom. Ich hab Ihren Enkel Tom hier. Er hatte einen Unfall …» Maggie schnappte unwillkürlich laut nach Luft. «Es geht ihm gut … nun ja, ich hab ihn vom Fahrrad geholt.»

«O mein Gott. Ist er im Krankenhaus?»

«Nein, ich hab ihm zwar angeboten, ihn hinzubringen, aber er sagt, dass es ihm gut geht.»

«Könnte ich bitte mit ihm sprechen?» Enkel, Tom hatte sich als ihr Enkel bezeichnet. Sie machte sich klar, dass es ihm wahrscheinlich nur peinlich gewesen war zu sagen, dass er mit einer zweiundsiebzigjährigen Frau befreundet war. Aber trotzdem, Enkel.

«Natürlich, hier, bitte.» Man hörte ein kurzes gedämpftes Gespräch, bevor das Telefon weitergereicht wurde.

«Ich wusste nicht, wen ich anrufen soll.» Tom klang angespannt. «Das Fahrrad ist kaputt. Dad bringt mich um. Er braucht es heute Abend für die Arbeit. Ich hab gleich eine Prüfung und weiß nicht, was ich machen soll.»

Maggie schob ihre Emotionen beiseite und wechselte in den Effizienzmodus. «Wo tut es weh, und wie schlimm ist es?»

«Rechts. Am Oberschenkel. So als hätte ich den schlimmsten Pferdekuss meines Lebens bekommen, und es pocht, aber ich kann auf dem Bein stehen.»

«Super, dann ist nichts gebrochen. Was ist passiert?»

«Es war mein Fehler. Ich hab nicht auf den Verkehr geachtet. Das Fahrrad ist komplett krumm und schief. Dad bringt mich um.»

«Mach dir darüber jetzt keine Gedanken. Wo bist du?»

«Nicht weit von der Schule entfernt.»

«Gut. Kannst du –» Sie wurde von einem ungeduldigen Hupen unterbrochen. Savage würde warten müssen. «Glaubst du, dass du es bis zur Schule schaffst?»

Es folgte erneut ein gedämpftes Gespräch. «Der Fahrer kann mich an der Schule absetzen.»

«Und hast du ein gutes Gefühl dabei, in seinen Wagen zu steigen?»

«Ja, auf dem Transporter steht groß der Name seiner Firma, und er hat mir seine Visitenkarte gegeben. Ich glaube, er ist in Ordnung.»

«Dann fahr mit ihm mit. Lass das Fahrrad da liegen. Wenn es beschädigt ist, klaut es bestimmt keiner ...»

«Er sagt, er kann es hinten in seinen Transporter packen.»

«Kann er's hierherbringen?»

«Warte kurz.» Sie verstand noch das Ende von dem, was Tom sagte: «Furrow's Cross. Ja. Er sagt, er macht es.»

«Hervorragend. Um wie viel Uhr hast du heute Schule aus?»

«Gegen drei.»

«Ich werde versuchen, das Fahrrad bis dahin repariert zu bekommen und es zurückzubringen. Okay?»

«Ja. Danke, Maggie!»

Sie hörte die Erleichterung in seiner Stimme und freute sich unbändig darüber, dass er sich in dieser Situation an sie gewandt hatte. «Gern. Aber jetzt vergiss den ganzen Kram und konzentrier dich auf diese Prüfung.»

«Okay», kam es schwach durch die Leitung, und das Telefonat endete. Es tat ihr leid, dass Tom einen Unfall gehabt hatte, aber allein seine Stimme zu hören, verlieh ihr mächtig Auftrieb. Ein Hämmern an ihrer Tür forderte ihre Aufmerksamkeit.

«Ja, ich komm ja schon!», rief Maggie und eilte zur Tür. Davor stand ein wütend aussehender Savage. Sie hielt die Hände hoch. «Tut mir leid, aber Tom hatte einen Unfall. Der Ärmste, er wurde angefahren, als er mit dem Rad unterwegs war.»

Savages Miene veränderte sich. «Tut mir leid, das zu hören.» Er schaute an Maggie vorbei ins Haus. «Kommst du dann nicht mit?»

«Nein, ich fürchte, das geht jetzt nicht. Ich muss rausfinden, wie ich das Rad repariert kriege.»

Savage schien ihr sorgenvolles Gesicht fälschlicherweise als Hilferuf zu deuten. «Ich muss jetzt los. Aber du kannst gern meine Werkstatt benutzen. Und wenn du nicht mitkommst, bin ich wahrscheinlich schon in zwei Stunden zurück. Dann helfe ich dir.»

«Kennst du dich denn mit Fahrrädern aus?»

«Ja, ziemlich gut sogar. Ich hab meine als Kind dauernd auseinandergenommen und dann wieder zusammengebaut. Das war damals unser einziges Transportmittel – das und Dads Lamborghini ...» Maggie bekam große Augen. «Der Traktor ... das ist ein Lamborghini.»

Sie gluckste, und in Savages Augenwinkeln zeigten sich kleine Lachfältchen. «Die Lammfelle sind in der Scheune, wenn es für dich okay ist, sie mitzunehmen?»

«Kein Problem. Ich fahr jetzt besser los, aber du hast ja einen Schlüssel. Mac ist im Hof und Rusty und die Welpen sind auf der hinteren Veranda. Da hängt auch der Schlüssel für die Werkstatt.»

«Danke, das ist nett von dir.»

Savage hatte wieder seine übliche undurchdringliche Miene aufgesetzt. «Macht mir nix aus.»

Er fuhr mit dem Land Rover und dem Hänger rückwärts vor die Scheune. Maggie wartete an der Tür, um ihm zum Abschied zu winken, doch er fuhr vorbei, ohne sie noch eines Blickes zu würdigen. In dem Moment wurde ihr zum ersten Mal klar, dass Savage ein einsames Leben geführt hatte. Keine Frau, keine Familie, nur die Farm. Er hatte sein Leben lang mit seinen Eltern dort gewohnt, bis sie vor ein paar Jahren gestorben waren. Festgefahren in seinen Gewohnheiten, wie er war, und mit einem Beruf, der ihn an diese abgelegene Gegend band, würde er wohl auch den Rest seines Lebens allein hier verbringen.

Wenn sie darüber nachdachte, gab es sehr viele Menschen, die sich aus irgendwelchen Gründen in einer isolierten Lage befanden. Vielleicht waren manche aber auch zufrieden damit, und vielleicht traf das sogar auf Savage zu. Sie wohnten nur einen Katzensprung voneinander entfernt, und doch hatten sie nur selten miteinander zu tun, und wenn, dann nur auf einer oberflächlichen Ebene. Doch vielleicht war Interaktion nur um des Interagierens willen noch schlimmer, als einsam zu sein. Sie und Savage waren komplett verschieden und würden sich wahrscheinlich gehörig gegenseitig auf die Nerven gehen, wenn sie regelmäßig miteinander zu tun hätten. Ja, vielleicht war es besser, wenn sie für sich blieb. Vor allem jetzt, wo es nach Toms Anruf wieder einen Funken Hoffnung gab. Auch wenn sie sich nicht vorzumachen brauchte, ihn hätte etwas anderes als schiere Verzweiflung zu diesem Anruf getrieben.

Sie wollte gerade die Tür schließen, als sie Autoreifen auf dem Kies in der Einfahrt knirschen hörte. Der kleine weiße Transporter der Baufirma Taylor's hielt vor dem Haus.

«Sie müssen Lyle sein. Ich bin Maggie.»

«Das mit Ihrem Enkel tut mir wirklich sehr leid. Er hat überhaupt nicht aufgepasst. Er ist mir direkt vor den Wagen gefahren. Ich hatte keine Chance. Gott sei Dank war ich nur langsam unterwegs, weil ich gerade um die Ecke kam.» Er war jung und redete viel – wie Tom.

«Aber er ist doch nicht schlimm verletzt, oder?»

«Nein. Die Sache hat ihn ziemlich mitgenommen, aber eigentlich hab ich sein Rad nur angestupst. Ich hab ihn ja nicht wirklich überfahren.» Lyles übergroßes Bedürfnis, sie zu beruhigen, hatte etwas Amüsantes.

«Danke, dass Sie ihn zur Schule gebracht haben. Er steckt mitten in seinen Prüfungen.»

«Ja, er hat's mir erzählt. Das Rad sieht leider ziemlich schlimm aus.»

Sie folgte ihm zum Heck des Transporters, und Lyle hob das alte Fahrrad heraus. «Und der Wagen?»

«Ach, es sind nur ein paar Kratzer dazugekommen. Das ist kein Problem. Der Chef merkt es bestimmt gar nicht.»

Sie betrachteten beide den verzogenen Rahmen von Toms Fahrrad. Vielleicht war das Angebot, es zu reparieren, ein wenig voreilig gewesen.

# 41

## TOM

Ich weiß nicht genau, was ich zu sehen erwartete, als ich aus dem Schultor humpelte, aber Maggie auf ihrem Traktor stand ganz sicher nicht auf meiner Liste. Ich warf einen raschen Blick über die Schulter, um mich zu vergewissern, dass mich niemand beobachtete. Im naturwissenschaftlichen Trakt standen ein paar Kinder am Fenster, aber die sahen nach Unterstufe aus, die Luft schien also rein zu sein. Die meisten von denen, die mit mir ihren Abschluss machten, hatten jetzt im Anschluss gerade ihre Prüfung in Betriebswirtschaften, und die wenigen, auf die das nicht zutraf, waren alle von ihren Eltern abgeholt worden. Nur ich war noch übrig.

Ich ging zu dem Traktor und schaute in den Anhänger – kein Fahrrad. Maggie drehte sich auf ihrem Sitz um und blickte mich an. Sie wiederzusehen, wirbelte eine Menge Gefühle in mir auf. Ich hatte sie vermisst, im Geiste aber auch viele Streitgespräche mit ihr geführt, und ganz fertig war ich damit noch nicht.

«Es gibt ein kleines Problem mit dem Rad», sagte sie.

Das war nicht das, was ich hören wollte, auch wenn ich mich auf die Heimfahrt nicht gerade gefreut hatte, weil mein Bein höllisch wehtat. Meine Laune wurde sekündlich schlechter. «Wo ist es denn?»

«Savage arbeitet daran. Er glaubt, dass er es wieder hinkriegt, aber er braucht noch eine Weile.»

«Aber ich brauche es zurück.» Ich warf frustriert die Arme hoch. Dieser Albtraum wurde immer schlimmer.

«Tut mir leid, ich war mit der Reparatur überfordert.»

«Aber du hast gesagt, dass du es wieder hinkriegst!», empörte ich mich. Dad würde ausflippen.

Maggie sah mich streng an. «Ich hab versucht, dir zu helfen.» Sie wandte sich ab, und ich hinkte nach vorn.

«Dad braucht das Rad, um zur Arbeit zu kommen. Er hat kein Auto mehr. Wenn er es nicht rechtzeitig zur Fabrik schafft, bekommt er auch kein Geld, und ...» Mein Puls wurde spürbar schneller, als ich an die möglichen Folgen dachte. Und die schlimmste von allen war, dass Dad am Ende womöglich wieder mit dem Trinken anfing.

«Könnte er auch den Bus nehmen?»

«Das kostet Geld, außerdem fahren die Busse zu unmöglichen Zeiten.»

«Aber es wäre eine Option.»

«Nein, das ist keine Option!» Ich wurde sauer. Wenn es sich irgendwie vermeiden ließ, wollte ich Dad von alldem gar nichts erzählen müssen. «Wann ist Savage denn fertig mit dem Rad?»

Maggie legte den Kopf schief. «Er meinte, er bräuchte noch zwei Stunden, und das war vor ungefähr dreißig Minuten.»

Ich schaute auf die Uhr an meinem Handy. «Solange ich es zurückbringe, bevor Dad aufwacht, ist alles gut.» Ich atmete tief durch. Vielleicht klappte es ja doch noch.

«Ist alles okay?», fragte sie.

«Ja. Tut mir leid.»

«Soll ich dich nach Hause bringen, oder essen wir bei mir ein Stück Kuchen, während wir auf das Rad warten?» Sie ließ den Motor an.

Ich seufzte. Ich war immer noch nicht gut auf Maggie zu sprechen, aber mein Bein tat so weh, dass ich unmöglich nach Hause laufen konnte. Also zog ich mich ächzend in den Hänger hoch. Mein Telefon klingelte, und Maggie wartete, bis ich nachgesehen hatte, wer anrief. «Es ist die Bücherei», sagte ich, bevor ich dranging. «Hallo?»

«Tom, Gott sei Dank! Ich kann niemanden erreichen. Kannst du heute Abend in die Bücherei kommen? Wir müssen ein Notfalltreffen des Rettungskomitees einberufen.»

«Puh, ich weiß nicht, Christine. Ich hatte einen Unfall und hab mich am Bein verletzt. Tut mir leid, aber ich glaube, ich schaffe es nicht.»

«Aber wir verlieren an Fahrt. Die Gemeindeverwaltung hat mir gekündigt.» Ihre Stimme klang plötzlich ganz seltsam, und ich glaube, sie weinte. Ich wand mich innerlich. Ich hasste so was.

«Sie sollten mit Maggie sprechen.» Ich wollte das Telefon an Maggie weiterreichen, doch sie schüttelte den Kopf und weigerte sich, es zu nehmen. Ich sagte stumm «Sprich mit Christine!» zu ihr, doch sie verschränkte die Arme.

«Ich hab schon versucht, Maggie anzurufen, aber ich erreiche sie nicht», sagte Christine, womit ich gezwungen war, das Handy wieder an mein Ohr zu halten.

«Ich glaube, sie ist unterwegs.» Ich signalisierte Maggie mit Blicken meinen Ärger darüber, dass sie nicht mit Christine sprach. Ich hatte schon genug Probleme, auch ohne dass ich noch Christines lösen musste. Die Bücherei stand gerade ziemlich weit unten auf meiner Liste. «Was ist mit Farah?»

«Bei der lande ich gleich auf der Mailbox, ich habe ihr schon zwei Nachrichten hinterlassen.» Allmählich klang sie verzweifelt. «Ist dir die Bücherei denn plötzlich egal?»

«Hören Sie, ich werde jetzt abgeholt. Ich muss auflegen. Tut mir leid.» Ich beendete das Gespräch und kam mir mies vor, aber was konnte ich anderes tun?

Der Traktor machte einen Satz nach vorn und zuckelte dann die Straße entlang. «Wenn du mitkommst, kannst du das Fahrrad im Bus mitnehmen, wenn es fertig ist.» Maggie warf mir einen raschen Blick zu. «Aber ganz wie du willst.»

Jetzt hatte sie mich. Ich wollte nicht, dass sie mit dem Traktor bei mir zu Hause vorfuhr, und das wusste sie auch. «Gut, dann zu dir.»

Als wir von der Schule weg waren, entspannte ich mich etwas. «Gehst du denn nicht mehr in die Bücherei?», fragte ich.

«Ich war schon eine ganze Weile nicht mehr da, nein. Und du?»

«Nee.» Mir wurde bewusst, dass ich aber bald wieder dorthin musste, denn ich hatte noch Bücher ausgeliehen. Ich hatte sie zwar an dem Computer in der Schule online verlängert, aber irgendwann musste ich sie zurückbringen.

Ich war froh über den Lärm, den der Motor machte, denn die Atmosphäre zwischen uns war gruselig. Früher hatte ich so gut mit ihr reden können, aber plötzlich hatte sich alles geändert. Ich bereute es schon, dass ich mit ihr mitgefahren war. Was würden wir eine Stunde lang machen? Dasitzen und uns gegenseitig anstarren? Das war eine blöde Idee gewesen.

*

Maggie hielt vor dem Farmhaus und reichte mir die Schlüssel.

Das Lager für das Brennholz war voll. «Wer hat denn das alles gehackt?», fragte ich.

«Ich», sagte Maggie. Die Stille zwischen uns wurde noch unbehaglicher, als mir klar wurde, was das bedeutete – sie kam auch gut ohne mich klar.

Ich sagte nichts, stieg ab und ging ins Haus, während sie den Traktor in die Scheune fuhr. Der Duft im Haus legte sich um mich, als würde ich in eine Umarmung hineinlaufen. Es roch nach Kochen und Räucherstäbchen und Nachhausekommen. Ich schob den Gedanken beiseite. Was war das denn für ein Quatsch? Das hier war nicht mein Zuhause. Ich wohnte bei Dad. Wer war Maggie überhaupt? Einfach nur eine alte Dame aus der Bücherei. Sie war nicht die, für die ich sie gehalten hatte. Ich zog meine Schuhe aus und ging weiter, um mir die Welpen anzusehen.

Ich stand in der Tür zum Wohnzimmer, als Maggie hereinkam. «Wo sind sie?», fragte ich sie gereizt.

Sie runzelte kurz die Stirn, bis sie begriff, wen ich meinte. «Ach, die Welpen, die sind bei Savage auf der Farm. Wenn er sie nicht schon verkauft hat.» Ich schaute sie entsetzt an, denn ich war davon ausgegangen, dass sie bei Maggie waren. Natürlich hatte ich total oft an sie gedacht, und dabei hatte ich sie mir jedes Mal in diesem Wohnzimmer vorgestellt.

«Aber …»

«Es sind seine Hunde.» Plötzlich klang sie ganz nüchtern und hart. Aber vielleicht war sie immer schon so gewesen, und ich hatte es nur nicht bemerkt.

«Ich weiß, aber …» Ich wurde vom lauten Blöken eines Lamms unterbrochen, und das kam nicht von der Weide. Ich schaute Maggie fragend an.

«Der Kleine von Barbara. Mir fällt sein Name nicht mehr ein.»

«Tyrion.»

«Er wurde von einem Fuchs angefallen, darum füttere ich ihn gerade mit der Flasche. Ich hab versucht, ihn zu Barbara zurückzubringen, aber sie verweigert ihn komplett.»

«Dann ist sie wohl doch nicht so eine gute Mutter.» Die Bemerkung war schneller über meine Lippen, als ich denken konnte, und ich sah, dass sie Maggie getroffen hatte.

«Offenbar nicht. Aber sie hat ihr Bestes gegeben.» Ich machte den Mund auf, schaffte es diesmal aber, mich zurückzuhalten. Wir wussten beide, dass es in diesem Gespräch nicht mehr um Barbara ging. «Er ist in der Küche», sagte sie.

Ich wandte mich ab und versuchte, die Wut zu unterdrücken, die wieder in mir aufkam. Tyrion stand in der Küche in einer Kiste und sah aus, als würde er sich freuen, mich zu sehen. Es tat weh, sich mit dem verletzten Bein neben ihn zu knien. Maggie reichte mir ein Sitzkissen von einem der Küchenstühle, damit ich es unter meine Knie schieben konnte. Keiner von uns sagte ein Wort.

Ich streichelte das Lamm, während Maggie sich einen Tee kochte und ein Fläschchen für Tyrion vorbereitete. «Komm schon, Tom. Spuck's aus, es wäre sehr viel besser, wenn du aussprichst, was du denkst. Lass die Wut raus. Es ist nicht gut, wenn man sie in sich reinfrisst.»

Ich schaute sie an, und sie reichte mir das Fläschchen. «Danke», sagte ich. Sie hatte recht, ich war stinkwütend; wie in der Werbung für dieses Mittel gegen Magenverstimmung gärte die ganze Zeit was Saures in mir vor sich hin. Aber es war mir zu peinlich, mich auffordern zu lassen, jemanden runterzumachen, zumal wenn er es erwartete. Ich konzentrierte mich auf die Flüssigkeit in der Flasche.

«Ich weiß, dass ich dich verletzt habe. Und es tut mir ehrlich leid, aber ich kann das, was passiert ist, nicht mehr ändern.»

Warum war sie immer so einsichtig? «Ich war davon ausgegangen, dass River tot ist», sagte ich. Tyrion verlangte blökend nach seiner Flasche.

«Ich weiß. Aber ich wusste nicht, wie ich dir sagen sollte, dass er mir weggenommen wurde, weil ich getrunken habe.»

Es war seltsam, sie das sagen zu hören. Ich hätte sie nie im Leben in dieselbe Schublade gesteckt wie meinen Dad, und doch gehörte sie da rein. Anscheinend gab es keinen bestimmten Typus, der zur Sucht neigte. «Du hättest es mir sagen können. Es wäre mir egal gewesen.» Sie zog vielsagend die Augenbrauen hoch. «Okay, vielleicht wäre es mir nicht egal gewesen, aber es wäre besser gewesen, als es auf diese Weise rauszufinden.» Wir schauten beide den Küchentisch an, als könnte er was dafür.

«Ich weiß, dass das schlimm für dich gewesen sein muss. Aber weißt du, ich konnte nicht mehr klar denken. Der Brief hat mich ziemlich geschockt, darum hab ich alles stehen und liegen gelassen und bin aus dem Haus gestürzt.»

Zum ersten Mal dachte ich daran, was dieser Brief für Maggie bedeutet haben musste. Ihr Sohn wollte sie nicht kennenlernen. Sie hatte ihm die Hand gereicht, und er hatte sie weggeschlagen. Meine Wut verpuffte, als hätte jemand in einen Ballon gestochen. Ich hatte nur mich und meine Gefühle gesehen und ihre darüber völlig vergessen. Arme Maggie. Was immer sie getan hatte, sie war ein guter Mensch, und die Traurigkeit, die in ihrem Blick stand, gefiel mir nicht. Geschichten wie ihre bekam man in den Realityshows im Fernsehen nicht erzählt. Da endete immer alles mit einem fröhlichen Happy End vor laufender Kamera. Aber das hier war das echte Leben, in dem echte Menschen sich gegenseitig wehtaten.

«Es ist schrecklich, wenn man jemanden verliert, den man liebt. Der Schmerz ist immer derselbe, egal, wie es passiert und wer die Schuld daran trägt», sagte sie.

Sie hatte recht, trotzdem würde zwischen uns nicht von jetzt auf gleich alles wieder so werden wie früher. Ich neigte die Flasche, und Tyrion sog, wild mit dem Schwanz wedelnd, die Milch heraus. Vielleicht sollte ich mich an Tiere halten.

# 42

## MAGGIE

Noch nie war Maggie einem Tier so dankbar gewesen wie Tom, dem Lamm. Er hatte in den schwierigen anderthalb Stunden, die sie mit dem übellaunigen, niedergeschlagenen Teenager Tom verbrachte, für Ablenkung gesorgt. Sie hasste sich für den Schaden, den sie angerichtet hatte. Tom hatte eine weitere Verunsicherung in seinem Leben gerade noch gefehlt, doch was passiert war, war passiert. Sie verbrachten die Wartezeit größtenteils schweigend und schauten abwechselnd auf die Uhr, deren Zeiger sich bei jedem Blick langsamer fortzubewegen schienen.

Und es kam, wie es kommen musste: Savage brauchte länger als gedacht, und als er endlich an die Tür klopfte, war die Erleichterung bei Maggie und Tom mit Händen zu greifen. Maggie eilte zur Tür, und Tom hinkte gleich hinter ihr her. Savage hielt das Rad hoch und stellte es dann gegen die Hauswand.

«Ist es wieder ganz?», fragte Tom und renkte sich den Hals aus, um einen Blick darauf werfen zu können.

«Im Rahmen dessen, was möglich war, schon», sagte Savage. «Dieser moderne Kram ist nicht dazu gemacht, lange zu halten.»

«Aber ich kann doch damit fahren, oder?»

«Ja, es fährt wieder.»

Aus Toms gesamtem Körper wich die Anspannung. «Super! Danke!» Savage nickte und wandte sich zum Gehen. «Wie geht's den Welpen?», rief Tom ihm hinterher.

Savage drehte sich wieder um und zog so heftig die Augenbrauen hoch, dass ihm die Schiebermütze ein Stück in die Stirn rutschte. «Die fressen zu viel und machen nur Dreck. Bislang will sie keiner.» Savage hob das Kinn. «Kennst du jemanden, der einen will?»

Tom schüttelte den Kopf. «Nein», sagte er bedrückt.

«Schulden wir dir was für die Reparatur?», fragte Maggie.

«Nein», sagte Savage im Weggehen.

Tom machte sich daran, seine Schuhe wieder anzuziehen. Maggie wollte die Dinge nicht so stehen lassen, aber es gab nichts, was sie noch tun konnte.

Da klingelte Maggies Telefon. Sie fluchte, ging aber trotzdem hin. Es war ein kurzes Telefonat, nach dem Maggie zurück durch den Flur marschiert kam. «Wir fahren zur Bücherei», sagte sie.

«Ich kann nicht», sagte Tom, seine Schnürsenkel zubindend. «Ich muss Dad das Rad bringen.»

«Wir bringen es unterwegs da vorbei. In die Bücherei wurde eingebrochen, und Christine ist völlig fertig mit den Nerven.»

«Was?» Tom schaute sie entgeistert an.

«Ich weiß keine Details, aber wir müssen Christine beistehen. Ich bestelle ein Taxi.»

«Äh, okay.» Die Planänderung schien ihn in Verwirrung zu stürzen. «Aber ruf eins, das groß genug ist für das Fahrrad.»

*

Tom stellte das Rad in dem Durchgang neben dem Haus ab, schrieb schnell eine Nachricht für seinen Dad, in der stand, wo er hinwollte, und stieg wieder ins Taxi. Dann legten sie das letzte kurze Stück bis zur Bücherei zurück. Während Maggie den Fahrer bezahlte und Tom ausprobierte, ob die Tür zur Bücherei aufging, war niemand zu sehen.

Das Taxi fuhr weg, und Maggie gesellte sich zu Tom, der durch die Glasscheibe spähte. «Ich hatte erwartet, dass es hier vor Streifenwagen nur so wimmelt», sagte er und zog den Kopf zurück, weil Maggie an die Scheibe klopfte.

Drinnen bewegten sich die Lamellen der Jalousie. «Wir sind's, Christine!», rief Tom und winkte.

Sie hörten, wie Christine die innere Tür öffnete, dann erschien sie an der Eingangstür und ließ die beiden eintreten. «Wie sind sie denn reingekommen?», fragte Tom, nachdem er hineingeschlüpft war.

«Geht's dir gut?», fragte Maggie, nahm Christines Arme und schaute sie prüfend an.

«Hmm. Kommt besser rein», sagte Christine, schloss hinter ihnen ab und folgte ihnen in die Bücherei.

Tom und Maggie ließen ihre Blicke durch den Raum schweifen. «Was haben sie denn mitgenommen?», fragte Tom.

«Setzt euch», sagte Christine und wies auf die Stühle. Tom und Maggie ließen sich widerstrebend nieder, während Christine hinter einem der Stühle stehen blieb. Als es erneut klopfte, entschuldigte sie sich und eilte davon, um aufzumachen.

«Was geht hier vor?», fragte Tom Maggie im Flüsterton.

«Ich habe nicht die geringste Ahnung», erwiderte sie.

«Oh, Mist», sagte Tom, als er sah, wer an der Tür war.

Farah trat zögerlich ein. «Hallo.» Sie winkte Maggie und Tom verlegen zu. «Ich bin so schnell wie möglich herkommen.»

«Ich muss gehen.» Tom humpelte zur Tür, doch Christine stellte sich ihm in den Weg.

«Was ist denn mit deinem Bein passiert?», fragte Farah mit besorgter Miene.

«Ich bin angefahren worden», sagte Tom.

Farahs Kopf zuckte zurück, als hätten seine Worte sie getroffen wie ein Schlag. «Ach, du liebe Güte. Geht es dir gut?»

«Ich hab einen fetten Bluterguss am Oberschenkel. Und das Rad wurde beschädigt ...» Er schaute zu Maggie hin. «Aber Maggie hat es für mich reparieren lassen.»

«Das hätte ja richtig übel ausgehen können», sagte Farah.

«Ach, na ja», sagte Tom und steckte die Hände in die Hosentaschen. Er wies mit dem Kopf zur Tür. «Ich sollte jetzt gehen.» Er warf Farah einen wehmütigen Blick zu.

«Kann ich vorher erst mal alle auf den neuesten Stand bringen?», fragte Christine händeringend.

«Geh bitte nicht wegen mir, Tom», sagte Farah. «Dass die Bücherei Opfer von Vandalismus wurde, geht uns alle an.»

Tom wirbelte herum. «Vandalismus? Hast du nicht gesagt, hier wäre eingebrochen worden?» Er zeigte auf Maggie.

«Ja, zumindest hat Christine es mir so erzählt. Das stimmt doch, oder, Christine?», fragte Maggie.

«Setzt euch doch bitte alle erst mal hin.» Christine lotste sie zu den Stühlen. Farah und Tom ließen sich rechts und links von Maggie nieder. Alle warteten.

«Was ist los?», fragte Tom und ließ seinen Blick erneut durch den Raum schweifen. Maggie dachte dasselbe wie er: Sie konnte keinerlei Hinweise auf einen Einbruch oder Vandalismus erkennen.

Christine schlich zu dem Platz gegenüber den dreien und setzte sich. «Lasst es mich erklären.»

Sie legte die Hände zusammen, als wollte sie beten, und starrte beim Reden auf ihre Finger. «Ich wusste nicht, was ich sonst sagen sollte, um euch alle heute Abend hierherzukriegen.» Sie hob den Blick. «Es tut mir wirklich leid, aber jetzt seid ihr wenigstens alle da …» Über ihr Gesicht huschte ein Lächeln.

«Wie bitte?», fragte Tom und setzte sich auf. «War das alles gelogen?»

Christine biss sich auf die Lippe. «Ihr habt alle aufgehört, in die Bücherei zu kommen.» Sie kämpfte mit den Tränen. «Ich hatte das Gefühl, ganz allein auf weiter Flur zu sein und –»

Maggie hob die Hand, um Christine zum Schweigen zu bringen. «Also ist alles in Ordnung mit dir und der Bücherei?» Christine nickte und putzte sich die Nase.

«Der Einbruch war nur vorgeschoben», sagte Tom und sprang auf. «Das ist mir zu blöd.» Er schüttelte den Kopf. «Ich bin weg.»

«Warte!», sagte Farah, und Tom machte eine Vollbremsung. «Ich sage nicht, dass das richtig von Christine war, aber ich habe ein schlechtes Gewissen, weil ich seit Wochen nicht hier war.» Sie schaute an Tom vorbei zu Christine. «Es tut mir leid, dass ich Sie hängen gelassen habe, Christine.»

Maggie seufzte. «Ja, mir tut's auch leid, dass ich nicht mehr gekommen bin.»

Alle Blicke ruhten auf Tom. Er zuckte mit den Schultern. «Ich bin sicher, es hätte einen besseren Weg gegeben, uns herzulocken. Aber … ja, ich fühl mich auch mies, weil ich Sie nicht weiter unterstützt hab.»

«Danke», sagte Christine. «Und mir tut's leid, dass ich gelogen habe.»

«Also», sagte Maggie, «wie geht's jetzt weiter?» Sie hatte keine Lust, sich im Kreis zu drehen.

«Genau das ist mein Problem», sagte Christine. «Mir wurde mitgeteilt, dass sich meine Stelle erübrigt, weil die Bücherei definitiv geschlossen wird. Und ich weiß nicht, was ich noch tun kann.»

«Jetzt sind Sie nicht mehr alleine», sagte Farah. Christine nickte dankbar und rückte ihren Stuhl näher an die anderen heran.

«Wir müssen einen letzten Vorstoß wagen und einen effektiven Protest organisieren. Einen gemeinsamen Marsch, der den Verkehr lahmlegt, zum Beispiel», begann Maggie.

«Durch Compton Mallow fährt doch eh kaum einer. Damit können wir wohl kaum den gesamten Verkehr in den Midlands lahmlegen», sagte Tom.

Maggie fuhr trotzdem fort. «Oder eine Menschenkette vor der Bücherei, wenn sie kommen, um sie zu schließen», sagte sie.

«Das ist ein bisschen zu spät», erwiderte Tom, und die anderen schauten ihn wütend an. «Was denn? Ich mein ja nur.»

«Aber mit einem Sitzstreik mitten auf der Straße würden wir die Aufmerksamkeit der Gemeindeverwaltung schon auf uns ziehen», sagte Maggie.

«Würden wir das wirklich?», fragte Farah. «Ich meine, wir haben ja schon das Sit-in hier drinnen gemacht, und es hat niemanden interessiert. Die Verwaltung wird auch davon keine Notiz nehmen.»

Einen Moment lang schwiegen sie alle. Tom kaute auf seinem Daumennagel.

«Wir brauchen einen Aufreger», sagte Maggie. «Irgendwas, was die Leute aufhorchen lässt. Steht das alte Schulgebäude vielleicht unter Denkmalschutz?» Sie schaute Christine fragend an.

Tom setzte sich auf. «Das hier ist doch das ehemalige Schulgebäude auf der Dorfwiese», sagte er.

«Äh, ja», sagte Farah langsam. «Das ist der offizielle Name.»

«Dieser Typ hatte einen Brief im Wagen, auf dem das stand», sagte Tom und wedelte mit den Händen durch die Luft, als versuchte er, seine Gedanken auf diese Weise zu beschleunigen. Er wandte sich Maggie zu. «Der Mann, der mich angefahren hat ...»

«Lyle», sagte Maggie.

«Ja, von diesem Bauunternehmen ...» fuhr Tom fort.

«Taylor's hieß die Firma», sagte Maggie.

«Ja!» Tom zeigte auf Maggie, als hätte sie eine Preisfrage in einem Quiz beantwortet. «Auf dem Sitz vorn in seinem Transporter lag so eine Art Formular, das ich auf den Boden legen sollte. Da stand dieser Name in der Anschrift.» Tom hüpfte auf seinem Stuhl auf und ab.

«Das könnte wichtig sein, Tom. Was stand da sonst noch drauf?», fragte Maggie und beugte sich vor.

Tom schloss einen Moment lang die Augen. «Mehrere Beträge.»

«Hervorragend!» Maggie klatschte in die Hände. Das war der Fortschritt, den sie brauchten. «Das war wahrscheinlich ein Kostenvoranschlag für einen Auftrag. Was stand sonst noch drauf?»

Tom legte den Kopf in den Nacken und schaute zur Decke. «Sonst weiß ich nichts mehr.»

# 43

## TOM

Ich kam mir so dumm vor, weil ich mich an keine Details von dem Schreiben erinnern konnte, das ich im Wagen von diesem Bauarbeiter gesehen hatte, aber ich hatte ja auch nur einen kurzen Blick darauf geworfen. Der große Betrag ganz unten hatte mir Ehrfurcht eingeflößt, darum hatte ich darauf mehr geachtet als auf den Rest. Maggie schien meine Beobachtung für den großen Durchbruch zu halten, aber ich war mir da nicht so sicher. Schließlich war das nicht gerade ein konkreter Beweis dafür, dass irgendwas Zweifelhaftes im Gange war.

Wir mussten die Aufmerksamkeit der Leute gewinnen, sie aufrütteln. Unter Maggies Leitung hatten wir Pläne für eine große Demonstration am Freitagnachmittag unter dem Motto *Rettet die Bücherei* geschmiedet. Maggie war der Meinung, dass die Aktion mehr Eindruck machen würde, wenn wir den Berufsverkehr in Compton – nun ja, die drei, vier Autos und sonstigen Gefährte, die da unterwegs waren – lahmlegten. Sie nannte es Eindruck – ich hätte eher gesagt, dass wir den Leuten auf die Nerven gingen, aber wenn uns das die Öffentlichkeit brachte, die wir brauchten, um die Bücherei und Christines Stelle zu retten, war ich dabei. Wir hatten eine Liste von Personen erstellt, die wir kontaktieren wollten. Unsere Hoffnung war, so noch einige Unterstützer unter den Einheimischen zu gewinnen und genügend Interesse bei der Presse und der Gemeindeverwaltung wachzurufen, um sicherzustellen, dass die Leute kamen, um sich das Spektakel anzusehen.

Ich finde es noch immer völlig daneben, dass Christine uns weisgemacht hat, in die Bücherei wäre eingebrochen worden, aber ich verstehe, warum sie es getan hat. Wir machen alle verrücktes Zeug, wenn wir uns bedroht fühlen. Und sie hatte insofern recht, dass wir von anderen Dingen abgelenkt gewesen waren. Dass wir nun alle wieder zusammen waren, spornte uns an. Die Bücherei hat so einen speziellen Vibe, oder sind es doch die Leute dort? Wir führten ein gutes Gespräch darüber, was noch zu tun war, und danach waren wir wieder voll bei der Sache. Wir bekamen alle Instruktionen von Maggie – Christine stellte Transparente her statt Poster, und das sollte was heißen. Farah organisierte die Verteilung der Flugblätter. Maggie wollte die Presse und die Gemeinde kontaktieren, und meine Aufgabe war es, in den sozialen Medien um Unterstützung zu werben. Wir brauchten hauptsächlich mehr Unterschriften für unsere Petition, darum hatte ich uns einen Twitteraccount eingerichtet und plante, darüber jede Menge Autoren anzuschreiben und sie um Schützenhilfe zu bitten. Ich hoffte, dass das funktionieren würde.

Wieder in der Bücherei zu sein brachte mich zum Nachdenken über diesen Ort. Ich hätte es schrecklich gefunden, wenn sie geschlossen worden wäre. Wäre die Bücherei nicht gewesen, hätte ich Maggie nie kennengelernt und auch keinen Kontakt zu Farah knüpfen können – auch wenn es mit beiden ja gerade nicht besonders gut lief. Und da war noch etwas. Die Bücherei hatte irgendwie meine Verbindung zu Mum aufgefrischt. Wenn ich dort war, gab es immer wieder Dinge, die kurze Erinnerungen an sie in mir auslösten. Manchmal war es einfach nur der Geruch, der von den Seiten eines neuen Buchs zu mir hinwehte; ich bin kein Buchschnüffler oder so, aber irgendwas an diesem Geruch erinnert mich an Mum. Ich weiß noch, dass sie mir hier vorgelesen hat und mir die Geschichte ganz toll gefiel, aber auch, dass ich mich sicher und behütet fühlte. Die Bücherei und das Lesen waren unser Ding gewesen, und jetzt, wo ich wieder zu den Büchern zurückgefunden hatte, fühlte ich mich auch mit ihr wieder enger verbunden. So diffus das auch alles war, es fühlte sich gut an, und ich wollte es nicht verlieren.

Die Situation zwischen Farah und mir war weiterhin unentspannt, aber wenigstens redeten wir wieder miteinander, auch wenn es nicht mehr so wie vorher war. Ich hätte zu gern mehr über sie und Kemp gewusst, aber das war das Letzte, was ich sie fragen konnte. Dass sie mit diesem Blödmann zusammen war, machte mir mehr aus, als ich mir eingestehen wollte, aber ich konnte nichts dagegen tun.

Es dauerte eine Weile, bis ich die nötigen Tweets abgesetzt hatte. Maggie ging, weil sie ihren Bus kriegen wollte, aber Christine wartete und schloss hinter mir ab. Ich hatte gehofft, dass Farah auch warten und mit mir zurücklaufen würde, aber auch sie war schon aufgebrochen. Also ging ich allein nach Hause. Es waren nicht viele Leute unterwegs, nur ein paar an der Fish-und-Chips-Bude und im Pub, das war's. Als ich die Haustür aufmachte, war Dad noch nicht zur Arbeit gegangen. Ich schaute auf die Uhr. Ich hätte noch ein paar Minuten in der Bücherei bleiben sollen, dann hätte ich ihn verpasst. Das war gar nicht böse gemeint, ich wollte nur nicht dabei sein, wenn er das Fahrrad sah.

«Hallöchen», sagte er. Er stand mit dem Rücken zu mir in der Küche und steckte eilig ein paar Sachen in seine Tasche. «Alles in Ordnung?», fragte er über die Schulter hinweg.

Ich blieb im Flur stehen. «Ähm, nein, eigentlich nicht. Ich bin heute früh angefahren worden, als ich mit dem Rad unterwegs war.» Es war immer noch mein Fahrrad, auch wenn wir es beide benutzten.

Er hörte auf zu packen und kam an die Tür. Aus seiner Miene sprach Sorge, was mich freute. «Bist du verletzt?»

«Mein Bein hat was abgekriegt, ansonsten geht's mir gut.»

Dann fragte er deutlich besorgter: «Und das Fahrrad?»

«Ich hab's reparieren lassen.» Er wirkte erleichtert. «Na ja, Maggie hat es von jemandem reparieren lassen. Es ist nicht perfekt, aber es fährt. Ich hatte dir eine Nachricht hinterlassen.» Ich zeigte auf den Zettel an der Garderobe im Flur.

«Hab ich nicht gesehen, sorry.»

«Hast du dich denn nicht gefragt, wo ich bin?» Meines Wissens kam ich eine Stunde zu spät, und gegessen hatte ich auch noch nichts.

Er zuckte mit den Schultern, ging zurück in die Küche und schloss eilig seine Tasche. «Ich dachte, du bist mit deinen Freunden unterwegs und feierst, dass die Prüfungen vorbei sind.» Er hängte sich die Tasche um und kam zu mir in den Flur. Ich war inzwischen ein kleines Stück größer als er. Das war mir vorher nie aufgefallen.

«Die letzte Prüfung ist erst Freitagmorgen.» Und welche Freunde sollten das sein?, fragte ich mich. Auch jetzt, wo er nicht mehr trank, hatte er keine Ahnung von meinem Leben. Und sein mangelndes Interesse, mehr darüber zu erfahren, machte es noch ein bisschen schmerzhafter für mich. Früher hatte er wenigstens eine Entschuldigung gehabt.

«Oh, ach so. Gehst du noch weg?», fragte er.

«Nein.» Ich versuchte, nicht verärgert zu klingen, aber das war schwer. «Ich bin ja gerade erst gekommen, außerdem hab ich keine Freunde, mit denen ich rumhängen könnte.»

«Gut, dann schönen Abend.» Er senkte den Kopf und ließ mich im Flur stehen. Als ich hörte, wie er abschloss, befiel mich ein seltsames Gefühl. Ich hasste es, nachts allein hier zu sein. Das hatte mir noch nie gefallen, aber jetzt war es noch schlimmer, irgendwie offensichtlicher. Ich holte tief Luft und machte mich daran, mir was zu essen zuzubereiten und noch ein bisschen zu lernen. Mein Leben war eine einzige große Party.

*

Als Dad von der Arbeit zurückkam, saß ich gerade beim Frühstück. «Bitte sehr!», sagte er triumphierend, knallte einen Brief vor mir auf den Tisch und schlug mit der flachen Hand darauf, um der Sache noch mehr Nachdruck zu verleihen.

«Was ist das?»

«Lies es», sagte er und baute sich stolz vor mir auf. Warum konnte er es mir nicht einfach sagen?

Ich überflog den Anfang. Der Brief war an mich adressiert. Er bestätigte mir, dass ich zum Vorstellungsgespräch für eine Lehrstelle in der Hundefutterfabrik eingeladen war. «Was zum –?» Ich starrte darauf, mir drehte sich fast der Magen um.

Er schlug mir auf den Rücken. «Gern geschehen.»

Wie konnte er immer noch davon anfangen? «Aber Dad …»

«Du hast gesagt, deine letzte Prüfung ist Freitagmorgen. Und das Gespräch ist am Nachmittag. Da hat ihnen jemand abgesagt.»

«Warum wohl?»

«Keine Ahnung.» Er verstand meinen Sarkasmus nicht. Sein Blick wanderte an mir auf und ab. «Du kannst deine Schuluniform anziehen, aber vielleicht machst du dich vorher noch ein bisschen zurecht.»

Bei mir schrillten alle Alarmglocken. «Hör zu, Dad, ich bin dankbar, dass du das für mich arrangiert hast, aber –»

«Vermassel es nicht.» Er wedelte mit dem Zeigefinger vor meiner Nase rum und sah kurz ein bisschen bedrohlich aus, was mich an die Zeit erinnerte, in der er noch getrunken hatte. «Mach nicht so ein Gesicht. Das war ein Scherz. Du kriegst das schon hin. Alles wird gut.»

Gut würde mein Leben als Letztes werden, wenn vorgezeichnet war, dass ich es in der verdammten Hundefutterfabrik verbringen würde. Ich musste den Befreiungsschlag wagen. Ich starrte auf den Brief. «Es tut mir wirklich leid, Dad, aber ich kann nicht.»

«Wieso? Was ist denn wichtiger, als eine Arbeitsstelle zu finden?» Er beugte sich vor.

«Ähm. Weiter zur Schule zu gehen. Die Bücherei zu retten.»

Er lachte schnaubend. «Du machst Witze, oder?»

Das war meine Chance, für das einzustehen, was ich wollte. Ihm zu erklären, was mir wichtig war. Mich zu behaupten. Aber ich verlor den Mut. «Ich muss los.» Ich nahm meinen Toast und riss fast meinen Stuhl um, so eilig hatte ich es.

«Bis später. Ich mach Fischstäbchen, okay?»

«Ähm, ja. Wenn du willst.» Wie zur Hölle sollte ich da wieder rauskommen?

*

Am Mittwoch kam ich früher von der Schule nach Hause, weil ich nur eine Prüfung hatte, und war extra leise, weil ich erwartete, dass Dad noch schlafen würde. Ich hatte mich nicht richtig konzentrieren können, weil ich dauernd an den Job in der Fabrik denken musste. Irgendwann hatte ich sogar das Gefühl gehabt, Hundefutter zu riechen, aber das muss der Geruch des Schulessens gewesen sein, der aus der Kantine heraufwehte – es gab Lasagne, was nichts Gutes ahnen ließ. Zu Hause ging ich als Erstes in die Küche, um mir ein Glas Wasser zu holen. Und durch das Fenster sah ich Dad.

Er kam rückwärts aus dem Schuppen, und die Tasche, die er immer mit zur Arbeit nahm, hing schwer an seiner Schulter. Er steckte den Schlüssel für den Schuppen in seine Hosentasche, schlich seitlich am Haus vorbei und verschwand aus meinem Blickfeld. Mir lief ein Schauder über den Rücken. Wir gingen nur in den Schuppen, wenn wir den Rasenmäher brauchten, aber das Gras war nicht gemäht worden. Dad verbarg etwas, und man musste kein Genie sein, um drauf zu kommen, was es war. Ich sank gegen die Arbeitsplatte, als hätte ich einen Schlag in die Magengrube versetzt bekommen. Von jetzt auf gleich ging es mir hundeelend. Ich hatte geglaubt, dass Dad sich gut schlug. Er hatte alle seine Termine eingehalten, und ich war sicher, dass ich Bier oder Whisky in seinem Atem gerochen hätte. Vielleicht war er zu Wodka übergegangen. Der roch ja angeblich nicht.

Ich ging raus in den Schuppen und schaute dabei immer wieder über die Schulter für den Fall, dass Dad zurückkam. Die Tür war abgeschlossen. Also kehrte ich zurück ins Haus und suchte nach dem Schlüssel, aber er war weg.

Mich überkam Panik, und weil ich das Gefühl hatte zu ersticken, rief ich bei Farah an. Ich musste mit jemandem sprechen und meine Sorgen teilen, ich konnte das nicht alles wieder von Neuem durchmachen.

Als ich schon dachte, dass ich auf ihrer Mailbox landen würde, ging sie doch noch ans Telefon. «Hallo.» Sie klang argwöhnisch. Jetzt, wo ich sie am Ohr hatte, wusste ich nicht mehr, was ich sagen sollte. Es war schrecklich. «Ist alles in Ordnung?», fragte sie.

«Nein, Dad verhält sich merkwürdig, da stimmt was nicht.»

«Du meinst, er trinkt wieder?»

Ich schaute noch mal aus dem Fenster, aber Dad war längst weg. «Keine Ahnung. Kann sein. Er verheimlicht mir was, und ich weiß nicht, was es sonst sein sollte.»

«Dann solltest du ihn zur Rede stellen», sagte sie entschieden.

Ich drehte mich vom Fenster weg. Der Gedanke, Dad darauf anzusprechen, war fast noch schlimmer als die Vorstellung, ihn wieder völlig betrunken zu sehen. «Ich kann nicht. Was soll ich denn sagen?»

«Das spielt keine Rolle, Tom. Du musst ihn nur davon abhalten, rückfällig zu werden.»

Sie hatte leicht reden. Plötzlich jagte ein Bild durch meinen Kopf: Dad bewusstlos auf dem Teppich. Sie hatte recht. Ich schluckte schwer. «Gut, ich gehe ihm nach.» Ich griff nach dem Hausschlüssel.

«Möchtest du, dass ich dazukomme?»

«Ja, das wär toll.»

«Wir treffen uns in zwei Minuten bei mir an der Kreuzung.»

*

Ich schaute im Durchgang neben dem Haus nach – das Fahrrad war noch da. Wenn er zu Fuß unterwegs war, gab es noch eine Chance, dass ich ihn einholen konnte. Ich versuchte zu laufen, aber mein Bein erinnerte mich sehr bald daran, dass das nicht ging. Also humpelte ich, so schnell ich konnte, und schaute in alle Straßen, an denen ich vorbeikam, für den Fall, dass er abgebogen war. Als ich an Farahs Kreuzung ankam, pulsierte der Schmerz in meinem Bein, und mir dämmerte, dass diese Aktion totale Zeitverschwendung war.

Innerhalb einer Minute tauchte Farah auf. «Wo ist er?», fragte sie, ihr Blick flog in alle Richtungen.

Ich kratzte mich am Ohr. «Ich weiß es nicht.»

Sie sah enttäuscht aus. «Und was ist jetzt der Plan?»

«Keine Ahnung. Ich hoffte, dass sie vorschlagen würde, dass wir irgendwas zusammen machen könnten.» Wir standen eine Weile schweigend da, was schrecklich war. Je länger es dauerte, desto schlimmer wurde es. Ich hatte das Gefühl, etwas sagen zu müssen. Irgendwas. «Wie läuft es denn mit dir und …» Sie schaute mich wütend an, und ich brach ab.

«Ich muss noch lernen», sagte sie und zeigte in die Richtung, in der sie wohnte.

«Ja, klar. Ich auch.» Ich zeigte wie ein Volltrottel ebenso in die Richtung, in der ich wohnte.

«Dann treffen wir uns am Freitag bei der Demo, wenn wir uns nicht vorher noch in der Schule sehen», sagte sie.

«Ja.»

Sie ging weg. Wir redeten wieder miteinander … mehr oder weniger. Das war ein Fortschritt. Wenigstens war die Zeit nicht komplett vergeudet. Ich humpelte nach Hause, um noch ein bisschen zu büffeln und mir Sorgen zu machen, wohin Dad heimlich gegangen sein konnte.

# 44

## MAGGIE

Maggie war wegen der Demo sehr viel aufgeregter, als sie es hätte sein sollen. Sich wieder in den Kampf zur Rettung der Bücherei zu stürzen, hatte ihren Elan neu entfacht, und sie platzte förmlich vor Energie. Toms Info über dieses Schreiben im Transporter der Baufirma Taylor's hatte ihre Entschlossenheit noch weiter befeuert. Der Brief selbst hatte sich mit jedem Gespräch, das Maggie seither geführt hatte, ein Stückchen mehr vervollständigt, und als sie den Lokalreporter endlich ans Telefon bekam, war er bereits ein ausformulierter Kostenvoranschlag für die Umwandlung der Bücherei in eine Bar mit angegliedertem Restaurant von einer bekannten Kette. Deren Namen wage sie nicht auszuplaudern, fügte sie hinzu, deren Preise würden einer Reihe von ortsansässigen gastronomischen Betrieben jedoch definitiv den Garaus machen.

Dasselbe hatte sie auch Bill aus dem Pub gesagt, und er war nun bereit, sich mit jedem aus der Gemeindeverwaltung anzulegen. Maggie hatte es geschafft, seinen Zorn dahingehend für ihre Zwecke zu instrumentalisieren, dass sich nun alle örtlichen Pubs dem Protest gegen die Büchereischließung anschlossen. Die Heimatforschungsgruppe lief Sturm gegen den Plan, das alte Büchereigebäude im Namen der Modernisierung zu verschandeln, und auch das Women's Institute war geschlossen an Bord – dessen Mitglieder ließen keine Gelegenheit aus, Kuchen zu backen.

Schließlich war der Freitagnachmittag gekommen, und es war

ein sonniger Junitag – perfekt für eine Protestveranstaltung im Freien. Maggie zockelte mit dem Traktor ins Dorfzentrum von Compton und hielt in der Nähe der Bücherei, wo bereits eine kleine Menschenmenge wartete.

«Ach, du liebe Zeit», sagte Billy und kratzte sich am Kopf, als er in den Anhänger blickte. «Ich hatte es gar nicht so verstanden, dass wir eine richtige Mauer ziehen.»

«Das ist das Einzige, womit wir ihre Aufmerksamkeit bekommen», sagte Maggie und betrachtete stolz den kleinen Berg Strohballen, den sie gegen eine kleine Gebühr von Savage ausgeliehen hatte.

«Na, dann mal los!», sagte Bill. «Schichten wir sie auf!»

Maggie gesellte sich zu Tom. Er kaute auf den Resten seines Daumennagels herum und sah ziemlich verstört aus. «Und? Alle Prüfungen geschafft?»

«Ja.» Er wirkte geistesabwesend.

«Prima! Wie geht's deinem Bein?», fragte sie.

«Gut, danke.» Er zog sein Handy aus der Tasche und schaute nach, ob er Nachrichten bekommen hatte.

«Erwartest du einen Anruf?»

«Nein, ich hab nur auf die Uhr geguckt.» Er steckte das Telefon wieder weg.

«Okay, dann wollen wir mal. Diesmal zeigen wir ihnen, dass wir's ernst meinen», sagte sie und zog ihre Jacke aus.

«Du willst aber nicht deine Brüste zeigen, oder?» Tom sah erschrocken über seine eigenen Worte aus.

«Das war eine einmalige Geschichte damals, und da wurde ich provoziert.» Er schaute sie noch immer an. «Nein, ich werde nichts Unangebrachtes tun, versprochen.»

«Gut. Ich helfe dann besser mal Bill», sagte er und machte sich daran, einen Strohballen aus dem Hänger zu ziehen.

Irgendwas stimmte nicht mit Tom, aber eine genauere Befragung würde warten müssen. Jetzt musste Maggie eine Protestveranstaltung organisieren. Christine hatte ihre Sache gut gemacht, und eine Reihe von sehr britisch-höflichen Slogans auf die Transparente geschrieben, darunter «Wir sind wirklich ziemlich sauer» und «Bücher sind mir lieber als Menschen», außerdem eine bunte Palette von Standardsprüchen wie «Rettet unsere Bücherei». Maggie verteilte sie an die wartende Menge.

Schon kurze Zeit später waren die Strohballen quer über die Straße zu einer behelfsmäßigen Mauer aufgeschichtet und zu beiden Seiten Transparente schwingende Protestler postiert. Und beinahe sofort stauten sich davor die ersten Autos. Farah und einige Mitstreiterinnen verteilten rasch Flyer an die ausgebremsten Fahrer, erklärten ihnen, was los war, und erläuterten, warum die Bücherei so wichtig für sie war. Maggie fand, dass es ein Geniestreich war, diese Aufgabe jungen Frauen zu übertragen – denn es war sehr viel unwahrscheinlicher, dass sie angeschrien wurden, als Leute wie Bill oder Frauen in Maggies Alter. Solange die jungen Frauen sich ihrer eigenen Ausbeutung bewusst waren und sie selbst steuerten, hielt sie das auch nicht für sexistisch.

Da die örtlichen Geschäfte nach und nach schlossen, gesellten sich immer mehr Leute zu ihnen, und bald war eine beachtliche Menschenmenge versammelt. Die Frauen vom Women's Institute gaben Tee, Kaffee und Kuchen aus, was einen hervorragenden Anreiz bot, dazuzukommen und sich ebenfalls auf die Straße zu stellen. Alle unterhielten sich, und als der Reporter ankam, hatte sich die Sache bereits zu einem richtig geselligen Ereignis entwickelt. Der Pressevertreter schüttelte Maggie und einigen anderen die Hand, bevor er sich unter die Menge mischte, um O-Töne zu sammeln.

Als einige Offizielle von der Gemeinde eintrafen, stimmte jemand den Sprechchor «Wir lieben unsere Bücherei!» an. Maggie machte so laut mit, wie sie konnte. Was für ein herrlicher Spaß. Die Offiziellen steckten die Köpfe zusammen, so als würden sie

Streichhölzchen ziehen, um zu entscheiden, wer von ihnen auf den tobenden Mob mit den höflichen Transparenten und den fröhlichen Gesichtern zugehen sollte. Schließlich kam ein untersetzter Mann zielstrebig auf sie zu. «Wer hat hier die Leitung?»

«Ich», sagte Maggie und trat, ein Transparent mit dem Spruch «Büchereien sind Nahrung fürs Gehirn – lasst unsere Kinder nicht verhungern» schwingend, vor.

Der Mann machte einen Schritt zurück, so als glaubte er, Maggie wollte ihm damit eins überziehen. «Sie verstoßen gegen das Gesetz. Wir werden die Polizei rufen und Sie *alle* verhaften lassen.»

«Moment, könnten Sie das bitte noch mal für die überregionale Presse wiederholen?», fragte sie im Ton einer liebenswürdigen alten Dame. Der Zeitungskorrespondent trat vor, und das Gesicht des Offiziellen nahm einen seltsamen Farbton an.

In dem Moment hielt ein Transporter am Straßenrand, und Maggie hätte vor Freude beinahe einen Luftsprung gemacht. Es war der rasende Reporter des Lokalfernsehens. Ein Kameramann und ein Journalist stiegen aus und kamen in ihre Richtung. «Oh, seht mal, wir kommen in die Nachrichten!», rief Maggie, und prompt suchte der Vertreter der Gemeinde Zuflucht bei seiner Gruppe von Anzugträgern.

Die nächste halbe Stunde ging es drunter und drüber. Als sich im Ort herumsprach, dass in den Nachrichten über sie berichtet wurde, eilten alle herbei. Maggie war klug genug zu wissen, dass sie nur hier waren, um ins Fernsehen zu kommen, aber in diesem Stadium war ihr egal, was die Leute anzog.

Die Partystimmung steigerte sich noch, bis die Menge, angeleitet von Alice aus dem Pflegeheim, zu singen begann. Farah tippte Maggie an und zog sie von dem Lärm weg. «Christine möchte Sie sprechen», sagte sie.

Maggie hatte Christine schon fast vergessen. Aus Angst, die Gemeindevertreter könnten hinter ihre Beteiligung an dem Protest kommen, hatte die Bibliothekarin sich in der Bücherei verkrochen. «Natürlich», sagte Maggie und überreichte Farah ihr Transparent.

Als Maggie in die Bücherei kam, marschierte Christine nervös dort auf und ab. «Läuft es gut? Farah meinte, ja», fragte Christine mit besorgter Miene.

«Ja, es läuft super. Wir waren sogar in den Nachrichten.»

«Ehrlich?»

Maggie fühlte sich schlecht, weil Christine das alles verpasste. «Der Typ von der Gemeinde hat sich geweigert, mit dem Fernsehteam zu sprechen, aber sie haben ihn dabei gefilmt, wie er weggezogen wurde und sein Gesicht versteckt hat.»

Christines Sorgenfalten wurden tiefer. «Er hat nichts gesagt?»

«Nein, aber das ist gut.»

«Ja?» Christine lief händeringend hin und her.

«Ja. Bitte setz dich hin», sagte Maggie. Christine blieb stehen und ließ sich auf einer Stuhlkante nieder. «Er wird so was nicht einfach selbst entscheiden können. Aber er wird seinen Vorgesetzten von uns berichten, und die können uns jetzt nicht länger ignorieren.»

Christine sah nicht überzeugt aus. «Meinst du wirklich? Und selbst wenn, werden sie dann nicht trotzdem die Bücherei schließen und mich feuern?»

Maggie dachte einen Moment nach. Sie hatte sich so in den Protest hineingesteigert, dass sie die persönlichen Konsequenzen, die Christine zu befürchten hatte, ein wenig aus dem Blick verloren hatte. «Was auch immer jetzt passiert, wir können sagen, wir haben alles gegeben. Und wenn es wirklich so weit kommt, bin ich sicher, dass du eine andere Stelle finden wirst.» Sie setzte sich auf den Stuhl neben Christine und schaute sich um. Wie konnte ein kleines Gebäude so wichtig sein? Sie dachte an die Leute, die vor all den Jahren dafür gekämpft hatten, dass es überhaupt zu einer Bücherei wurde, und als Erste diese Regale bestückt hatten. Die in den Büchern ihre Zuflucht gefunden hatten. Und auch an all jene, denen das Gebäude als Bücherei Freude bereitet hatte. Diese Mauern bargen eine Menge Geschichte. «Wir haben einen guten Kampf gefochten.» Maggie hatte das Gefühl, ebenso zu der Bücherei wie zu Christine zu sprechen.

Christine verzog unsicher das Gesicht. «Ja, ich denke schon.»

«Jetzt gib mir zehn Minuten, um allen zu danken und die Strohballen wieder von der Straße zu kriegen. Das wird das Signal sein, dass die Veranstaltung beendet ist. Dann kannst du rauskommen und mit uns Tee trinken und Kuchen essen. In Ordnung?»

Christine sah niedergeschlagen aus, nickte jedoch.

*

Als Maggie zurück an die Frontlinie kam, war Tom voll bei der Sache. Er skandierte Parolen und schwenkte sein Transparent. Maggie freute sich, ihn so lebhaft zu sehen. Der Moment währte jedoch nicht lange, denn plötzlich entdeckte sie seinen Vater, der in voller Fahrt auf Tom zusteuerte.

Maggie ging sofort los und traf im selben Augenblick bei Tom ein wie Paul. Sie postierte sich neben ihm, damit er wusste, dass sie da war, wenn er sie brauchte. «Was zum Teufel machst du hier?», schrie Paul Tom an.

Tom reckte sein Kinn hoch. «Ich rette unsere Bücherei.» Tom hielt sein Transparent nach unten, damit es eine Art Barriere zwischen ihm und seinem Vater bildete.

Paul warf die Hände hoch. «Du hattest ein Vorstellungsgespräch! Was zur Hölle treibst du?»

«Tut mir leid, Dad. Ich will da nicht arbeiten. Und das hab ich dir auch gesagt», erwiderte Tom in einem ruhigen und vernünftigen Ton.

«Nein, hast du nicht!»

«Doch, hab ich. Aber du wolltest es nicht hören.»

«Verdammt noch mal, Tom! Du musst erwachsen werden. Du hättest den Job verlieren können, wenn ich ihnen nicht gesagt hätte, dass du krank geworden ist.»

«Dad, bitte hör mir zu. Ich werde nicht in der Hundefutterfabrik arbeiten. Ich will später studieren.»

Paul sah aus, als würde er jeden Moment explodieren. «Nicht schon wieder das Thema!»

«Ich hab mir die Zulassungsvoraussetzungen angeguckt und mir ausgesucht, welche Fächer ich im Abi nehme. Ich mache weiter mit der Schule, weil ich einen guten Job haben will ...» Paul wollte etwas sagen, aber Tom hielt die Hand hoch, um ihn zu bremsen. «Ich weiß, dass es Arbeit in der Fabrik gibt, und wenn ich das Abi nicht schaffe, arbeite ich auch da, aber lass es mich wenigstens versuchen. Ich glaube, dass Mum das gewollt hätte.»

Zwischen ihnen breitete sich eine drückende Stille aus. Pauls Miene wurde immer düsterer.

«Kann ich Ihnen eine Tasse Kaffee und Kuchen besorgen?», fragte Maggie und berührte ihn am Arm, um ihn von Tom abzulenken, dem der Schweiß auf der Stirn stand.

«Was? Nein», sagte er und schaute zweimal hin, als er Maggie erkannte. «Oh, hallo.»

«Hallo», sagte sie und rückte dichter an Tom heran. «Tom hat unglaublich hart für seine Prüfungen gearbeitet, und jetzt steht er hier und kämpft für etwas, woran er glaubt. Ich weiß, dass ich nicht das Recht dazu habe, aber ich bin unfassbar stolz auf den Jungen, und Sie sollten es auch sein.»

Paul klappte seinen Mund auf und zu, so als hätte ihn jemand stummgestellt. Tom lächelte Maggie an. «Danke, Maggie.»

Pauls fortgesetztes Schweigen war beunruhigend. Maggie war sich nicht sicher, ob er gleich ausholen oder einfach weggehen würde. Tom tat ihr leid. Er hatte sich so angestrengt in der Schule, und darüber hinaus hatte er dafür gesorgt, dass ihre Petition auf Twitter trendete – was auch immer das war.

«Hey, hallo, Paul!», rief Bill unvermittelt und schlug ihm auf die Schulter. Damit löste sich die Anspannung auf. «Dich hab ich ja schon ewig nicht gesehen. Bist du gekommen, um den Pub zu retten?» Bill schnappte Maggies erstaunten Blick auf. «Ich meine die Bücherei, aber wenn die Gemeindeverwaltung damit durchkommt, das schöne alte Gebäude in eine Bar zu verwandeln, könnte das das Ende vom *Limping Fox* sein.»

«Äh. Nein, ich bin wegen meinem Sohn hier.» Paul wies mit dem Kopf auf Tom.

«Ich glaub, ich werd nicht mehr!», sagte Bill erstaunt. «Ich hatte ja keine Ahnung, dass das dein Sohn ist. Tom ist der Hammer. Er hat geschuftet wie ein Gaul, um die Internetkurse für Senioren anzubieten und die Leute zu animieren, unsere Petition zu unterschreiben. Er hat sogar dafür gesorgt, dass ich jetzt auf Twitter bin. Das nenne ich eine Leistung!»

«Ähm, ja.» Paul klang aber nicht allzu sicher.

Irgendwer rief Bill, und er winkte. «Ich muss los, aber hör zu, lass mal von dir hören! Wir haben ein Craft Beer, das dir gefallen wird», sagte Bill.

Tom wartete ängstlich auf die Reaktion seines Vaters. «Alles klar, Bill, aber ich trinke im Moment nichts», sagte Paul. Er holte tief Luft. «Oder vielmehr gar nicht mehr. Ich hab's drangegeben.» Er schaute Tom an. «Für immer.»

Toms Erleichterung war mit Händen zu greifen. Über sein Gesicht huschte ein Lächeln, das wie ein Spiegelbild von Pauls Lächeln war.

«Das ist aber schade», sagte Bill. Er zog seine Hose hoch, klatschte Tom ab und ging, um sich am Abbau der Strohbarriere zu beteiligen.

Tom und sein Vater beäugten sich misstrauisch. «Ich muss

ihm helfen», sagte Tom und legte sein Transparent auf dem Boden ab.

«Verstehe.» Paul nickte. Er nestelte am Kragen seines Poloshirts herum und ging dann weg. Tom schaute ihm nach.

«Alles okay?», fragte Maggie.

«Ja. Wir sollten das Stroh hier wegschaffen», sagte Tom, zog einen Ballen herunter und schleppte ihn zum Hänger.

Maggie machte sich daran, die Transparente einzusammeln. Aus dem Augenwinkel sah sie, wie Paul zurück über die Straße eilte, doch sie war nicht schnell genug, um ihn abzufangen. Er marschierte zu Tom hin, der mit dem Rücken zu ihm stand und das Stroh verlud.

«Tom!», rief Paul, und Tom fuhr erschrocken herum. Paul machte eine merkwürdige Bewegung mit dem Kopf, die aussah, als wollte er eine Verspannung lösen. Dann senkte er den Blick. «Es tut mir leid.» Er umarmte Tom ungeschickt und machte dann einen Schritt zurück. Einen Moment lang schien keiner von beiden zu wissen, was er tun sollte, während um sie herum die Strohballen aufgeladen wurden. Tom nickte, und Paul tat es ihm nach, dann drehte er sich um und ging davon. Tom standen Tränen in den Augen, als er und Maggie seinem Vater nachsahen. Sie wechselten einen vielsagenden Blick.

Nachdem das Stroh verladen war, half Tom, den Tisch zurück zur Bücherei zu tragen. Dann zog er noch mal los, um die Transparente zu holen, während Maggie noch kurz mit Christine plauderte. Als sie anschließend zurück durch die Gasse ging, sah sie auf halbem Weg zwei Gestalten miteinander rangeln. Einer von ihnen war Tom. Sie beschleunigte ihre Schritte.

«Ich bin's leid, dir zu sagen, dass du dich von ihr fernhalten sollst, Harris», sagte der andere und verpasste Tom einen Schlag gegen die Brust. Plötzlich wusste sie, wie Colin sich fühlte, wenn er vor lauter Wut nicht mehr wusste, wohin mit sich. Innerhalb von Sekunden stand sie zwischen den beiden.

«Lass ihn in Ruhe!», rief sie.

Der Angreifer lachte laut auf. «Ach du Scheiße. Wer ist das denn? Superoma?»

«Lass sie aus dem Spiel, Kemp», sagte Tom, dann beugte er sich vor und flüsterte Maggie ins Ohr: «Er ist es nicht wert.»

«Oh, das weiß ich sehr wohl», sagte sie. «Hol dein Handy raus», fügte sie flüsternd hinzu. «Ich weiß, wer du bist», sagte sie zu Kemp.

«Wer ist das denn?» Kemp wirkte noch immer amüsiert.

«Du bist der Dreckskerl, der mir die Tasche geklaut hat.»

«Waaas?», rief Tom.

«Dann beweis es doch, alte Frau», sagte Kemp. Das Grinsen war ihm vergangen.

«Ich erkenne dich an der Stimme», sagte Maggie. «Ich brauche nur die Polizei anzurufen und –»

Kemp baute sich vor Maggie auf. «Das wollen Sie bestimmt nicht», knurrte er.

«Und warum nicht?», fragte Maggie. Sie nahm die Schultern zurück und reckte das Kinn hoch.

«Im Ernst jetzt, lass gut sein. Nachher passiert dir noch was», sagte Tom, an seinem Telefon herumfummelnd.

«Sie sollten auf Harris hören!»

«Ich hab mit dir geredet, Kemp», sagte Tom.

«Wir haben dich gewarnt», fügte Maggie hinzu und hob ihre Faust.

Kemp lachte schnaubend. «Das wird ganz sicher das Letzte sein, was Sie tun», sagte er und ging Maggie an die Gurgel.

Was dann kam, passierte wie im Schnellvorlauf. Innerhalb von Sekunden lag Kemp auf dem Boden und hielt sich die Rippen, aus seiner Nase lief Blut.

Maggie beugte sich über seine gekrümmte Gestalt. «Wir haben das auf Video. In Zukunft lässt du den Scheiß! Es sei denn, du willst, dass die Polizei zu sehen kriegt, dass du mich angegriffen hast, oder besser noch: dass deine Freunde sehen, wie ich dich aufs Kreuz gelegt hab. Verstanden?»

«Harris! Ich will, dass das gelöscht wird!», schrie Kemp.

«Wage es ja nicht, ihn noch mal zu belästigen!», zischte Maggie. Kemp schluckte. «Wir wollen nur, dass die Raubüberfälle aufhören. Dann wird dieses Video auch nicht veröffentlicht. Aber nur ein einziger weiterer Überfall und ...»

«Okay, ich hab's verstanden», grummelte Kemp. Er rappelte sich auf und betrachtete das Blut, das über seine Kleider lief.

«Gut. Komm, Tom, die anderen werden sich schon wundern, wo wir bleiben», sagte Maggie nun wieder in einem normalen Ton. Tom bedachte Kemp achselzuckend mit einem Blick, der «Ich hatte dich gewarnt» sagte, und Maggie spazierte davon, als wäre nichts gewesen.

# 45

## TOM

Dad ist seit der Demo total still. Sogar noch stiller als sonst. Will heißen, es ist quasi die ganze Zeit still im Haus. Ich weiß nicht, ob das nicht schlimmer ist, als wenn er die ganze Zeit rumzetern würde. Ich weiß, dass er enttäuscht ist, dass ich lieber zu der Demo gegangen bin als zu dem Vorstellungsgespräch, und das nagt an mir wie ein Zombie. Wenn meine Noten nicht gut genug sind, muss ich die Prüfungen wiederholen. Dann kriege ich ganz bestimmt Sprüche wie «Ich hab's dir ja gesagt» und «Du hättest gutes Geld in der Fabrik verdienen können» zu hören und werde total fertig sein, weil er schlimmstenfalls recht behält.

Es war seltsam aufzuwachen und festzustellen, dass keine Prüfungen mehr bevorstehen und wir bis September keine Schule mehr haben. Ich war nicht sicher, was ich jetzt machen sollte. Freunde von mir nahmen am Programm des National Citizen Service teil, was cool klang, aber es kostete fünfzig Pfund. Da das Geld knapp war, hatte es gar keinen Zweck, Dad zu fragen, ob ich da mitmachen konnte. Ich trug wochentags wieder Zeitungen aus, aber da kam nicht viel bei rum. Wahrscheinlich sollte ich mir einen Ferienjob suchen. Ich werd drüber nachdenken, aber wenigstens heute wollte ich einfach mal nur chillen.

Ich hörte, wie Dad durchs Haus schlich. Ziemlich früh für seine Verhältnisse. Mein Magen zog sich zusammen. Was hatte er vor? Am Vorabend hatte ich das Haus nach verstecktem Alk abgesucht, aber nichts gefunden. Der Schuppen war immer noch abgeschlossen, und durchs Fenster konnte ich nur den Rasenmäher und Spinnweben erkennen.

Ich kroch aus dem Bett, zog mir was über und ging runter. Vielleicht sollte ich versuchen, mit ihm zu reden. Wenn er einen Rückfall hatte, brauchte er Hilfe. Ich würde so ziemlich alles tun, um zu verhindern, dass er wieder so wird wie vorher. Ich schaute ins Wohnzimmer und dann in die Küche, doch er war nirgends. Er konnte ja nicht verschwunden sein. Ich schlüpfte in meine Schuhe. Vielleicht konnte ich ihn heute aufspüren. Das letzte Mal hatten Farah und ich komplett versagt.

Ich öffnete die Haustür und schloss sie schnell wieder, weil Dad gerade durchs Gartentor auf die Straße trat. Ich zählte bis zehn, dann machte ich die Tür wieder auf. Dad hatte mich nicht gesehen und war jetzt am Ende der Straße angekommen. Ich vergewisserte mich, dass ich meinen Schlüssel und mein Handy hatte, und folgte ihm. Unser Dorf ist ein verschlafenes Nest, und an einem Samstagmorgen ist um die Zeit keiner unterwegs. Das machte es schwer, ihn im Blick zu behalten, ohne selbst aufzufallen. Also versteckte ich mich in Einfahrten und hinter Büschen wie ein beknackter Spion.

An der Ladenzeile überquerte er die Straße, und ich wartete einen Moment, sonst hätte er mich ganz bestimmt entdeckt. Es hielt gerade ein Bus, und ich nutzte ihn als Deckung.

«Oh, hallo!», rief Maggie, die unter den Aussteigenden war. «Wie komme ich denn zu der Ehre?»

Was redete sie? Ich runzelte die Stirn. «Ich bin nicht wegen dir hier. Ich gehe Dad hinterher.»

«Oh.» Ihr Gesichtsausdruck veränderte sich. «Das ergibt schon mehr Sinn. Hör zu, Tom. Ich weiß, dass ich dir wehgetan hab und –»

«Ist schon okay.»

«Nein, ist es nicht. Die Sache hat unsere Freundschaft beschädigt, und das tut mir aufrichtig leid.»

Ich zuckte mit den Schultern. «Ich bin nicht mehr sauer auf dich.» In Wahrheit vermisste ich sie.

«Heißt das, dass wir das hinter uns lassen können?», fragte sie.

«Klar.» Ich wollte auch, dass alles wieder so wurde wie vorher.

Maggie ging neben mir her, und wir sahen Dad über den Dorfanger gehen. «Darf ich fragen, warum er unter Beobachtung steht?»

«Ich glaube, er trinkt wieder.»

«Oh, das ist nicht gut. Aber am Pub ist er vorbeigegangen – das ist doch ein gutes Zeichen.»

«Der hat noch nicht geöffnet. Komm, sonst verlieren wir ihn.» Ich ging schneller, und Magie hielt problemlos mit mir Schritt. Es war schön, dass sie bei mir war. Für den Fall, dass ich ihn zur Rede stellen musste, war es gut, sie als Verstärkung zu haben. Für den Buchklub war sie ein ganzes Stück zu früh, aber alte Leute kommen ja ungern zu spät.

Nach ungefähr fünf Minuten verließen wir das Dorf und näherten uns der neuen Siedlung. Ich sage neu, weil alle hier sie so nennen, aber es gibt sie schon, solange ich denken kann. «Hast du eine Ahnung, wo er hinwill?», fragte Maggie.

«Nicht die geringste.» Ich hatte unterwegs schon darüber nachgedacht, aber er kam sonst nie hierher, oder zumindest glaubte ich das. Auf meiner Zeitungsrunde kam ich auch in diese Gegend, und hier gab es nichts als Eigenheime. Schöne Häuser mit Doppelgaragen und neuen Autos vor der Tür.

«Hier wohnen also keine Freunde von ihm?»

«Nein.» Jetzt, wo ich drüber nachdachte, wurde mir erst bewusst, dass Dad gar keine Freunde hatte. Zumindest hatte er nie welche erwähnt. Er telefonierte mit niemandem, tauschte keine Nachrichten aus und traf auch niemanden auf einen Drink. Ich begriff, dass er genauso einsam war wie ich. Armer Dad, wir hatten mehr gemeinsam, als ich mir klargemacht hatte. Ich hatte meine Xbox gehabt und er seinen Whisky. Was für ein trauriges

Paar wir gewesen waren. Ich schaute zu Maggie hin, und sie lächelte mich freundlich an. Meine Begegnung mit ihr hatte so vieles verändert. Dad brauchte auch eine Freundin wie Maggie.

«Die Prüfungsergebnisse gibt's Ende August, richtig?»

«Ja, in der dritten Augustwoche.»

«Gut, dann versuch, sie bis dahin zu vergessen. Du hast hart gearbeitet, und jetzt kannst du ohnehin nichts mehr ändern.»

«Aber was, wenn ich alles total verbockt hab?» Ich behielt Dad im Auge, der vor uns um eine Ecke bog.

«Das glaube ich nicht. Aber kommt Zeit, kommt Rat.»

Ich wusste, dass sie recht hatte, aber das Ganze ließ mir trotzdem keine Ruhe. «Vielleicht suche ich mir einen Job für den Sommer.»

«Super Idee! Und was willst du machen?»

Maggie hatte ein Talent dafür, einen mit der Nase auf die Schwachstellen zu stoßen. Welche Art Job konnte ich schon machen? Ich war zu jung, um in einer Bar zu arbeiten, und für andere Sachen war ich nicht qualifiziert. «Keine Ahnung.»

«Ich könnte Savage fragen, ob er Hilfe gebrauchen kann. Falls du Interesse hast.»

«Ja, das wär super!»

«Ich kann für nichts garantieren, und er ist ein knauseriger alter Sack, der dir nicht viel zahlen wird, aber ich weiß, dass er letztes Jahr Leute beschäftigen musste, und er war nicht sonderlich zufrieden mit ihnen.»

«Würdest du mich empfehlen?» Ich wandte den Blick von Dad ab, um sie anzusehen. Sie schaute mich freundlich und voller Stolz an.

«Mit Vergnügen.» Sie tätschelte mir liebevoll den Rücken. Diese kleine Geste zeigte mir, dass sie mich gern hatte, und das hatte mir gefehlt. Wir waren an der Ecke angekommen, an der Dad nach rechts abgebogen war. Ich wurde langsamer, und wir schauten beide die Straße hinunter. Sie war, bis auf ein paar geparkte Autos, komplett leer. Von Dad weit und breit keine Spur.

«Wo ist er hin?», fragte ich verblüfft. Er war verschwunden.

«Entweder noch mal abgebogen, oder in eines der Häuser gegangen», sagte Maggie ruhig. Sie lehnte sich gegen einen Laternenmast.

Die nächste Querstraße war zu weit weg, bis dahin konnte er noch nicht gekommen sein. «Warum sollte er irgendwo reingehen?» Mir schossen viele Fragen auf einmal durch den Kopf. Hatte er eine Freundin? Allein schon der Gedanke erfüllte mich mit Widerwillen. Oder wohnte hier ein Trinkkumpan von ihm? Oder ein neuer Freund von den Anonymen Alkoholikern? Aber wenn er bei einem Freund war, warum schlich er sich dann raus?

«Ich schlage vor, wir warten ab und sehen, ob er wieder rauskommt.» Sie schaute auf die Uhr, und ich lehnte mich ebenfalls an den Mast.

«Danke, dass du mitgekommen bist», sagte ich.

«Du hättest mich nicht bremsen können. Ich liebe Mysterien.» Ihre Augen funkelten, und ich musste lächeln. Sie war witzig. Ich hatte ihre Gesellschaft wirklich vermisst.

«Dieser Job bei Savage, wär das was für jeden Tag?»

«Ja, und er würde auch bis zum Herbst gehen. Zu dieser Jahreszeit gibt's auf einer Farm jede Menge zu tun.»

«Glaubst du, er würde mir das Busticket extra bezahlen?» Ich wusste, dass das frech war, aber wenn jemand den Schneid hatte, ihn das zu fragen, dann Maggie.

Sie lachte. «Nein. Aber du kannst bei mir wohnen. Wenn du möchtest.» Sie zuckte lässig die Achseln.

Als ich wieder die Straße hinunterblickte, sah ich Dad aus einem der Vorgärten treten und jemandem zum Abschied winken. «Guck mal, da ist er wieder!»

Wir zogen uns beide wieder hinter die Straßenecke zurück. Ich wünschte, ich hätte mir überlegt, was ich ihm sagen könnte.

Ich erwartete, dass er auf uns zukommen würde, aber stattdessen trat er aus dem Gartentor und bog gleich in den nächsten Vorgarten ab. «Was macht er?»

«Komm!», sagte Maggie und marschierte auf Dad zu.

«Oh Gott!» Aber es war zwecklos. Sie war wie die Kugel eines Scharfschützen – auf ihr Ziel fixiert und nicht mehr zu stoppen. Ich verfiel in einen Trab, um mit ihr mitzuhalten. «Lass mich das machen.» Ich klang weitaus selbstsicherer, als ich war.

Maggie ließ mich vorgehen, und ich wurde langsamer, als ich mich dem Haus näherte, das Dad gerade verlassen hatte. Ich hörte ihn reden. Er stand auf den Stufen vor der Haustür und plauderte mit einer Frau. Er klang total anders als sonst. Überhaupt nicht wie Dad.

«Super, danke! Nächste Woche sollte klappen, aber falls nicht, habe ich ja Ihre Nummer. Dann bis dann!», sagte Dad in seinem falschen fröhlichen Ton und wandte sich zum Gehen. Wie er geguckt hat, als er merkte, dass Maggie und ich auf dem Gehweg standen und ihn beobachteten, werde ich nie vergessen. Wie ein Reh im Scheinwerferlicht war noch untertrieben – eher wie ein Reh vor einem ganzen Bataillon von Monstertrucks.

Er kam den Pfad hinuntergeeilt und scheuchte uns dorthin zurück, wo wir hergekommen waren. «Was macht ihr denn hier? Bist du mir gefolgt? Warum zum Henker läufst du mir nach?» Jetzt schaute er wütend zu Maggie hin.

«Ich hab sie gebeten mitzukommen», sagte ich schnell, weil ich nicht wollte, dass er Maggie anfuhr.

«Wieso denn?», fragte er aufgebracht.

Ich überlegte noch, was ich ihm sagen sollte, als Maggie mir zuvorkam. «Weil der arme Kerl glaubt, Sie hätten wieder mit dem Trinken angefangen, und sich riesige Sorgen um Sie gemacht hat», sagte Maggie. «Tut mir leid, Tom», fügte sie leise hinzu. «Aber er sollte das wissen.»

Dads Miene veränderte sich. «Hast du das wirklich geglaubt?»

Ich nickte. «Nein, ich hab nicht wieder angefangen, mein Sohn. Das verspreche ich.»

Es war eine Erleichterung, ihn das sagen zu hören. «Aber was machst du dann?», fragte ich.

Die Tür von dem Haus, wo Dad gerade gewesen war, öffnete sich wieder, und eine schlanke Frau kam heraus. «Oh, toll, dass ich Sie noch antreffe», rief sie und kam zu Dad hin. «Ich hab mir überlegt, dass ich auch noch das Nude-Set nehme. Wenn Sie das bitte noch in meine Bestellung aufnehmen könnten.»

Maggie und ich guckten Dad an, und er lief rot an wie eine überreife Tomate. Das konnte ich nachempfinden. Er drehte uns den Rücken zu und sagte in seinem neuen fröhlichen Ton «Aber gern, natürlich!» zu der Frau. «Einmal die Foundation im Farbton Nude. Kein Problem. Sie werden es nicht bereuen.» Er zog ein Formular aus der Tasche und notierte etwas darauf. Dann zeigte er es der Frau, die zufrieden nickte. Sie bedankte sich und ging wieder ins Haus. Maggie und ich sahen Dad fragend an.

«Was geht denn hier ab?», fragte ich.

Er ließ die Schultern sinken. «Ich versuche, ein bisschen was dazuzuverdienen.» Er zog eine Broschüre aus der Tasche und reichte sie mir, ohne mich anzusehen.

Ich betrachtete das lächelnde Gesicht der stark geschminkten Frau auf dem Cover. «Avon? Make-up, Parfüm und so?» Ich blätterte durch die Broschüre. «Du bist die Avon-Beraterin?» Mir entwich unwillkürlich ein Glucksen, und Maggie stieß mich mit dem Ellenbogen an. Wahrscheinlich zu Recht. Die Sache musste Dad auch so schon peinlich genug sein.

«Also, ich finde, Wege zu suchen, um zusätzlich Geld zu verdienen, absolut anerkennenswert», sagte Maggie.

Dad wandte sich an sie. «Um ehrlich zu sein, lohnt es sich auch. Ich stehe noch am Anfang, aber es kommen ohne Ende Bestellungen rein.» Er wirkte stolz auf sich. Ich konnte mich nicht erinnern, ihn schon mal so erlebt zu haben.

«Sehr gut, Dad.» Ich gab ihm die Broschüre zurück.

«Danke. Hört zu, ich muss noch die ganze Siedlung hier abklappern, also ...»

«Natürlich», sagte Maggie. «Wir müssen jetzt eh in die Bücherei, zum Buchklub.»

«Buchklub. Du?», fragte Dad und zeigte mit dem Finger auf mich.

Ich nahm Haltung an. «Ja. Ich geh gern dahin, und wenn du dich darüber nicht lustig machst, sage ich auch nichts dazu, dass du Kosmetik verkaufst.»

«Abgemacht!», sagte Dad, und wir reichten uns die Hand.

# 46

## MAGGIE

Maggie genoss den gemeinsamen Spaziergang zurück durch Compton Mallow. Tom war redseliger als sonst in letzter Zeit – die Barrieren zwischen ihnen verschwanden langsam, und das freute sie sehr. Obwohl er es nicht ausgesprochen hatte, war er offensichtlich erleichtert, dass sein Dad keinen Rückfall erlitten hatte. Er fand den Avon-Job weitaus amüsanter als sie. So viel zu dieser Generation und ihren liberalen Ansichten, dachte sie.

«Diese Arbeit bei Savage …», sagte Tom.

«Das ist nur so eine Idee. Kann auch sein, dass er niemanden braucht.»

«Klar. Aber wenn doch, wäre das dann wie ein richtiger Job oder eher wie die Sachen, die ich für dich gemacht hab?» Maggie machte den Mund auf, um zu protestieren, aber er wischte ihren Widerspruch beiseite. «Ich hab den Holzstapel gesehen. Und den Tieren geht's auch allen gut. Du brauchst mich gar nicht. Du brauchst niemanden.»

«Da liegst du falsch, Tom. Ich komme zwar auch so zurecht, aber ich habe es sehr genossen, nicht alles allein machen zu müssen. Und korrigier mich, wenn ich falschliege, aber ich hatte das Gefühl, dass dir das auch etwas gegeben hat.»

Er lächelte schüchtern. «Du weißt doch, wie gern ich bei dir bin.»

«Und ich hab dich gern bei mir. Du bist jederzeit willkommen.»

«Das ist nett von dir, Maggie, aber ich weiß, dass es viel Geld kostet, mich satt zu kriegen.»

«Kein Problem. Ich bin zwar nicht reich, aber arm bin ich auch nicht.» Sie gluckste.

Tom sah sie von der Seite an. «Äh, aber ein Auto kannst du dir nicht leisten.»

Sie schüttelte den Kopf. «Falsch – ich besitze kein Auto.»

«Du nutzt dein kostenloses Seniorenticket.»

«Weil ich finde, dass Autos schlecht für unsere Umwelt sind, und wenn ich einen Traktor und das Quad habe, trage ich schon mehr als genug zum $CO_2$-Ausstoß bei.»

Tom war noch nicht überzeugt. «Und du hast keine Kreditkarten.»

«Weil sie aus Plastik sind.»

Tom lachte. «Du bist echt 'ne Nummer, Maggie.»

«Danke», sagte sie knapp und war nicht ganz sicher, ob das als Kompliment gemeint war oder nicht. «Warum fährst du nach dem Buchklub nicht mit mir zurück, und wir gehen zusammen zu Savage und fragen ihn wegen deines Jobs für den Sommer?»

«Cool.»

In der Bücherei waren mehr Leute als sonst. Vielleicht hatten die Einheimischen endlich begriffen, dass sie sie häufiger nutzen mussten, wenn sie wollten, dass sie ihnen erhalten blieb. Der Buchklub hatte einige neue Mitglieder gewonnen und Tom reichlich damit zu tun, älteren Leuten das Internet zu erklären. Christine wirkte fahrig, und das aus nachvollziehbaren Gründen. Sie hatte noch nichts weiter von der Gemeinde gehört, und es blieben nur noch fünf Tage bis zum offiziellen Schließungstag der Bücherei. Aber trotzdem lag noch etwas anderes in der Luft. Es herrschte reges Treiben an diesem Ort, und selbst wenn es sein letztes Aufbäumen war, freute Maggie sich, es miterlebt zu haben.

Nach einer lebhaften Diskussion im Buchklub hatten Tom

und Maggie sich verabschiedet und den Bus nach Furrow's Cross genommen. Ihr harmonisches Verhältnis stellte sich langsam wieder ein, und die Narben verheilten. Sie unterhielten sich unterwegs über alles und nichts, so als hätten sie es eilig, die verlorene Zeit wieder reinzuholen. Als sie an der Haltestelle ausstiegen, blieb Maggie kurz am Briefkasten stehen, um ihre und Savages Post herauszuholen. Sie zog eine Werbung für einen Pizza-Lieferdienst heraus, einen weißen Umschlag und dann einen ominös aussehenden braunen. Maggie betrachtete letzteren kurz und steckte ihn dann in ihre Tasche. Tom befragte sie zu den Vorzügen der unterschiedlichen Schafrassen, und sie blendete sich auf dem Weg zu Savages Haus in das Gespräch ein und aus, während ihre Gedanken insgeheim bei dem braunen Umschlag waren.

«Hör zu», sagte Maggie ein paar Meter vor Savages Haustür und blieb stehen. «Er ist ein mürrischer alter Mann. Am besten lässt du mich mit ihm reden.»

«Hm», sagte Tom und biss sich auf die Unterlippe. «Darf ich es zuerst versuchen?»

Maggie reckte ihr Kinn hoch. «Selbstverständlich. Ich bin hier, wenn du mich brauchst.» Sie machte einen Schritt zurück.

«Danke.» Tom klopfte an, und bald darauf hörte man Hundegebell und laute Stiefelschritte auf dem Steinboden.

Die Tür ging auf, und ein unwirscher Savage blickte Tom unfreundlich an. «Ja?»

«Hallo, Mr. Savage. Ich bin Tom. Ich wollte Sie fragen, ob Sie einen Ferienjob für den Sommer zu vergeben haben.»

«Nein, danke», sagte Savage und wollte die Tür schon wieder schließen.

Tom hinderte ihn daran, indem er eine Hand auf das Türblatt legte. «Ich hab auch bei Maggie schon ausgeholfen und könnte mir vorstellen, irgendwann mal beruflich in der Landwirtschaft zu arbeiten ...»

«Echt?», kam es von Maggie.

«Ja. Ich bin total gern draußen und liebe die Arbeit mit Tieren und alles drum herum», sagte Tom mit einem schüchternen Lächeln.

Maggie platzte fast vor Stolz. Ein Hüsteln von Savage erinnerte sie daran, dass er auch noch da war.

«Entschuldige, Fraser», sagte Maggie. «Ich kann dir Tom nur wärmstens ans Herz legen. Der Junge ist sehr fleißig, er wird dich nicht enttäuschen. Im Gegensatz zu den Nichtsnutzen vom letzten Jahr.» Savage gab eine Reihe von Lauten von sich, die man als Zustimmung deuten konnte. «Aber er braucht eine Bezahlung zu den aktuell üblichen Preisen», fügte Maggie hinzu und lieferte sich eine Art Blickduell mit Savage. Es folgte frostiges Schweigen. «Und?»

Savage zog seine dachsartigen Augenbrauen nach oben. «Bei mir wächst das Geld auch nicht auf den Bäumen.» Maggie legte den Kopf so schief, dass es für eine Frau ihres Alters schon gefährlich wirkte. «Na gut», sagte Savage schließlich. «Ich zahle ihm dasselbe, was ich den anderen gezahlt habe.»

«Toll, vielen Dank», sagte Tom und schüttelte ihm die Hand.

Maggie nickte beifällig. «Du wirst es nicht bereuen», sagte sie.

*

Zurück bei Maggie feierten sie Toms neuen Job mit Keksen, einem Tee für Maggie und einer Cola für Tom – sie hatte immer ein, zwei Flaschen da, für alle Fälle.

«Wirst du ihn lesen?», fragte Tom.

«Bitte?», fragte Maggie.

«Den Brief, den du bekommen hast. Das ist wieder einer, in dem es um deinen Sohn geht, oder?» Er lehnte sich zurück und biss in seinen Keks.

Maggie zog den verknitterten Umschlag aus der Tasche und

legte ihn auf den Tisch. Er wirkte so langweilig und uninteressant, doch sein Anblick löste Beklemmungen in ihr aus. «Warum sie mir wohl noch mal schreiben?» Sie sprach zu dem Umschlag. «Es ist doch schon alles gesagt.» Sie schaute zu Tom hoch, in ihren Augen standen Tränen.

«Vielleicht irgendein Verwaltungskram.» Er beugte sich vor. «Soll ich ihn dir vorlesen?»

Sie dachte einen Moment nach. Sie hatte jetzt schon Angst vor dem, was drinstand. Andererseits wusste sie auch nicht, wie es noch schlimmer werden sollte, als es schon war. «Ja, bitte», sagte Maggie und war dankbar, dass sie schon saß, da sich ihre Beine schwach anfühlten und ihr Herz schwer.

Tom riss den Umschlag auf und zog einen getippten Brief heraus, der um einen zweiten Umschlag gelegt war. Letzter war aus dickem cremefarbenen Papier und bereits geöffnet worden. Vorne drauf stand «Maggie» in einer zur Seite geneigten Handschrift. Tom legte die Nachricht auf den Tisch und strich die Seite glatt. «Sehr geehrte Mrs. Mann, anbei erhalten Sie einen Brief, den Lisa uns zugesandt hat», las Tom vor. Er schaute Maggie an. «Wer ist das?»

Maggies Kopf schoss hoch. «Ich weiß es nicht.» Sie kramte in ihrer Erinnerung, doch der Name sagte ihr nichts.

Tom nahm den handgeschriebenen Brief heraus und faltete ihn auseinander. «Liebe Maggie, danke für das Päckchen mit den lange aufbewahrten Babysachen. Das war sehr aufmerksam von Ihnen, und ich hatte das Gefühl, dass Sie eine Antwort verdienen. Sie kennen meinen Mann als River, aber sein Name wurde bei der Adoption in Richard geändert.» Tom machte eine Pause. «Das kann man ihnen nicht verübeln», sagte er mit einem schiefen Grinsen.

Maggie wischte sich eine Träne aus dem Gesicht. «Steht da noch mehr?»

«Ja, entschuldige.» Er las weiter. «Ich möchte ehrlich mit Ihnen sein. Darum muss ich ihnen leider sagen, dass ich nicht weiß, ob Richard je an den Punkt kommen wird, Kontakt zu Ihnen aufnehmen zu wollen. Er weiß, dass ich Ihnen schreibe, und hat diesen Brief gelesen. Richard hatte eine glückliche Kindheit bei seinen Adoptiveltern, die ihn lieben und ihn in allem, was er tut, unterstützen. Sein Vater war Zahnarzt, ist nun jedoch im Ruhestand. Seine Mutter hat ...» Tom hielt inne und schaute Maggie fragend an. «Ist das okay für dich?»

Maggie nickte und bedeutete ihm weiterzulesen, während sie sich die Nase schnäuzte.

Er suchte die Stelle, an der er aufgehört hatte. «Seine Mutter hat halbtags als Musiklehrerin gearbeitet. Richard ist ebenfalls Zahnarzt geworden und hat die Praxis seines Vaters vor elf Jahren übernommen, nachdem er nach dem Studium lange mit ihm dort zusammengearbeitet hatte. Richard und ich haben uns in Sheffield an der Uni kennengelernt. Wir sind seit 1994 verheiratet und haben zwei Kinder ...» Maggie sog scharf die Luft ein, aber Tom fuhr fort: «Rosie, inzwischen dreiundzwanzig Jahre alt, und Oliver, neunzehn. Wir leben mit unseren zwei Hunden und Rosies Pferden in Kent.» Tom wendete das Blatt. «Ich hoffe, dieser Brief gibt Ihnen Aufschluss über offene Fragen, so wie Ihr letzter Brief es für Richard getan hat. Mit freundlichen Grüßen, Lisa Haseley.»

Tom überreichte Maggie den Brief. Sie nahm ihn, konnte ihn aber wegen ihres tränenverhangenen Blicks nicht lesen. Toms Stimme hallte in ihrem Kopf wider. Zig Fragen, die sie sich seit Ewigkeiten gestellt hatte, waren darin mit wenigen Sätzen beantwortet worden. Der Brief versorgte sie mit Informationen, nach denen sie sich ihr Leben lang gesehnt hatte. Er hatte eine Frau und Kinder. Sie war Großmutter. Aber dennoch ... Was der Brief ihr nicht verriet, nicht verraten konnte, war, wie ihr Sohn aussah. Andere, über die Jahre angesammelte Fragen drängten sich ihr nun umso mehr auf: Waren seine Haare immer noch so blond, wie sie es in Erinnerung hatte? Wie klang seine Stimme? Sein Lachen? Hatte er irgendwelche Ähnlichkeiten mit ihr?

«Geht es dir gut?», fragte Tom mit besorgter Miene.

Es behagte Maggie nicht, der Grund für diese Miene zu sein. «Doch, ja, schon.» Sie nahm sich zusammen und putzte sich die Nase, aber das Lächeln, das sie aufsetzte, war offensichtlich nicht echt. Sie stand auf und steckte den Brief hastig in den Umschlag zurück.

«Du siehst aus, als könntest du eine Umarmung gebrauchen», sagte Tom. Er gab ihr nicht die Chance, darüber nachzudenken oder zu protestieren. Er legte seine Arme um sie und drückte sie ganz fest an sich. Sie hatte das Gefühl, dass sich eine Anspannung in ihr löste, und ließ ihren Tränen freien Lauf.

# 47

## TOM

Einen Tag, bevor die Bücherei schließen sollte, berief Maggie eine Versammlung ein. Das war die letzte Gelegenheit zu überlegen, ob wir noch irgendetwas tun konnten. Maggie hatte auch Vertreter der Gemeinde eingeladen, aber da keine Antwort gekommen war, erwarteten wir niemanden. Der Zeitungsartikel hatte für Furore gesorgt und uns weitere Unterstützer beschert. Sie hatten es extra sehr vorsichtig formuliert, aber die *Informationen aus einer nicht genannten Quelle über mögliche Umbaupläne* waren eingeschlagen wie eine Bombe. Die betroffene Baufirma hatte ihnen ungewollt auch noch Schützenhilfe geleistet, indem sie, statt jede Beteiligung zu leugnen, geantwortet hatte, sie könne einzelne Projekte nicht kommentieren. Was die Zeitung wiederum als Rauch deutete, der darauf schließen ließe, dass irgendwo auch Feuer sein müsse. Die Gemeinde hatte jede Stellungnahme zu dem Bauprojekt verweigert, und es war wieder Ruhe eingekehrt. Ich hatte unsere Petition eingereicht und danach nichts mehr gehört.

Maggie hatte Kuchen gebacken, und ich verteilte ihn gerade auf Teller, als noch weitere Besucher eintrafen. Farah schloss hinter sich die Tür. Es war schwer, sie nicht anzustarren. Ich hatte sie eine gefühlte Ewigkeit nicht mehr getroffen. Jedes Mal, wenn ich sie sah, drehte sich mein Magen wie ein Karussell. Ich konzentrierte mich auf den Zitronenkuchen.

«Hallo», sagte Farah und stellte sich vor mich hin. «Jetzt ist es so weit. Der Tag der Entscheidung.»

«Ja, sieht so aus.» Ich wusste nicht, was ich sonst sagen sollte. Die Stimmung zwischen uns war komisch. Außerdem hatte ich das Talent, genau das Falsche zu sagen.

«Ich nehme am Programm des National Citizen Service teil. Und was machst du über den Sommer?», fragte sie.

«Ich hab einen Job auf einer Farm.»

«Bei Maggie?», fragte sie.

«Nein.» Es nervte mich, dass sie automatisch davon ausging. «Auf einer anderen Farm in Furrow's Cross. Ich behandle die Schafe gegen Parasitenbefall und so. Das macht sich gut im Lebenslauf, wenn ich mich später an Unis bewerbe.» Maggie und ich hatten einige Recherchen über agrarwissenschaftliche Studiengänge angestellt, und ich war entschlossener denn je.

«Cool», sagte sie. Wir schauten überall hin, um uns nicht ansehen zu müssen. «Tut gut, mal Pause vom Lernen zu haben. Mir stand's bis hier», fügte sie hinzu.

«Ja, mir auch.» Ich nickte.

Farah strich sich die Haare hinters Ohr. «Zumal ich die ganze Zeit Babysitterin für Joshua Kemp spielen musste», sagte sie.

Okay, erzähl mir mehr. «Wie meinst du das?», fragte ich.

«Seine Mum kennt meine Mum, und sie haben sich Sorgen gemacht, dass er ins Hintertreffen gerät, was das Lernen anging. Und da hat meine Mum angeboten, dass ich ihm ja helfen könnte. Totale Zeitverschwendung. Der Loser hat, statt zu lernen, nur ohne Ende davon geredet, was für ein toller Typ er ist. Am Ende hab ich meinen Eltern gesagt, dass ich wegen ihm nicht mehr zum Lernen komme, und das hat mich gerettet.»

«Also seid ihr gar nicht ...» Ich konnte es kaum aussprechen.

«Wir waren nicht zusammen. Keine Sekunde. Du hast nur voreilige Schlüsse gezogen.»

Ich unterdrückte ein Grinsen, das hörte ich natürlich gern. «Verstehe. Tut mir leid. Zitronenkuchen?» In meiner Aufregung hielt ich ihn ihr direkt vor die Nase.

Wir setzten uns um den Tisch, und Maggie erklärte die Versammlung für eröffnet. In dem Moment ging die Tür auf, und hereinspaziert kam der Typ von der Gemeindeverwaltung, den Maggie gern als den Häuptling bezeichnete. Ich hab keine Ahnung, warum sie ihn so genannt hat. Sarkasmus vielleicht? Christine fiel fast über ihre eigenen Füße, so eilig hatte sie es, sich von der Versammlung zu entfernen. Sie tat so, als würde sie Bücher sortieren, brachte sie vor lauter Panik aber nervigerweise komplett durcheinander.

«Christine, ich muss Sie kurz sprechen», sagte der Häuptling von der Verwaltung und verschwand mit ihr im hinteren Teil der Bücherei. Was ein bisschen seltsam war, weil es dort nur eine winzig kleine Küche gibt. Nicht der beste Ort für ein offizielles Gespräch, vor allem wenn er ihr bestätigen wollte, dass sie ihren Job verlor.

Wir warteten alle und hielten die Tür zur Küche genau bis zu der Sekunde im Blick, als der Knauf sich drehte. Dann taten wir so, als hätten wir die ganze Zeit was anderes gemacht. Christine kam zuerst heraus, ihr Gesicht wurde von einem riesigen Papiertaschentuch verdeckt. Kein gutes Zeichen, aber auch keine echte Überraschung. Christine nahm wieder ihren Platz neben Maggie ein, zappelte aber auf ihrem Stuhl rum wie ein Kind, das dringend mal auf die Toilette muss.

«Ich mache es kurz», sagte der Häuptling. «Die offiziellen E-Mails gehen erst morgen um fünfzehn Uhr raus, aber es reicht zu sagen, dass Christine weiterbeschäftigt wird, ihre Zeit jedoch auf mehrere örtliche Büchereien aufteilen und auch den neuen Bücherbus verantwortlich betreuen wird.»

Christine fing an zu weinen, als ihr alle gratulierten, und da ich auf der anderen Seite des Tisches saß, winkte ich ihr nur zu. Aber ich wünschte mir sofort, ich hätte es nicht getan, da nun plötzlich alle zu mir hinsahen. «Gratuliere!», sagte ich mit einer Quietschstimme, die nicht wie meine klang.

«Und was genau heißt das für die Bücherei von Compton Mallow?», fragte Maggie in ihrer üblichen forschen Art.

Der Häuptling wirkte genervt. «Das heißt, dass diese Bücherei, ebenso wie die von Dunchurch und Harbury zusätzliche ehrenamtliche Mitarbeiter benötigen wird, damit die bestehenden Öffnungszeiten beibehalten werden können. Wenn sich keine finden, werden die Öffnungszeiten reduziert, was letzten Endes auch zur Schließung der Bücherei führen könnte.»

«Ich melde mich freiwillig», sagte ich sofort. Farah lächelte mich an, und ich hätte beinah die Fassung verloren. Das war, als würde nach einem langen apokalyptischen Winter plötzlich die Sonne aufgehen.

«Ich auch», sagte Farah, und dann wiederholten es plötzlich fast alle Anwesenden; es klang wie ein Echo aus allen Richtungen.

«Nun denn», fuhr der Mann fort. «Das ist ein formales Verfahren, und Sie werden sich bei Christine registrieren lassen müssen.» Er sagte noch mehr, aber Farahs Begeisterung darüber, dass wir zu ehrenamtlichen Mitarbeitern der Bücherei wurden, interessierte mich deutlich mehr. Christine geleitete den Fritzen von der Verwaltung hinaus, und sobald die Tür zu war, brachen wir alle in Jubel aus. Es war großartig. Wir fielen uns um den Hals oder schüttelten uns die Hände, bis ich schließlich vor Farah stand, und wir nicht wussten, was wir machen sollten. Wir wurden beide rot und wandten uns ab.

Es wäre oberpeinlich, wenn ich Farah um ein Date bitten und sie Nein sagen würde. Das würde alles massiv verändern. Ich würde mich immer wie ein Loser fühlen, und sie würde sich insgeheim vor mir gruseln, weil ich mir Chancen bei ihr ausgerechnet hab. Und wenn wir zusammenkämen – wenn mit einem großen W, denn Farah spielt nicht in meiner Liga – aber nehmen wir mal an, es wäre so, dann würden wir uns irgendwann trennen, was immer zu argen Problemen führt, und das wär's dann. Wir würden nie mehr miteinander reden. Aber ich kann es mir nicht leisten, sie zu verlieren. Also bleiben wir besser Freunde. Es sei denn natürlich, sie fällt irgendwann plötzlich über mich her. In dem Fall würde ich es mir noch mal anders überlegen. Schließlich bin ich auch nur ein Mensch.

*

Auf meine Prüfungsergebnisse zu warten war reine Folter, aber die Arbeit auf Savages Farm lenkte mich ab. Ich war die ganze Zeit draußen und hatte dabei meistens einen der Hunde bei mir. Die Welpen waren beide verkauft worden, aber wenigstens konnte ich Rusty an den meisten Tagen sehen. Ich liebte die Arbeit. Sie war anstrengend und hart, aber ich machte was Sinnvolles, und ich bekam ordentlich Farbe. Die Bezahlung war in Ordnung. Ein bisschen was davon gab ich Dad, und den Rest sparte ich. Als ich Maggie anbot, ihr Miete zu zahlen, drohte sie mir Schläge an, weshalb ich mir vornahm, sie stattdessen mit irgendwas Nettem zu überraschen oder ihr was Schönes zu Weihnachten zu schenken.

Dad störte es nicht, dass ich die Woche über bei Maggie wohnte und samstags erst nach Hause kam, wenn ich meine Schicht in der Bücherei abgeleistet hatte. Dads Wochenenden bestanden aus Fernsehen und Hausbesuchen, aber die Atmosphäre war jetzt, wo das Trinken und die Finanzen unter Kontrolle waren, entspannter. Wenigstens hatten wir jetzt was, worüber wir reden konnten, obwohl Konversation noch immer nicht so sein Ding war. Ich war dazu übergegangen, samstagabends für uns zu kochen. Maggie hatte mir ein paar einfache Gerichte beigebracht, und einige Ausflüge mit dem Bus in die Charity-Shops von Leamington Spa hatten dazu geführt, dass sowohl ich als auch Dad halbwegs anständig angezogen waren.

An zwei Orten zu wohnen finden andere wahrscheinlich merkwürdig, aber mir passte das gut. Ich freute mich nicht gerade darauf, wieder ganz zu Dad zu ziehen, wenn die Schule wieder anfing, aber ich hatte keine Wahl. Als ich mit Maggie darüber gesprochen hatte, hatte sie mir geraten, Dad zu sagen, wie es mir damit ging. Aber ich wusste nicht, wie ich es formulieren sollte, damit es nicht so klang, als wollte ich auf keinen Fall mit ihm zusammenwohnen. Jetzt, wo er nicht mehr trank, ging es ihm gut, und ich wollte nichts tun, was ihn womöglich zurückwarf.

Wir bekamen unsere Prüfungsergebnisse an einem Donnerstag, und ich beschloss, den frühen Bus zu nehmen. Maggie fragte mich, ob sie mitkommen sollte. Eigentlich hätte ich das schön gefunden, aber da ich wusste, dass auch einige andere ohne Begleitung kamen, lehnte ich dankend ab.

Als ich aus dem Bus stieg, hatte sich bereits eine Gruppe von Wartenden versammelt. Farah war mit ihren Freundinnen gekommen. Ich hielt mich allein im Hintergrund. Als sich die Türen öffneten, ging alles ganz manierlich vonstatten, aber ich wette, alle wären am liebsten reingerannt, hätten ihren Umschlag an sich gerissen und wären wieder rausgesprintet wie Usain Bolt. Ich stand noch in der Schlange, als ich jemanden kreischen hörte und dann sah, dass Farah und ein anderes Mädchen vor Freude auf und ab hüpften. Sie schienen sehr zufrieden zu sein. Mein Magen krampfte sich zusammen. Was, wenn ich es vermasselt hatte?

«Name?», fragte die gelangweilt aussehende Frau, die normalerweise im Sekretariat arbeitete. Sie wirkte nicht besonders glücklich darüber, dass sie an dem Tag arbeiten musste.

«Thomas Harris.»

«Wie der Autor?», fragte sie.

Vor wenigen Monaten noch hätte ich keine Ahnung gehabt, von wem sie redete, aber jetzt war ich ziemlich stolz darauf, denselben Namen zu haben wie einer der Autoren, die ich gern las.

«Ja, genau so.»

Sie reichte mir einen Umschlag. Er war braun. Ich dachte an

die braunen Umschläge, die Maggie vom Jugendamt bekommen hatte, und wünschte mir plötzlich, Maggie wäre doch mitgekommen. Ich wollte ihn nicht alleine öffnen. Ich starrte auf meinen Namen auf dem Umschlag und ging nach draußen.

«Harris.» Ich blickte hoch. Es war Kemp.

«Kemp.»

Er bewegte seinen Kopf ein winziges bisschen, so wenig, dass man es eigentlich nicht wirklich ein Nicken nennen konnte, dann ging er an mir vorbei und stellte sich hinten in die Schlange. Das war das zivilisierteste Gespräch, das wir je geführt hatten.

«Und?» Farah erschien neben mir. «Du hast ihn noch gar nicht aufgemacht? Los jetzt, komm schon!» Sie war ziemlich aufgedreht.

Jetzt konnte ich ihn unmöglich *nicht* öffnen. Ich riss den Umschlag auf und dachte kurz, ich müsste mich übergeben. Mein Magen drehte sich wie ein turboschneller Betonmischer. Ich zog das weiße Blatt Papier heraus und schaute es an. Ich starrte darauf, aber ich begriff nicht, was da stand. Es war fast so, als könnte ich plötzlich nicht mehr lesen. Ich las viermal meinen Namen oben auf der Seite, bevor ich es wagte, mir die Noten anzusehen. Die Zahlen tanzten vor meinen Augen wild durcheinander.

«Hey, die Zwei in Geschichte hast du mir zu verdanken!», sagte Farah gut gelaunt. «Ich muss los – meine Eltern warten im Auto. Bis bald in der Bücherei!»

Ich wirbelte herum, aber es war zu spät, sie war schon weggerannt. Ich schaute ihr nach, als sie durch das Tor verschwand. Dann blinzelte ich ein paarmal, bis ich glauben konnte, was ich sah. Dad stand draußen vor dem Zaun und beobachtete mich. Er hob langsam die Hand, und ich machte dasselbe, wie ein Spiegelbild in Zeitlupe.

Dad kam zu mir, und wir blickten zusammen auf mein Zeugnis. «Zu meiner Zeit waren es Buchstaben. Was bedeuten die Zahlen?», fragte er.

«Mit einer Vier hat man bestanden. Aber um in die Oberstufe zu kommen, brauche ich mindestens dreimal eine Drei minus und dreimal eine glatte Drei, was dann so viel ist wie früher das B.»

Er beugte sich vor. «Außer in Französisch stehst du überall Drei oder besser. Donnerwetter! Gut gemacht, mein Sohn!» Er klopfte mir auf die Schulter, aber diesmal ließ er seine Hand dort liegen. «Ich bin stolz auf dich, Tom.»

«Danke.» Wir starrten weiter auf mein Zeugnis. Ich konnte es gar nicht fassen. Ich hatte meine besten Noten in den Fächern, in denen ich Abitur machen wollte. Das bedeutete, dass ich definitiv in die Oberstufe kam. Ich hatte sogar eine Drei in Bio geschafft. Ich blies die Luft aus, von der ich gar nicht bemerkt hatte, dass ich sie angehalten hatte. Ich hatte es tatsächlich geschafft.

«Alles in Ordnung?», fragte er.

«Ich bin platt.» Ich hatte weitaus besser abgeschnitten, als ich gedacht hatte.

«Ich nicht», sagte Dad.

Ich schaute ihn an. «Wieso?»

«Weil du genauso schlau bist wie deine Mum. Und du richtig rangeklotzt hast.» Er hielt die Hände hoch. «Das ist keine Kritik. Mir ist erst klar geworden, wie ernst es dir mit dem Studium ist, als ich gesehen hab, wie du dich reingehängt hast. Und wenn du mich fragst, ist es richtig, mehr zu wollen als die Lehrstelle.»

«Es ist ja nicht so, dass ich –»

«Schon in Ordnung», unterbrach er mich. «Ich bin froh, dass du mir die Stirn geboten hast. Ich meine, damals war ich schon sauer, aber du hattest ja recht. Du wärst in der Fabrik verschwendet. Das ist der Beweis.» Er tippte auf mein Zeugnis. «Du solltest Maggie Bescheid sagen.»

Als ich Maggie anrief, um es ihr zu verkünden, platzte mir fast das Trommelfell, so laut kreischte sie in den Hörer. Aber ich fand's toll, dass sie sich so für mich freute und keine Scheu hatte, es zu zeigen. Sie lud Dad und mich zum Essen zu sich ein, damit wir gemeinsam feiern konnten. Ich zögerte einen Moment – ich hatte sie auf Lautsprecher, und ich war mir nicht sicher, ob es Dad recht war.

«Du musst nicht mitkommen», sagte ich schnell zu ihm.

Aber er nickte grinsend. «Wenn sie so gut kocht, wie sie backt, bin ich dabei», sagte er.

*

Maggie muss im Flur auf uns gewartet haben, denn als ich ihre Haustür öffnete, fiel sie mir so unvermittelt um den Hals, dass sie mich fast umwarf. «Na, du strahlender Held!», sagte sie, als sie mich schließlich losließ. Ich hatte nichts gegen so viel Überschwang. Tatsächlich freute ich mich darüber. Ich rieb mir demonstrativ ihren Kuss von der Wange, aber das wird ja von mir erwartet. «Ich wusste, dass du es schaffst! Ich habe nicht eine Sekunde daran gezweifelt», sagte sie, und es war ein tolles Gefühl zu wissen, dass das stimmte.

«Danke, Maggie. Du weißt schon – für alles!» Sie wischte meinen Dank beiseite und wandte sich Dad zu.

«Hallo, Paul!», sagte sie. «Was sagen Sie zu dem Jungen?»

«Ich bin sehr stolz auf ihn», sagte Dad und zog sich, meinem Beispiel folgend, die Schuhe aus.

«Fein, na dann! Das Essen ist fertig. Im Kühlschrank steht Holunderblütenlimonade, aber bevor wir feiern, habe ich noch eine Kleinigkeit für Tom. Na ja, eigentlich ist es kein richtiges Geschenk, sondern wir teilen es uns.» Ich hatte keine Ahnung, wovon sie sprach. Dad zuckte mit den Schultern. «Ich komme für die Kosten auf», fuhr Maggie fort, «aber Tom muss einen Großteil der Arbeit übernehmen.» Sie marschierte ins Wohnzimmer.

«Das ist Maggie, wie sie leibt und lebt. Lass dich einfach drauf ein», flüsterte ich.

«Okay», sagte Dad mit einem Lächeln.

«Kommt ihr zwei?», rief Maggie.

Ich ging durch zum Wohnzimmer. Maggie stand mit dem Rücken zur Tür. Als sie sich umdrehte, wäre ich beinahe vor Freude geplatzt. Sie hatte den Red-Merle-Welpen im Arm.

«Penny!» Ich stürzte auf sie zu, und sie überreichte mir den Hund. Penny war kräftig gewachsen, seit ich sie das letzte Mal gesehen hatte. «Aber ich dachte, sie wäre an einen Farmer oben im Norden verkauft worden.» So hatte Savage es mir erzählt.

«Ich fürchte, du hattest recht, Tom. Sie ist taub. Auf einem Ohr hört sie gar nichts und auf dem anderen auch nur wenig. Als Hütehund ist sie damit ungeeignet, sagt Savage. Er hat sich mir gegenüber beklagt, dass der Käufer sein Geld zurückwollte und der Hund ins Tierheim kommen sollte. Da habe ich ihm angeboten, sie ihm für die Hälfte des ursprünglichen Preises abzukaufen. Und da ist sie nun.»

«Sie ist so toll!» Ich hörte das Zittern in meiner Stimme. Penny war noch hübscher, als ich sie in Erinnerung hatte, und sie schaute mich mit ihren blauen Augen an, als wäre ich der coolste Mensch weit und breit. Ich drehte mich um, um sie Dad zu zeigen, aber das war nicht so leicht, weil sie mir das Gesicht ableckte. «Ist sie nicht ein Traum, Dad?»

Dad runzelte die Stirn. «Aber du weißt schon, dass sie hier leben wird?», fragte er.

«Ja», sagte ich.

«Allerdings wird Tom weiterhin von Montag bis Freitag hier bei mir sein müssen, um den Welpen zu trainieren – wenn das für euch beide okay ist?», sagte Maggie augenzwinkernd. Was hatte das zu bedeuten? Hatte sie sich vorab mit Dad abgesprochen? Irgendwas ging hier definitiv an mir vorbei.

Ich erstarrte. Das war genau das, was ich mir erträumt hatte. Ich liebte meinen Dad natürlich, aber ich hielt es allein in dem Haus nicht mehr aus. Ich hasste dieses Gefühl der Einsamkeit. Doch ich hatte nie mit Dad darüber gesprochen, und jetzt wünschte ich, ich hätte es getan.

«Ist es das, was du willst?», fragte Dad mich.

Ich nickte. «Wenn das für dich in Ordnung ist.» Ich hielt den Atem an.

Dads Miene war undurchdringlich. Sein Blick ging zwischen mir und Maggie hin und her, so als würde er das Für und Wider abwägen. «Klar, warum nicht?»

«Hervorragend!», sagte Maggie und klatschte in die Hände. «Aber das wird harte Arbeit, Tom. Sie braucht eine gute Erziehung. Sie ist kein gewöhnlicher Hund. Nicht nur, weil sie taub ist, sondern auch weil sie ihren eigenen Kopf hat.»

«Ich weiß», sagte ich. «Das liebe ich am meisten an ihr.» Ich setzte den Welpen ab und wandte mich Maggie zu. Das Funkeln in ihren Augen hätte eine Elster anlocken können. Eine zufällige Begegnung in der Bücherei hatte so vieles verändert. Ich war jetzt ein richtiger Bücherwurm. Ich hatte die vielen Bücher, in denen ich mich verloren hatte, und die Figuren, deren Höhen und Tiefen ich miterlebt hatte, geliebt, aber das Größte, was die Bücherei mir beschert hatte, war meine Freundschaft mit Maggie. Sie hatte mir so viel über das Leben und über mich selbst beigebracht, und sie hatte mich gelehrt, für das zu kämpfen, was ich will. Sie war meine Heldin. «Umarmung?», fragte ich. «Du weißt ja: Nur, wenn du möchtest.»

Ich hatte den Satz kaum beendet, da zog Maggie mich und Dad in ihre Arme. In diesem Moment fühlten wir uns fast wie eine Familie an – eine merkwürdige, dysfunktionale Familie zwar, aber es fühlte sich trotzdem gut an. «So», sagte sie, löste sich wieder von uns und wischte sich rasch eine Träne unter den Augen weg. «Wer möchte denn was essen?»

# EPILOG

## FÜNF WOCHEN SPÄTER

Maggie und Christine hatten eine kleine Feier geplant. Teils, um stolz den brandneuen Bücherbus vorzuführen, und teils, um allen Danke zu sagen, die die Bemühungen zur Rettung der Bücherei unterstützt hatten. Es war der letzte Sonntag im September, und die Sonne schien, was für die glasierten Kuchen, die das Women's Institute beigesteuert hatte, ein Problem darstellte. Aber angesichts der Horden von Leuten würden sie ohnehin nicht lange halten. Maggie forderte einige der Besucher auf, eine ordentlichere Schlange vor dem Kuchen- und Teebüfett zu bilden.

Christine sah sehr schick aus in ihrem neuen Kostüm. Sie hatte sich selbst den Titel der Chefbibliothekarin verliehen, zumal sie die einzige verbliebene Vollzeitkraft war. Das schien ihr neuen Schwung gegeben zu haben, und sie füllte ihre neue Rolle mit Begeisterung und Überzeugung aus. Die Bücherei florierte, und das ursprünglich zu ihrer Rettung gegründete Komitee hatte sich zu einem Forum entwickelt, das fortwährend neue Ideen lieferte. Christine war dessen überaus engagierte Vorsitzende.

Maggie und Tom hatten die Rollen ehrenamtlicher Teilzeitmitarbeitender übernommen und waren die Hauptakteure des Buchklubs. Farah leitete die Kinderabteilung, war teilweise für die Bestückung des Bücherbusses zuständig und kümmerte sich um die Bestellungen.

«Wo bleibt denn der verdammte Bus?», fragte Maggie. Tom schaute nervös auf sein Handy.

«Er wird schon kommen», beruhigte Farah die beiden. «Wartet nur, bis ihr die Lackierung seht; sie ist großartig!» Sie wippte auf ihren Fersen.

Wie aufs Stichwort ging ein Raunen durch die Menge, als der bunt lackierte Bus auf der anderen Straßenseite hielt. Seine Seitenwände zeigten Bücher, die wie Vögel aus einem offenen Fenster flogen, und unter den Versammelten brach Jubel los.

Alle posierten für Fotos vor dem Bücherbus, während das neue Projekt mit Tee und Kuchen gefeiert wurde. Aber von innen war der Bus ebenso beeindruckend. Tom und Farah präsentierten stolz die Abteilung mit den Liebesromanen, die sie gemeinsam bestückt hatten.

Als alle Leute den Bus besichtigt hatten, klatschte Christine in die Hände.

«Ich möch…» Ihre Stimme war ein bisschen dünn. Sie räusperte sich und setzte neu an: «Ich möchte Ihnen für alles danken, was Sie getan haben, um die Bücherei von Compton Mallow zu erhalten. Sie alle können stolz auf sich sein, und wir hoffen, Sie ab jetzt regelmäßig begrüßen zu dürfen, damit die Bücherei auch in Zukunft geöffnet bleibt …» Einige «Sehr richtig!»-Rufe erklangen. «Aber es gibt einen Menschen, dem ich meinen ganz besonderen Dank für alles aussprechen möchte, was er getan hat: Maggie Mann.»

«Ach, Quatsch, ich hab doch gar nichts gemacht», wiegelte Maggie ab, doch Christine winkte sie an ihre Seite.

«Oh, wohl, sehr viel sogar!», beharrte Christine. «Wenn du nicht gewesen wärst, hätte ich aufgegeben. Darum möchte ich … nein, möchten *wir* …», sie wandte sich Farah und Tom zu, die durchtrieben grinsend in der Nähe standen, «… dir noch einmal herzlich für deinen vollen Einsatz danken, der letztlich zur Rettung der Bücherei geführt hat.»

Farah kramte unter dem Küchenbüfett herum und zog einen großen Korb voller Blumen darunter hervor, den sie Maggie dann gemeinsam mit Tom überreichte. «Ach, du liebe Güte!», sagte die Beschenkte gerührt. «Das wäre doch nicht nötig gewesen. Ich meine, für einen guten Kampf bin ich doch immer zu haben …»

«Davon kann ich ein Lied singen», erwiderte Tom, der jeden Tag ein bisschen frecher wurde.

«Wie wär's mit einer kleinen Ansprache, Maggie?», rief Bill.

Maggie wandte sich an die Menge. «Diese Dorfbücherei hat schon seit vielen Jahren einen festen Platz in meinem Herzen. Bücher sind ein oft unterschätztes und doch unverzichtbares Gut. Jedes Buch ist ein Schlüssel zu einer neuen Welt, führt uns in ein anderes Leben hinein und bietet uns die Chance, ein Abenteuer zu erleben. Jedes Buch schenkt uns entweder Wissen, unterhält uns oder bietet uns eine Gelegenheit, unserer Welt zu entfliehen, was wir weiß Gott alle von Zeit zu Zeit mal gebrauchen können. Ich glaubte, wie Sie vermutlich auch, dass es diese Bücherei einfach immer geben würde. Dass sie einmal bedroht sein könnte, wäre mir nie in den Sinn gekommen. Und die Ereignisse der letzten Zeit sind eine ernst zu nehmende Mahnung, nichts im Leben als selbstverständlich zu betrachten. Man fängt erst dann an, sich richtig für eine Sache einzusetzen, wenn man begreift, dass man im Begriff ist, sie zu verlieren.» Sie seufzte tief. «Und um ehrlich zu sein, habe ich die Bücherei im gleichen Maße für mich selbst retten wollen wie für die Gemeinde und somit eigentlich aus ziemlich eigennützigen Motiven gehandelt.»

«Ganz und gar nicht. Wenn du irgendwas nicht bist, dann eigennützig», sagte Christine. «Danke, Maggie!»

Die Menge applaudierte. Maggie betrachtete den Blumenkorb. «Der ist wirklich wunderschön. Ich habe zwar keine Ahnung, wie ich ihn in den Bus nach Hause kriegen soll, aber ich liebe ja Herausforderungen.»

Als die Aufregung sich gelegt und die Kuchen vertilgt worden waren, verabschiedeten sich die Ersten, und nach und nach zerstreute sich die Menge.

«Maggie?», sagte Tom und zog sie beiseite.

«Ich nehme an, du hast das hier mit ausgeheckt», sagte sie, auf die Blumen zeigend.

«Äh, ja. Aber es gibt da noch was.» Er biss sich auf die Unterlippe, was in Maggie sofort Sorge auslöste. «Ich hab ein bisschen gegoogelt, und, nun ja, es gibt nicht viele Zahnärzte namens Haseley in Kent.»

«Tom ...» Maggie schluckte schwer. «Was hast du gemacht?»

«Ich hab ihm eine E-Mail geschrieben», sagte er. Maggies Schultern sanken herab. «Ich weiß, dass mich das eigentlich nichts angeht, aber ich dachte, wenn ich ihm erzähle, was du für mich getan hast, bekommt er vielleicht eine Vorstellung davon, was für ein toller Mensch du bist, und ...» Tom hatte Tränen in den Augen.

«Ist schon in Ordnung», sagte Maggie, weil sie davon ausging, dass er eine ähnliche Antwort bekommen hatte wie sie. «Es war nett, dass du's versucht hast, Tom. Das bedeutet mir viel. Aber jetzt müssen wir einen Schlussstrich ziehen und nach vorn schauen.» Sie rang sich ein Lächeln ab. «Okay?»

Toms Mundwinkel zuckten. «Die Sache ist die: Ich hab ihm geraten, sich am besten selbst ein Bild davon zu machen, was andere über dich denken.» Maggie zog die Augenbrauen hoch. «Und ich glaube, er hat mich beim Wort genommen.» Tom wies mit dem Kinn über ihre Schulter.

Maggie drehte sich langsam um und folgte seinem Blick. Die meisten Dorfbewohner waren bereits gegangen, nur die Frauen vom Women's Institute und ein paar Nachzügler waren noch da. Und neben dem Bücherbus standen vier Leute, die sich mit Farah unterhielten: ein Mann, eine Frau und zwei erwachsene Kinder. Maggie stiegen sofort die Tränen in die Augen, weshalb sie das, was sie so lange herbeigesehnt hatte, nur verschwommen sah. Sie konnte nicht sagen, dass sie ihren Sohn erkannt hätte. Auf der Straße wäre sie wohl traurigerweise an ihm vorbeigegangen, ohne zu wissen, wer er war. Tatsächlich war sie sich sogar ziemlich sicher, dass sie ihn vorhin aus dem Weg gescheucht hatte. Aber jetzt, wo sie ihn reden und lachen sah, wusste sie tief im Innersten, dass er es war.

«River», sagte sie leise.

«Wenn ich dir einen kleinen Tipp geben darf», sagte Tom. «So nennst du ihn vielleicht besser nicht.» Er grinste sie an, und sie wischte sich die Tränen aus dem Gesicht, bevor sie ihm einen freundschaftlichen Klaps auf den Arm gab.

«Oh Tom. Ich weiß nicht, was ich sagen soll. Danke.»

«Dein Gesichtsausdruck reicht mir, mehr wollte ich gar nicht. Komm, lass uns deinem Sohn Hallo sagen.»

# DANK

Eine Menge Leute tragen dazu bei, dass ein Buch veröffentlicht werden kann, und ich bin dankbar für jeden, der bei *So was wie Freunde* seine Hand im Spiel hatte. Dieses Buch begann als ein geheimes Projekt, als die Figuren plötzlich in meinem Kopf auftauchten und so gar nicht zu den romantischen Komödien passen wollten, die ich bis dahin geschrieben hatte. Doch ihre Geschichten waren so stark, dass ich nicht über sie hinweggehen konnte. Also schrieb ich dieses Buch. Ich wusste damals nicht, ob es je publiziert würde, aber ich musste Toms und Maggies Geschichte erzählen.

Ein dickes Dankeschön an meine Agentin Kate Nash dafür, dass sie mich nicht für verrückt erklärt hat, als ich ihr mein Manuskript präsentierte, und dafür, dass sie das richtige Zuhause dafür gefunden hat. Ich werde Hannah Smith, Laura Palmer und dem großartigen Team bei Aria immer dankbar dafür sein, dass sie diesem Projekt eine Chance gegeben und es zu dem Buch gemacht haben, das es heute ist. Riesigen Dank auch an Lisa Brewster für das umwerfende Cover.

Vielen Dank an Alison May und Janet Gover für den Schreibkurs im März 2019, der mir die Gewissheit gab, dass es sich lohnt, dieses Projekt weiterzuverfolgen. Danke auch an Chris aus diesem Kurs für seinen Kommentar dazu. Danke an meine leidgeprüften Schreibfreunde, die sich sicher gefragt haben, ob dieses Buch je das Licht der Welt erblicken würde – ich verspreche, dass ich jetzt die Klappe halte.

Liebe Grüße und vielen Dank an David und Rosemary Boulton für die netten Gespräche beim Mittagessen über das Leben auf einem kleinen Bauernhof und dafür, dass sie so fabelhafte frühe Testleser waren. Danke an Ryan Nurse, einen weiteren großartigen frühen Testleser – du wirst eines Tages ein großartiger Lektor sein. Danke an Emily Davis für die Beantwortung meiner vielen Fragen über Büchereien und für ihre tollen Dienste als Testleserin.

Ich muss den Farmer's Market von Grandborough erwähnen, weil er einfach toll ist, und auch die Lost Farm in Grandborough, auf der ich Cym kennengelernt habe.

Ein ganz herzliches Dankeschön an Cym Baseley, die mir so viele Fragen beantwortet hat, mich über ihre großartige Farm geführt und mit ihren Schafen bekannt gemacht hat und die mich bei der Geburt eines Lamms dabei sein ließ. Etwaige Fehler sind komplett auf meinem Mist gewachsen.

Ich danke dem National Trust Charlecote Park für die Haltung einer Herde Jakobschafe, die mir eine willkommene Ausrede für einen Besuch und das Essen von Kuchen bot, alles im Namen der Recherche.

Ich hoffe sehr, dass dieses Buch bei Lesegruppen Gefallen findet, und ich muss allen meinen Freunden vom Boozy Book Club ein Lob aussprechen, die meinen Lesehorizont und mein Wissen über Wein erweitert haben.

Ein großes Dankeschön an das Büchereipersonal allüberall. Sie machen einen tollen Job. Und liebe Leserinnen und Leser, bitte, bitte, bitte nutzen Sie Ihre örtliche Bücherei. Die Büchereien brauchen Ihre Unterstützung, heute mehr denn je. Jedes Mal, wenn Sie ein Buch ausleihen, bekommt der Autor / die Autorin ein paar Cent, also unterstützen Sie auf diese Weise auch die Autor*innen.

Und schließlich möchte ich mich bei den Buchhändler*innen, Buchblogger*innen und vor allem bei Ihnen, den Leser*innen, dafür bedanken, dass Sie mir die Arbeit ermöglichen, die ich so sehr liebe. Und wenn Ihnen die Lektüre dieses Buches gefallen hat, erzählen Sie bitte Ihrer örtlichen Buchgruppe davon und hinterlassen Sie eine Rezension, denn das könnte anderen helfen, diesen Roman zu finden und sich ebenfalls daran zu erfreuen. Danke.

## FRAGEN FÜR IHREN BUCHKLUB

- Warum ist die Bücherei für Tom und für Maggie so wichtig?
- Am Anfang wird Tom den Lesenden als unsichtbar beschrieben. Was war Ihr erster Eindruck von ihm?
- Die Geschichte wird aus der Perspektive zweier unterschiedlicher Figuren erzählt: der einer zweiundsiebzigjährigen Frau und der eines sechzehnjährigen Jungen. Finden Sie, dass deren Ansichten typisch dafür sind, wie ältere und jüngere Generationen einander sehen?
- Sowohl Tom als auch Maggie sind einsam, und doch führen sie sehr verschiedene Leben. Warum, glauben Sie, sind sie beide einsam?
- Je weiter man in dem Roman liest, desto mehr erfährt man über die Hintergründe der Figuren. Hat sich Ihre Meinung über eine von ihnen verändert? Wenn ja, inwiefern?
- Maggie hat ihr Geheimnis fünfzig Jahre lang für sich behalten. Hätte sie Tom die Wahrheit sagen sollen?
- Welche Figur bewundern Sie am meisten und warum?
- Was, glauben Sie, hat Maggie von Tom gelernt und umgekehrt?
- Auf welche Art und Weise haben Maggie und Tom versucht, die Bücherei zu retten? Was hätten Sie an ihrer Stelle getan?